과인은
에이츠의 왕
베오울프

소녀를 어찌 남자의 이름으로
부르시는지 모르겠군요?

제 목숨을 바치겠습니다. 당신의 한 걸음을 위해

피도눈물도없는 용사 4

박제후　GAMBE

피도 눈물도 없는 용사 4

I. 개와 늑대의 차이

내 요구에 가신단의 의견이 갈라져 시끄럽게 대립했다. 바이에른 선제후는 수염을 쓰다듬으며 고민하다 발푸르기스에게 물었다.

"애야, 네 생각은 어떠하니?"

발푸르기스는 이 급전개에 당혹해 내 쪽을 쳐다본다. 나는 살짝 고개를 끄덕였다. 그러자 그녀는 결심한 듯 대답한다.

"받아들이고 싶습니다. 숙부님."

그녀의 뜻이 확고하자 반대하던 가신들의 목소리가 죽어버렸다. 결국 바이에른 선제후는 결정을 내렸다.

"좋다! 그는 황제가 인정한 변경백이며 그 힘과 위세가 대단하니 이 아이의 반려로 부족함이 없다. 과인은 이 약혼을 허락하겠다!"

드디어 발푸르기스가 내 여자가 되는 건가. 나는 크게 기쁜 마음으로 허리를 숙였다.

"지체 높은 신부를 맞게 되어, 실로 무상의 광영으로 여기겠습니다."

가신단은 두 패로 나뉜 반응을 보였다. 탄식을 터뜨리는 이가 있는가

하면 박수를 치며 축하해 주는 이도 있었다.

"비텐바이어 변경백!"

"네, 전하."

"그대는 가족이 되고자 청했네. 하니 마땅한 도리를 다하게."

"물론입니다. 봄이 되면 제 휘하의 단련된 장졸들이 바이에른을 위해 그 솜씨를 뽐낼 것입니다."

그렇게 약혼이 결정됐다. 그날 밤 발푸르기스는 나와 차를 마시며 낮에 있었던 일을 얘기했다.

"발러, 갑작스럽게 터뜨려 당혹했다."

"십분 이해합니다. 사과드리겠습니다."

나야 그게 정치적으로 유리하다고 생각해 던진 거지만 그녀 입장에선 놀랐을 게 틀림없다. 정치도 정치지만 더 중요한 건 사람의 마음이다. 이번에 확실히 배려가 부족했기에 깊이 반성했다. 하지만 그럼에도 발푸르기스는 내게 변함없는 다정함을 보여주고 있었다.

"오늘 약혼을 받아들인 건 그대를 믿기 때문이다. 그대가 약속했지. 본녀를 이 저주에서 구해주겠다고."

발푸르기스는 이번에 큰 결심을 한 셈이다. 왜냐하면 그녀는 자신의 저주 때문에 결혼하지 않겠다고 다짐했었기 때문이다. 혹시라도 아이에게 자신이 겪었던 고통이 대물림될까 두려워했다.

"믿어도 되겠느냐? 발러, 언제가 깊은 숲에서 그랬던 것처럼 본녀를 다시 구해주겠느냐?"

"물론입니다."

내가 확언하자 그녀는 기쁜 듯 살짝 들뜬 모습이었다. 함께한 날이 쌓여가자 이제는 투구를 쓰고 있어도 무슨 기분인지 알 것 같았다.

"고맙다. 밤이 늦었으니 이만 일어나 보겠다. 소, 솔직히 헤어지기 싫지만 아직은 어쩔 수 없겠지. 그, 그럼 좋은 밤 되거라."

그리 말하고 발푸르기스는 자리에서 일어났다. 하지만 바로 가지는 못하고 미련이 남는 듯 뒤돌아 날 보고, 가다 또 멈춰서 보고 나서야 사라졌다.

─사랑스러운 아이지 않나요? 은공.

─정말 그렇습니다.

─그런데 말이죠. 은공. 어째서 저런 아이에게 좋아한다거나 사랑하다는 말 한 마디는 하신 적이 없나요?

─윽! 그걸 어떻게 아십니까? 장모님.

─딱 보면 알아요!

여자의 감 같은 건가. 아무튼 그것과 별개로 그녀의 지적이 양심을 후벼 팠다. 그렇다. 내 죄가 컸다. 발푸르기스는 지금까지 늘 내게 애정과 관심을 보여줬다. 반면 나는 그녀에게 한 번도 좋아한다는 말을 해준 적이 없었다.

─어째서인가요?

그 질문은 쉽게 답할 수 있는 게 아니었다. 나는 입술을 잘근잘근 깨물며 상태창을 열었다.

띠링.

짧은 소리와 함께 새로운 메뉴가 떠올랐다. 나는 그중 가장 밑에 있는 버튼을 물끄러미 바라보았다.

로그아웃 버튼은 누를 수 없게 회색으로 변해 있었다. 원래 게임 시스템이라면 있을 수 없는 일이다. 대신 그 옆에 로그아웃을 할 수 있는 조건이 붙어있다.

이 조건은 슈바르체토이펠을 만나러 그로스글로크너에 갔을 때 처음 발견했었다. 나는 그걸 보며 나직하게 한숨을 내쉬었다.

-저도 말 못할 사연이 있답니다.

-그런가요.

-하지만 얼마 전에 마음을 정했습니다. 제가 겪고 있는 문제에 대해 어떤 결정을 내려야할지 말입니다.

아스비엘라는 내 고뇌를 느낀 건지 딱히 캐묻거나 하지 않았다.

-이번 일이 끝나면 따님과 솔직히 얘기해 보겠습니다.

그래, 이번 일이 끝나면 그녀에게 마음속에 있던 이야기를 하자. 분명히 괜찮을 거야. 다 잘 될 거라 생각한다.

약혼자로 인정받아 바이에른 궁전에서 머물게 됐다. 이제 바이에른 정계에 깊숙이 발을 들인 것이다. 나는 궁전의 관료들과 자주 만나 인맥을 넓혀갔다.

"각하, 저녁 식사에 초대하고 싶습니다."

"각하, 이번에 저희 모임에 와주시면···."

약혼으로 나는 모두의 주목을 받고 있었다. 사방에서 초대장이 쇄도했다. 특히 젊은 귀족들이 날 좋아했다. 그들은 바이에른의 보수적인 성향에 염증을 느끼는 자들이었다. 나는 세 치 혀로 젊은이들의 환심을 사면서 바이에른 밖의 상황 역시 조사했다. 특히 세작왕 쿠발트에게 자주 연락을 넣었다.

–전하.

–오, 자네인가? 무슨 일인가?

–작센 선제후령에 관한 정보가 필요합니다. 작센 선제후가 죽었음에도 겉으로는 큰 동요가 없는 게 재밌습니다. 아마 내부에서 입단속을 단단히 하는 모양입니다.

현재 작센 선제후는 병환으로 요양 중이라고만 알려져 있다. 설마 작센 선제후가 사망했을 거라고 의심하는 자는 아직 없었다.

–분명히 후계 구도로 다툼이 있을 겁니다.

–역시 자네는 좋은 통찰력을 가졌군. 과인이야 정보를 얻고 있으니 그런 일이 있음을 알았는데, 자네는 멀리서도 이미 짐작하고 있었구먼.

–그쪽 후계 구도는 살벌하니까요. 아마 첫째인 니더작센 공작과 둘째인 라이프치히 백작, 셋째인 마이센 백작이 치열하게 다투고 있을 겁니다.

–맞네. 거기에 대한 자세한 정보를 갖고 있지. 한데 말일세, 이번에 꽤 공을 들여 조사를 했어.

쿠발트가 정보비의 밑밥을 깔려하기에 원천 차단했다.

–받으시려고요?

–윽….

그는 중재를 잘못한 탓에 내게 큰 빚이 있다. 물론 그쪽 입장에서도 날벼락이라면 날벼락이지만 책임이 사라지는 게 아니다.

–이, 이보게…. 이미 보증도 섰는데….

-그걸로 전하의 마음 속 빚이 사라진다면 놀라운 일입니다. 저는 전하께서 좀 더 양심을 가지고 망쳐버린 것을 고치려 하실 줄 알았습니다만?

-크, 크윽!

-전하, 저는 우리 사이에 이 이상 어떤 갈등의 씨앗도 자라나길 원치 않습니다.

조근조근한 협박이었다. 결국 쿠발트는 굴복했다. 쉬운 남자였다.

-아, 아니. 말을 꼭 그렇게 해야겠나? 사람 섭섭하게. 하하핫! 우리 사이에 반짝이는 금화가 꼭 오가야겠나? 과인을 뭐로 보고.

쿠발트가 열심히 조사한 정보를 공짜로 보내주겠다고 했다.

-자세한 건 서류로 전송할 테니 받아보게.

그 말과 함께 손에 끼고 있던 불멸의 홍옥에서 빛이 난다. 그리고 마계의 상업회사 슈테른 소속의 마족이 나타났다. 올백 머리가 멋진 이 중년은 내 전담인 미르타라는 자다.

"각하."

그는 공손히 인사하며 서류를 내밀었다.

"쿠발트 전하께서 전달하라 하셨습니다. 전송 비용은 전하께서 부담하실 겁니다."

"고맙네."

나는 미르타에게 받은 묵직한 서류를 꼼꼼하게 살피기 시작했다.

"호, 이것들 보게."

작센의 상황은 생각보다 심각했다. 당장이라도 내전이 터져도 이상하지 않았다. 거물인 작센 선제후가 너무 어이없게 죽어버리는 바람에 생긴 일이다. 본래라면 봄에 바이에른을 압박해 와야 할 그들이 자중지란에 빠져 진흙탕 속으로 기어들어가고 있었다.

"역시 난 대단해."

이 모든 일은 내가 해낸 거다. 나 때문에 작센이 구렁텅이로 들어간 셈이었다.

그리고 며칠 뒤, 작센에서 특사가 도착했다. 봄의 개전을 앞두고 있어 특사는 비상한 관심을 끌었다. 현재 작센 선제후의 사망을 아는 이는 나 밖에 없었기에 다들 그들이 무슨 요구를 할 지 걱정스러워 했다.

"고귀한 바이에른의 군주시여! 작센 선제후 전하의 명을 받들어 이렇게 찾아뵙게 되었습니다."

말은 예의바르게 하고 있었지만 어째 시작부터 특사의 태도가 다소 건방졌다. 딱 봐도 뭔가 삐딱한 게 바이에른을 얕잡아 보는 기색이 역력했다. 단번에 주변에 있던 가신들의 표정이 안 좋아졌다.

"잘 와주었다. 무슨 용무인가?"

하지만 바이에른 선제후는 무례한 특사를 준엄하게 꾸짖지 않고 넘어갔다. 예전이면 상상도 못할 일이었다. 그는 얼굴색이 좋지 않았다.

빌헬름이 돌아온 이래 근심을 천근만근 짊어진 사람처럼 늘 저 모양이었다. 밤에 잠을 제대로 자지 못하는 것 같았다. 그래도 비행 마족이 쳐들어왔던 날에는 꽤나 기개가 있었는데 며칠 사이에 기운이 훨씬 빠진 듯 보였다.

그렇게 바이에른의 선제후가 위엄을 보이지 못하자 특사의 태도가 점입가경이었다. 그는 마치 은혜를 베푼다는 듯 용건을 꺼냈다.

"작센 선제후 전하의 명을 받들어, 바이에른에 관대한 제안을 하러 왔습니다."

결국 도열해 있던 가신들이 불만을 터뜨렸다.

"누가 누구에게 관대한 제안을 한다는 거야!"

"무례한 놈! 특사라고 그 목이 안전할 거라 여기지 마라!"

바이에른과 작센은 감정이 안 좋다. 서로 잘나가는 선제후다보니 예전부터 경쟁 관계다. 둘 다 제국에서 그 위세가 둘째가라면 서러울 양반들이니 보이지 않는 다툼이 말도 못했다.

하다못해 제국의 수도인 빈에 갔을 때는 의전 서열 때문에 전쟁이 날 뻔한 적도 있었다. 그러니 특사가 말한 관대한 제안이란 말이 가신단을 자극할 수밖에.

"됐다."

바이에른 선제후가 손을 들자 다시 조용해졌다.

"특사는 계속 말해보라."

"감사합니다."

말로는 감사하다 표하면서도 특사는 네놈들이 그럼 그렇지란 표정이었다.

"전하. 저희 작센은 바이에른과의 협의에 따라 봄에 예고된 전역에 참가하지 않을 수도 있음을 말씀드리려 합니다."

그 말에 특사의 태도와 별개로 사방에서 탄성이 터졌다.

"작센이 빠지는 건가?"

"이거 좋은 기회가 아니오? 솔직히 양자의 공격을 받아 난처했는데?"

현재 바이에른의 적대세력은 암흑창공의 마왕 파르자와 작센 선제후다. 이 둘이 반역자 빌헬름을 지원하고 있었다. 그런데 갑자기 작센 선제후가 물러날 수도 있다고 하니 다들 반색할 수밖에.

"그래, 조건이 뭔가?"

예전이면 일언지하에 거절하고 코웃음 쳤을 바이에른 선제후도 관심을 보였다.

"어려운 조건은 아닙니다. 바이에른에서 조금만 우정을 표시해 주시면 됩니다."

특사는 조건을 제시했는데 꽤 많은 금과 물자의 지원을 요구했다. 즉, 평화를 돈으로 사라는 것이다. 상당히 굴욕적인 조건이다.

"저희 요구를 받아주신다면 이번 전역에서 이탈함은 물론, 바이에른과 평화협정을 맺을 수도 있습니다."

결국 젊은 귀족들이 소리를 질러댔다.

"뭐야! 이 쓰레기 같은 놈들!"

"바이에른의 힘은 너희보다 강하다! 그런데 어찌 우리가 돈을 내라는 것이야!"

반면 주류 귀족들은 특사의 제안에 솔깃한 모양이었다. 이쪽이 금을 부담해야 한다는 게 좀 그렇긴 하지만, 봄에 벌어질 싸움을 생각하면 평화협정은 현명한 처사일 수도 있으니까.

여기 모인 이들은 바보가 아니다. 게다가 바이에른은 제국에서 가장 부유한 축에 속한다. 그까짓 돈 좀 주고 치워버리는 게 나을 수도 있었다.

하지만 젊은 귀족들은 불만 가득한 표정이었다. 특히 주군인 바이에른 선제후의 태도에 실망한 기색이 역력했다.

위엄을 보이기는커녕 비겁한 평화에 관심을 보이고 있으니 혈기 방장한 그들에겐 실망스러울 테지. 그들은 뭐라도 말해달라는 듯,

열띤 열망이 담긴 눈으로 날 쳐다보고 있었다.

하지만 작센 선제후의 죽음을 아는 나는, 대전의 분위기와 별개로 다른 관점에서 상황을 파악할 수 있었다.

-장모님, 정말 재밌지 않습니까?

-저도 이런 상황이 뭔지 알아요. 약을 판다는 거죠?

-맞습니다.

작센은 내부적으로 당장 전쟁이 터질 것 같이 위태로우면서도, 겉으로는 허세를 부리며 이쪽에 불리한 평화협정을 제안하고 있었다. 누가 생각한 건지 몰라도 머리가 좋구나. 한데 작센의 특사는 나를 한 번 더 놀라게 했다.

"저희는 이 기회에 작센과 바이에른의 항구적인 평화를 위해 한 가지를 더 제안하고자 합니다."

"무엇인가?"

"니더바이에른 백작과 니더작센 공작의 혼인을 제안합니다."

"뭐라!"

바이에른 선제후가 깜짝 놀란다.

지금 특사가 결혼동맹을 제의했기 때문이다. 작센 선제후의 장남인 니더작센 공작과 바이에른 선제후의 조카딸인 니더바이에른 백작 발푸르기스의 혼인을 말이다.

웅성웅성.

사방이 시끄러워졌다. 이건 정말 생각지도 못한 패였다.

-이건 있을 수 없어요! 은공이 있는데! 저는 은공 외에는 인정할 수 없어요.

아스비엘라는 발끈했다.

-감사합니다. 장모님. 저놈들이 머리를 상당히 굴렸네요.

특사는 힐끔 고개를 돌려 나를 쳐다보고 있었다. 그의 입가에 보일 듯 말 듯한 조소가 어렸다. 마치 나를 끈 하나 잘 잡아 벼락출세한 놈 정도로 여기는 듯했다. 그리고 이제 그 끈이 떨어질 거라 생각하는 모양이다.

-아마 작센에서 저를 눈엣가시로 여기는 듯합니다. 결혼동맹을 제의해 저를 쳐내려는 속셈이겠지요.

-교활해요!

-게다가 저 특사는 아마 장남인 니더작센 공작의 사람일 겁니다. 발푸르기스와 결혼한다면 그는 내전에서 도움을 받을 엄청난 세력을 얻는 셈이니까요.

-은공! 은공도 교활하기로는 하늘에 닿았잖아요! 가서 한 마디 해 주세요!

장모님의 응원에 어째 속이 쓰리군.

지금 나서야 한다는 건 맞는 말이다. 가뜩이나 약을 팔고 있기에 언제 끼어들까 간을 보고 있던 상황이었다. 그런데 이렇게 성대하게 잠자는 사자의 코털을 건드릴 줄이야.

-걱정 마십시오. 저 특사 놈이 제 앞에서 무릎 꿇고 빌 게 만들 테니까요. 모두가 보는 이 대전에서.

내가 살면서 하나 절대 용서 못하는 게 있다. 바로 내 거 건드리는 놈이다. 작센 놈들은 우두머리를 잃고 내부의 분쟁에 빠져 내버려 두려고 했다.

하지만 생각이 바뀌었다. 이 기회에 작센 선제후령을 해체해 버려야지. 그리고 그 땅에서 더는 선제후라는 고귀한 작위가 나오지 못

하게 하겠다. 황제가 작센을 내버려두라 했지만 얌전히 들을 내가
아니다.

"모두 잠시 제 말을 들어주십시오. 고귀하신 전하, 대전에서 발언
을 할 수 있게 청합니다."

그 순간, 젊은 귀족들 사이에서 기다렸다는 듯 박수가 터져 나왔다.

"와아아아! 각하!"

"변경백 각하께서 말씀하신다!"

바이에른 선제후는 그런 태도에 의아해면서도 발언을 허락해
줬다.

"그대와도 관련이 있는 일이니 말해보라."

"감사합니다."

나는 특사를 향해 걸어가며 생각했다. 작센 선제후령이 사라지면
선제후 자리가 하나 공석이 된다. 누군가 차지할 수 있다는 소리다.

"크크큭."

그렇다면 슈판다우 촌놈이라고 선제후가 되지 못하겠는가?

"음?"

내 표정 때문일까? 은근히 조소를 머금고 날 쳐다보던 작센의 특사
가 움찔한다. 특사를 보니 대담하고 말솜씨가 뛰어난 게 꽤나 유세객
으로 이름을 날렸던 자 같다.

하지만 마왕과 싸우고 어둠의 대군과 거래하는 나에 비하면 그야
말로 잔챙이에 불과했다. 풍기는 기세 자체가 다르다고 할까. 점점
내가 가까이 다가갈수록 특사가 긴장한 듯 표정이 굳는다.

꿀꺽.

마른침을 삼킨 그가 애써 미소를 회복하며 말을 걸어왔다.

"각하께선 참으로 헌앙하시⋯."

"모두 들으시오!"

나는 그냥 그를 무시하고 주변에 크게 소리쳤다.

말을 씹힌 특사는 화를 내기 보다는 기가 죽은 듯 어깨를 움츠린다. 방금 전까지 기세등등하던 태도는 온데간데 없었다.

본능적으로 아는 거겠지. 마왕조차 죽인 인간이 풍기는 피비린내를.

"여기 이 무례한 자를 보시오! 언제부터 바이에른 궁정이 이런 주둥이만 산 자가 설쳐대는 걸 허락한 것이오?"

예상을 뛰어넘는 내 강경한 발언에 주변이 달아올랐다. 늙은 대신들은 놀란 표정을 감추지 못했고, 젊은 귀족들은 주먹을 불끈 쥐며 옳다! 옳다! 외쳐댔다. 특사는 당혹감을 감추지 못했다. 얼굴이 붉게 달아올라서는 입술을 깨문다.

"심지어 이 자는 니더바이에른 백작의 약혼자인 본인의 앞에서 결혼동맹을 운운하였소. 이는 정해진 사안을 번복하라는 것이니, 우리의 주군으로 하여금 한 입으로 두말하라 하는 것이 아니오?"

"옳다!"

"게다가 여러분은 이자의 제안에 혹하여 작센을 향해 검이 아니라 금화 주머니를 내밀 생각부터 한 것 같소! 우리 바이에른의 자존심과 가치가 그 정도 밖에 안 된단 말이오? 누군가 우리에게 검을 들면 금화를 내미는 게 아니라 똑같이 검을 내밀어야 하오!"

내 말에 화의에 혹했던 자들이 부끄러운지 고개를 돌렸다.

"하지만 본인은 모두가 그렇지 않을 것이라 믿고 있소. 분명 양떼처럼 울기만 하는 이 무리 속에도, 명예롭게 대할 자들이 있음을 말이오!"

젊은 귀족들이 열렬하게 박수를 치며 내 말에 호응해줬다.

"변경백 각하 만세!"

"작센 개새끼들은 다 꺼져라!"

나는 그들에게 손을 들어 올려 보였다. 그러자 결국 작센의 특사가 폭발한다.

"외교를 위해 온 특사를 앞에 두고 이 무슨 무례요! 작센은 이 수치를 기억할 것입니다!"

그러거나 말거나 나는 상관하지 않았다.

"얼마든지 기억하라. 바이에른의 검도 언제나 날카로울 테니!"

"이런! 크으윽!"

그래도 그는 작센에서 특별히 뽑아 보낸 듯 강단있는 자였다. 내 살기 어린 눈빛에 겁을 집어먹었음에도 한 걸음도 물러나지 않았다.

"모두 정숙하라."

대전이 과열되자 바이에른 선제후가 끼어들었다.

"인상적인 연설이었네, 변경백. 하지만 외교란 그런 열정만으로 극복하기엔 많이 복잡하지."

역시 군주에겐 현실이 중요하겠지.

"약혼 건은 과인이 이미 윤허하였고 사랑하는 조카딸의 뜻도 변함 없으니 어떤 변동도 없을 걸세. 걱정하지 말게. 하지만 화의에 관해서는 얘기가 달라."

바이에른 선제후는 젊은 귀족들을 슥 한 번 훑어본다.

"여기에 있는 젊은이들의 뜨거운 심장에도 불구하고, 전쟁이란 늘 현실적인 해결책이 필요하다네. 과인을 설득하려면 그런 것을 제시하게. 변경백."

역시 바이에른을 이끄는 자답다고 할까. 돈을 주고 평화를 사는 것보다 나은 방법을 제시하지 못한다면, 내가 아무리 명연설을 펼쳐도 소용없다고 선을 그은 것이다.

"전하, 신이 보기에도 전하의 말씀이 실로 적절하십니다."

이때다 싶어 눈치를 보던 늙은 대신들이 끼어들었다.

"변경백은 감정에 호소해 젊은이들을 위험천만한 길로 이끄려고 하고 있습니다."

아무래도 내가 젊은 귀족들에게 영향력을 행사하는 게 영 보기 싫었던 모양이구나.

여기가 중요한 갈림길이었다. 뭔가 대책을 제시하지 못한다면 입만 산 연설가 정도로 낙인찍히겠지. 반면 잘 해결한다면 실력을 인정받을 수 있을 터.

대전 안의 모두가 날 쳐다보고 있었다. 나는 바이에른 선제후에게 청했다.

"전하. 제가 잠시 특사와 조용히 얘기를 나눠도 되겠습니까? 그와 협의할 부분이 있습니다."

"좋다. 그 정도라면 허락하지."

바이에른 선제후의 허락을 받자 나는 특사와 마주섰다. 그는 긴장한 표정을 감추지 못했다. 이미에 송골송골 땀이 맺혀있었다.

"무, 무엇입니까? 제 비록 각하보다 신분은 낮으나 작센을 대표해 왔으니 결코 꿀릴 것은⋯."

애써 경고하는 게 내 눈엔 그저 갈잖아서 우스웠다. 진짜 그동안 말도 안 되는 거물들과만 놀았구나. 바이에른을 휘저은 이런 자조차 송사리로 보이니.

"내 그대와 좀 재밌는 얘기를 해야겠어."

"……."

"하지만 그전에 작센의 수완을 칭찬해 주지."

"무슨 소린지 잘 이해가 가지 않습니다만."

말로 겨루는 순간이 오자 그는 유세객으로서 호승심이 되살아나는 듯 결연한 모습이었다. 하지만 내게 있어 한 번 밀면 허물어질 허세에 불과했다.

"작센 선제후가 죽었음을 이미 잘 알고 있네. 한데 천연덕스럽게 이리 와서 강짜를 부리고 있으니 내 감탄할 수밖에! 하하핫!"

특사는 놀랄 정도로 표정을 잘 관리했다. 미세하게 얼굴이 움찔했으나 그게 다였다. 정말 고르고 고른 자를 보냈구나.

"각하께선 황당한 소리를 하시는군요? 선제후 전하께서는 그저 몸이 편찮으셔서 요양할 뿐…."

"맘대로 변명하게. 하지만 본인이 알고 있는 건 그것만이 아니라네. 자네들이 선제후의 귀중한 인장반지와 보검을 잃어버렸다는 것도 알지."

여기까지 찔러 들어가자 제아무리 날고기는 특사라고 해도 얼굴이 하얗게 질려버렸다.

"대체… 대체…."

특사의 어깨가 파르르 떨리고 있었다. 그러거나 말거나 나는 여유로웠다. 말로 때릴 구석이 너무 많아 어떻게 공격해 들어갈지 고민될 정도였다.

"내가 알기로 선제후의 인장반지는 단순한 인장반지가 아님을 알고 있네. 고도의 마법이 걸린 그 반지를 얻지 못하면 작센의 주인을 자처할 수 없지."

"맘대로 넘겨짚으시는군요. 황당함을 금할 수 없습니다."

"그 입이 나불거릴 수 있는 것도 지금뿐일 게야."

나는 특사의 주위를 심문하듯 빙글빙글 돌았다.

"자네들은 정말 능력이 좋아. 지켜보고 있자니 몇 번이고 감탄할 정도로. 작센 궁정의 분위기는 당장 내란이 터져도 이상하지 않을 지경인데 잘 감추고 있지."

"근거 없는 소리입니다."

"첫째인 니더작센 공작, 둘째인 라이프치히 백작, 셋째인 마이센 백작, 그 외에도 재능있는 후계자들이 많지. 자네들은 겨우겨우 전쟁을 틀어먹고 있을 뿐이야. 언제 칼부림이 나도 이상하지 않아."

"……."

특사는 이제 안색이 파리해졌다. 참 오늘 여러 번 얼굴색이 변하는 구나.

"그런데도 작센의 사정을 감추고 바이에른에 굴욕적인 평화협정을 제안해 오다니 실로 그 배짱에 박수를 보내고 싶네. 사실 아마 그건 잘 먹혔을 거야. 본인이 없었다면 말일세."

대전의 분위기는 조용했다. 다들 우리 둘이 무슨 대화를 나누는지 궁금한 표정으로 자기들끼리 얘기하고 있었다.

"그대들은 이제 격렬한 내전에 휩싸일 걸세. 다가올 봄의 전역에 있어 우리에겐 조금의 근심거리도 아니란 말이야."

"흥! 그게 사실이라 해도 바이에른이 할 수 있는 게 무엇입니까?"

특사는 계책이 실패했으면 그만이라는 듯 버렸다.

"이런 어리석은 친구 같으니라고. 그 아둔함이 자네들이 힘들인 일을 망칠 것일세. 하지만 본인은 누구보다 관대하기에 조금 설명해 주지. 자, 이걸 보게나."

나는 무언가를 보여 주기 앞서 놀란 척하지 말라고 주의를 줬다.

"자네는 내가 본 사람 중 가장 표정 관리를 잘하는 사람이라네. 부디 그 솜씨를 발휘해주게."

그리 말한 뒤, 마법지퍼에서 큼직한 반지를 꺼내 살짝 보여줬다. 따라할 수 없을 정도로 정교한 문양이 새겨져 있는 명품이라 누가 봐도 진품이란 걸 알만했다. 특사의 눈이 찢어져라 커졌다.

"이, 이건!"

하지만 그는 입술을 깨물고 터져 나오려는 신음을 참아냈다. 특사는 온몸을 덜덜 떨어댔다. 그리고 간신히 내뱉었다.

"…정말로 갖고 계셨습니까. 어찌 각하께서 인장반지를?"

"하하하, 글쎄. 어떻게 가지고 있을까?"

주변에서 웅성거리는 소리가 들려왔다. 작센 특사의 태도가 심상치 않은 걸 본 거겠지. 다들 궁금증이 피어올라 미치겠다는 모습이었다. 하지만 바이에른 선제후가 묵묵히 기다리고 있자 누구하나 나서지 못했다.

"아까 말했다시피 본인이 갖고 있는 건 인장반지뿐이 아니네. 작센의 보검도 갖고 있어."

"진실로 간청해 다시 묻습니다. 어찌 각하께서…?"

"그리도 간절하다니. 하하핫! 하면 내 사람 하나 살리는 셈치고 대답해줘야겠지."

이건 정말 비밀이라는 태도로 소근소근 알렸다.

"나는 작센 선제후 전하께 후계자에게 이 두 비보를 전해달라고 부탁받았네. 그분께서 그러시더군. 명예로운 자여! 그대가 보기에 합당한 후계자에게 과인의 물건을 전하라! 발러슈테드 폰 비텐바이어, 그대라면 그 일에 합당한 품격을 지녔음이니!"

연극조의 과장된 말투에 특사가 이를 악물며 반발했다.

"절대 그럴 리가 없습니다! 대체 일이 어떻게 된 건지 모르겠으나 전하께서…."

그가 격해지려고 하자 나는 특사의 어깨를 짚고는 말했다.

"그래, 어쩌면 내 말은 자네 말대로 사실이 아닐지도 모르지. 하지만 그게 뭐 중요하겠나?"

"……아."

그제야 작센의 특사는 내 말 뜻을 알아듣고는 입을 멍하니 벌린다. 중요한 건 내게 작센의 인장반지와 보검이 있다는 사실이었다. 정치란 늘 명분 싸움이다. 갑자기 내가 이걸 가지고 한쪽을 지지하면 어떤 일이 벌어질지 뻔하다.

"이보게. 이 인장반지는 대대로 내려오는 선제후의 비밀금고를 열 수 있는 능력을 가졌지. 아쉽게도 본인이 아는 건 그거 하나뿐이지만 여러 가지 할 수 있는 게 더 많을 거야."

"……."

"자네는 아마 장남인 니더작센 공작을 섬기겠지? 아니라고 하진 말게. 그 정도 알아채는 건 일도 아니니까. 자, 생각해 보게. 여기서 내가 이것들을 가지고 둘째인 라이프치히 백작을 지지한다면 어떻게 하겠나?

"말도 안 됩니다."

그의 대답이 순진하게 느껴져 혀를 찼다.

"세상에 말도 안 되는 건 없다네. 자, 여기서 이야기를 좀 더 부풀려 보겠네. 유일하게 작센 선제후의 죽음을 본 내가 제국에 비통한 심정으로 외치는 거지. 작센 선제후는 큰 아들의 흉계에 돌아가셨다. 그리고 전하께선 내게 이 반지와 칼을 맡겨 둘째 아들인 라아프치히 백작에게 전하라 하셨다! 아들아! 부디 이 아비의 복수를 해다오! 어떤가? 제법 그림이 나오지 않는가?"

"세상에… 세상에… 그런 악랄한…."

이미 특사는 완전히 정신이 나간 표정이 됐다. 슬슬 밀담을 끝낼 시간이었다.

"하지만 말일세. 꼭 본인이 니더작센 공작과 아웅다웅할 필요는 없지. 어떤가? 자네가 하기에 따라서 돌아가신 전하의 유지를 첫째 아들에게 향할 수도 있다네."

그 말에 특사는 정말 간절한 손길로 내 옷자락을 붙잡더니 물었다.

"제가 어떻게 하면 됩니까?"

"간단하다네."

나는 최대한 인자한 미소를 지으며 그의 귓가에 속삭였다.

"이를 꽉 물고 있게. 그게 자네에게 도움이 될 거야."

"네?"

대답 대신 바로 뺨을 날렸다.

짜악!

"으아악!"

특사가 비명을 지르며 땅바닥에 나뒹굴었다. 나는 그런 그를 내려다보며 으르렁거렸다.

"꿇어, 이 새끼야! 니네 주인 앞길 박살나기 싫으면!"

특사가 비명을 지르고 땅바닥에 뒹굴자 지켜보던 이들이 경악을 금치 못했다. 외교 사절을 궁정에서 폭행하는 사상 초유의 사태가 벌어진 것이다.

"아, 아니! 이 무슨 황당한!"

"세상에!"

그런데 사람 심리란 게 꼴 보기 싫은 놈이 호되게 당하면 여간 쌤통인 게 아니다. 겉으로는 놀란 척하면서 속 시원해 하는 이들이 많았다.

"꼴좋다!"

"잘하셨소! 변경백!"

반면 신중하고 예의바른 자들은 우려를 나타냈다.

"이는 외교문제로 번질 것이오!"

"아무리 안하무인이라고는 하나 뺨을 때리다니요!"

대전이 시끌벅적하다. 그러나 나는 여유로웠다.

"여러분의 걱정과 근심을 이해합니다. 하지만 들어보십시오. 제가 특사의 뺨을 때린 건 그의 열렬한 요청 때문이었습니다!"

그 말에 다들 얼빠진 표정이 된다. 아니, 웬 뚱딴지같은 소리냐 싶겠지.

"그게 사실인가? 특사?"

바이에른 선제후조차 어이없어 하는 음성으로 물어왔다. 나는 특사를 쏘아보며 속삭였다.

"대답을 잘 고르는 게 이로울 걸세."

다행히 특사는 말이 통하는 자였다.

"그렇습니다. 전하."

"아니, 왜 과인의 궁정에서 그런 기행을 하는 것인가?"

"제가 이곳에 와서 한 무례를 사과해야겠다는 생각이 들었습니다. 하여 수고스럽게도 변경백에게 뺨을 한 대 때려달라고 했습니다."

미리 상의한 내용이 아닌데도 특사의 입에서 내가 원하는 내용이 술술 나오고 있었다. 나는 재빨리 끼어들었다.

"모두 들어주십시오. 작센의 특사는 불손한 언사에 대한 사죄로, 우리 주군께 무릎을 꿇기로 하였습니다!"

사방이 웅성웅성 거리며 소란스러워졌다. 엉거주춤한 자세인 특사는 애걸하듯 말을 걸어왔다.

"아니, 작센을 대표해 온 저를 진정 무릎 꿇게 하실 요량입니까?"

이 일의 여파가 두려운 거겠지. 하지만 봐줄 생각은 없었다.

"그 주둥이를 함부로 놀렸으니 대가를 치러야지. 뭐? 니더바이에른 백작과 니더작센 공작의 결혼동맹이라고? 여기 약혼자가 두 눈 부릅뜨고 있는데 쳐 돌지 않고서야 어찌 그런 소리가 나오는 거지?"

"크으윽!"

짧은 순간 특사의 눈에 오만가지 생각이 스치는 것 같았다. 하지만 그에겐 다른 길이 없었다.

"고귀하신 선제후 전하. 제가 오늘 궁정에서 무례한 점이 있었다면 사과드리겠습니다."

특사는 치욕을 애써 참으며 무릎을 꿇었다. 그러자 지켜보던 이들이 탄성을 터뜨렸다.

"진짜 꿇었잖아!"

"대체 변경백 각하께서 무슨 얘기를 하신 거지?"

다들 이런 반응을 보일 수밖에 없었다. 잠시 전까지만 해도 작센의 특사는 대전에서 목소리를 높이고 모두를 무시하고 있었으니까.

"보고 있자니 막힌 속이 뚫리는 기분이오!"

"각하의 능력이 대단합니다!"

쉽게 열정에 사로잡히곤 하는 젊은 귀족들이 환호했다. 반면 경험 많은 늙은 대신들은 의혹의 눈길을 보내왔다.

"문제를 일으켜 후일 트집 잡고자 함이 아니겠습니까?"

"제 생각도 같습니다. 바이에른 궁정에서 겁박 당했다고 하며 외교문제로 발전시킬 요량입니다."

그건 꽤 그럴 듯하게 들렸다. 늙은 관료 중 하나가 앞으로 나서 외쳤다.

"전하! 이는 통쾌하게만 여길 일이 아니옵니다. 오히려 변경백의 혈기로 일을 그르친 게 아닐까 염려스럽습니다!"

하여간 저 늙은이들 진짜. 이대로 두면 안 될 것 같아 앞으로 나서 고했다.

"전하. 특사는 먼저 제시한 조건을 모두 철회하고 새롭게 평화 협정을 맺긴 원하고 있습니다."

"음? 무엇인가?"

"이번 화의를 기념하기 위해 작센에서 10만 플로린을 전비로 지원 하겠다고 합니다."

"뭐라!"

주변에서 다들 깜짝 놀란다. 바이에른 선제후 역시 눈을 동그랗게 떴다. 방금 전까지 돈으로 평화를 사라고 하던 특사가 갑자기 도리어 바치겠다고 한다. 그것도 거금 10만 플로린을.

특사의 얼굴은 사색이 되어 내게 속삭였다.

"제가 언제 그랬습니까?"

"자네 뜻은 그다지 중요하지 않다네. 잘 생각하게. 본인이 제시하는 타협안이 10만 플로린이란 소리야."

특사가 이를 악물며 머리를 굴리는 사이 대전은 소란스러움을 더해갔다.

"이게 무슨?"

"제 머리가 둔한 것이오? 일이 어떻게 돌아가는지 이해를 못하겠소."

"대체 각하가 그에게 무슨 얘기를 한 것이오? 고압적으로 우리를 무시하던 자가 갑자기 납작 엎드렸잖소."

특사의 얼굴에 번뇌가 가득했다. 그는 애걸복걸하며 사정을 봐달라고 했다.

"각하. 자그마치 10만 플로린입니다. 일개 특사가 결정할 수 있는 사안이 아닙니다."

하지만 나는 단호했다. 한 걸음의 양보도 없었다.

"이미 작센이 10만 플로린의 전비를 바이에른에 지원하겠다고 얘기했네. 여기서 자네가 아니라고 하면 본인이 겪을 망신은 말도 할 수 없겠지."

"……."

"하면 본인이 수장으로 있는 황금연합 군대는 봄에 어디로 향하겠나?"

"지금 협박하시는 겁니까?"

"아닐세. 그저 금을 향한 우리의 열정을 언급한 것뿐이지."

"선제후령의 금광 개발권은 선제후 전하께 있습니다. 황금연합의 명분 따위는 소용없습니다."

그 말에 나는 코웃음을 쳤다.

"하하하. 하지만 그 잘난 선제후 전하께선 지금 부재중이시지 않나?"

내 덕에 저 멀리 저승으로 가셨다.

"우리 황금연합은 늘 융통성 있는 태도를 높게 친다네. 금이 꼭 금광에서만 나오겠나?"

이제 대놓고 약탈하겠다고 협박하자 특사는 혼이 날아간 듯 입을 멍하니 벌린다. 그는 날 사람이 아니라 귀신처럼 보고 있었다.

"…진심으로 하시는 말씀이십니까?"

"그렇다네. 나는 평생 한 번도 거짓말을 해본 적이 없다네."

"크으윽!"

특사는 눈을 지그시 감는다. 그리고 결국에는 굴복했다. 내전이 시작됐을 때를 노려 황금연합이 쳐들어간다면 그야말로 난리가 날 터.

"아, 알겠습니다. 10만 플로린을 약속하겠습니다. 대신 황금연합과도 평화협정을 원합니다."

"좋네. 우리 황금연합은 작센에 쳐들어가지 않겠네. 하하하. 참으로 현명한 선택을 했어. 역사는 그대를 높이 평가할 것이야."

작센을 멸망시킬 작정이지만 일단은 마왕 파르자가 우선이다. 평화협정이란 미명하에 당분간은 내버려둬야지. 그렇게 협의가 끝나자 특사가 외쳤다.

"전하! 변경백의 말이 맞습니다. 작센은 바이에른의 안녕을 위해 10만 플로린을 전비로 지원할 의사가 있습니다."

"하하하! 재미있군. 정말."

바이에른 선제후는 무릎을 치며 웃는다. 늙은 대신들도 상황이 이렇게 되자 탄복하는 이가 여럿이었다.

"변경백의 능력이 귀신과도 같구려."

"무슨 마법이라도 부린 것 같소."

하지만 여전히 이를 못 마땅하게 여기는 이도 있었다. 늙은 대신 중 수장격인 위버슈바벤 공작이 나서 이의를 제기했다.

"전하, 변경백이 비록 놀라운 결과를 이끌어 내긴 했습니다만, 그가 특사와 밀담을 나눴다는 사실을 잊으시면 안 됩니다. 신은 대체 무슨 이야기가 오갔기에 특사의 태도가 저리 변했는지 이해하기 어렵습니다."

위버슈바벤 공작의 끄나풀인 도나우리스 백작도 나섰다.

"정사를 처리함에 있어 명명백백함만큼 중한 것은 없습니다. 변경 백에게 명하시어, 무슨 이야기를 했는지 밝혀야 할 것입니다."

여기저기서 동조가 터져 나오려고 하자 바이에른 선제후가 나섰다.

"외교에 관한 사안은 때로는 극비를 요한다. 변경백이 공연히 밀담을 나누진 않았겠지. 그가 과인에게까지 감추리라 여기지 않는다. 아니 그런가? 변경백."

"지당하신 말씀이십니다. 이 사안에 관해 전하께 빠짐없이 고하겠습니다."

당연한 얘기지만 빠짐없이 고할 생각은 없다. 끓어오르는 심연의 힘을 빌려 작센 선제후를 처리했다고 어찌 말하겠나. 아무래도 세작 왕 쿠발트와 입을 맞춰서 적당한 시나리오 하나 만들어야겠군.

"그를 보아라. 과인이 요구한 대로 일을 처리하지 않았느냐?

원래라면 우리가 10만 플로린을 내놔야했는데 거꾸로 받게 되었다. 한데 어찌 트집부터 잡으려는 것이야? 너희 중 누가 이 같이 할 수 있겠나?"

바이에른 선제후의 지적에 앞장 서 나를 비난했던 위버슈바벤 공작이 입을 다물었다. 다른 자들도 헛기침을 하거나 얼굴을 돌렸다.

"과인은 작센의 제안을 기쁜 마음으로 받아들이겠다. 특사는 가서 전하라. 평화협정을 수락하겠다고."

"성은이 망극하옵니다. 전하."

바이에른의 입장에선 돈을 내고 평화를 사려고 했다. 한데 평화협정부터 전비까지 지원받게 됐다. 바이에른 선제후는 더 상황이 바뀌기 전에 재빨리 퇴청해 버렸다.

"각하!"

젊은 귀족들이 우르르 몰려와 나를 둘러쌌다.

"대체 어찌 하신 겁니다!"

"제게도 한 수 가르쳐 주십시오!"

나는 그들에게 우상처럼 숭배 받고 있었다. 혈기가 가득한 그들은 내 계속된 승리를 동경하며 한 마디라도 붙여보려 애를 쓰는 것이었다.

특히 나 같이 잘 나가는 자의 칭찬과 관심은 젊은이들의 허영심을 꽉꽉 채워주곤 했다. 그래서 그들은 충성스러운 강아지처럼 꼬리를 치며 내 곁에 몰려들어 떠날 줄 몰랐다.

이와 반대로 늙은 대신들의 표정이 딱딱하게 굳어있었다. 저 멀리서 위버슈바벤 공작이 나를 못 마땅한 듯 보고는 무리를 이끌고 떠났다.

"연로하신 분께는 궁전의 계단이 높습니다! 살펴 가시지요!"

"흥!"

내 외침에 그는 매우 불쾌한 듯 인상을 쓰더니 발걸음을 재촉해 사라졌다. 바이에른에서 권력을 잡게 되면 가장 먼저 쳐내야 할 자들 같았다. 구분하게 쉽게 몰려다니니 오히려 다행이라 할 수 있었다.

솔직히 저렇게 대놓고 나와 준다면 나는 오히려 편했다. 남을 멀쩡한 자리에서 끌어내리는 게 내 주특기니까.

이번 사건은 엄청나게 이야깃거리가 됐다. 보름 정도 지나자 제국에서 뺨 맞은 특사 사건이라면 모르는 이가 없을 정도였다. 흡족해한 나는 앞으로 작센을 어떻게 가지고 놀까 고민했다. 그때 뜻하지 않는 곳에서 연락이 왔다.

황제 프란츠 4세였다.

"이런 젠장."

반갑지 않은 타이밍이었다. 그는 분명 작센을 건드리지 말라고 사전에 말해왔다. 쳐들어 온 자들을 격퇴하는 건 괜찮지만 작센이 세력을 유지하게 하라 했다.

이는 작센의 기둥인 작센 선제후를 해치지 말란 소리기도 하다. 그런데 내가 그 거물을 죽여 버렸으니 황제는 폭발했을지도 모른다.

"음……."

그나저나 황제는 내가 작센 선제후를 죽인 사실을 알고 있는 걸까? 그의 죽음을 목격한 자는 나 밖에 없다. 세작왕 쿠발트도 사태가 끝난 이후에나 알게 됐고.

작센 선제후 가문의 중진들이 내가 선제후를 살해한 걸 아는 건 짐작하기 어렵지 않다. 아마 형언할 수 없는 암흑에게 들었겠지.

반면 황제는 어떻게?

황제가 만일 내가 작센 선제후를 죽인 걸 안다면 몇 가지 추측이 가능해진다.

1)황제는 처음부터 작센 선제후가 서열 외의 마왕이었다는 걸 알고 있었다.

2)작센 선제후 가문과 황제가 모종의 연관이 있을 확률이 높았다.

3)혹은 작센 선제후 가의 중진 중 황제의 끄나풀이 있다.

이 타이밍에 연락 왔다는 건, 사태를 듣고 나를 질책하기 위해서가 틀림없다.

-황제 폐하 만세.

연락을 받자마자 그는 바로 폭발했다.

-비텐바이어 변경백! 짐이 분명 작센을 건드리지 말라 언급했다! 한데 감히 멋대로 작센 선제후를 죽여! 네놈이 짐의 신하를 해하고도 무사할 줄 알았나!

-폐하, 통촉하여 주시옵소서. 신이 스스로 지키기 위해 어쩔 수 없었습니다.

-듣기 싫다! 그대는 제국파면이 두렵지 않나!

생각보다 화가 많이 난 것 같았다. 나는 이 건을 어떻게든 봉합할 자신은 있었지만. 그와의 관계가 파국으로 치달을 것을 직감했다.

황제는 제국의 균형을 원한다.

그의 시각으로 볼 때 나는 어느새 필요 이상으로 커버린 존재겠지. 제국의 균형을 위해 밀어줬는데, 정작 이제 내가 제국의 균형을 무너뜨리는 존재가 되고만 것이다.

그가 조만간 균형을 위해 날 숙청하려 할 것임은 어렵지 않게 짐작할 수 있었다. 어떤 방식이 될지는 아직 알 수 없었지만 말이다.

─폐하, 부디 신의 해명을 들어주십시오. 폐하의 처분도 달게 받겠습니다.

─듣기 싫다!

─폐하, 부디 자비를 베풀어주십시오.

입으로는 애걸복걸하는 듯 말하고 있었지만, 실제 내 표정은 전혀 달랐다. 거울에 비춘 얼굴을 보니 스스로도 놀랄 만큼 싸늘하기 짝이 없었다. 황제가 통신 마법으로 뭐라, 뭐라 떠들고 있었지만 귀에 잘 들어오지 않았다.

그때 거울 속 냉혈한 같은 내가, 내게 말을 걸어왔다.

"조만간 황제를 죽여야겠군?"

아주 멋진 제안이었다.

황제는 아마 나를 기르는 개새끼라고 여기겠지. 하지만 내 본질은 탐욕스러운 늑대에 가깝다. 주인이라고 물지 못할 이유가 어디에 있겠는가.

나는 미소 지으며 동의했다.

"그래, 새로 황제를 뽑아야겠어. 이번에는 말을 잘 듣는 자가 좋겠지."

2. 제국의 봄

–만약 작센에 직접적인 공격이 이어진다면 그때는 자네와 짐의 관계도 끝인 줄 알게! 또한 작센 선제후의 비보는 모두 돌려주도록!

황제가 엄포를 놓고 연락을 끊었다.

역시 한동안 작센을 직접 침공하는 건 무리일 듯했다. 황제의 요구도 요구지만, 황금연합 역시 작센과 평화협정을 맺었다.

물론 그렇다고 내가 작센을 편히 내버려두겠다는 건 아니다. 세상 모든 일에는 꼼수가 있는 법이기에.

며칠 뒤, 발푸르기스가 새로운 소식을 갖고 찾아왔다.

"작센에서 난리가 났다. 발러. 이번 평화협정이 굴욕적 외교라고 말이다."

듣자니 당장 무효화하라고 귀족들이 들고 일어났다고.

"예상하던 바입니다. 걱정하실 거 없습니다."

나는 그녀에게 차를 한 잔 따라주며 설명했다.

"지금 들고 일어난 자들은 작센 선제후가 죽었는지도 모르고 있습니다."

선제후의 죽음은 작센에서도 최고위층만 알고 있는 비밀이다. 귀족 대부분은 전혀 알지 못했다.

"그런 탓에 그들은 지금 작센이 얼마나 불리한지 모릅니다. 하니 굴욕적이다, 협정을 무효화하라고 목소리를 높이는 거지요. 여기서 제가 현실을 알려준다면 어떻겠습니까?"

"난리가 나겠구나."

"맞습니다. 그리고 그건 남의 집에 불이 나는 것처럼 재밌는 일이지요."

나는 작센 쪽과 아무런 협의도 없이 작센 선제후가 죽었다는 사실을 전격 발표했다. 그리고 내가 계승자를 위한 보검과 인장반지를 보관중이라고 주장했다.

─작센 선제후 전하께서 내게 후계자의 자질을 가진 이에게 이 비보를 넘기라 하셨다. 하여 본인은 전하의 뜻을 받들어 가장 적합한 후계자에게 작센의 보물을 넘길 것이다.

이 발표에 당연히 작센은 요동쳤고 복귀했던 특사가 게거품을 물고 수정구로 연락해왔다.

─그걸 공표하시면 어떻게 합니까!

─아니, 뭐. 자네들이 곤란해 하는 거 같아서 말이야. 사정 모르는 귀족들이 들고 일어나기에 도와주려고 그랬지. 그리고 내가 언제 작센 선제후가 죽은 걸 비밀로 한다고 했나?

특사는 수염을 파르르 떨며 삿대질을 한다.

─이게 사람인가! 귀신인가!

─이보게. 예의에 어긋나는 행동은 자제해주게. 그대는 제국의 귀족답게 늘 품위를 지켜주게나.

–허허!

특사는 할 말을 잃어버렸다. 하지만 그는 영민한 자다. 위기를 기회로 삼으려고 했다.

–기왕 이렇게 된 거 니더작센 공작님을 도와주셔야겠습니다. 그분께 비보를 돌려주십시오.

그 요구에 나는 뜬금없는 걸 물었다.

–그보다 돈 좀 있나?

–네?

–아니, 그게…. 황금연합에 병사들이 많아서 전비가 부족하네. 자네들이 우정을 보여줬으면 좋겠어.

–10만 플로린을 받으셨잖습니까!

그 말에 나는 콧방귀를 뀌었다.

–선제후 전하께서 받으신 거지, 내가 받았나. 이거 왜 이래? 나는 아직 자네들 우정은 구경도 못했어.

–참으로 뻔뻔하시군요! 변경백!

어찌나 특사가 화를 내는지 수정구에 바짝 얼굴을 들이밀고 소리를 질러댔다.

–너무 수정구에 붙지 말게. 자네 콧구멍 밖에 안 보이니까. 그리고 이만 통신을 끊어야겠네.

–아니, 왜 그러십니까!

–방금 라이프치히 백작 쪽에서 연락이 왔어. 인장반지에 관심이 지대하더군.

라이프치히 백작은 작센 선제후의 둘째 아들이다.

–뭐라고요? 아, 아니! 각하! 각하께서는 니더작센 공작님의 편이

되어 주셔야지요! 평화협정을 타결하게 힘쓴 게 니더작센 공작님이
아니십니까!

―아니, 꼭 라이프치히 백작이랑 손을 잡겠다는 건 아니네. 그래도
연락 온 성의가 있는데 말이나 좀 들어봐야지 않겠나.

나는 걱정 말라고 하며 웃어보였다.

―우리 사이에 우정이 견실하다면 굳이 걱정할 일이 있겠는가.
그럼 이만 끊지.

―돈 밖에 모르는 수전노 같⋯.

뚝!

수정구를 꺼버렸다. 이제부터 후계자들에게 하나씩 돈을 뜯어낼
생각에 절로 콧노래가 나왔다.

"조만간 드래곤처럼 금을 바닥에 깔고 헤엄칠 수 있겠는걸."

겨울동안 작센의 후계자들이 내게 많은 성의를 표시해 왔다.

"니더작센 공작께서 보내신 성의입니다."

"라이프치히 백작께서 보내신 성의입니다."

"마이센 백작께서 보내신 성의입니다."

"⋯기타 등등께서 보내신 성의입니다."

부관인 막스가 질렸다는 듯 몰려온 금화더미를 바라본다. 성의라
고 말하고 있었지만 뇌물이었다. 우리는 겨우내 뜯어낸 금화를 결산
해 보는 중이다.

"각하, 저는 불학무식한 용병 출신이라 셈에 약하다고요."

막스가 죽는 소리를 해댔다. 그도 그럴 게, 내가 작센에서 받은 성의는 자그마치 35만 플로린이 넘어가고 있었기 때문이었다. 바이에른 궁정이 공식적으로 지원받은 전비보다도 많았다.

"어서 계속 셈하지 뭐하고 있느냐?"

"각하, 이렇게 받다가 결국 탈나는 거 아닙니까?"

"어허! 본인의 기량을 뭐로 보고 그딴 망발이냐? 내 지금껏 뭐든 양껏 먹어왔지만 한 번도 체한 적이 없느니라. 이 세상에 많으면 많을수록 좋은 게 있으니 그건 바로 금화다."

차르르륵.

한 움큼 쥔 금화가 내 손가락 사이로 떨어져 내렸다.

"금화가 떨어지며 부딪치는 이 소리를 들어 보거라. 세상에서 가장 곱고 아름다운 음색이 아니겠느냐?"

"각하. 너무 돈에 집착하시는군요. 행복은 돈으로만 살 수 있는 게 아니라고 어떤 위대한 시인이 그랬잖습니까?

그 말에 나는 어이없다는 표정을 지었다.

"누가 행복하고 싶다고 했냐? 금화가 많았으면 좋겠다고 했지."

"허….."

날 보는 막스의 시선은, 이 양반이 갈 데까지 갔구나란 느낌이었다. 그래도 욕은 안 하는 게 내가 돈을 늘 군대와 영지를 위해서만 쓰는 걸 알기 때문이다. 나 개인을 위해서 쓰는 돈은 정말 보잘 것 없었다. 오죽하면 깃털모자도 용병 시절에 쓰고 다니던 것 그대로였다.

"그 시인은 분명 위선자였던 게 틀림없다. 남들이 땡볕에서 개고생 할 때 본인은 포도주나 홀짝이며 인생이 어떻고, 철학이 어떻고

했겠지. 괜히 혼자 비탄에 빠진 얼굴로 행복은 돈으로 살 수 없어, 라고 대충 펜으로 끼적였을 거다. 아마 그 옆에선 노예들이 포도를 수확하느라 비 오듯 땀을 흘리고 있었을 걸?"

"……"

막스가 할 말을 잃어버리자 나는 그에게 포도주를 권하며 쐐기를 박았다.

"옛말에 돈에 침 뱉는 놈 없다고 했다. 돈 싫어하는 이가 어디에 있느냐?"

나는 막스를 재촉했다.

"어서 공손한 자세로 부지런히 금화를 셈하지 못하겠느냐! 본인은 필요하다면 금화를 향해 폐하라고 부를 수도 있느니라."

"…제가 말을 말아야지요."

어쨌든 돈을 받았으니 답례를 해야 할 때가 왔다. 안 그래도 황제가 작센의 보물인 인장반지와 보검을 반환하라고 성화였으니까.

하지만 여기서 그냥 그대로 돌려주면 안 될 일이지. 기왕 돌려주는 거 작센과 황제에게 엿을 먹여주면 더 좋은 일이니까.

작센은 파국으로 치닫고 있었다. 비텐바이어 변경백이 작센 선제후의 죽음을 공식 발표하고 나서 완전히 뒤집어졌다. 그때까지 굴욕적인 평화협정을 외치던 귀족들은, 그게 작센을 위한 신의 한 수임을 깨달았다.

그렇게 외침은 막아두자 내부에서 다툼이 심화되었다. 사분오열하는 세력은 내부의 진통을 겪으며 줄서기에 들어갔는데, 결국 가장 유력한 첫째 니더작센 공작 파벌과 둘째 라이프치히 백작 파벌로 쪼개졌다.

둘이 형제인 탓에 아직까지는 서로의 면상에 칼을 들이밀지는 않았지만, 곧 칼 이상의 것이라도 들이밀 게 될 것임을 모두 알았다.

이런 살벌한 분위기의 작센은 겨울이 끝나갈 무렵 중대한 고비를 맞게 됐다. 비텐바이어 변경백이 죽은 작센 선제후의 유품을 반환한 것이다. 오늘 유품이 도착하게 되어 있어 대전에 모두 몰려온 상태였다.

"슬슬 도착할 시간입니다. 합하."

"틀림없이 내 것이겠지?"

"물론입니다. 합하. 신이 다 얘기를 해놨습니다."

"좋아."

대전의 한쪽에서 유력한 선제후 계승후보인 니더작센 공작과 그의 총신(寵臣)인 뒤벤 성백이 소곤거리고 있었다. 이 뒤벤 성백은 얼마 전 바이에른에 파견됐던 그 건방진 특사이다.

"비텐바이어 변경백은 틀림없이 유품을 합하께 넘길 것을 맹세했습니다."

"맹세까지 했다면 틀림없겠군."

니더작센 공작은 대전 반대편에 있는 자신의 아우, 라이프치히 백작을 보며 비릿한 미소를 지었다.

"가증스럽기 짝이 없는 놈. 오늘 대전에서 울며 쫓겨나가게 될 것이다."

라이프치히 백작 역시 자신의 형님을 죽일 듯 노려보고 있었다.

한 배에서 나온 형제이지만 둘은 서로의 배에 칼침을 못 박아서 안달이 난 사이였다.

그들은 궁정의 난간을 걸을 때도 조심조심했다. 언제 자신의 형제가 튀어나와 건물 밖으로 밀어버릴지도 몰랐기 때문이었다.

"비텐바이어 변경백의 특사가 도착했습니다!"

그 외침에 대전이 들썩였다. 여기 모인 후계자들은 이 중요한 유품이 누구에게 돌아갈지 촉각을 곤두세우고 있었다. 곧 특사 일행이 상자 하나를 가지고 왔다.

"여기 비텐바이어 변경백 각하의 전언을 전합니다! 상자 안에 온당한 계승자가 누구인지 적어뒀습니다. 후에 다른 말이 나오지 않게 모두 함께 보고, 서로가 서로의 증인이 되어달라 하셨습니다!"

"지당한 말이다!"

니더작센 공작은 흥분에서 콧김을 내뿜으면서 성큼성큼 앞으로 나갔다.

"드디어 아버님의 유품이!"

"형님, 잠시만 기다리시지요. 같이 개봉해야 맞지 않겠습니까?"

니더작센 공작은 당연히 자신의 물건이라 생각하고 있는데 동생인 라이프치히 백작이 나서자 기분이 팍 상하고 말았다. 하지만 여러 귀족들이 지켜보고 있는 탓에 성질을 부릴 수도 없었다.

"좋다. 너도 오거라."

그들은 상자를 사이에 두고 살짝 떨어졌다. 상대가 칼을 뽑으면 언제든 개구리처럼 폴짝 뛰어 피할 수 있게 하기 위해서였다.

"자, 열어보도록 하라."

수하를 시켜 개봉하자 기다란 상자 안에서 보검과 반지가 나왔다.

"틀림없이 진품이오!"

"오! 이게 전하의!"

몰려와 지켜보던 귀족들도 감탄을 터뜨렸다. 그러자 상자를 갖고 온 자들은 꾸벅 고개를 숙이더니 물러났다. 어째 서둘러 가는 꼴이 수상했지만 지금 상자에 관심이 쏠려 잡는 이는 없었다.

"거기 편지가 있구려."

"시종장이 한 번 읽어보시오."

귀족들의 요구에 시종장이 나서서 편지를 펼쳤다. 하지만 곧 그의 표정은 사색이 됐다. 그러자 주변에서 의아해한다.

"대체 뭐요?"

"왜 그러시오? 어서 읽어보라지 않소."

결국 답답했는지 니더작센 공작이 편지를 빼앗더니 큰 소리로 읽는다.

"본인은 심사숙고 끝에 작센의 평화를 위해 결정하였소. 인장반지는 니더작센 공작에게, 그리고 보검은 라이프치히 백작에게…… 형제가 합심하여 작센을 평화와 공의로 다스려주시오."

언뜻 그것은 그럴 듯했다. 하지만 정말 그럴 듯한 개소리였다.

"이런 미친!"

니더작센 공작은 들고 있던 편지를 집어던졌다. 그리고 반지를 챙긴 뒤 얼른 장검까지 쥐려고 했다. 라이프치히 백작이 그 꼴에 눈이 뒤집혀서 달려들었다.

"그것은 놓으시오! 형님!"

"시끄럽다!"

급기야 두 형제가 서로의 멱살을 잡고 싸우기 시작했다. 그러자 둘을 따르는 자들이 두 패로 나뉘어 패싸움을 벌였다. 명예로운 작센의 대전이 시장바닥 무뢰배들의 싸움터로 변해버렸다.

"놔! 놓으라고! 퉤!"

"꺼져! 가문의 수치 같으니라고! 카아악~! 퉤!"

형제는 서로의 얼굴의 침을 뱉으며 다투고 있었다.

"이런 일이!"

겨울에 특사로 갔던 뒤벤 성백은 현기증을 느끼고 몸을 비틀거렸다. 가뜩이나 험악한 사이인데 유품이 둘로 나뉘어버렸다. 이제 작센의 후계자들은 진흙탕의 돼지마냥 싸우게 될 게 뻔했다.

더듬더듬.

서둘러 품에서 수정구를 꺼내서는 아무도 안 보는 곳으로 급히 향했다. 그는 비텐바이어 변경백과 연결이 되자 따졌다.

-이게 무슨 짓이냐! 변경백!

얼마나 화가 났던지 마땅히 신분 높은 자에게 할 경어도 없었다.

-우리 작센이 네놈 놀이터인 줄 알아! 아주 거하게 해줬구나! 오늘 이 일의 대가는 반드시 치르게 하겠다!

뒤벤 성백은 길길이 나뛰었지만 상대는 심드렁하다.

-당최 뭐가 문제인지 모르겠네.

-이놈! 분명 우리 니더작센 공작님께 유품을 준다고 하지 않았나!

그 말에 비텐바이어 백작은 옆에 있는 식사용 나이프로 이빨 틈에 낀 고기를 쑤시며 대답한다.

-꺼억! 간만에 잘 먹었네. 아, 내가 니더작센 공작에게 꼭 두 개 다 준다고 한 적은 없지."

-뭐라!

-내가 쉽게 거짓말 하는 사람이 아닐세. 거, 약속을 지켰다니까 그래. 귀머거리에게 얘기하는 것도 아닌데 어찌 자넨 그리 말귀를 못 알아듣는가?

-그걸 말이라고 하나!

-아무튼 보내준 돈은 좋은데 쓰지. 하하핫!

뚝!

그걸로 마법 통신은 끝이 나버렸다.

"이런! 미친!"

뒤벤 성백은 황급히 다시 수정구를 연결하려 했으나 아무 소용없었다. 상대방이 수정구를 파괴한 것이다. 뒤벤 성백은 머리가 어지럽고 손에 힘이 탁 풀려 수정구를 놓치고 말았다.

툭. 데구르르-.

그는 결국 버티지 못하고 풀썩 주저앉았다.

"아이고야! 그 고약한 악당에게 완전 당했구나!"

뒤벤 성백은 이제 다가올 작센의 운명에 고개를 떨어뜨렸다. 아귀다툼을 벌일 후계자들에 의해 작센은 조각조각 날 게 틀림없었기 때문이었다.

그리고 나흘 뒤. 뒤벤 성백의 저택으로 한 덩이의 소고기가 배달되어 왔다. 거기에는 정중한 필체로 쪽지가 하나 꽂혀 있었다.

> 잘 챙겨 드시게. 요즘 자네 안색이 갈수록 안 좋아져서
> 내 맘이 다 아프다네. 앞으로 작센을 위해 큰일을 하셔야지.
>
> 그대의 진정한 벗, 발러슈테드 폰 비텐바이어.

"쿨럭!"

급기야 뒤벤 성백은 피를 토하고 쓰러지고 말았다.

바이에른 선제후는 갈수록 안색이 안 좋아졌다.

원래 그의 얼굴은 붉은 기운이 돌아 건강해 보였다. 또한 수염은 덥수룩했고 곰 같이 으르렁대는 사내였다. 식성도 곰 같아서 앉은 자리에서 맥주 1갤런[1]을 들이마시며, 그 와중에 고기도 계속 입에 집 어넣는 걸 멈추지 않을 정도였다.

하지만 그런 그가 어느 순간 늙은이가 돼버렸다.

"하아⋯."

바이에른 선제후는 거울에 비춘 자신의 얼굴을 보고 멍한 표정을 지었다. 피부는 푸석푸석하고 주름이 어찌나 깊은지 힘센 황소가 밭고랑을 만들고 지나간 듯했다.

"이게 다 그놈 때문이다."

그는 자신의 동생인 빌헬름을 떠올리며 이를 갈았다. 그리고 거울을 보며 혼잣말을 하고 있었다.

"물론 과인이 잘못하긴 했지만 왜 이제 와서 난리란 말인가? 과거의 죗값은 과인이 지옥에 가서 치를 준비가 됐거늘! 네놈이 설쳐대는 게 우리 조카딸을 힘들게 하는 일이란 걸 진정 모른단 말인가!"

바이에른 선제후는 세상에 그보다 미운 게 없다는 듯 거울을 쏘아 봤다. 그러다 소리 죽인 비명을 터뜨리며 뒹굴었다.

---

1 3.75리터. 500cc 맥주잔 기준으로 약 7잔.

"크으윽! 으윽!"

쓰러진 그의 드럼통 같은 배가 크게 오르락내리락했다. 찡그린 이마에는 식은땀이 잔뜩 흘렀다.

"대체! 대체… 이 빌어먹을…."

바닥에 쓰러진 그는 간신히 옷의 앞섶을 터서 가슴팍을 열어보았다. 그러자 그의 흉부가 드러났는데 온통 보기 싫은 흉터가 가득했다. 발푸르기스의 얼굴의 1/3을 덮고 있는 것과 비슷한 모양의 흉터였다.

"젠장… 점점 넓어지고 있다…. 이렇게 된 이상 달리 도리가 없어. 과인도 어쩔 수 없다고."

그렇게 숨을 헉헉거리는데 뒤쪽에서 짧은 비명이 터져 나왔다.

"꺄앗!"

그리고 들고 있던 물건을 떨어뜨리는 소리가 들렸다.

캉! 쨍그랑!

바이에른 선제후가 돌아보니 자신의 시녀가 놀라서 쟁반을 떨어뜨린 모습이었다.

"전하. 언제 다치신 거예요!"

시녀는 이 흉터를 전혀 알지 못하는 눈치였다. 그저 자기 주인이 불에 데인 줄 알고 호들갑을 떨었다.

"의사를 불러오겠습니다! 전하!"

"아니, 그것보다 일단 과인을 부축해서 의자에 앉혀다오."

충직한 시녀는 얼른 바이에른 선제후를 부축했다. 하지만 그 순간 단검이 그녀의 목줄기를 베고 지나갔다.

피슈숙!

대동맥이 잘려서 피가 솟구쳤다. 시녀는 무슨 일이 일어난 건지 모르겠다는 듯 멍한 표정이었다.

"저, 전하? 그, 으윽!"

오랜 세월 자신을 돌봐준 시녀의 목을 그어버린 바이에른 선제후는 씁쓸한 얼굴이었다.

"미안하구나. 하지만 아직 이 비밀은 알려져서는 안 된다."

"아아악!"

시녀의 입에서 비명이 터져 나오려는 그 순간, 바이에른 선제후의 두툼한 손이 막아버렸다.

"으읍! 윽! 윽!"

가냘프기 짝이 없는 신음과 함께 시녀의 몸이 꿈틀거린다. 하지만 바이에른 선제후는 육중한 몸으로 깔아뭉개고 그녀가 움직이지 못하게 했다.

"으으… 으윽…."

결국 시녀의 눈은 흐릿해졌고 그대로 숨을 거뒀다. 카펫이 온통 피로 질척거렸다. 벌어진 그의 앞섶도 피투성이였다. 바이에른 선제후는 탄식했다.

"피비린내! 그래, 이것 말고는 다른 모든 걸 포기해야만 하겠지!"

제국에 봄이 왔다.

올봄은 특별히 촉촉한 봄비 대신 피가 쏟아지겠지.

"멋진 계절이야. 이런 계절에는 점심에 운이 좋아 목숨을 구했다고 안심할 수 없네. 저녁 식사는 먼저 하늘에 간 친구와 같이 먹을 수도 있을 테니까. 그만큼 죽음이 가까이 있다는 소리지."

"개소리는 여전하시군요."

반가운 인물이 찾아왔는데 바로 달타냥이었다. 마왕 페자무트의 옛 땅에 대한 공략이 마무리 단계에 이르러 달타냥은 먼저 복귀했다.

브장송을 공략중인 칼리오네는 자신이 강자인데다가 지아꼬모 알비노가 보필하고 있었다. 달타냥까지 있는 건 인력낭비였다.

"그대가 부관으로 복귀해주니 이 가슴이 마구 뛰는군."

슬그머니 달타냥의 엉덩이를 만지려 하다 손등을 맞았다.

짝!

"…제 둔부를 탐하시는 건 여전하시군요."

"미안하네, 자네의 엉덩이에는 자석같이 끌어당기는 힘이 있네. 괜찮다면 그 사과 같은 엉덩이를 한 번 주무르게 해주지 않겠나?"

"주군의 코뼈랑 교환하는 조건이면 가능합니다."

엉덩이를 만지면 코뼈를 부러뜨리겠다니…. 여전히 무서운 여자였다.

"그러지 말게. 콧대 높은 게 내 자랑이야."

"그 정도 돼야 제 엉덩이 값으로 적당하죠."

나는 슬쩍 그녀의 탐스러운 엉덩이를 본 뒤에 동의한다는 듯 고개를 끄덕였다. 그러자 그녀가 부끄러운지 입술을 살짝 깨문다.

"아무래도 괜히 왔나 봅니다. 비텐바이어로 돌아가겠습니다."

"무슨 섭섭한 말을. 다시 만나서 반갑네. 오늘 밤 술 한 잔 하겠나?"

"순수하게 술만 마시겠다면 응하겠습니다."

"좋지, 자네처럼 매력적인 여인이 앞에 있어주기만 해도 멋진 자리가 될 거야."

"윽……."

달타냥은 싫다는 표정을 지었지만 내 청을 거절하지는 않았다.

"무엇을 위해 건배할까요? 주군."

"이 시대를 위해 건배하지."

"시대요? 황당하고 이상한 일만 일어나는 이 시대 말인가요?"

달타냥은 아리송하다는 표정이었다.

"그래, 황당하고 이해할 수 없는 일만 일어나는 시대니 본인 같은 협잡꾼이 먹고 사는 것 아니겠나. 빌어먹을 정도로 좋은 세상인 거지. 하하하."

"…난세에 태어나지 않으셨다면 아쉬워서 어쩔 뻔하셨나요."

달타냥과 흐뭇한 술자리를 갖고 일주일 뒤, 황금연합은 암흑창공의 마왕 파르자의 영지인 뷔르츠부르크로 출진했다. 작센은 내분에 빠졌기에 우리는 거칠 게 없었다. 병력도 생각보다 더 모여서 3만이나 됐다.

"명령서가 쓸모없어진 게 아쉽군요. 틸리 장군."

"각하께서 그라이펜베르크에서 구한 것 말씀이시군요?"

"그렇습니다. 작센 선제후의 이탈로 적의 작전이 모두 수정됐으니 말입니다."

"그게 없어도 신이 각하께 승리를 가져다 드리겠습니다."

틸리의 말이 실로 믿음직했다. 진군한지 사흘 만에 우리는 넓은 평야에서 마왕 파르자의 대군과 만났다. 그쪽은 2만이었다. 하지만 병종의 질은 우리보다 위였다.

"결국 이렇게 만나는군. 변경백."

"이런이런. 마왕 전하가 아니십니까?"

드디어 암흑창공의 마왕 파르자와 대면하게 되었다. 그는 뿔이 돋았고 커다란 박쥐 날개를 가진 덩치 큰 사내였다. 두 눈은 홍옥처럼 붉었으며 피부는 야밤에만 나다니는 사람처럼 창백했다.

"과인의 군세를 이길 수 있겠는가? 고르고 고른 병사들일세."

마왕 파르자는 자신만만해 했다. 그렇지만 그는 아직 전혀 모르는 게 있었다. 바로 내게 인간 중 전장의 지휘자라 불리는 틸리 장군이 있단 사실이었다.

"인간의 속담 중에 이런 말이 있습니다. 길고 짧은 건 대봐야 안다고요. 무운을 빌겠습니다. 마왕 전하."

"기대하지! 발버둥 쳐봐라! 인간!"

그 뒤 길고 짧은 걸 대보는 시간이 왔는데 자신만만해 하던 마왕 파르자의 군대는 3시간 만에 대패해서 도주했다.

"이, 이 무슨!"

마왕 파르자는 얼이 빠진 것 같았다. 틸리 장군은 역시 사기였다. 회전이라면 일단 이기고 본다는 속성이 붙어있는 장군이었으니까. 마왕 파르자는 본인 자신이 상당한 군략가였기에 충격이 더 큰 모양이었다.

"이런 개망신이!"

세 시간 동안 우리는 500명밖에 안 죽었지만 마왕군은 5,500명이나 죽었다. 마왕 파르자는 빠르게 전의를 잃어버렸다. 아는 사람만 보인다고, 그는 틸리가 얼마나 격외(格外)의 존재인지 알아차렸다.

"믿을 수 없다! 인간 중에 어찌 저런 장군이!"

마왕 파르자는 분루를 삼키고 몸을 돌렸다. 잘난 대리장군 덕에 차나 마시고 구경하던 나는 기가 살았다.

"살펴 가십시오! 전하!"

희희낙락해 하며 전군을 지휘하느라 녹초가 된 틸리를 치하했다.

"고생하셨습니다. 저는 한 게 없어서 무안하군요."

"그런 말씀 마십시오, 각하. 각하께서 계시니까 마왕 파르자를 견제할 수 있었던 것입니다. 만약 각하가 존재하지 않았다면 마왕이 아군 수천을 학살했을 것이고, 그러면 전술이고 뭐고 아무 소용이 없게 됩니다."

나 역시 괜히 차나 마셨던 게 아니다. 멀리 있는 마왕 파르자를 계속 노려보고 있었다. 마왕 파르자 역시 마찬가지였다. 그는 명을 내리면서 내가 언제 움직이나 살피고 있었던 것이다. 우리가 그렇게 서로 묶여 있는 사이 회전은 한 장군의 빛나는 군사적 재능에 의해 결정됐다.

"각하, 도주한 마왕이 자기 성에 틀어박혀 버렸습니다."

문제는 그 뒤였다. 마왕이 성벽에 숨어 움직일 생각을 하지 않는 것이었다. 틸리의 실력을 맛 본 그는 단연코 회전을 거부하고 있었다.

"포격이라도 하지 그렇습니까?"

"성에 마법이 걸려서 포탄이 충격을 주지 못합니다. 마치 고무처럼 포탄을 튕겨냅니다."

"이런 황당한…."

포탄으로 무너뜨릴 수 없다면 직접 넘어야 하는데, 그러려면 희생이 엄청날 터. 결국 방침을 바꿔야했다.

"틸리 장군. 뷔르츠부르크를 순회하면서 약탈하겠습니다."

"영지를 파괴해서 마왕을 끌어내시려는 거군요?"

"맞습니다. 자기도 영지가 박살나면 참지 못하고 나오겠죠. 그 사이 우리는 느긋하게 돈을 쓸어 담읍시다."

황금연합은 마족의 도시와 마을을 맘대로 유린했다. 약탈이야말로 돈을 버는 가장 빠르고 확실한 수단이었다. 나는 적극적으로 모두를 통제했다.

"건장한 오크는 노예로 팔 테니 잡아들여라. 오거는 어린 녀석만 남기고 죽이도록. 크면 길들일 수 없다!"

"알겠습니다! 변경백 각하!"

명을 받은 연대장들이 군례를 올리고 흩어졌다. 잡힌 오크들이 굴비처럼 묶여서 마을에서 잡혀 나왔다.

"오거는 비싸니까 신경 쓰도록!"

어린 오거는 잘 세뇌시키면 살아있는 중장비가 된다. 건축에 많은 도움이 되기에 비싼 값에 팔리곤 했다.

찰싹!

주변에서 병사들이 채찍으로 오거의 등짝을 마구 갈겨댔다.

"쿠에에엑!"

오거가 고통에 몸서리를 쳤다. 어린 놈이나 벌써 키가 2미터가 넘고 있었다. 그 옆에는 아군의 총알 세례에 벌집이 된 어른 오거들이 널브러져 굴러다녔다.

"오거라고 해봐야 총알 앞에서는 고깃덩어리에 불과하지. 크하하핫!"

한 무리의 총병들이 죽은 오거의 몸뚱이에 올라 온갖 폼을 잡고 있었다. 마치 코끼리 사냥에 성공하고 의기양양해 하는 사냥꾼 같았다.

이후의 전투는 계속 그런 식이었다. 순식간에 마을 열 개와 도시 두 개를 초토화시켰다. 어찌나 알차게 털었던지 노예를 뺀 재산만 150만 플로린어치나 됐다. 사방에 마족의 시체가 가득해서 들끓는 파리들이 검은 연기처럼 몰려다녔다.

"집과 시체 타는 냄새만 가득하군. 쯧쯧."

산더미처럼 쌓인 마족의 시체를 보며 혀를 찼다.

철푸덕!

구덩이에 죽은 마족 하나가 던져지자 피로 미끈해진 시체더미 아래로 굴러 떨어졌다.

"이래도 안 나올 건가. 파르자."

어서 마왕 파르자가 튀어나왔으면 싶었다. 하지만 그는 자신이 머무는 도시만 지킬 수 있다면 바깥에서 무슨 일이 일어나는지 상관 안 하는 것 같았다.

"장군, 우리는 인내심 강한 적을 상대하게 됐습니다. 그 하나의 덕목만으로 그는 우리를 이렇게 난처하게 하는군요."

내 불평에 틸리는 수염을 쓰다듬으면서 고개를 끄덕였다.

"때로는 군략이 밝은 장군보다 인내심이 강한 장군이 더 상대하기 어려운 법이지요."

일방적인 싸움이었다. 가끔 비행 마족이 공격해 오면 총을 쏴서 쫓아버렸다. 황금연합의 모두는 영주와 병사를 가리지 않고 크게 한몫 챙기고 있었다.

한데 그런 와중에 뮌헨에서 뜻밖의 소식이 도착했다.

"각하! 각하!"

약탈한 도시 한 가운데 있는 마족의 건물에서 쉬고 있는데 뮌헨에 있던 부하 하나가 초주검이 되어 찾아왔다. 그는 과거 파펜하임 밑에서 일하던 데이워커 중 하나였다. 뮌헨으로 데려온 이래 계속 첩보전을 맡기고 있었다.

"무슨 일인가? 왜 직접 왔어?"

첩보원들과는 마법의 수정구로 연결되어 있다. 번거롭게 전장까지 올 필요는 없었다. 뭔가 심상치 않았다. 이제 보니 그 데이워커는 팔도 하나 없는 상태였다.

"각하! 통신 마법이 막혀서 직접 올 수밖에 없었습니다!"

언데드인 뱀파이어치고 드물게 감정이 격해져있었다.

"차분히 말해 보거라."

"현재 바이에른의 수도인 뮌헨이 지옥이 됐습니다!"

"무슨 소리야?"

데이워커의 표정을 보니 그가 언데드만 아니었다면 눈물을 왈칵 쏟아냈을 것 같았다.

"말 그대로입니다. 뮌헨은 그야말로 인외마경이 됐습니다. 현재 뮌헨에 어둠의 대군인 형언할 수 없는 암흑의 화신이 강신했습니다!"

"뭐라!"

하지만 충격적인 건 그것만이 아니었다.

"바이에른 선제후 막시밀리언은 수도의 시민을 직접 인신공양해, 형언할 수 없는 암흑의 화신에게 마왕 위를 받았습니다!"

"이런 말도 안 되는! 발푸르기스는!"

"송구합니다! 저희가 전력으로 그분을 구출하려 했으나 이미 실종되어 행방을 찾을 수 없었습니다! 하여 이 소식만이라도 전하려 형제들과 탈출을 감행했으나 저 하나 겨우 목숨을 부지하여 주군께 왔나이다!

크흐흑!"

데이워커는 감정이 격해진 듯 땅바닥에 이마를 쿵쿵 찍어댔다.

"죽여주십시오! 주군!"

털썩.

나도 모르게 자리에 주저앉았다.

지금까지 이 세계에 와 온갖 사건에 담대하게 대처해 왔다. 하지만 이 소식만큼은 두 다리가 후들거리는 걸 어쩔 수 없었다.

"바이에른… 선제후가 마왕이…. 인신공양을…….."

도무지 믿기지가 않았다. 이미 사태가 내 지난 경험을 아득히 초월하고 있었다. 더는 예전의 기억 따위는 도움이 되지 않았다.

"빌어먹을 형언할 수 없는 암흑!"

으드득.

이가 절로 갈렸다. 그가 후원하는 마왕, 크라이카이제를 죽여버려서 손을 쓴 게 틀림없다. 게다가 화신까지 강신하다니 보통 상황이 아니다.

현재 내 실력으로는 화신의 털끝도 못 건드린다. 내가 아니라 마왕 오드가쉬 정도의 절대자로 파티를 구성해야 어찌할 수 있겠지.

"…발푸르기스."

약혼자의 실종도 커다란 충격이었다. 대체 어떻게 된 걸까? 발푸르기스를 보호하기 위해 모종의 조치를 해놓긴 했지만 얼마나 효과가 있을지는 모르겠다.

"……."

눈의 초점이 어쩐지 흐려졌다. 마음속이 멍해진다. 충격이 너무 커서 머리가 안 굴러갔다.

좌아아아!

그때 군막 밖에서 비까지 쏟아 붓기 시작했다.

"하하⋯."

허탈한 웃음이 흘러나왔다.

예전에 한 음유시인에게 들은 적이 있다. 운명이 나락으로 떨어질 때는 언제나 비가 내린다고.

"신격들께서 이제 내 발걸음을 멈추시려나 보다."

"주군!"

"한 걸음, 한 걸음, 신중히 지모를 짜냈다. 하지만 어둠의 대군이란 존재가 모든 걸 단번에 박살내는구나. 이제 내 운명이 그 향기를 잃었다."

"주군! 마음을 다잡으십시오!"

데이워커는 비통한 목소리였다.

"⋯이 빗줄기를 어떻게 버텨야 하는 것인가."

상심한 내 모습에 데이워커는 얼굴이 일그러진다. 그는 비통하기 짝이 없다는 표정이었다.

"주군! 신이 전하를 모신 이래 언제나 감탄하고 흠모했던 점이 있었나이다. 그건 주군께서 어떤 상황에서도 날카로운 재치와 확고한 손길로 적을 박살내는 것이었습니다!"

데이워커는 재차 이마를 땅에 찧는다.

쿵! 쿵! 쿵!

이마가 까져 피범벅이 되어 있었다.

"그게 이번이라고 다르겠습니까! 그게 어둠의 대군이 상대라고 다르겠습니까! 주군은 언제나처럼 주군의 일을 행하십시오! 설령 슬픔과 좌절이 넘친다고 해도 주군의 기만적인 지혜로 그걸 가리시고 일어나십시오!"

놀랍게도 그 데이워커는 이내 눈에서 분루를 줄줄 쏟아냈다. 나는 순간 놀라 좌절도 잊고 그를 바라보았다. 흡혈귀가 눈물을 흘리다니?

"형제들을 위한 눈물은 지금 제가 흘리겠습니다! 하오니 주군! 아니, 망자의 왕이시여! 전하께선 그 눈물과 비탄을 적이 죽은 후로 아껴두십시오!"

그때 놀라운 일이 일어났다.

<당신이 만든 뱀파이어가 새롭게 거듭납니다!>
<데이워커가 엘더 뱀파이어로 격상합니다!>
<따르는 언데드의 도움으로 사령술의 새로운 경지를 돌파했습니다.>
<언데드 소환 능력이 숙련6단계에 오릅니다!>
<미라, 데스나이트, 엘더 뱀파이어 소환이 가능해집니다!>

"이럴 수가!"

눈앞에서 데이워커가 엘더 뱀파이어로 격이 오르다니. 엘더 뱀파이어는 현재는 전멸했다고 알려진 존재로, 뱀파이어의 오랜 조상들이다.

한데 이 자가 분노로 거듭나 그 경지에 도달해버렸다. 덕분에 오랜 시간 벽에 막혀 있던 내 사령술까지 덩달아 올랐다.

순간 수치가 밀려와 얼굴이 화끈해졌다. 감히 그의 주인을 자처할 낯이 없었던 것이다.

"그대의 이름이 무엇인가?"

"발라트입니다! 전하."

발라트인가. 나는 고개를 끄덕이며 그 이름을 기억했다. 내 휘하의 첩보전을 담당하던 데이워커 중 유일한 생존자였다.

"그대의 말이 맞다. 발라트. 내겐 부하를 위해 눈물을 흘리는 것보다 적을 위해 악어의 눈물을 흘리는 게 어울린다."

"그러하옵니다! 전하! 거짓과 위선으로 적을 나락으로 떨어뜨리십시오! 그리고 그때, 한 방울의 눈물을 그들을 위해 흘리십시오! 그게 전하만이 가지신 악의 품위이옵니다!"

휘하의 뱀파이어가 이렇게까지 말해주는데 좌절하고 있을 수만은 없는 일이었다. 나는 바로 기운을 차렸다.

"발라트여, 그대의 충언으로 용기를 되찾았다. 짐이 약속하지. 모든 게 그대가 원하는 대로 될 것이다. 그리고 독사의 심장을 가지고 적을 대하겠다. 가장 풍부한 어휘를 가진 연대기 작가조차 그 악독함을 표현할 길 없을 정도로!"

"성은이 망극하옵니다!"

마음을 다잡자 세상이 달라보였다. 지금 쏟아지는 빗줄기만큼 적의 눈물을 뽑아낼 생각을 하니 다시 머리가 굴러가기 시작했다.

"그래, 짐은 남을 괴롭힐 때 가장 빛나는 도다."

발라트의 충언에 기운을 차린 뒤 바로 행동에 돌입했다. 어영부영하는 건 성미에 안 맞는다. 일단 마왕 파르자에게 정전협정을 제의했다. 하지만 좋은 소식이 돌아오지는 않았다.

"각하. 마왕이 정전협정을 거절했습니다."

"쯧!"

특사로 다녀온 관료의 말에 나는 혀를 찼다. 그리고 주변에 자리한 황금연합의 영주와 기사들에게 말했다.

"저 마왕 놈이 틀어박혀 움직이지 않는 건 역시 믿는 구석이 있었던 것이네. 중간에 뮌헨의 사태를 연락 받은 게 틀림없겠지."

어쩐지 영지가 날아가는 와중에도 죽어도 안 나오더라니. 어차피 우리가 회군할 거라 여긴 거겠지.

"본인은 바이에른으로 군대를 물릴 작정이네. 다들 어찌 생각하는가?"

나야 회군할 작정이지만 이들은 황금을 위해 손을 잡은 무리니 바이에른과 무관하다. 그래서 물어본 건데, 다들 약탈을 더 하고 싶어 했다.

"하지만 각하께서 가시면 마왕이 튀어나올까 걱정입니다."

마왕 파르자를 엿 먹이기 위해선 이 도적놈의 무리가 그의 영지를 더 휘저어줘야 한다. 날 따라서 그냥 만족하고 회군하면 아쉬운 결과다.

"자네들은 더 정의를 실천하고 싶은데 마왕이 걸린다 그거지?"

"네, 각하."

"그렇다면 본인이 해결책을 제시해주지."

"오! 그게 정말이십니까!"

나는 고개를 끄덕이며 설명했다.

"본인은 몰래 이탈할 작정이다. 대신 군기와 의복을 남겨두고 가겠다. 그대들 중 연기에 뛰어난 사내가 비텐바이어 변경백으로 가장할 수 있게."

"음, 확실히 먹힐 것 같습니다. 어차피 그 마왕은 각하의 깃발만 보여도 성에서 나오지 않을 테니 알지 못할 것입니다."

영주와 기사들은 좋아했다. 마왕 파르자와 나는 묘한 대치 관계를 유지하고 있다. 그가 다소 앞설 것으로 생각되긴 하지만 우리의 힘은 서로가 서로에게 위험하다.

맹수가 야생에서 다툼을 꺼리는 것처럼, 만약 붙었다가는 양쪽 다 치명타를 입을 확률이 높았다. 그래서 얼마 전의 회전에선 차를 마시며 눈싸움만 하지 않았는가.

"언젠가 들키기야 하겠지만 그때쯤이면 그대들은 더 먹을 수도 없을 정도로 처먹은 뒤겠지."

"맞습니다. 하하하핫!"

이걸로 마왕 파르자의 고통은 한동안 지속될 거다. 뮌헨의 일 때문에 해방될 줄 알았다면 오산이다. 감히 내 정전협정을 거절한 대가를 치르게 해주지.

"한 가지 더 방법을 마련해주겠네. 제국의 기사들이 이 뷔르츠부르크에 벌떼처럼 몰려들게 해주지."

"네? 그런 방책이 있습니까?"

내가 고개를 끄덕이자 다들 반색했다. 돈에 미친 기사들만큼 무서운 것도 없다. 그들은 메뚜기떼와 같다. 뾰족한 검을 든 강철 메뚜기들이었다.

그들이 얼마나 악독하고 끈질긴지는 당해본 마왕만이 안다. 강대한 마왕인 로엘린조차 치를 떨 정도였다. 게다가 기사가문에는 숨겨진 강자들도 많아서 마왕이라고 마냥 안심할 수 없었다.

잘난 기사가문에는 검술 대가들이 몇이나 있을 테니 까딱하다간 막사에서 자다가 칼 맞는다. 그러면 아무리 마왕이라고 해도 바로 황천길이었다.

즉, 기사가문이 떼로 몰려오면 마왕 파르자가 꿀잠 자는 시절은 끝장인 거다.

"다만 그대들은 내 군기를 빌리는 대가를 지불해야할 것일세."

당연한 얘기지만 이런 중에도 난 돈 벌 기회라면 놓치지 않는다.

"하루에 1만 플로린을 내게."

"허억!"

다들 엄청난 거금에 깜짝 놀란다.

"1만 플로린이라니요! 깃발 하나에!"

"본인의 깃발에 그 정도 가치도 없다고 보는가? 그 깃발이 여기 모두의 생명을 구해줄 것 것일세."

내 말에 다들 생각에 잠기더니 결국 동의했다. 1만 플로린을 모두가 나눠서 내는 대다가, 약탈로 버는 돈이 훨씬 많을 거라고 자신하기 때문이겠지.

"저희가 어리석었습니다. 각하의 말이 맞습니다. 기꺼이 바치겠습니다."

"좋네."

이렇게 황금연합에 관한 협의가 끝나자 즉각 뮌헨으로 출발할 준비에 들어갔다. 일단 이 깃발 비용을 제국의 수도인 빈에 뇌물로 보냈다.

황제와 사이가 틀어졌지만, 뮌헨의 사태 때문에 다시 손을 잡을 수 있을 것 같았다.

그는 균형을 원한다. 작센이 무너지길 원하지 않았듯 바이에른도 무너지길 원하지 않는다. 가까운 미래에 그를 죽일 작정이긴 하지만 당분간 밀월은 계속될 듯했다.

-황제 폐하! 신이 긴히 말씀드릴 게 있습니다.

급히 황제에게 연락을 넣었다.

마왕 파르자는 요즘 한 가지 미덕의 신봉자가 됐다. 바로 인내다.
그리고 그 인내를 강하게 해주는 게 술이었다.

"크으!"

오늘도 퍼마시고 있었다. 성에 숨은 이후 술독에 반쯤 빠져 지내는
중이었다.

군략에 제법이었던 그는 지금까지 만만한 적을 상대로 이런저런
승리를 거둬왔다. 그래서 스스로 천재라고 여기게 되었다.

하지만 하늘 위의 하늘인 틸리 장군에게 대패하고 나서 생각이
바뀌었다. 3시간만에 5,000여 명을 잃자 마왕 체면에도 불구하고 그냥
넋이 나가버렸다. 그 뒤로 독주를 퍼붓는 게 일상이었다.

"크크큭…."

하지만 오늘은 꽤 즐거운 기분이었다. 그간 유일한 해법이었던
인내가 드디어 결실을 볼 수 있게 된 것이다. 뮌헨에서 아주 멋진 일이
일어났기 때문이었다.

"꼴좋다! 비텐바이어 변경백! 흐하하하!"

놈이 보내온 특사를 면박주고 정전을 거절했을 때 가슴 속이 뻥
뚫리는 것처럼 시원했다. 급한 건 자신이 아니었다. 이대로만 있으면
알아서 물러갈 적이었다.

"오늘따라 술이 맛있군."

영지를 멋대로 들쑤신 복수는 기필코 잊지 않고 해주리라, 그는 그렇게 다짐했다. 하지만 어찌된 일인지 다음날이 되도 적이 출군하는 기미는 없었다.

"기다리면 가겠지."

이틀째가 됐지만 여전했다. 마을 하나가 더 불탔다는 소식만 들어왔다.

"음? 놈들이 좀 굼뜬 걸?"

뭔가 이상함이 느껴졌다. 그리고 사흘, 나흘이 지나도 적은 사라지지 않았다. 철군할 생각이 없는 것 같았다. 오히려 더욱 활발히 그의 영지를 헤집고 다녔다. 심지어 비텐바이어 변경백의 군기가 꼿꼿하게 서 있으며 진중에도 그가 보인다고 세작이 보고해 왔다.

"아니, 바이에른이 어떻게 되던 상관없다 그건가?"

도무지 이해할 수 없었다. 닷새가 되자 새로운 보고가 올라왔다.

"위대하신 분! 제국의 모든 기사들이 이 뷔르츠부르크로 향하고 있다고 합니다! 마치 설탕을 쫓는 개미떼처럼 사방에 가득합니다!"

"아니 뭐야? 왜 인간 기사 놈들이 여기로 몰려온다는 거야!"

마왕 파르자가 황당해하자 그의 수하가 조심스레 무언가를 내밀었다. 그건 선전지였다.

행운이 가득한 기사라면 뷔르츠부르크로 오라

그런 제목으로 시작된 선전지는 마왕이 뷔르츠부르크를 포기했으며, 제국 기사들은 제국법에 근거해 그의 재산을 마음껏 집행해도 된다고 적혀있었다. 그리고 그 선전지의 발행인은 비텐바이어 변경백이었다.

"이런 미친놈이!"

마왕 파르자는 황당해서 입이 쩍 벌어졌다. 이 터무니 없는 놈이 남의 영지에 대해 멋대로 소문을 뿌리고 있었던 것이다.

"감히 과인의 영지를 제국 모든 기사 놈들의 놀이터로 만들었다, 그거지!"

부르르.

머리끝까지 올라온 분기에 몸이 떨릴 정도였다. 이제야 영지에서 승냥이 같은 것들이 떠날 줄 알았는데, 동료를 떼로 부르고 있는 꼴이었다.

"위대하신 분, 심지어 인간들은 뷔르츠부르크 일대를 돌아다니며 마족의 무덤을 파헤쳐 멋대로 도굴을 하고 있습니다."

"이런 근본 없는 것들이! 으으윽!"

마왕 파르자는 기가 막혀 고개를 마구 흔들었다. 말도 안 된다, 이럴 순 없다, 어째서 일이 이렇게 되는 건지 그는 받아들이기 어려웠다.

"안 되겠다! 출성해서 적을 쓸어버려야겠다!"

어렵게 마왕 파르자가 결심하자 그의 총신들이 일제히 엎드려 막는다.

"아니되옵니다! 분명 적의 함정이 기다리고 있을 것입니다! 저들이 파리 떼처럼 들끓는 이유가 무엇이겠습니까? 바로 위대하신 분께서 성을 나서길 기다리는 게 틀림없습니다!"

꽤 그럴 듯하게 들렸다. 그래서 마왕 파르자는 결심이 흔들렸다.

"이런 빌어먹을!"

쨍그랑!

그가 던진 유리잔이 대리석 바닥에서 요란하게 깨졌다.

"비텐바이어! 비텐바이어! 비텐바이어! 비텐바이어! 비텐바이어!
비텐바이어! 비텐바이어! 비텐바이어! 비텐바이어! 비텐바이어!"

도무지 그 악마 같은 놈이랑 얽히고 나서 제대로 되는 일이 없었
다. 마왕 파르자는 자기 머리를 쥐어뜯으며 대책에 골몰했다. 한데
그때 비텐바이어 변경백에게서 편지 한 통이 왔다.

그건 제국 곳곳에 뿌려진 황제의 경제봉쇄 명령서였다. 경제의
경제봉쇄 명령서였다. 그제야 왜 그는 제국의 기사들이 징그럽게 밀
려오는지 알아차렸다. 그는 떨리는 손으로 비텐바이어 변경백의 편
지를 다시 읽어보였다.

> 위대한 전하께 영광을!
> 오늘날 전하의 위명이 제국에서 가장 영광스러운 위치에 올랐나이다.
> 여기 그 증거를 첨부하오니 기쁘게 살피시길 바랍니다.

짧은 내용이었고 동봉된 종이가 주목적인 듯했다. 마왕 파르자는
비텐바이어 변경백의 비아냥거림 가득한 편지에 인상을 찌푸리며 접
힌 종이를 열어보였다.

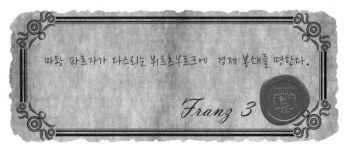

> 마왕 파르자가 다스리는 뷔르츠부르크에 경제 봉쇄를 명한다.
>
> Franz 3

그건 제국 곳곳에 뿌려진 황제의 경제봉쇄 명령서였다. 그제야 왜 그는 제국의 기사들이 징그럽게 밀려오는지 알아차렸다. 그는 떨리는 손으로 비텐바이어 변경백의 편지를 다시 읽어보았다.

"쿨럭!"

마왕 파르자는 피를 토하고 쓰러졌다.

황제와 나는 다시 손을 잡게 됐다. 물론 예전과는 느낌이 상당히 다르다. 오른손은 악수를 하면서 뒷짐을 쥔 왼손은 단검을 들고 웃는 격이다. 하지만 우리는 서로가 필요했다.

─정말 대단하군, 변경백. 아무리 자네라도 이번에는 고전할 줄 알았어. 하지만 봄이 되자 마왕 파르자와 작센을 치워버리다니.

황제에게서 다소 애석해 하는 기색이 느껴졌다. 아무래도 그의 입장에선 지나칠 정도로 커버린 내가 적들과 치고받으면서 소모되길 바랐겠지.

─그저 때가 되자 비구름이 걷혔을 뿐입니다.

단순한 행운이라 했지만 황제는 믿지 않았다.

─그대는 난세가 만들어낸 괴물이다. 피와 죽음을 마시고 무럭무럭 자라나, 마치 포탄처럼 모든 걸 파괴하고 일직선으로 나아가는구나.

황제는 이제 나를 향한 불쾌함이나 두려움을 감추지 않았다.

─때로는 자욱한 포연이 깔려야 일이 해결되기도 하는 법입니다. 하지만, 폐하. 폭풍우가 제국을 덮치고 있습니다. 이 봄에 어울리지

않는 것들이지요. 우선 그것에 대해 이야기하심이 어떻겠습니까?

-흐음….

황제는 고민하는 듯 낮은 신음을 흘리다 입을 열었다.

-역시 바이에른 선제후를 제국파면에 처해야겠네. 이대로는 절대
안 돼.

제국의 일곱 기둥 가운데 하나인 선제후가 마왕 위를 받았다고 한다.
용납될 리가 없었다. 잘못하면 바이에른의 선제후직을 계승 중인
비텔스바흐 가문이 멸문할 수도 있는 일이었다.

-파면 후에 제국의 공적으로 선포해야겠지. 그 후에 바이에른을
토벌하는 게 수순이겠으나 그렇게 한다면….

황제는 고민스러워했다. 나는 그가 뭘 우려하는지 알았다. 바이에른
을 치는 건 좋다. 문제는 그 뒤에 올 거대한 힘의 공백이겠지.

바이에른이 사라지면 가장 크고 두꺼운 기둥뿌리가 뽑히는 격이다.
균형을 추구하는 황제의 입장에선 선뜻 내릴 수 없는 결정이었다.
그렇다고 내버려둘 수도 없고. 지혜로운 드래곤조차 진퇴양난이로
구나.

-폐하, 신이 해결해 보이겠습니다. 부디 시간을 주십시오.

-흠… 이건 초유의 사태네. 자네가 해결해 준다면 더 바랄 것
없으나 넉넉히 시간을 줄 수 없어.

-맡겨주십시오. 나흘 안에 해결해 보이겠으니 만약 실패한다면
그때는 폐하의 뜻대로 하소서.

-사흘 안에 하라. 나흘도 길다.

빡빡하게 굴기는….

어쩔 수 없지.

-그리하겠습니다.

-변경백이 그렇게 말한다니 알겠다. 하지만, 실패에는 대가가 따를 걸세. 짐이 사흘이나 지체하게 했으니 말이야.

역시 황제는 나를 꼬꾸라뜨리고 싶어 하는군. 황제가 살아있는 한 결코 선제후 자리에 오르지 못할 터. 게다가 그는 발버둥치는 죽음의 암중세력을 견제하는 성과도 내지 못하고 있었다.

역시 오래가지 못할 사이였다.

-변경백.

-네, 폐하.

-이번 일이 잘 끝나면 내 그대를 제국의 수호자로 포상하고 싶네. 황명을 내릴 테니 빈으로 와주게.

하하핫. 어이가 없어 속으로 웃음이 터졌다. 죽이겠다는 거군. 이번 일처리가 끝나자마자 칼을 뽑을 생각이구나. 그래, 좋다. 그 잘난 머리를 굴려보라. 나는 이를 박박 갈면서도 감격한 듯 대답했다.

-황제 폐하 만세!

후일 반드시, 제국의 황궁에 네 드래곤 머리를 잘라 장식하리라.

-틸리 장군. 군대를 서서히 물리십시오. 황제의 명령에 의해 제국 곳곳에서 군세가 뷔르츠부르크로 몰려들고 있습니다. 아군이 빠져도 그곳은 여전히 혼잡할 것입니다.

내 군기와 옷만 남겨두고, 병력은 라이테르로 뺄 작정이다. 뷔르츠부르크의 아수라장에 계속 놔둘 이유는 없었다.

−신이 군을 이끌고 뮌헨으로 가지 않아도 괜찮겠습니까?

그 말에 나는 멀리 보이는 뮌헨의 성벽을 물끄러미 바라보며 대답했다.

−여긴 이미 인세의 규격을 넘어섰습니다. 단련된 병사조차 아무것도 할 수 없으니 대군이라 해도 무용할 것입니다.

쿵! 쿵! 쿵!

멀리서도 육중한 발걸음 소리가 울리고 있었다. 나는 그쪽을 보며 다시 한숨을 내쉬었다.

−장군께선 제가 돌아갈 때까지 군대를 잘 관리하고 있으십시오.

−도와드릴 수 없어 안타까울 뿐입니다. 무운을 빌겠습니다.

연락을 끊고는 나는 고개를 저었다. 틸리 장군이 아무리 대단해도 지금 상황에서 할 수 있는 건 없었다.

쿵. 쿵. 쿵.

뮌헨의 성벽 앞에는 거대한 어둠의 마수들이 순찰을 돌 듯 움직이고 있었기 때문이었다. 작은 것조차 20미터였고 큰 건 50미터를 넘었다.

달타냥의 고향인 글로리에 루미에르를 초토화시킨 그 어둠의 마수들이다. 군대란 걸로 어찌할 수 있는 존재가 아니었다.

나는 이미 사흘 전에 이곳에 도착한 상태다. 마왕 파르자가 미리 준비한 내 편지를 받고 쓰러진 게 어제였으니 일찌감치 빠져나온 셈이다.

하지만 뮌헨에 도착해서 보니 저 어둠의 마수 때문에 몰래 들어갈 방법이 보이지 않았다. 결국 강행돌파하기로 결정한 뒤 사흘 전에 마리에게 구원을 요청했다. 문제는 뮌헨에 있는 수녀회 지부의 마법진이 막힌 상황이라 마리는 육로로 오고 있었다. 시간상 오늘 도착할 예정이었다.

"더 머뭇거릴 순 없지."

한 가지 아쉬운 건 인자한 어머니를 부르지 못하는 점이었다. 최근 그녀는 뇌샤텔 호에 자리 잡은 마왕 아문데의 잔당과 전쟁에 들어갔기 때문이다.

"음…."

그나저나 거슬리는 걸. 나는 여전히 뮌헨의 성벽을 보며 말했다.

"이제 나오지 그러나?"

뒤쪽에서 움찔하는 기운이 느껴졌다.

"호오… 알아챈 건가? 놀랍군!"

돌아보니 그림자에서 사람의 모습이 솟아오른다. 그리고 예상하지 못한 인물이 나타났다.

"빌헬름."

바로 발푸르기스의 계부[2]인 반역자 빌헬름이었다.

"내 등장이 역시 의아하다는 얼굴이군?"

"솔직히."

"다 자네 덕이라네."

"음?"

빌헬름은 장발을 뒤로 쓸어 넘기며 감사를 표해왔다.

"그 편지 덕에 마왕 파르자가 화병으로 쓰러졌거든. 그 덕에 여유가 생긴 거지."

"감시라도 받고 있었던 것처럼 말하는군?"

---

2 季父. 아버지의 막내아우

그러고 보니 이 양반, 지난번에 봤을 때 주변을 두리번거렸었지. 마치 뭐가 쫓아오기라도 하는 것처럼. 하지만 지금은 그런 기색이 없었다.

"그렇다네. 나는 마왕 파르자와 손을 잡고 있었지만 그의 감시를 받는 신세이기도 했지."

"아무래도 그쪽도 사정이 복잡한 듯하군. 하지만 중요한 것은 언제나 단순한 법이지. 적이냐, 아니냐. 그것뿐이다."

"명확해서 마음에 들군. 그렇다면 확실히 대답할 수 있네. 이번 사태만큼은 본인은 그대의 가장 좋은 친구라고 할 수 있지."

빌헬름은 자신의 친형인 바이에른 선제후 막시밀리언에게 복수하고, 조카인 발푸르기스를 구출하기 원한다고 했다.

"그자가 큰형님을 죽였다. 그걸로도 부족해 마왕 위를 받고 샤르티에까지 연금했으니 더는 용서할 수 없다."

"하지만 당신 역시 마왕의 힘을 받은 것이나 마찬가지 아닌가?"

반역자 빌헬름에게서도 막강한 어둠의 기운이 느껴졌다. 분명히 발버둥치는 죽음의 후원을 받고 있겠지.

"그렇네. 우리 형제는 결국 서로 다를 것 없는 존재일지도 모르지. 하지만 내 의도의 확실함을 알지 않나."

"적의 적은 친구니까."

그럼에도 나는 고개를 저었다. 그가 아군이 될 수 있다는 건 알겠지만 완전히 믿을 수 있는 것도 아니었다. 그럴 바에는 위험을 안고 갈 생각은 없었다.

"역시 거절하겠다."

"쉽게 받아들일 수 없는 것 이해하네. 하지만 나와 함께한다면 큰 이득이 있을 거야. 자네는 설마 저 마수들을 쓰러뜨리고 돌파할 작정이었나?"

"그렇다. 그걸 위해 동료를 기다리는 중이고."

그 말에 빌헬름은 어이없어 한다.

"기운 찬 젊은이인 줄 알았는데 내 생각이상으로 무모하군."

"적어도 무모한 일은 아니다."

마리가 와서 무한 신성력을 쏟아내면 결코 무모하지 않다. 다만 침입을 들키는 게 껄끄러워서 그렇지.

"믿는 구석이 있나 보군."

"맞다. 그러니 불확실한 자의 조력은 사양하도록 하지."

하지만 빌헬름은 자신과 함께하는 게 이득일 거라고 강조했다.

"이보게, 젊은 영주여. 본인에게 들키지 않고 안으로 들어갈 방법이 있다네."

정말이라면 그를 동료로 받아들일 이유도 충분했다.

"무엇이지?"

"비밀 통로가 있다. 하하하, 그런 식상하다는 표정을 짓지 말게. 이 비밀 통로는 정말 특별하니까. 바로 바이에른의 혈족 중 가장 고귀한 자들을 위해 만들어진 것일세."

선제후의 직계들만 알고 있는 비밀이라는 거다. 전대 선제후의 막내아들이었던 빌헬름은 그 비밀을 알고 있었다. 정말 혹하는 제안이었다.

사실 이대로 정면 돌파하기에는 부담감이 컸는데 잘 됐다. 게다가 그가 바이에른 선제후를 생사대적으로 여기는 건 명확한 사실이고.

"우리는 서로를 위해 일할 수 있을 것 같군."

"좋네."

내가 결정을 내리자 빌헬름은 기뻐했다. 그는 대단한 강자임이 확실하니 분명이 도움이 되겠지.

"그나저나 누굴 기다리고 있는 건가? 어서 출발했으면 하네만."

"조급한 건 이해하지만 참는 보람이 있을 거다. 발푸르가 수녀회의 전직 대수녀원장이 오니까."

"뭐? 그 폭풍과 몰살의 마르가레타가?"

"알고 있었나?"

"당연하지 않나. 젊은 영주여. 제국12궁이라 불리는 12명의 절대 강자 중 하나니 모를 리가 없지."

나야 마리를 귀엽고 의지가 되는 누나 정도로 여기고 있어 잘 의식하지 못했지만, 그녀의 위명은 대단했다. 제국12궁 중에서도 수좌를 다툴 실력이라고 하니 말 다했지.

"마르가레타라⋯. 이제야 자네가 정면 돌파를 하겠다고 한 것도 이해가 되는군."

그러다 잠시 뒤 그는 생각났다는 듯 덧붙였다.

"기왕이면 힘을 발휘할 때 자제해 달라고 해주게. 자칫하다가는 본인까지 신성력에 쓸려나갈까 걱정이군."

음⋯ 사실 그건 나도 걱정이었다.

저녁놀이 질 무렵 마리가 도착했다. 몸집이 작아 직접 말을 탈 수 없는 그녀는 한 수녀의 뒤에 타 있었다.

"발리!"

도착하자마자 폴짝 뛰어내리는 마리.

"마리!"

평소 같았으면 껴안고 얼굴이라도 부빌 텐데 상황이 상황이라 그럴 엄두가 나지 않았다. 나는 대신 그녀의 손을 꽉 쥐고 와줘서 고맙다고 인사했다. 그러자 마리는 날 톡톡 두들기며 고개를 젓는다.

"감사는 됐다. 우리 작은 천사가 실종됐다고 하는데 지옥 끝이라도 못 갈 게 없다."

"그래도 정말 고맙습니다. 마리."

"그것보다 저기 사악한 자는 누구지?"

빌헬름을 발견한 마리의 표정이 대번에 사나워졌다. 그녀는 지금 허리에 과거 자신이 잡은 드래곤의 뼈로 만든 쌍검을 차고 있었다. 지금 이 칼을 뽑으면 난리가 날 터. 나는 재빨리 그녀를 말렸다.

"발푸르기스의 계부입니다."

"뭐라?"

그 말에 마리는 어이없다는 듯 팔짱을 꼈다.

"아니, 어째 우리 작은 천사의 집안은 콩가루구나. 숙부나 계부나 하나같이 어둠에 드글드글 물들어 서는. 쯧!"

"지금 내 모습은 중요하지 않소. 폭풍과 몰살의 마르가레타. 샤르티에를 구하기 위해 모든 걸 다할 뿐이오. 큰형님과 형수님을 잃었소. 유일하게 남은 그 아이마저 잃을 순 없소이다."

"흥! 뭐, 좋다. 하지만 조심하는 게 좋을 게다. 이 검에 베이기 싫으면."

잠시 충돌이 있었지만 우리는 그대로 빌헬름의 인도를 받아서 선제후의 비밀 통로 안으로 들어갔다.

"이제부터 목소리를 낮추게. 궁전의 아래로 지나갈 테니. 이곳은 선제후의 대전으로 이어지네."

축축하고 공기가 탁한 토굴을 따라 우리는 조심스레 나아갔다. 한참을 그렇게 나아간 끝에 선제후의 대전에 도착했다. 밖으로 나오자마자 마리가 쌍검을 뽑아들었다.

"좀스럽게 구는 건 이제 끝이다. 적진 한가운데 도착했으니 더는 쥐새끼 같은 행동은 사절인 거다. 악은 걸리는 족족 썰어버릴 뿐."

참 그녀답다는 생각이 들었다. 복도를 지나가자 바로 대전의 커다란 문이 나왔는데 마리는 바로 걷어차서 날려버렸다.

콰앙!

작은 발로 찼는데도 높이 5미터는 될 듯한 웅장한 철문이 종잇조각처럼 구겨져서 대전 안으로 날아갔다.

쿠아아아아!

철문이 대리석 바닥을 긁으며 요란한 소리를 냈다. 어두컴컴한 대전으로 빛이 들어가며 일대를 비췄다.

"악한 이에게 불행을 전하는 발푸르가의 수녀가 왔다!"

쌍검을 든 마리는 자신만만하게 앞장섰다. 그녀에게서 절대적인 자신감과 분노가 느껴졌다. 마왕조차 두렵지 않다 그거였다. 실제로 날고 기는 마왕조차 마리한테는 한수 접어준다. 그 무서운 불의 마왕 쟈케르조차 성격을 죽일 정도였으니까.

"아니!"

하지만 그런 그녀조차 대전 안에서 풍겨오는 기운에 일순간 멈칫할 수밖에 없었다.

"크크크큭…."

권좌에는 바이에른 선제후가 앉아 있었다. 마치 우리를 기다리고 있었던 듯하다. 그리고 대전의 기둥 중 하나에 발푸르기스가 쇠사슬로 묶여 있었다.

"발푸르…!"

순간 소리치고 대전 안에 뛰어들려고 한 나는 말문이 절로 막히고 말았다. 아니, 입에서 소리가 제대로 질러지지 않았던 것이다.

"으읏!"

바이에른 선제후를 보고 온몸이 딱 굳어 신음 같은 소리만이 흘러나왔을 뿐이다. 나만 그런 게 아니었다. 형에 대한 끝없는 원한을 불태우던 빌헬름조차 발걸음을 멈추고 말았다.

"크크큭. 왜 그러나? 손님을 기다리는 주인의 심경을 헤아린다면, 어서 들어오지 않고."

"아아…."

쉽게 대답조차 할 수 없었다. 그도 그럴 게 바이에른 선제후는 마왕이 아니었기 때문이었다. 마왕이 아니라, 그 이상의, 비교도 할 수 없는 격상의 존재였다.

그는….

형언할 수 없는 암흑의 화신이 되어 있었다.

정확히 말하면, 바이에른 선제후 막시밀리언이라는 정체성은 대부분 유지한 채 형언할 수 없는 암흑의 화신의 힘을 받아들인 상태였다.

"말도 안 된다. 인과의 법칙에 어긋나 이건. 신격들께서 가만있지 않으실 거다!"

마리의 비난에 바이에른 선제후는 느긋하게 옥좌의 팔걸이에 두

팔을 올리고 등을 뒤에 기댔다.

"일반론이라면 그렇겠지. 하지만 말일세. 발푸르가의 수녀여. 세상 모든 일에는 돌파구나 해결책이 있다네. 안타까운 일이네만, 자네의 자애로운 여신격께서는 이 상황을 지켜보고만 있어야 할 거야. 그녀뿐 아니라 정의의 신격 루우벤이라고 해도 도리가 없어 머리를 쥐어뜯고 있겠지. 크흐흐흐!"

뭔가 인과율의 틈을 파고든 법을 찾아낸 건가. 나는 애써 기운을 끌어 모아 물었다. 이 격이 높은 어둠의 존재에게는 대화조차 심력을 있는 데로 집중해야했다.

"분명 형언할 수 없는 암흑의 화신은 떠났다고 했는데?"

"하하하, 사위나 다름없는 발러슈테드도 왔군. 그 정보는 그다지 틀린 게 아니야. 밖에서 보면 분명 그분의 화신은 사라진 것처럼 보였을 테니까. 바로, 과인의 몸에 깃들어 관측되지 않았으니 말이야."

"크윽!"

주륵.

삽시간에 입에서 피가 터져 나왔다. 단지 대화를 하고 있을 뿐인데 견딜 수 없을 지경이었다. 이게 어둠의 대군의 화신인가. 발푸르기스를 보니 정신이 반쯤 날아간 듯 고개를 숙이고 있었다.

"이런 빌어먹을⋯."

나는 피가 배어나도록 입술을 깨물었다. 그도 그럴 수밖에 없다. 어둠의 대군의 화신은, 이 세계의 끝판왕 같은 존재였기 때문이다.

과거 인류용사로 해피엔딩에 거의 도달했다고 여겼을 때, 이 형언할 수 없는 어둠의 화신에게 동료가 몰살당했다. 그리고 나는 철저히 능욕당한 끝에 인간의 한계를 절감하고 쓰러졌다. 내겐 일종의 경계를 규정하는 자였다.

아무리 네가 노력해도 여기까지 강해질 수 없다.

아무리 인간의 어둠이 깊어도 이 힘을 당해낼 수 없다.

아무리 행복한 결말을 원해도 나를 넘을 수는 없다.

내게 있어 무수한 절망을 속삭이는 존재였다. 그런데 지금, 그 최악을 눈앞에 맞닥뜨린 것이다.

"전멸…."

입 밖에 그 말 밖에 나오지 않았다. 류블라냐를 빼들려고 해도, 손가락 끝에 힘이 들어가지 않았다.

형언할 수 없는 암흑의 화신이라니.

물론 본체에 비하면 보잘 것 없다. 본체가 100개의 촉수로 이뤄져 있다면, 화신은 그 중 촉수 하나쯤이란 느낌이다. 게다가 형언할 수 없는 암흑의 화신은 이상할 정도로 포악하고 멍청하다. 위대한 본체에 비하면 실로 하찮고 모자란 존재지만, 그것만으로도 물질계에선 감당하기 어려웠다.

저 화신이 힘을 쓰면 도시 하나 박살나는 건 일도 아닐 터. 시민들이 걱정되기 시작했다. 그 개돼지들 분명히 휩쓸려서 떼로 죽을 텐데….

남의 시민이면 알 바 아니지만 약혼녀가 다스릴 땅이다. 내 힘이 미칠 자들이기도 하고. '내 거'라는 점은 언제나 중요한 판단 기준이었다.

앞으로의 세금을 생각하면 몰살되게 둘 순 없었다.

"크으…."

엄청난 존재 앞이라 입이 잘 안 열린다. 하지만 쥐어짜내는 심정으로 나섰다.

"고귀하신 전하."

"무엇인가?"

"부디 시민들이 뮌헨을 떠날 수 있게 해주십시오. 전투가 시작되면 무고한 자들이 말려들 게 걱정입니다."

바이에른 선제후는 뜻밖이란 표정이 된다. 빌헬름과 마리 역시 마찬가지였다. 눈앞의 강력한 화신말고는 다른 건 생각하기 어려운 상황에서 시민들을 보내달라고 했으니 말이다. 마리는 대견하다는 듯 고개를 끄덕였다.

"발러, 훌륭하구나. 역시 사람을 잘못보지 않았다."

뭐, 어디까지나 세수 감소를 우려한 것 뿐입니다만···.

"크크큭. 웃기는 소리를 다 하는군. 과인이 그딴 벌레들을 신경써야할 이유라도 있는 것인가?"

바이에른 선제후는 비웃음에도 나는 요구를 포기하지 않았다.

"니더바이에른 백작이 다스릴 땅입니다. 전하."

"흠···."

그 말에 바이에른 선제후는 입을 다문다. 그리고 손가락으로 권좌의 팔걸이를 톡톡 두드린다.

"그런가···. 지금의 모습으론 다스리진 못하겠지만 그 아이를 생각해줘야겠지. 좋다! 받아들이지."

발푸르기스를 들먹인 게 성공했다.

"뮌헨의 시민들은 들으라—!"

그가 권좌에 앉아 외쳤다. 목소리는 신기하게도 대전 안 뿐 아니라 밖에서도 울렸다. 마치 거대한 앰프를 튼 듯한 소리였다. 뮌헨의 시민은 모두 들을 수 있겠지.

"그대들의 군주로써 명하니 지금 즉시 이 도시를 떠나라. 성문을 지키는 마수들이 해를 입히지 않을 것이다. 살고 싶으면 부디 바람과도 같이 움직여라. 이것이 너희에게 베푸는 마지막 자비니!"

한동안은 아무 반응이 없었다. 하지만….

"어서!"

바이에른 선제후가 한 번 더 외치자 도시 곳곳에서 고성과 비명이 터져 나왔다. 그간 공포에 떨던 시민들이 한꺼번에 성문으로 내달리기 시작한 거겠지.

"어차피 마수들은 이 무대에 쓸데없는 자들이 끼어들지 못하게 막는 용도에 불과했다."

바이에른 선제후는 나와 빌헬름을 노려본다.

"발러슈테드, 빌헬름. 네놈 둘은 올 줄 알았다. 발푸르가의 수녀는 의외였다. 하지만 별 상관없겠지."

"니더바이에른 백작을 어떻게 한 겁니까?"

바이에른 선제후는 묶여 있는 발푸르기스를 보며 인상을 찌푸렸다. 뭔가 마음에 안 드는 것 같다.

"솔직히 조카딸을 내버려두고 싶었지. 하지만 과인에게 깃든 의지가 그걸 허락하지 않더군. 그분께서는 이 아이를 새로운 악의 씨앗으로 쓰고 싶어 하신다."

"그걸 내버려둘 것 같나!"

마리는 빽 소리를 지른다. 당장이라도 튀어나갈 거 같기에 서둘러 말렸다.

"시민들이 이제 막 대피하고 있습니다. 바로 전투가 시작되면 모두 말려들 거예요."

"이런⋯."

우리의 모습에 바이에른 선제후는 재밌다는 듯 웃더니 근처에 있던 술잔을 들이켰다.

"과인의 조카딸은 아주 특별하지. 마족과 인간의 혼혈이라 양쪽의 장점을 다 갖고 있다. 게다가 발푸르가 여신격도 아낄 정도로 신적인 존재와 상성이 좋지. 요건데 이런 인재가 또 없다는 얘기다."

무슨 말이 이어질지 짐작됐다. 그 때문에 내 안색이 창백해져 갔다.

"그분께선 조카딸을 마왕 중의 마왕으로 만들고 싶어 하신다."

거기까지 말한 바이에른 선제후는 노여운 표정으로 내게 삿대질을 했다.

"바로 네놈! 조카딸이 마왕이 돼야 하는 건 네놈이 그분을 위해 봉사하는 크라이카이제를 죽였기 때문이다! 아무리 그분이라고 해도 갑자기 끓어오르는 심연이 나타나 자신의 가장 강력한 패를 장난감 망가뜨리듯 죽일지는 몰랐겠지! 그래서 대체제가 필요했다! 화신인 과인은 그걸 따를 수밖에 없고!"

바이에른 선제후는 발푸르기스가 마왕으로 간택됐다는 사실에 화를 냈다.

"발러슈테드! 그런 점에서 인간인 과인은 널 용서할 수 없는 것이다!"

"이럴 수가. 그녀가 마왕이 된다니⋯."

그 인과가 내게서 비롯됐다니. 손발이 후들후들 떨렸다. 그렇게 지키고자 했던 여자를 내가 마왕이 될 운명에 밀어 넣은 건가?

갑자기 천 길 낭떠러지에 오른 것처럼 아득해지는 기분이었다. 뭐가 뭔지 알 수 없었다. 하지만 그때 굳건한 손길이 내 어깨를 짚는다.

"자책할 것 없네. 저놈의 간교한 말에 놀아나지 말도록. 어차피 형언할 수 없는 어둠은 오래 전부터 바이에른을 노리고 있었다. 자네가 크라이카이제를 죽인 건 무척 놀랍긴 하네만, 그게 아니라도 어떻게든 악의 손길을 뻗어왔겠지."

빌헬름은 이게 아니더라도 다른 끔찍한 일이 일어났을 거라고 단언했다.

"결국 저 어둠에 물든 이를 제거하지 않으면 불행은 끝나지 않네. 세상에 봄이 왔다지만 이곳은 여전히 악의로 가득 찬 겨울이니 말일세. 우리는 저 자를 퇴치하고 샤르티에를 구하면 될 뿐이야."

마리도 거들었다.

"맞다! 옳은 소리를 했구나. 발러! 마왕은 쳐 죽일 뿐이다. 네가 잘못한 건 없다!"

바이에른 선제후는 우리의 모습에 웃음을 흘렸다.

"아주 똘똘 뭉쳐서 보기 좋군, 그래, 크흐흐. 그 정도 모습은 보여줘야 짓밟는 맛이 있겠지."

드디어 그가 권좌에서 몸을 일으켰다. 그 순간 마리가 기다렸다는 듯 앞으로 쏘아져 나갔다.

쌔애액! 카앙!

마리는 거의 보이지도 않는 속도로 쌍검을 동시에 휘둘렀다. 하지만 바이에른 선제후는 왼팔을 들어 막아낸다.

쿠웅.

바닥에 먼지가 일어나며 그는 약간 옆으로 밀렸을 뿐이다.

"발푸르가의 수녀여. 겨우 이 정도인가?"

"그 정도는 눈인사다, 이 괴물!"

그대로 마리는 오른발을 축으로 왼발 돌려차기를 먹였다.

콰아아앙!

목에 아주 제대로 들어갔다. 바이에른 선제후는 대전의 기둥을 연달아 부수며 날아가 벽에 처박혔다.

"쳐 죽여 버린다! 이 새끼야!"

마리는 쌍검을 든 채 소리쳤다. 하지만 바이에른 선제후는 큰 타격은 받지 않은 듯 목을 우드득, 우드득 움직이며 움푹 파인 곳에서 걸어 나왔다.

"멋지군! 역시 발푸르가의 수녀다 그건가! 크하하합!"

그가 기합성을 지르자 상의가 모조리 찢어지며 근육이 터질 듯 부풀었다. 진짜 사람이 아니라 서있는 곰 같았다. 꿈틀꿈틀, 근육의 결 하나하나가 살아있는 생명체처럼 약동하고 있었다. 마리와 바이 에른 선제후는 그대로 충돌했다.

콰아아앙!

마력이 부딪치자 폭발이 일어났다. 무수한 파편이 날아와 내 갑옷 을 우박처럼 때려댔다. 깡깡거리는 소리가 요란했다.

번쩍, 번쩍.

어찌나 신속한 싸움이 벌어지던지 앞에서 빛만 번쩍이는 것 같았다.

"크아아압! 받아보라! 낙뢰와 같이 꽂히는 이 공격들을!"

바이에른 선제후가 주먹을 난타하기 시작했다. 마리는 그림같이 움직이며 그 난타를 피하고 칼로 쳐내고 막았다. 하지만 반격은 엄두도 내지 못했고 결국 한 대를 살짝 얻어맞더니 틈을 내줬다.

"윽!"

갸냘픈 비명과 함께 마리가 살짝 주저앉자 바이에른 선제후가 묵직한 한 방을 준비했다.

"죽어라! 발푸르가의 수녀!"

파지지직!

바이에른 선제후의 왼팔에서 섬뜩한 스파크가 튀어 오르더니 그 두꺼운 팔이 한층 더 부풀어 올랐다. 그리고 그 왼 주먹이 마리를 내리찍었다.

콰아아아아아아앙!

충격파가 일어났다. 일순간 대전의 벽과 천장이 거짓말처럼, 마치 증발한 것처럼 사라졌다. 갑자기 푸른 하늘과 태양이 보였다. 하지만 그것도 잠시, 자욱이 먼지구름이 일어나 사방을 어둠컴컴하게 가렸다.

"차원을 건너는 빛이여! 베어 죽이고, 꿰어 죽이고, 썰어 죽이는 빛이여. 여기 그대를 바라는 검객의 손에 깃들라!"

류블라냐를 소환했다. 아무리 상대가 화신이라도 해도 넋 놓고 있을 순 없었다.

"마리!"

다행히 마리는 신성력을 극한으로 끌어내 그 치명적인 일격을 받아냈다. 그녀는 바이에른 선제후의 주먹을 밀어낸 뒤, 먼지구름을 뚫고 수직으로 치솟았다. 그리고 공중제비를 돌며 방향을 틀어 바이에른 선제후를 향해 낙하 공격을 시도했다.

이미 그 순간, 빌헬름과 나 역시 튀어나갔다. 우리 셋은 한꺼번에 바이에른 선제후를 내리찍었다.

월영검법 공격식, 달맞이꽃 베기(Nachtkerzehau).

바이에른 선제후는 우리 셋의 일격을 양팔을 들어 올려 받아내며 소리쳤다.

"팔츠의 검인가!"

콰아아앙!

충격에 건물의 바닥에 금이 가더니 아래로 층이 쑥 꺼졌다.

콰아앙!

하지만 하나로 그치지 않고 또 한 번 층이 꺼졌다.

콰아앙!

지하실에 도착해서야 바닥이 꺼지는 게 멈췄다.

"이거, 이거, 조상 대대로 내려온 건물이 박살나서 면목이 없군."

바이에른 선제후는 우리 셋의 합동공격에도 타격을 입지 않은 것 같았다. 그의 전신이 반짝이더니 충격파가 터졌고 우리 셋이 동시에 허공에 떠올랐다.

"크악!"

바이에른 선제후는 극속으로 움직이며 우리 모두를 한꺼번에 공격했다. 순간 그의 몸이 세 개가 된 것처럼 보였다.

"아아아악!"

가슴을 주먹으로 강타당한 나는 공중으로 대포처럼 날아올랐다.

쾅! 쾅! 쾅!

중간에 걸리는 건물의 벽은 모조리 부수며 튕겨나갔다. 그대로 사선으로 300미터 이상 떠올랐다. 일순간 뮌헨 시의 전경이 한눈에 들어왔다. 하지만 그걸로 끝이 아니었다. 얻어맞은 가슴 부분에 검은 덩어리가 일렁이고 있었다. 충분한 높이 올라간 순간 그게 폭발했다.

쿠아아아아앙!

허공에서 나는 빙글빙글 돌았다. 그리고 멀리 날아가는 팔 하나가 보였다. 설마 저게 내 팔인가? 왼쪽 어깨를 보니 피가 쏟아져 하늘로 치솟아 올랐다.

아니, 정확히 따지면 내가 피를 쏟아내며 추락하는 거겠지. 공중에서 떨어지며 보자 선제후의 궁전에서 십자가 모양의 빛이 수십 개 점멸하듯 번쩍거렸다. 그리고 대폭발로 이어졌다.

쿠아아아아아아앙!

거대한 화염의 기둥이 선제후의 궁전을 통째로 날려버리며 창공으로 치솟는다. 그리고 나는 추락했다.

콰아앙! 쾅! 쾅!

건물의 층을 몇 개나 뚫고 낙하해 어느 집 지하실에 처박혔다. 뚫린 건물의 구멍을 통해 검은 연기로 뒤덮인 시커먼 하늘이 보였다.

"그어……."

격통에 입이 벌어지고 눈이 치켜떠졌다. 욕조차 할 여유가 없었다. 지금까지의 싸움과 수준이 너무나 달랐다.

"으…."

애써 몸을 일으켜 보려 했지만 까딱도 하지 않았다.

끼이익.

그때 뭔가 소리가 난다 싶더니 지하실의 부서진 선반에서 오크통이 하나 굴러와 머리로 떨어졌다.

퍼억!

"큭!"

머리통에 떨어진 오크 통이 깨져서 술이 흘러나와 얼굴을 흥건하게 적셨다. 아, 진짜 어이가 없어서.

<큰 피해를 입어 S등급 스킬 끝없는 활력이 더욱 활성화됩니다!>
<끝없는 활력이 숙련 2단계에 오릅니다!>

중상을 입었더니 용사의 바퀴벌레 스킬의 숙련도가 올라버렸다. 그래서인지 몸의 상처가 빠르게 회복되어 갔다. 몇 분 뒤에는 겨우 일어날 수 있었다.

하지만 지체하고 있을 시간 따위는 없었다. 나는 귀신의 발걸음을 전력으로 전개해 궁전으로 쏘아지듯 나아갔다. 가보니 궁전이 있던 언덕 위의 폐허에서 격전이 벌어지고 있었다.

쾅! 쾅! 쾅!

바이에른 선제후가 잡기만 해도 부러질 것 같은 얇은 마리의 다리를 쥐고는, 그녀를 몇 번이고 땅에 패대기치고 있었다. 그럴 때마다 피가 튀었다.

바닥에도 피가 흥건했다. 더는 주저하고 있을 상황이 아니었다. 마리에게 내가 사령술을 쓰는 걸 들키는 것보다 그녀를 구하는 게 우선이었다.

"막시밀리언!"

이제는 그냥 이 괴물의 이름을 부르며 오른손을 뻗었다. 그리고 사이클롭스조차 일격에 죽일 정도로 단련된 피눈물 흡수를 사용했다.

"크윽!"

방심하다 정통으로 먹어서 그런지 확실히 그건 바이에른 선제후, 아니, 그 작위조차 아까운 괴물인 막시밀리언을 주춤하게 만들었다.

그 틈에 다리가 잡힌 채 피를 줄줄 흘리며 늘어져 있던 마리가 움직였다. 붙들리지 않은 발로 막시밀리언의 턱을 차 올리며 빠져나와서 그를 태클로 쓰러뜨렸다. 그리고 이번에는 마리가 작은 손으로 막시밀리언의 다리 하나를 단단히 잡았다.

"잘도 해줬겠다! 하아아아압!"

마리는 그대로 올림픽에서 해머던지기를 하는 것처럼 막시밀리언을 붙들고 빙빙 돌더니, 있는 힘껏 던졌다.

쌔애앵! 콰아아앙!

대포알처럼 날아간 막시밀리언은 근처에 있던 거대한 성당에 처박혔다.

우르르르. 콰아앙!

충격에 성당이 모래성처럼 주저앉았다. 거대한 먼지 구름이 자욱하게 일어난다.

"헉! 헉! 허억!"

마리의 하얀 수도복이 피로 물들어서 처음부터 붉은 색이 아니었나 싶을 정도였다. 그때, 저 멀리 건물에서 검은 점 하나가 하늘로 날아오르더니 우리 근처에 떨어졌다.

콰아아앙!

거미줄처럼 금이 간 바닥에서 몸을 일으키는 이는 빌헬름이었다. 나처럼 서둘러 돌아오긴 했지만 온몸이 성치 않아 보인다. 마리는 근처에 있던 자신의 검 하나를 쥐며 그를 쏘아붙였다.

"한 수를 감추고 있는 걸 안다. 바로 내놓는 게 좋을 거다. 안 그러면 여기서 모두 죽을 테니까. 칫! 온다."

갑자기 먼지 구름을 뚫고 바이에른 선제후가 튀어나와 마리를 덮쳤다. 그의 전신은 마력의 스파크로 번쩍이고 있었다.

"크아아압—!"

사자후 같은 기합을 지른 그는, 터질 것 같은 근육의 힘을 한껏 사용해 마리의 몸에 어퍼컷을 먹였다.

파지지직!

마리의 신성한 방어막이 저항하며 스파크를 일으킨다. 하지만 방어막은 거미줄처럼 갈라지더니 결국 견디지 못하고 깨졌고, 돌파한 주먹이 마리의 복부에 작렬했다.

콰아아앙!

"꺄야아악!"

주먹을 얻어맞은 마리는 로켓처럼 수직으로 쏘아져 올랐다. 순식간에 보이지도 않는 곳까지 날아가 사라졌다. 그러자 하늘 위의 시커먼 구름이 충격에 원형으로 넓게 퍼지면서 푸른 하늘이 일순간 드러났다.

붕붕붕붕-. 푹!

겨우 그녀가 다시 쥐었던 검 하나가 떨어져 내 옆에 꽂혔다.

"크하하하. 신성력이 무한이라고 해도 어차피 인간의 그릇으로 사용한다면 한계가 있는 법이지."

바이에른 선제후는 이마에 손을 짚고는 어디로 간지 보이지도 않는 마리를 올려다본다. 그러다 찾지 못했는지 포기하고 이쪽을 바라본다. 그는 자신감 넘치게 두 팔을 벌리며 광기 어린 웃음을 터뜨렸다.

"크하하하하! 빌헬름! 내 사랑하는 동생이여, 위대한 인류의 용사여! 언제까지 빼고 있을 건가!"

화들짝 놀란 나는 하마터면 들고 있던 검을 떨어뜨릴 뻔했다.

빌헬름이 인류용사라고?

그럴 리가? 누구보다 인류용사에 정통한 게 나다. 그가 인류용사였으면 못 알아 볼 수가 없다.

"이상한데."

여태 그가 발버둥치는 죽음의 후원을 받는 줄 알았기에 혼란스러웠다. 그러다 나는 중요한 걸 하나 놓쳤음을 깨달았다.

"…맞아."

용사의 힘이 어디에서 근원하는지를 말이다. 용사의 힘은 인간의 어둠에서 비롯된다. 하지만 인간마다 마음에 품은 부정적인 감정은 다르다.

나 같은 경우는 〈야망〉, 〈질시〉, 〈투쟁심〉 같은 쪽이었다. 반면 빌헬름은 〈복수심〉, 〈증오〉로 생각됐다. 즉, 같은 인류용사라고 해도 그는 과거의 나와 제법 다른 캐릭터란 거다.

"내가 용사라는 걸 알고 있었나? 막시밀리언."

"물론이다. 훌륭한 선제후라면 적이 무엇을 믿고 날뛰는지 미리 파악해야 하는 법."

"그 입 닥쳐라! 원래 그 자리는 큰형님의 자리였다! 너 같이 권력에 미친 자가 아닌!"

빌헬름의 분노에 막시밀리언은 비웃음으로 답했다.

"크크큭! 권력에 미쳤던 건 큰형님 역시 다를 바가 없었지. 죽이지 않았으면 죽었을 뿐이다. 그래, 그 뿐인 이야기야."

"뭐라? 그 뿐인 이야기? 좋다! 이렇게 된 거 네놈을 죽이고 더 큰 비극으로 만들어주마! 형제의 피가 강물이 되어 흐른, 비텔스바흐 가문의 이야기를!"

빌헬름은 인류용사의 힘을 발동했다.

"보아라! 막시밀리언! 네놈을 쓰러뜨릴 인간의 어둠을! 크아아아압!"

빌헬름이 몸을 낮춘 채 이를 악물고 마력을 일으켰다. 그 기세가 어찌나 강맹한지 하늘조차 진동할 정도였다.

쿠르릉!

일순간 먹구름이 소용돌이치듯 모인다. 빌헬름의 주위로는 감히 범접할 수 없는 에너지 스파크가 몰아쳤다.

키에에에!

천지사방에 귀곡성이 울리면서 시커먼 영기가 몰려와 빌헬름에게 쏟아지기 시작했다. 그 검은 영기들은 빌헬름의 몸에 흡수되어 들어갔다.

막시밀리언은 그 모습에 감탄한다.

"과연! 사고로 죽은 시민들의 원한을 끌어 모으는 거로구나!"

이런 방법이 있었나? 분명히 SS등급 깨달음이 맞는 거 같은데 과거의 나와는 발동법 자체가 완전히 다르다. 나 같은 경우에는 죽음의 위기였었다.

"그아아아압!"

시커먼 영기가 빌헬름을 완전히 바꿔버렸다. 그는 마치 이글이글 타오르는 검은 불길 같았다.

"막시밀리언!"

빌헬름은 바로 공격에 들어갔다. 크게 뛴 그가 깍지 낀 양손으로 내리찍자 대폭발이 일어난다. 건물의 파편과 돌덩이들이 일제히 사방으로 튀어 올랐다.

카앙!

황급히 날아온 돌덩이를 류블라냐로 쳐내며 보자, 빌헬름과 막시밀리언이 인세의 규격을 벗어난 전투를 벌이고 있었다.

"네놈은 진작 죽었어야 했다! 저주 받을 막시밀리언이여!"

콰앙!

빌헬름의 주먹이 막시밀리언의 한쪽 어깨에 작렬했다. 그러자 막시밀리언의 어깨가 비정상적으로 부풀어 오르더니 풍선처럼 터져 나갔다.

퍼엉!

터진 살점이 여기까지 날아왔다. 어깨와 연결된 상박의 **뼈**가 덜렁덜렁 거린다. 하지만 막시밀리언은 껄껄 웃으며 빌헬름을 발로 차 공중으로 띄워올린다. 그리고 손바닥을 내민다.

"형언할 수 없는 공포를 맛보라!"

구아아앙!

허공에 거대한 마법진이 출현하더니 수많은 촉수들이 그 속에서 뛰어나와 빌헬름을 찢어발기기 위해 덮쳤다. 이대로라면 단번에 끝날 것 같았다.

하지만 위기가 오자 용사의 전매특허인 검은 번개가 작렬했다. 내가 쓰는 것과 비교가 안 될 수준이었다. 빌헬름을 중심으로 뇌전의 구가 형성되더니 사방팔방으로 수십 가닥의 검은 번개를 뿌린다.

콰가가가가강!

번개를 맞은 촉수들이 놀란 말미잘처럼 움츠러들었다.

퍼엉! 펑!

일부 촉수는 번개에 터져나가 묵직한 살점이 주변에 비처럼 쏟아져 내렸다.

철푸덕! 철푸덕!

터진 촉수들이 불이 붙은 채 땅바닥에서 징그럽게 꿈틀댔다. 뜨겁게 달궈진 체액 역시 비처럼 사방에 뿌려진다.

"제법이군! 정말 제법이야!"

막시밀리언은 빌헬름의 분투에 감탄한 기색이다. 이미 그의 어깨에선 근육의 섬유질이 자라나며 새로운 팔을 만들고 있었다. 징그러울 정도로 빠른 회복이군.

지금 모습만 보면 빌헬름은 화신과 동수를 이루는 것만 같다. 하지만 과거 형언할 수 없는 암흑의 화신과 싸워본 경험이 있는 나는 고개를 저을 수밖에 없었다.

이건 절대 못 이긴다.

과거 화신에게 패배했을 때, 나는 지금의 빌헬름보다 더 강했다. 동료들까지 있었고. 하지만 결국 처참하게 지고 말았지.

왜냐? 막시밀리언은 아직 진짜 힘을 드러내지도 않은 상황이니까. 지금 그의 모습은 비정상적으로 부푼 근육을 빼고는 인간으로만 보인다.

즉, 인간적인 면모가 두드러져 있는 거다. 하면 만약 화신의 면모가 두드러지면 어떻게 될까? 말할 것도 없다. 지금보다 더욱 끔찍한 어둠의 존재가 돼버린다.

결국 내가 내릴 결론은 하나뿐이었다.

"튀자…."

안 되겠다. 무모한 싸움을 벌이다 개죽음 당할 수는 없다. 저 둘이 싸우는 사이에 발푸르기스를 구해서 도망가는 수밖에. 나는 그녀에게 모종의 조치를 해놨다. 보이지는 않지만 바로 찾을 수 있을 터.

이미 저 둘은 나 같은 건 안중에도 없이 치고받고 있었다. 갑자기

2. 제국의 봄 97

수백 미터 공중으로 치솟더니 허공에서 빛이 번쩍이며 대폭발들이 일어나는 중이다.

"어이가 없네⋯."

서둘러 발푸르기스를 찾기 시작했다. 마리가 걱정되긴 하지만 안 내려오는 걸 보니 그대로 수 킬로미터 밖으로 날아가 버린 듯하다.

"음."

기운을 집중해 발푸르기스의 위치를 탐색했다. 마력의 흐름이 한 건물의 폐허로 향하고 있었다. 가보니 제단 같은 곳 위에 발푸르기스가 정신을 잃고 누워있었다. 막시밀리언 녀석, 그 와중에도 챙겨서 대피시켜놨군.

"발푸르기스! 정신 차리십시오."

흔들어도 일어나지 않기에 바로 투구를 벗기기로 했다. 그걸 끔찍하게 싫어하는 그녀지만 지금은 그런 걸 가릴 때가 아니었다.

철컥.

투구의 연결 부위를 풀어내자 언젠가 봤던 그 아름다운 금발이 쏟아져 내렸다. 나는 얼굴을 가린 그 머리칼을 쓸어 올려주다가 깜짝 놀랐다.

"뭐야?"

아마 지금 거울을 볼 수 있었다면 내 표정이 볼만했을 거다. 그 정도로, 생각지도 못한 것이었다.

"없어⋯?"

그녀의 얼굴 1/3 정도를 차지하고 있던 보기 싫은 흉터가 흔적도 없이 사라져 있었다. 대체 무슨 일이 일어난 건지 이해가 안 돼 순간

어안이 벙벙해졌다.

"저주가 사라진 건가?"

원인과 결과가 파악되지 않는 일 투성이었다. 하지만 생각하고 있을 시간 따위는 없었다. 일단 튀고 보자.

"발푸르기스!"

"흐응……."

나직한 신음을 흘릴 뿐 일어나지 않았다. 그래서 아스비엘라를 불렀다.

—장모님.

—은공!

발푸르기스이 목에 걸려 있던 목걸이에서 대답이 들려왔다. 내가 발푸르기스에게 했던 모종의 조치가 이 목걸이다. 아스비엘라가 그녀를 수호할 수 있게 마왕 파르자를 치러 가기 전에 돌려줬다.

—따님은 괜찮은 겁니까?

—네, 화신의 기운에 길게 노출되어 있어서 혼절했을 뿐이에요. 깨어나려면 시간이 좀 더 필요해요.

—다행이군요. 제가 업겠습니다. 얼른 도망가야 합니다.

나는 상황을 간단히 설명하고 발푸르기스를 들쳐 업었다. 그리고 서둘러 폐허의 그늘 사이로 움직이기 시작했다.

—장모님, 뮌헨을 빠져나가기만 하면 괜찮을 거 같습니다.

내 예상과 경험이 맞다면 저 화신은 뮌헨 일대를 벗어날 수 없을 거다.

—어떻게 인과율의 틈을 노려 강신한 건지는 모르겠습니다. 하지만 저런 초월적인 존재가 물질계에서 멋대로 활보할 수 있을 정도로

세상이 만만하진 않죠.

아마 뮌헨 지역의 점령만이 다른 신격이나 어둠의 대군이 어쩔 수 없이 묵과할 수 있는 범위일 거다.

―무언가 원인이 있으니 물질계로 저런 괴물이 나왔습니다만, 결국 저 화신도 그 원인의 범위 안에서만 날뛸 수 있는 겁니다.

내 생각에 아스비엘라 역시 동의했다.

―역시 은공은 신격들의 법칙에조차 탁월한 지식을 갖고 있으시 군요. 제 생각도 같아요. 저 화신조차 인과율에 묶여 있습니다. 만약 그걸 넘어서려 한다면 신격이나 다른 어둠의 대군의 화신이 강신할 빌미를 주는 거죠.

대신 그 허용된 범위만 지키기만 하면 다른 신적 존재들은 방법이 없다. 나는 지금 상황이 괴로워 발푸르기스가 '발푸르가 여신격의 화신'이 됐으면 하는 생각도 해봤다.

난국을 돌파할 수 있게 말이다. 하지만 그건 불가능하다. 만약 그랬다가는 형언할 수 없는 어둠에게 또 무언가 할 수 있는 빌미를 주는 셈이다.

지금 형언할 수 없는 어둠은 인과율의 법칙에 의해 마치 소송에서 이긴 자와 같다. 이긴 만큼 집행할 권리가 주워지는 것이다. 그걸 발푸르가 여신격이 임의로 제지하면, 다시 피해보상을 해야 한다.

그때가 되면 강신하는 화신이 셋이 될지, 넷이 될지 알 수 없다. 그러니 신격들은 손만 빨고 있을 수밖에.

―화신은 뮌헨에 계속 머물러야 할 겁니다. 이 도시 밖으로 나올 수 있는 원인이 발생하지 않는 이상 말이죠. 그가 뮌헨 밖으로 활개 치려면 또 한 번 신격들의 소송에서 이겨 양보를 받아내야만 하는

겁니다.

도망친 우리를 잡으러 부하를 보내올 수도 있지만 그 정도야 내 선에서 처리할 수 있다. 이대로 튀면 된다는 생각에 발걸음이 절로 빨라졌다. 한데 그때 앞쪽으로 시커먼 게 날아오더니 폭발을 일으켰다.

콰아아아아앙!

충격에 나는 발푸르기스를 안은 채 뒹굴었다.

"큭! 대체 무슨….”

앞을 보니까 폭발의 충격으로 큰 구덩이가 파여있었다. 그리고 그 가운데 하반신이 어디론가 사라져, 상반신만 남은 빌헬름이 있었다.

"꾸아악! 쿨럭!"

빌헬름은 검은 불꽃같은 피를 입에서 쏟아냈다. 그리고 잘린 허리 아래로는 어둠이 마치 내장처럼 길게 늘어져 있었다.

완전히 피떡이 됐다.

"…역시 인류용사도 안 돼.”

내 중얼거림에 머리 위에서 대답이 들려왔다.

"그래, 맞는 말이다. 크하하하! 발러슈테드! 네놈은 머리가 돌아가는 편이었지. 동생 놈과 다르게.”

하늘에서 막시밀리언이 내려오고 있었다. 그의 모습은 어둠 그 자체로 변해 있었다. 빌헬름을 쓰러뜨리기 위해 진정한 힘을 드러낸 것이다.

머리 위에는 거대한 어둠의 왕관을 쓰고 두 팔은 십여 개의 촉수로 변해 있었다. 눈을 용광로의 불과 같았고 전신은 이글거리는 에너지가 끓어올랐다. 그저 바라보는 것조차 쉽지 않았다. 몇 초 이상 본다면 눈이 멀어버릴 게 틀림없었다.

실로 신과 같은 위엄이었다.

"여기 이 어리석은 인류의 용사를 보라! 하하하핫!"

천천히 내려온 그는 발버둥치고 있는 자기 동생의 머리를 짓밟았다.

"빌헬름, 네놈을 죽이기 전에 재밌는 걸 보여주지. 그분의 뜻대로 저기 있는 우리 조카를 마왕으로 만들겠다."

"이놈! 큰형님께 얼마나 죄를 지으려는 것이냐! 네놈도 샤르티에를 아끼고 있지 않은가!"

"그분의 뜻이 그런데 과인이 어쩔까? 차라리 마왕이 되는 게 저 아이에게 나을지도 모른다."

"제정신인가!"

"물론!"

막시밀리언은 빌헬름의 입을 밟아서 아예 말문을 막아버린 뒤 이쪽으로 손을 뻗었다. 스멀스멀 어둠의 기운이 피어나고 있었다.

젠장, 어떻게든 발푸르기스만은 지켜야 한다. 이를 악문 채 류블라냐를 오른손에 쥐고 막아섰지만 현실을 가혹하기만 했다.

퍼엉!

오른팔이 터져나갔다. 류블라냐는 허공으로 날아가 부서진 건물의 외벽에 꽂혀서 파르르 검신을 떨었다.

촤아아아!

피가 어깨에서 쏟아진다.

"비켜라, 벌레 같은 놈."

도저히 힘의 차이를 극복할 방법이 없었다.

콰앙!

폭음과 함께 옆으로 날아간 나는 건물을 부수며 처박혔다.

"크악!"

그러자마자 어둠의 기운이 발푸르기스를 휘감았다.

"안 돼!"

그러자 그때, 내가 발푸르기스를 위해 한 안배가 드러났다. 큰 빛이 번쩍이며 일어나더니 어둠을 밀어내기 시작한 것이다. 여태 숨죽이고 있던 아스비엘라가 자기 딸을 구하기 위해 일어났다.

"내 딸에게서 물러나세요! 막시밀리언!"

혼령 형태의 아스비엘라가 나타나자 아무리 막시밀리언이라도 화들짝 놀란 듯 주춤한다.

"혀, 형수님?"

"막시밀리언! 조카를 마왕으로 만들려 하다니 제정신인가요!"

"대, 대체 형수님이 여기 어떻게? 이 힘은 분명 형수님이 맞는데….."

하지만 막시밀리언의 말은 이어지지 못했다. 갑자기 날아온 공격이 그를 날려버렸기 때문이었다.

콰아아아앙!

누군가 싶어서 보니까 하늘 높이 날아가 사라졌던 마리였다.

"이 별모양으로 썰어버릴 새끼 같으니라고! 어디까지 날려버리는 거야!"

화가 난 듯 씩씩 거리는 마리는 몸을 완전히 회복해 있었다. 역시 무한 신성력이었다. 하지만 그녀라고 해도 당하는 건 시간 문제였다.

"발러! 데리고 도망가라! 여길 벗어나면 화신도 따라오지 못할 터!"

역시 고명한 사제답게 그녀도 인과율을 정확히 이해하고 있었다.

자기가 희생해 시간을 끄는 동안 몸을 피하라는 것이다.

"씨발⋯."

이대로 마리를 죽게 내버려두고 도망가야 할까?

"발러!"

다시 외친 마리는 막시밀리언과 부딪쳤다. 자신의 모든 걸 쏟아내려는 듯 그녀에게서 중후장대한 신성력이 주체할 수 없이 흘러나오고 있었다.

"올해 트리 장식은 네놈이다!"

"하하하핫! 정말 대단하군! 발푸르가의 수녀여! 그 생명, 한 송이 꽃처럼 져버릴 텐데 괜찮겠나!"

"잔말 말고 덤벼라! 네 앞을 가로막는 건 그저 이 수녀 하나뿐이니까!"

콰아아아앙! 콰아아아앙!

앞에서 일어나는 폭발들을 보며 입술을 깨물었다. 무력하다. 치가 떨릴 정도로 무력해서 마음이 부서지는 것만 같다. 자존심도 엉망진창으로 땅바닥에 처박혔다.

"그래, 이건 아니지⋯."

마리까지 내버려두고 도망칠 순 없다. 그렇게 애오라지 살아서 무슨 의미가 있겠는가?

"발러슈테드 폰 비텐바이어. 이 이름에 걸고 절대로 도망칠 수 없다."

최후의 수단을 동원하기로 했다.

"상태창."

눈앞에 상태창이 떠올랐다. 두 팔이 날아갔지만 시선추적이 되기 때문에 상관없다.

"시스템."

시스템창이 열리자 나는 가장 아래 있는 것을 쳐다보았다. 그 옆에는 로그아웃 조건에 대한 이런 설명이 적혀있었다.

> 당신은 죽음 이후 저와 만나는 조건으로 이 세계를 떠날 수 있습니다. 떠나기 전 그간의 업적치에 따라 보상을 요구할 수 있습니다. 만약 보상 이후에 이 세계로 돌아오고 싶다면 살아날 방법을 마련하십시오.
>
> 대신격 아퀼라

"후우……."

길게 한숨을 내쉬었다. 드디어 그간 애써 무시하고 외면해 왔던 일과 마주하게 됐다. 이제는 피할 길이 없었다.

과거 천사의 심장으로 되살아났을 때는 접속한지 얼마 되지 않아 이 조건을 파악하지 못했었다. 로그아웃 할 생각도 없었고. 하지만 이제는 죽음 이후에 아퀼라를 만나기로 수락하면 로그아웃이 가능하다는 걸 알고 있었다.

"업적점수 확인."

[당신의 업적 점수는 3억 1,563만 점입니다.]

업적 3억 1,563만 점. 이게 얼마나 되는 건지 모르겠지만 분명히 지금의 인과를 다시 비틀 정도는 되지 않을까? 인과를 비튼다면 저 빌어먹을 화신 놈에게 한 방 먹여주는 것도 가능하다.

그렇다면 죽음에서 어떻게 다시 살아날까?

고민하던 나는 땅바닥에서 미동도 하고 있지 않은 빌헬름에게도 시선이 갔다.

"그래…… 크흐흐, 언제나 그랬지. 남이 죽어야 내가 사는 거라고."

기다시피해서 빌헬름에게 다가갔다.

"이런….."

그의 몰골은 가까이서 보자 더 처참했다. 이미 틀린 상태였다.

"쿠욱!"

입에서 검은 피를 계속 토해내며 죽어가고 있었다. 그 모습을 보며 과거 내가 떠올라 마음이 좋지 않았다. 인류의 용사라고 해도 결국 어둠의 대군에겐 소용이 없는 것일까.

"변경백….."

그는 날 발견하더니 가까이 오라고 손짓을 한다.

"상태가 엉망이시군요. 오늘을 기일로 삼으시면 되겠습니다."

"흐흐흐. 그러는 자네는 양팔이 없는 게… 드워프라도 찾아서… 의수를 만들어야겠구먼….."

"내버려두면 자랄 겁니다. 이래 뵈도 용사라서 말입니다."

"알고 있네….."

"역시 그렇군요."

빌헬름은 고위 마왕을 죽인 이가 특별한 힘을 얻는 걸 파악하고 있었다. 그러니 내가 용사라는 건 진작 체크해뒀겠지.

"보통 그런 힘을 얻은 이를… 용사라고 부르네…. 그리고 용사

중의 용사가 있음을⋯ 아는가?"

고개를 끄덕였다. 인류를 대표하는 용사, 인류의 어둠을 구현한 용사, 바로 〈인류용사〉다.

"알고 있군⋯ 역시. 용사란 자 중 가장 강한 이가⋯ 인류를 대표하는 용사가 된다네⋯⋯. 그리고 내가 죽으면⋯ 자네가 그 자리에 오를 거야."

뭐라 말하기 힘든 씁쓸함을 느꼈다. 그들에겐 역시 인류의 어둠도 통하지 않는다. 그렇다면 그 이상의 힘이란 무엇일까?

이럴 때는 〈희망〉 같은 걸 거론하는 자도 있을지 모르겠다. 인류의 희망? 어이가 없는 소리다. 난 그런 얘기를 싫어한다. 어둠보다 강한 건 희망이라는, 그런 상투적인 패턴으로는 적을 상대하지 못한다.

흉흉한 칼부림 속에서 날 지켜주는 건 사랑이나 희망 따위가 아니라 분노와 악의 같은 것이다. 인류의 희망을 짊어지고 적을 무찌른다는 건 동화 속에나 있는 아무 짝에 쓸모없는 얘기다.

뭔가 인간 마음속의 어둠보다 더 나쁜 것, 다시 없을 정도로 극악한 게 필요했다.

"힘의 승계가⋯ 어떻게 이뤄지는지는 잘 모르나⋯ 한 가지 짐작하는 게 있어⋯."

"그게 뭡니까?"

"날 죽이게⋯ 그리고 이 어둠의 힘을 가져가⋯. 이제 자네가 인류의 어둠을 짊어지는 걸세⋯ 모든 증오, 분노, 복수심, 시기⋯, 질투⋯, 원한⋯ 등을 자네가 떠안고 가게⋯⋯."

"아주 저주를 거시는군요."

그 말에 빌헬름은 낮게 웃었다.

"자네도 알잖나…. 본디 용사의 힘이란… 저주 그 자체인 것을…. 나는 오랜 세월… 그런 저주를 감내해왔네…. 그렇기에 죽음에서 돌아오고… 이 복수의 여정을 계속 감당할 수 있었… 크으윽!"

말하다 그는 괴로운 듯 몸을 뒤틀었다.

"이것은…! 이것은…! 천형과도 같은… 천벌과도 같은 힘이다. 죄지은 자만이 가질 수 있는 힘…."

"…하지만 적을 이겨내지 못했습니다."

"알아… 하지만 말일세…. 어둠의 힘은 모두에게 동일하지 않아. 비록 나는 실패했지만 자네는 다를지도… 모르잖나…."

그는 피를 토해내며 필사적으로 내 옷자락을 붙잡았다.

"희망이나… 우정… 신뢰… 같은 걸 믿지 말게! 그것은 마지막에… 배신만을 안겨준다네. 결국 그것들은… 자네를 패배하게… 만들 거야! 그러니… 어둠의 대군보다 더욱 깊고 무거운 것을……
인류에게서 찾아내야 해…!"

날 붙든 손길에 힘도 점점 빠지고 있었다.

"부디 잊지 말게! 오로지… 악의만이, 강렬한 악의만이… 적의 심장을 찌를 수 있는… 걸세!"

그의 이야기를 들으면서 피눈물 흡수를 준비했다. 손이 없어서 느리게 시전됐지만 그에게 마지막을 선사하기에 충분하다.

"사무치게 원망하게… 다시는 잠들 수 없는 자처럼…. 사무치게 미워하게. 다시는 용서할 수 없는 자처럼…. 그래줄 수 있겠나…?"

"알겠습니다. 안으로는 뼈 속 깊이 스며들게, 밖으로는 제국 전체를 덮을 수 있도록 적을 증오하겠습니다."

"그래… 그거면 됐네…."

풀썩.

힘이 빠진 듯 날 붙들고 있던 그의 손이 떨어졌다. 이미 눈이 거의 빛을 잃고 있었다.

"부디 자네가 해내길 빌지…."

이자가 얼마나 훌륭한 사내인지는 잘 모르겠다. 과거 바이에른의 삼형제에게 무슨 이야기가 있었는지도 모르겠고. 하지만 평생 복수를 위해 살다가 이리 비참하게 쓰러진 것에는 동정심이 일었다.

"조카는 걱정마시길."

그는 작게 고개를 끄덕여보였다. 나는 바로 피눈물 흡수를 사용했다.

"아아아…. 죽음이 오는구나…. 이건 본래 내 형이란 작자를 먼저 찾아갔어야 했던 것이었거늘…."

워낙 약해진 상태였기에 피눈물 흡수 한 번으로 그는 그대로 숨을 거두고 말았다.

<인류용사가 사망했습니다!>

부활하지 않는 걸 보니 각성도 예전에 사용한 모양이구나. 아마 15년 전 죽은 걸로 알려졌을 때 각성이 발동해 되살아난 것 같았다. 이번에는 깨달음까지 사용했고 결국 그는 더는 방법이 없었다.

<용사인 당신이 새로운 인류용사에 오릅니다!>
<당신은 수호자가 됩니다!>

수호자가 됐다. 이건, 아주 중요한 부분이었다. 그간 나는 강철선제후와 절세검객이란 수호자를 쓰러뜨리고 그 힘을 일부 흡수한 적은 있다.

하지만 이번에는 차원이 달랐다. 내가 아예 수호자의 반열에 올랐다. 나의 적들에게는 괴로운 소식이겠지.

"크크크큭."

절로 웃음이 터졌다. 발버둥치는 죽음이 수호자가 죽었다고 기뻐하지 못할 것이기 때문이었다. 빌헬름의 죽음으로 봉인이 더 풀릴 것을 기대했다면 상당히 엿을 먹은 셈이다.

<인류용사 5레벨에 오릅니다!>

발러슈테드 발러

나 이 **22세**
레 벨 **5**(인류용사)
　　 7(피도 눈물도 없는자)
　　 32(괴물사냥꾼)

생명력 　5590/5590
마 력 　5330/5330
어 둠 　2940/2940

아이템 가중치

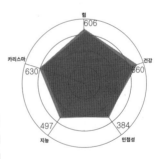

[끌어오르는 심연의 가호]
생명력 +1000
물리저항력 25%

마법저항력 +23.2%(팔찌 +12%)

저주받은 태생	생명력 +654　어둠 +122　힘 +32
마물 카르카의 뼈마법봉	마력 +50　　어둠 +70　카리스마 +13
류블라냐	생명력 +310　건강 +120　힘 +120　카리스마 +110
맨드레이크	생명력 +40
베네볼렌스 제니트릭스의 보석 팔찌	마력 +1500　지능 +96　카리스마 +400(수서생물한정)
정령의 눈물	마력 +250

<SS등급 스킬 깨달음을 얻습니다!>
<S등급 스킬 성장의 특전을 얻습니다!>

　계산대로다. 이것만 있으면 죽음에서 다시 되살아 날 수 있다. 로그아웃 후에 다시 이 세계로 돌아올 수 있는 것이다.

　콰아아앙!

　폭음이 심해진다. 전력을 끌어낸 마리가 점점 밀리는 중이었다. 사실 강신한 어둠의 대군의 화신과 이 정도로 싸우는 것도 기적이었다.

　어느새 내 잘린 팔들이 자라나기 시작했다. 새로 얻은 S등급 스킬인 성장의 특전 때문이다. 이 스킬의 능력은 레벨이 오르면 인류용사가 입은 피해를 모두 복구시킨다. 상태이상이나 저주 등 온갖 마법도 풀어버리니, 또 다른 바퀴벌레 스킬이라 할 수 있겠다.

　스릉.

　두 팔이 생기자마자 허리춤에서 단검을 뽑아들어 그 끝을 심장에 겨눴다. 그러자 싸우던 마리가 날 힐끔 보고는 깜짝 놀라 외친다.

　"안 된다! 발러! 안 돼!"

　막시밀리언도 의외였는지 공격을 멈추고 이쪽을 쳐다본다.

　"음? 정신이 나가버린 건가? 아니지, 아니야. 과인이 아는 발러슈테드란 놈은 뼛속까지 음흉해서 자살할 리가 없는데?"

　동류의 이해라고 할까? 의외로 마리보다 막시밀리언이 나를 제대로 파악해줬다. 나는 그를 보며 외쳤다.

　"보통 남의 심장을 찌르는 걸 선호하나, 지금만큼은 기꺼이 내 심장을 찌르겠다! 오직 피가 내게 가져다줄 복수를 위해!"

푸욱!

단검이 사정없이 나를 관통했다. 그리고 몇 번이 스스로 찔러 가슴팍을 헤집었다. 끝없는 활력 스킬을 비활성화한 채.

"크아아아!"

미친 사람처럼 소리를 지르며 자기 가슴을 난자하는 꼴을 보며 마리는 믿을 수 없다는 표정을 짓고 있었다.

"크크큭! 정말 재밌군. 뭘 하려는 건지."

막시밀리언은 딱히 날 제지하지 않았다. 오히려 마리에게 흥미를 잃어버린 채 내려다볼 뿐이었다.

"크으윽!"

죽음이 찾아왔다.

〈당신은 사망했습니다.〉

"음?"

정신을 차리고 보니 우주 한가운데 있었다. 수많은 별들이 운행하며 성좌가 하늘을 수놓는 곳이었다. 미려하고도 무서운 장소였다.

우주는 겉보기에는 웅장하고 아름답지만, 그 속에 도사린 어둠의 존재들 때문에 공포를 느끼게 했다. 저 성좌의 이동에 따라 어둠의 대군이 깨어나거나 새로운 힘을 얻기도 하니까.

이 세계는 진실을 알면 별조차 느긋하게 바라볼 수 없게 된다.

"상당히 정교한데⋯."

자세히 보니 이곳은 우주는 아니고 그 모습을 정확히 구현한 군소 차원이었다. 눈앞에 지름 2미터 정도 되는 지구를 닮은 푸른 행성이 떠있었다.

　"아름답지 않습니까? 그게 우리의 세계 리켄티아투스입니다."

　뒤쪽에서 들려온 목소리에 돌아보니 언젠가 한 번 봤던 이가 서 있었다. 복장은 달랐지만 아퀼라 소프트웨어 한국 지사에서 만났던 초지성체 아퀼라였다. 아니, 초지성체라는 건 그냥 그가 지구에서 가장하기 위한 신분이겠지.

　"리켄티아투스?"

　"자유라는 뜻입니다. 이 세계가 처음 그 희망찬 첫발을 내딛었을 때 제가 붙였죠. 불행하게도 지금은 자유를 찾아볼 수 없는 세계가 됐습니다만."

　그는 울적한 표정이었다.

　"아퀼라. 질문이 있습니다."

　"물어보십시오. 저는 시간과 공간의 대신격. 우리가 대화할 시간과 공간 정도는 아직 만들 힘이 남아있답니다."

　뻔한 질문이긴 하지만, 꼭 해야 할 질문이 있었다. 중요한 문제였다.

　"이제 와서 묻는 것도 웃깁니다만."

　"뭐든 괜찮습니다."

　아퀼라는 인자한 얼굴이었다. 그래서 나는 이 두려운 질문도 조금 용기를 갖고 물을 수 있었다.

　"모든 게… 현실이죠? 게임이 아니라."

　사실 진작 알고 있었다. 이 세계가 게임이 아니라 현실이라는 건.

그럴 만한 증거가 워낙 많았으니까. 생각나는 점만 해도 한두 가지가 아니다.

*그로스글로크너 등에서 느꼈던 현실 같은 그래픽.
*어째서인지 점점 설명이 간소화되고 줄어들어가는 상태창.
*끓어오르는 심연이 가호를 내렸을 때 생명력 +1,000을 보고 올라간 힘이 수치로 보인다고 의아해하던 것.
*장미의 마왕 로엘린이 입에 올렸던 대신격 아퀼라. 대신격 아퀼라란 존재는 이전 회차에서 등장하지 않던 신격.
*게임의 제한을 벗어나버린 용사의 광기.
*공략 루트가 없는 게 오피셜임에도 불구하고 결혼동맹을 제안해 온 인자한 어머니.
*권장 시간을 넘기고도 불가능한 로그아웃.

등등. 하나하나 따지고 보면 셀 수 없을 정도였다. 대신격 아퀼라는 가까이 오며 고개를 끄덕였다.

"맞습니다."

"아……."

아퀼라의 단언에 장 탄식이 터졌다.

"당신의 뇌가 아퀼라 소프트의 한국 지사에 온 이후 겪은 전기적 사건은 모두 현실입니다. 한제우님의 뇌 속에 있는 수십억 개의 나노봇이 시냅스의 전기신호를 잡아채서 만든 가상현실이 아니란 겁니다."

일단 확인을 하자 물어볼 게 너무 많았다.

"제 원래 육체는 어떻게 됐나요? 저를 이곳에 데려온 것 왜입니까? 원래 세계와 시간의 차이는……."

"진정하십시오, 한제우님."

아퀼라는 탁자와 의자를 창조해 날 앉게 하고는 차를 권한다. 묘하다. 우주 공간에 떠올라 차를 마시다니. 가짜인 걸 알지만 당장이라도 저 어둠 속 어딘가로 빨려 들어갈 것만 같았다.

"조금 진정되십니까?"

"…네."

"당신은 대답을 들을 수 있을 겁니다. 걱정하지 마세요."

일단 약속을 받자마자 내 생각은 더 간절한 부분에 미쳤다.

"잠깐, 그것보다! 돌아가면 그 형언할 수 없는 어둠의 화신을 상대할 방법이 있겠습니까? 아니, 아니, 그것보다."

고개를 세차게 저은 뒤에 물었다.

"제 업적치에 근거한 보상으로 형언할 수 없는 어둠! 발버둥치는 죽음! 무덤에서 웅크리고 있는 자! 이 셋을 다 엿 먹일 방법을 찾을 수 있겠습니까!"

그놈들을 처리할 수 없다면 마왕을 아무리 많이 죽여도 소용이 없다. 마왕이 죽으면 후임자가 승급하니까. 근본적으로 이 세계에서의 싸움은 어둠의 대군의 화신에도 못 미치는 힘을 가진 채 그들과 충돌하는 거다. 이러니 해피엔딩을 볼 수 없지.

"정말 발러슈테드 폰 비텐바이어다운 질문이시군요."

아퀼라는 쓰게 웃었다. 하지만 이쪽은 간절하다.

"대답해 주십시오!"

내 질문은 가볍게 대답할 수 있는 게 아닌 듯했다. 이 세계가 현실이냐는 물음에도 곧장 단언했던 아퀼라가 곰곰이 생각에 잠겨서 한동안 말이 없었다. 지켜보자니 목이 타들어갔다. 그래서 몇 번이고 차를 들이켰지만 소용이 없었다. 이 갈증은 목이 말라서 생긴 게 아니었으므로.

"가능합니다. 가시밭길이긴 하겠지만⋯."

"정말입니까?"

아퀼라는 고개를 끄덕였다.

"당신은 세계의 비밀을 보셨잖습니까?"

세계의 비밀이란 말에 바로 떠오르는 게 있었다.

"애초에 제가 그 비밀을 발견한 건 우연이 아니었군요? 당신이 절 이 세계에 데려오기 전에 일부러 보여줬던 게 틀림없습니다."

"맞습니다."

아퀼라는 순순히 인정했다.

"세계의 비밀은 당신이 원하는 결과에 도달하기 위한 유일한 길이라고 생각합니다."

"하지만 그렇게 되면 당신들도⋯."

내 우려에 그는 고개를 저었다.

"걱정하실 거 없습니다. 어차피 이 세계에서 신격들은 패배했습니다. 나빠져 봐야 얼마나 더 나빠지겠습니까?"

리켄티아투스에선 신격과 어둠의 대군이 서로 균형을 이룬 채 대치하는 것처럼 보인다. 하지만 자세히 들여다보면 어둠의 대군 쪽이 훨씬 활발히 날뛰고 있음을 알 수 있다.

이에 비하면 신격들은 얌전한 편이다. 나는 줄곧 이 점을 이상하게 여겼는데 아무래도 신격이란 존재들이 결정적인 패배를 했던 것 같다.

"그 패배의 대가가 뭡니까?"

"통찰력 있는 질문이시군요. 한제우 님, 당신은 패배의 대가를 신격만 아니라 인간들까지 짊어지게 되는 건가 우려하는 거군요?"

"맞습니다. 신격이 우리를 수호하는 이들이라면, 그럴 수 있겠다 싶어서요."

아퀼라는 길게 한숨을 내쉰다. 그에게서 헤아리기 힘든 슬픔과 절망이 느껴졌다.

"간단합니다. 종말입니다."

"종말이요?"

"때가 되면 어둠의 대군들이 세계를 집어삼킬 겁니다. 별들도 그 운행을 멈추겠죠. 지금은 그저 종말 전의 유예에 불과합니다."

신격이 패배한 탓에 인간도 종말의 운명을 피할 수 없게 됐다는 거다. 한 세트라 같이 망한다는 것.

"신격의 패배로 인간의 운명까지 결정됐다는데 불합리함을 느낄지 모르겠습니다만, 애초에 우리는 당신들이 만든 발명품이란 점을 아셔야 합니다."

"그게 무슨 소리인가요?"

신격이 인간의 발명품이라고? 의아한 표정을 짓자 그가 계속 설명한다.

"애초에 인간은 우리가 만든 게 아닙니다. 고대의 괴종족들이 필요로 만든 범용 생명체가 인간입니다. 특출난 점은 없지만 뭐든 잘할 수 있는 게 인간이죠. 가르친다면 검을 휘두를 수 있고 마법도 부립니다. 그 외에도 하인이나 노리개로 봉사하죠. 때로는 그 자체가 식량이 됩니다."

이런 끔찍한 얘기가 있나. 이것저것 굴려먹다가 배고플 때는 잡아 먹는 하인이었단 말인가?

"인간은 셀 수도 없는 세월을 어둠의 존재들에게 고통 받았습니다. 그래서 인간이 우리 신격을 발명했습니다. 자유를 위해, 어둠에서 벗어나기 위해 정의, 질서, 사랑, 희망, 자애 등의 당시에는 찾아볼 수 없는 가치를 세워 기원한 겁니다."

인간이 정의를 원했기에 정의의 신격 루우벤이 태어났다. 인간이 자애를 원했기에 자애의 여신격 발푸르가가 태어났다. 즉, 신격이란 인간이 어둠에게 대항하기 위해 만든 최고의 발명품인 셈이다.

"우리는 인간의 소망으로 탄생해 인간과 힘을 합쳐 어둠의 존재를 몰아냈습니다. 그게 이 세계가 첫 발을 뗐던 시간입니다. 그래서 저는 리켄티아투스(자유)란 이름을 붙였습니다."

"아퀼라 당신은 그 신격들의 우두머리였군요? 만신전의 주인."

그는 앞머리를 쓸어 올린 뒤 고개를 끄덕였다.

"안타깝게도 자유는 불과 만 년도 가지 못했습니다. 어둠의 대군들이 다시 돌아왔고 우리는 패했습니다. 지금의 상황은 그저 예정된 파멸을 기다리는 유예 기간일 뿐입니다."

그나마 그 유예기간도 만신전의 주인이었던 대신격 아퀼라의 희생으로 만들어 낸 것이라 했다. 그 대가로 그는 현재 물질계에 직접적인 영향력을 끼치지 못한 채 유폐된 것이나 다름없는 처지로 지내고 있다. 그래서인지 이 사내에게선 지울 수 없는 우울함이 느껴졌다.

"이제는 제 이름을 기억하는 인간도 많지 않습니다."

그의 말에 난 쓰게 웃을 수밖에 없었다.

"마왕이 당신을 기억하고 있더군요."

"하하하. 그것 참 얄궂군요."

아퀼라도 웃고 만다. 한때 신격의 정점이었던 존재가 오래 사는 마왕이나 기억하는 존재가 돼버렸다. 허탈하기만 하겠지.

"한데 왜 접니까? 왜 다른 세계까지 와서 챔피언을 고른 겁니까?"

"간단합니다. 이 세계의 운명에 종속되지 않은 인간이 필요했기 때문입니다."

아퀼라는 근처에 있던 리켄티아투스 모형을 당겨오더니 지구본처럼 빙그르르 돌린다. 그러다 손바닥으로 짚어 멈췄다. 정확히 제국이 있는 위치였다.

"솔직히 리켄티아투스에는 한제우님보다 뛰어난 인간이 많이 있습니다. 하지만 아무리 그들이 훌륭해도 종말의 운명에서 벗어날 수 없죠. 이미 그렇게 정해진 것입니다. 무슨 짓을 해도 결국 어둠에 패배할 수밖에 없습니다."

그렇다면 이 세계의 주민들은 실로 잔혹한 처지에 놓여있는 셈이다.

"당장 빌헬름만 봐도 알 수 있지 않습니까? 그는 당신 생각보다 훨씬 대단한 영웅이었습니다. 하지만 결국 비참하게 죽고 말았죠."

"운명에 묶이지 않았다는 게 제일 중요했군요."

"맞습니다. 거기에 또다른 이유도 있죠."

딱 좋게도 리켄티아투스와 지구는 비슷한 점이 많은 평행세계라고.

"지구에 있는 인물과 매우 흡사한 자들이 리켄티아투스에도 그대로 나타납니다. 리슐리외, 달타냥, 틸리, 발렌슈타인, 지아꼬모 알비노 등 한제우님의 휘하에 있는 자들은 실제 지구 역사에 등장한 사람들입니다. 하지만 리켄티아투스에도 있습니다."

지구에서 리슐리외와 달타냥은 프랑스, 틸리와 발렌슈타인은 독일, 지아꼬모 알비노는 스페인의 인물이다.

"자, 정리해 보겠습니다. 제가 누군가 외부에서 새로운 영웅을 데려오려고 한다면, 종말의 운명에서도 빗겨나가 있으며 평행세계라 닮은 점도 많은 곳을 제일 선호하지 않겠습니까?"

"그래서 지구에서 게임을 만드셨군요? 결과를 시뮬레이션 해보기 위해서."

"맞습니다. 저는 리켄티아투스에서 실제로 일어난 역사와 사건들로 게임을 만들었습니다."

아퀼라는 시간과 공간의 대신격이다. 그런 일이라면 주특기겠지.

"누가 가장 우수한지 찾아봤죠. 제국에서 일어나는 수많은 사건을 누가 가장 효과적으로 풀어 나가는가."

그중 압도적인 1위가 바로 나다.

"당신은 군계일학이었습니다. 그 숙달된 사기와 선동, 협박, 날조, 천연덕스러운 거짓말 등 모든 게 잘 통했죠. 다른 이와는 차원이 달랐습니다."

"그렇게 말해도 제게는 칭찬입니다만."

"물론 칭찬입니다."

오히려 상대가 저렇게 나오자 얼굴이 좀 달아올랐다.

"흠흠! 사정은 알았습니다. 그러니 지금 중요한 건 제가 이 업적 수치로 무슨 보상을 받을 수 있는가 입니다."

돌아가서 화신을 박살낼 수 있다면 더 바랄 게 없었다.

"그 업적 수치에 대한 보상으로 원하는 지식이나 정보를 받을 수 있습니다. 한제우 님."

"네에?"

뭔가 경천동지할 힘을 원했던 나는 적잖이 실망하고 말았다. 대신격이라지 않나. 대신격이란 존재는 여태 본 적도 없다. 그러니 뭔가 콰강! 하고 날려버릴 수 있는 권능을 기대했었다.

"무슨 생각하시는지 이해합니다. 하지만 한제우 님, 당신이라면 그런 지식이나 정보를 가장 반기지 않겠습니까? 세계를 그저 놀음판처럼 여기는 그 발러슈테드 폰 비텐바이어라면요."

그 말에 다시 흥미가 생겼다. 어쩌면 아퀼라는 물질계에서는 수집할 엄두도 내지 못할 정보를 줄 수 있을지 모른다. 정보란 내게 매우 중요하다.

세상 모든 사기는 그것을 바탕으로 아름답게 피어나니까.

"예를 들면 어둠의 대군에 관한 중요한 정보라면 어떨까요? 필멸자가 입에 담기만 해도 미쳐버리는, 결코 누설이 허락되지 않는 비밀에 대해서요."

"……."

"당신에게 많은 정보를 줄 수 있습니다. 이 고약한 처지가 된 이후 역설적이게도 저는 어둠의 대군의 감시망을 벗어났습니다. 몰락한 대신격에 관심을 기울이기에 그들은 너무 오만했거든요."

아퀼라는 잠시 고개를 돌려 우주 위에 수놓아져 있는 성좌를 살폈다. 저 성좌의 운행을 보며 어둠의 대군들의 행보를 예측하는 것도 가능하다고 했다.

"그들은 저 같은 존재보다 오히려 서로를 향해 끝나지 않는 음모를 전개하고 있습니다. 제 입장에선 더 없이 반가운 일이었습니다."

"하지만 안다고 해서 전달이 가능한 게 아닐 텐데요?"

"그래서 업적 수치가 필요한 겁니다."

대체 업적 수치란 게 뭘까? 이점을 묻자 아퀼라는 대답을 미뤘다.

"지금도 복잡한 얘기가 많으니 업적 수치의 본질에 관해서는 나중으로 미루죠. 당신의 일이 끝났을 때 얼마든지 설명해 드리겠습니다."

"알겠습니다."

중요한 건, 그 업적 수치로 본래라면 전달할 수 없는 어둠의 대군에 관한 정보를 살 수 있다는 거다.

"요컨대, 업적 수치는 민감한 정보를 안전하게 전달하기 위해 만들어진 거로군요?"

"맞습니다. 어둠의 대군에 관한 이야기들은 우주의 비밀에 관한 것입니다. 그걸 누설한다는 건 인과율을 피해갈 수 없는 일이죠. 비밀을 누설하는 저뿐 아니라, 비밀을 들은 한제우 님조차 인과율에 귀속되어 버립니다. 어둠의 대군들이 우리를 찢어발긴다고 해도 도울 수 있는 이는 없습니다. 왜냐? 애초에 우리가 그들의 비밀을 건든다는 원인을 제공한 거니까요."

"하지만 업적 수치 안에서는 그 비밀에 접근할 수 있다라… 이거 기가 막히군요."

이미 실망감은 온데간데 없이 사라졌다. 지금 들을 비밀에 비하면 태산을 무너뜨릴 힘도 하찮은 거였으니까. 아무리 태산을 무너뜨릴 수 있다고 해도 어둠의 대군의 화신을 상대로 승리를 장담할 수 없다.

반면 어둠의 대군의 비밀을 알아낸다면, 그들을 상대로 내 특기를 발휘할 수 있다. 즉, 인간이 어둠의 대군에게 사기 치는 것도 가능해진다.

"많이 준비하셨네요."

솔직히 아퀼라의 안배에 감탄했다.

"저는 아직 이 세계를 포기하지 않았습니다. 어둠의 대군들은 이미 오래 전에 승리했다고 생각하고는, 종말까지의 유예 기간을 자신들끼리의 다툼에 활용하고 있죠. 그게 우리를 위한 마지막 기회입니다. 그들이 자중지란에 빠져있는 사이에 당신은 승리로 가는 위험천만한 좁은 길을 통과해야 합니다."

나는 그 부분에 대해선 자신이 있었다. 언제나 잘해왔다. 이번에는 특히 잘하고 있고. 문제는 어둠의 대군이다. 그런데 아퀼라의 도움으로 그 존재들에 대한 방책을 세울 수 있다면 이번만큼은 모든 게 달라질 것 같았다.

"한제우 님. 제게 어둠의 대군에 관해 물어보십시오. 하지만 귀중한 정보는 엄청난 업적 수치를 사용해야 합니다. 신중히 질문을 선택하시길."

"알겠습니다."

나는 차분히 필요한 것을 물어나갔다.

발버둥치는 죽음의 봉인과 그를 섬기는 비밀 조직에 대해, 무덤에서 웅크리고 있는 자에 대해, 형언할 수 없는 암흑에 대해, 끓어오르는 심연에 대해.

과연 핵심적인 질문에 관해서는 업적 수치가 엄청나게 날아갔다.

"맙소사. 발버둥치는 죽음의 봉인에 관해 물으니 업적 수치가 3,000만 점 가까이 날아가는군요…."

"그 정도로 철저히 은폐된 비밀이니까요. 발버둥치는 죽음은 봉인이라면 지긋지긋해합니다."

이외에도 여러 가지 물었다. 덕분에 나는 이 세계의 온갖 비밀에 대해 접근할 수 있었다.

"저는 정말 우물 안의 개구리였군요."

솔직히 이것들도 모르고 싸웠으니 100전 100패란 생각만 들었다.

"신격들도 너무하시는군요. 좀 미리 알려주지."

"안타깝습니다만, 신격이 알아도 인간에게 알릴 방법이 없습니다. 우리는 그저 유예 기간 동안 인간을 지키는 게 고작이니까요."

그들도 답답하겠지. 알고 있는 어둠의 대군에 관한 비밀을 인간에게 전해주고 싶은데, 그랬다가는 인과율 크리티컬이니까. 아퀼라가 다른 세계의 존재인 나를 부르고 업적 수치라는 묘한 우회 방법을 만든 것도 엄청 머리를 굴린 듯했다.

"하나 빼먹을 뻔했군요. 끓어오르는 심연이 찾고 있는 어둠의 왕관은 누가 갖고 있습니까?"

나는 끓어오르는 심연을 만났을 때, 칠마성전에서 본 어둠의 왕관을 빌미로 그의 호의를 얻었다. 가호를 받고 그와 거래까지 허락받은 것이다.

그 덕분에 서열 외의 마왕 크라이카이제를 비명횡사하게 만들 수 있었다. 하지만 그건 공짜가 아니다. 나는 그를 위해 어둠의 왕관을 탐색해야 하는 의무도 생긴 것이다.

"상당히 민감한 사안입니다. 남은 업적 수치를 보니 그게 마지막 질문이 될 것 같네요."

"듣고 싶습니다."

의심이 가는 어둠의 대군이 잔뜩이었다. 끓어오르는 심연도 여러 가지로 심증이 있겠지. 하지만 그가 간절히 찾는 그 물건을 가진 이가 누군지는 확실치 않았다.

"그 왕관은 형언할 수 없는 암흑이 갖고 있습니다. 정확히는 그의 휘하에 있는 마계의 마왕 하나가 보관 중이죠."

아퀼라는 자세한 정보를 알려줬다. 나는 곰곰이 들으면서 고개를 끄덕였다.

"…이거 이용할 수 있겠는데요."

풍부한 비밀을 접하게 되자, 머릿속에 이번 사태의 인과율을 비틀 다양한 방법이 떠올랐다. 인과율을 비튼다는 건, 간단히 얘기하면 지금 상황에 또 다른 신적인 존재가 끼어 들 수 있게 만드는 거다.

"한제우 님, 본디 어둠의 왕관은 끓어오르는 심연의 소유였습니다. 하지만 형언할 수 없는 암흑이 그걸 훔쳤고, 마계에 있는 부하에게 감춰 두게 했습니다. 종말의 때에 자신이 쓰기 위해서요. 즉, 형언할 수 없는 암흑은 끓어오르는 심연이 무언가 할 수 있는 원인을 제공한 셈입니다."

아퀼라의 해설에 나는 고개를 끄덕였다.

"이번 일, 어둠의 대군간의 다툼으로 몰고 갈 수 있겠군요."

분명히 둘의 싸움을 붙일 수 있을 것 같았다. 이거 일이 엄청 재밌 게 돌아가겠는데.

"크흐흐흐!"

"이제야 웃는군요. 한제우 님."

"너무 고깝게 보지 마십시오. 제가 음흉한 웃음을 흘리면 어김없이 승리가 따라오곤 했으니까요."

"어련하시겠습니까. 그 웃음의 피해자가 한둘이 아닌 걸로 알고 있습니다."

"그러니까 이번에는 피해자 명단에 어둠의 대군도 추가해 볼 생각입니다."

나는 마지막으로 생각을 정리했다. 이건 된다는 확신이 들었다.

꼴좋구나! 형언할 수 없는 암흑. 어둠의 대군이라고 저 장막 너머에서 온갖 지랄을 하며 날 엿 먹이더니 말이다. 이번에 아주 제대로 갚아줘야지.

그 위대한 존재가 한낱 인간에게 당한 걸 알면 무슨 기분일까?

"시간과 공간의 대신격이라고 하셨죠?"

"그렇긴 합니다만, 힘은 거의 잃어버렸습니다. 유령처럼 시공을 떠돌며 어둠의 대군을 훔쳐보는 신세입니다. 그래도 어느 정도는 남았지만요."

이미 아퀼라는 내가 무슨 부탁을 할지 짐작한 모양이었다.

"제가 부활하기 전에 끓어오르는 심연을 만나러 가게 해주실 수 있겠습니까?"

"고자질 하러 가실 생각이시군요?"

그 말에 나는 웃으며 고개를 끄덕였다.

"어둠의 존재들은 한 가지 좋은 게 있습니다."

"뭡니까?"

"그들은 정직한 아이는 비웃지만, 고자질한 아이에겐 상을 주거든요."

"정말 대단하시네요. 이제는 어둠의 대군들조차 이간질하고 속이려 하십니까?"

"까짓것 어둠의 대군이라고 안 될 이유가 있겠습니까? 일단 대화가 된다는 건 사기를 칠 수 있다는 말이거든요."

"……한제우 님께서 세상을 구별하는 기준을 알 거 같습니다."

맞다. 세상은 사기 칠 수 있는 것과, 사기 칠 수 없는 걸로 구분할 수 있는 법이지.

"단지 세 치 혀만 있으면 크고 멋진 일을 해낼 수 있는 법입니다. 세상의 모든 훌륭한 왕과 영웅들이 자기 입담으로 대업을 이뤘습니다. 사실 칼질은 밑에 있는 친구들이 해줄 수 있거든요."

내 이런 멋진 포부에, 명백히 같은 편임에도 불구하고 아퀼라의 표정이 썩어 들어갔다.

"이 세계의 희망이 사기꾼의 혓바닥에서 멋지게… 피어나고 있군요…. 끄응…."

살다, 살다 대신격이 앓는 소리를 내는 건 처음 들어본다.

"자, 어서 저를 끓어오르는 심연과 만나게 해주십시오! 마치 만조가 온 것처럼 출항하기 적당한 때가 됐습니다. 밀려들어오는 파도와 같이 제 용기도 넘실넘실 커져가는군요."

자신감이 생기자 내 혓바닥을 올리브오일을 바른 것처럼 매끄럽게 돌아갔다. 그것도 보통 올리브유가 아니라 엑스트라 버진급이다.

"잠시 기다리십시오, 한제우 님. 당신의 용기에도 불구하고 적을 이기려면 지혜로운 기술이 필요합니다."

"호? 뭐라도 줄 것처럼 말씀하십니다."

내가 반색하자 아퀼라가 살짝 한 발 물러난다. 음, 물리적 거리가 아니라 마음의 거리는 훨씬 멀어진 기분이었다.

"……이런 부분에는 굉장히 민감하시군요. 말을 꺼내기 무섭습니다."

"지난 사기 행각들이 제 눈치를 단련시켜줬죠. 특히 이득이 되는 것, 금화가 반짝이는 곳이라면 절대 놓치지 않습니다."

아퀼라는 이제 포기한 표정이었다.

"세계를 구할 용사가… 이제는 대놓고 스스로 사기꾼이라고 하고 있어….."

그러거나 말거나 나는 손바닥을 내민 채 내놓을 거 있으면 내놓으라고 재촉했다.

"알겠습니다. 제가 업적 수치 내에서 제공한 우주의 비밀 말고도 개인적으로 3개의 힘을 드릴 수 있습니다. 저, 그런데… 한제우 님….. 기분은 알겠지만 손가락을 꾸물꾸물 거리지 말아주시겠습니까?"

"죄송합니다."

"크흠, 일단 첫 번째는 간파당하지 않는 가호입니다."

"오!"

간파하는 힘은 어둠의 대군 중 일부가 가진 아주 골치 아픈 것이다. 특히 끓어오르는 심연의 주특기로 대화도 없이 그냥 본질을 파악해 버리는 기괴한 신적 능력이다.

날 마주치자마자 음, 그렇군! 납득해 버리니 하찮은 필멸자 입장에선 굉장히 무섭다.

"간파하는 힘이 있는 이상 당신이 어둠의 대군을 상대로 사기 치기란 쉽지 않습니다. 하니 제가 대신격의 가호로 그걸 막아드리지요."

"그런 강력한 힘이 있군요."

"하지만 한계도 명확합니다. 단지 세 번의 만남에서 간파를 막아낼 따름입니다. 즉, 당신이 어둠의 대군을 네 번째 만나면 이 힘은 이미 끝나있을 겁니다."

신적인 존재의 능력을 막아낸다 싶더니 역시 한도가 있었다. 하지만 그 세 번으로도 엄청나다. 분명히 대단한 사기를 칠 수 있을 거 같아 가슴이 뛰었다.

"두 번째 능력은 무엇입니까?"

"이 역시 도움이 될 거라고 자신합니다. 바로 영혼의 그릇을 지금보다 크게 만들어 드리지요."

그 말에 깜짝 놀랐다. 영혼의 그릇. 그것은 여러 가지 의미를 지니는데, 내게 그건 후원자의 숫자와 관계되어 있었다.

"일전에 끓어오르는 심연을 만났을 때 그의 후원을 청한 적이 있습니다. 하지만 이미 초월자 둘의 후원을 받고 있다고 해서 거절당했죠."

"네, 현재 한제우 님은 저 아퀼라와 무덤에서 웅크리고 있는 자의 후원을 받고 있으니까요."

아퀼라의 후원은 내게 상태창이라는 기묘한 능력을 줬다. 또한 영혼이나 정신을 보호해주는 가호 역시 매우 중요하다. 내가 어둠의 대군을 만나도 미치지 않고 뻔뻔히 잘 버티는 게 그 때문이다.

무덤에서 웅크리고 있는 자는 피도 눈물도 없는 자라는 사령술 계열 최상위 직업을 내렸다.

"하지만 제가 한제우 님의 영혼의 그릇을 키운다면 끓어오르는 심연에게 추가로 후원을 받는 게 가능해집니다. 그걸 노리고 이런 능력을 드리는 거고요."

"하지만 후원은 양날의 검이지 않습니까?"

내가 형언할 수 없는 암흑의 유혹을 거절한 건 다름 아니다. 그만큼 후원자의 입장에 묶이기 때문이다.

"끓어오르는 심연은 괜찮다고 생각합니다. 그 역시 무덤에서 웅크리고 있는 자처럼 제국에 자기 세력이 크지 않은 존재니까요. 본격적으로 세력을 키우기 보다는 한 발 물러나 흉계를 꾸미는 스타일이죠.

그만큼 간섭이 적을 거라고 여겨집니다."

무덤에서 웅크리고 있는 자는 내게 힘을 내리고도 꽤나 자유롭게 내버려두는 스타일이었다. 그저 발버둥치는 죽음에 후원을 받은 마왕을 죽이라고 할 뿐이었다.

"설령 후원을 받는 것 때문에 귀찮은 일을 떠맡게 되더라도, 후원을 택하는 게 맞다고 봅니다."

"그래도 신격이신데 어둠의 대군의 후원에 꽤나 거리낌 없으시군요?"

"중요한 건 승리뿐이니까요."

그 점은 나랑 통하는군.

"그리고 다른 중요한 이유도 있습니다. 이번에 한제우 님께서는 화신이 가진 어마어마한 힘을 확인했을 겁니다."

"그렇습니다. 징그러운 정도였죠. 솔직히 다시 상대할 수 있을까 걱정입니다."

"그렇기에 꼭 끓어오르는 심연의 후원을 받으라고 하는 겁니다. 제가 계산한 결과로는 최상위직을 세 개 얻고 모두 10레벨 이상 달성한다면 충분히 화신과 전투해 볼만 합니다."

생각지도 못한 부분이었다. 아퀼라의 계산이라면 정확할 터. 현재 나는 피도 눈물도 없는 자 7레벨, 인류용사 5레벨이다.

앞으로 피도 눈물도 없는 자 10레벨에 인류용사 10레벨, 그리고 새로 얻을 최상위직 10레벨에 오르면 화신급이라 그거다.

"물론 최상위직의 SS등급 스킬 역시 최고 수준으로 숙련하셔야 할 겁니다만."

"갈 길이 멀긴 하군요. 최상위직은 레벨도 더럽게 안 오르고 SS등급 스킬의 숙련도 역시 마찬가지니까요. 하지만 그래도 희망이 생기네요."

어둠의 대군의 화신은 언터처블인 줄 알았다. 하지만 그런 화신과 겨룰 수 있다니. 갑자기 앞이 환해지는 느낌이다.

"분명 최상위직 세 개를 마스터하면 화신과 겨룰 수 있을 겁니다. 게다가 한제우 님에게는 그 이상이 있으니 어쩌면 화신도 이길 수 있을지도 모르죠."

"강철선제후와 절세검객의 스킬 말인가요?"

"맞습니다. 어서 검술의 성취를 올리세요. 절세검객의 영혼 베기, 차원 자르기를 사용할 수 있으면 지금보다 훨씬 강력해질 겁니다."

하지만 아퀼라는 내가 가진 스킬 중 가장 중요한 건 강철선제후의 것이라고 했다.

"네? 강철선제후는 선동에 특화된 정치영웅이라 월영검법 빼고는 싸움에는 그다지…."

그런데 아퀼라는 의외로 월영검법보다 급이 떨어지는 A등급 검술 프린체씬 코랄레(Prinzessin Koralle)를 익혀야 한다고 했다.

"프린체씬 코랄레요?"

A등급 스킬이라 지금까지 배웠다는 것도 까먹고 있었다. 월영검법보다 못해서 쓸 일이 없었다. 팔츠 가에서 전해지는 그 검법은 가신들에게 전수하는 용도였다.

팔츠의 비텔스바흐 가문(바이에른 역시 비텔스바흐 가문이다)은 월영검법을 배운다. 그게 훨씬 뛰어나고 좋은 검술이니까.

"한제우 님이 의아해하는 것을 이해합니다. 하지만 그 스킬에 대해 떠올려 보세요. 완전한 형태던가요?"

"그건 아니군요. 분명히 실전된 검술이라고 했죠. 사라진 부분을 복원하면 월영검법조차 뛰어넘을 수 있다고 설명에 있네요."

나는 상태창을 열어 읽어보며 대답했다.

"하지만 그것만 가지고 의미가 있나요? 검술 자체라면 절세검객의 것이 제일인 걸로 알고 있습니다."

"물론 그렇긴 합니다만, 산호공주의 검법은 특별합니다. 바로 그녀의 검술은 어둠의 대군이나 그 화신을 겨냥해서 만들어진 것이니까요."

"뭐라고요? 그게 정말입니까!"

"팔츠 가문의 산호공주가 단순히 뛰어난 검술가였다고만 하는 건 그녀의 일부도 제대로 파악하지 못한 겁니다. 실제로 그녀는 반신격에 올랐던 인간입니다."

반신격이라니, 생각도 못했다. 팔츠 선제후 가에 그런 인재가 있었나.

"산호공주는 종말의 때에 대해 알고 끝까지 싸웠던 인물입니다. 그리고 그녀가 남긴 게 이 검술이죠."

"음… 그렇다면 산호공주와 한 번 만나게 해주실 수 없으신가요? 당신은 유폐되긴 했지만 대신격이잖습니까? 반신격 정도 불러오는 건…."

"죽었습니다."

"윽!"

"어둠의 대군 중 하나인 끈적거리는 역병과 자폭했습니다."

끈적거리는 역병이 기록에만 나오고 실제로 그가 후원하는 마왕이 없는 게 그런 이유였나.

"끈적거리는 역병이 어둠의 대군 중 중하위권이긴 했습니다만, 일개 반신격이 어둠의 대군과 동귀어진한 것만 봐도 그 검술의 위력을 알 수 있는 부분입니다."

"하지만, 산호공주가 사라졌으니 검술도 실전된 것 아닙니까?"

"아닙니다. 듣자니 산호공주가 자신의 기예를 어딘가에 감춰뒀다고 하더군요. 그 정도 검술이니 후학을 위해 남겨놨겠죠. 그걸 찾을 수 있다면, 어둠의 대군이나 그 화신에게 효과적인 타격을 줄 수 있을지 모릅니다."

이건 또 새로운 정보였다.

두근두근.

가슴이 뛰기 시작했다. 세 개의 최상위직을 대성하고 산호공주의 검술을 찾으면 끝판왕이라고 할 수 있는 어둠의 대군의 화신을 썰어버릴 수 있을 터.

"알겠습니다. 산호공주의 검술을 찾기 위해 노력하겠습니다. 그러면 세 번째 능력은 무엇입니까?"

"세 번째 능력은 성좌의 운행을 관찰할 수 있는 능력입니다. 성좌의 배치나 이동을 보고 불길함을 읽어낼 수 있죠."

"하면?"

짐작 가는 바가 있어 되묻자 아퀼라는 고개를 주억였다.

"맞습니다. 성좌를 읽어 어둠의 대군들에 대해 파악할 수 있는 능력입니다. 신격의 가호를 받은 대현자들이나 가능한 것이지요. 처음에는 그저 대강 짐작하는 정도입니다만, 이후 점점 정확해집니다."

아주 쓸만한 스킬이었다. 이것을 숙달하면 어둠의 대군의 정보를 밤하늘에서 찾아낼 수 있을 터.

"감사합니다."

"이제 그 말씀드린 모든 능력을 드리겠습니다."

콰앙!

갑자기 벼락이 치듯 어떤 거대한 힘이 날 덮쳤다. 정수리에 커다란 금침이 꽂히는 듯한 기분에 나는 정신을 차릴 수 없었다.

"크으윽!"

순간 이대로 죽는 건가 싶을 정도였다. 하지만 그 다음으로 갑자기 엄청난 희열이 물 밀 듯이 밀려들어왔다. 거대한 에너지와 힘이 전신을 순화하는 느낌과 함께 눈앞에서 수많은 꽃봉오리가 터져 오르며, 꽃잎이 흩날리는 환상이 보였다.

"아아!"

말하기 힘든 쾌감이 밀려들었다. 나는 격이 올라갔음을 실감했다. 여전히 인간이지만 보통의 인간과 차원이 다른, 대신격의 가호를 받은 존재로 재탄생한 것 같았다.

<어둠의 대군에게 간파당하지 않는 가호를 받았습니다!
<세 번의 만남 동안 유효합니다.>
<영혼의 그릇이 커졌습니다!
<당신은 이제 초월자 셋의 후원을 받을 수 있습니다.>
<SS등급 스킬, 성좌관형찰색(星座觀形察色)을 얻었습니다!>
<이제 당신은 대현자와 같이 밤하늘의 변화를 통찰합니다.>

"오오!"

기쁨과 격동이 퍼져나갔다. 어둠의 대군과 그 화신을 상대할 강력한 능력을 얻을 것이다.

"끓어오르는 심연의 후원을 받으실 자신이 있나요? 한제우 님."

"가능하리라 생각합니다. 본디 그는 과거에도 절 후원하는 일에 관심을 보였습니다. 매우 특이한 인간이라며 흥미로워했죠. 하지만 영혼의 그릇이 꽉 차서 포기한 거고요."

"그렇다면 가능하겠군요. 일단 당신을 시간의 흐름이 현실과 다른 군소차원으로 보내드리겠습니다. 거기서 끓어오르는 심연을 소환하세요."

상황을 들어보니 현재 내 육체는 물질계에 그대로 있단다. 심장에 단검을 꽂고 죽은 채로 말이다. 현재 영혼만 아퀼라를 만나고 있다는 것.

"저와 만나고, 군소차원으로 가서 끓어오르는 심연과 거래하고 돌아가도 현실 세계에는 1초도 안 지나 있을 겁니다. 그대로 인류용사의 스킬인 깨달음이 발동할 테고, 한제우 님은 되살아날 수 있는 겁니다."

"알겠습니다."

나는 고개를 끄덕였다.

"다시 만날 수 있겠습니까? 아퀼라 님."

"안타깝지만 더는 어려울 겁니다. 한제우 님이 정말로 원했던 해피엔딩에 도달한다면 가능할지도 모르겠군요. 부디 힘내 주십시오."

이로써 모든 게 확실해졌다. 이 세계는 현실이며, 멸망이 예정되어 있는 곳. 나는 반드시 이 리켄티아투스를 구해야만 한다.

지이잉─.

나를 이동시키기 위한 마법진이 발동했다. 빛에 휩싸인 내 영혼이 점점 흐릿하게 변해갔다.

"한제우 님. 이뤄지지 않는 소원이 있었습니다. 포기하지 않으려 했으나, 절망감에 가슴은 대리석처럼 차갑고 딱딱하게 굳어버렸죠. 하지만 이제 그 마음 끝이 자꾸 하느작거립니다. 간질간질 거리고, 어쩐지 기대하게 되는 이 기분을… 대체 뭐라고 해야 하는 걸까요?"

아퀼라의 말에 나는 가볍게 웃어보였다.

"그건 아마 희망일 겁니다."

아퀼라와 이별 후 도착한 곳은 마치 소금사막 같이 하얗고 황량한 세계였다. 첫눈에는 무척 아름다웠지만 금방 단조로움을 느꼈다. 이런 곳에 오래 있으면 미치지 않을까 싶을 정도였다.

스윽. 슥슥.

얼른 끝내고 돌아가자는 생각에 정교한 마법진을 그리기 시작했다. 이번에는 크라이카이제를 처치한 때와 달리 정식으로 부르는 거다. 준비를 많이 해야 한다,

나는 한참 부산을 떨어댄 뒤에야 작업을 끝냈다.

"끓어오르는 심연이여. 일흔 세 번째 성좌의 주인이여. 거래함에 있어 공정한 자여."

준비가 끝나자마자 바로 끓어오르는 심연을 불러냈다.

쿠에에에에에–!

내 부름에 호응에 저 멀리서 끔찍한 울부짖음이 터져 나왔다.

그우우웅.

이 주인 없는 소금사막의 차원이 진동하며 변하기 시작한다. 흉측하고 뒤틀어진 어둠의 존재들이 차원을 넘어 몰려들어왔다.

꾸물꾸물꾸물.

언제 봐도 징그러운 광경이었다. 주변을 가득 채우는 촉수와 그에 사로잡혀서 울부짖는 영혼들의 꼴은.

"크아아악! 제발 구해다오!"

"저를 사주세요! 평생 노리개로 봉사할게요!"

"제 검을 바치겠습니다!"

붙잡힌 수많은 영웅과 미희들이 날 보며 절규하듯 손을 뻗어온다. 어둠과 거래한 인간의 말로가 이리 비참하다. 저들은 살아서 존귀한 왕이자 영웅, 공주였을 텐데 발가벗겨져 단 한 줌의 존엄도 가지지 못한 채 쉴 새 없이 유린되고 있었다.

언젠가 끓어오르는 심연이 이 영혼들을 사면 무조건 날 따를 거라고 했는데, 지금 저 처지를 보니까 이해할만했다. 나중에 괜찮은 영혼이 있으면 쇼핑이라도 할…….

아니, 잠깐?

머릿속에 퍼뜩 뭐가 떠올랐다. 지금 나는 고자질을 하러 왔다. 하지만 그건 대단히 가치 있는 정보기도 했다. 그렇다면 그냥 넘기는 것보다 팔아먹을 수 있지 않을까?

물론 탐색의 대가로 끓어오르는 심연의 호의를 받기도 했지만, 기왕 정보를 넘기는 거 저 영혼 몇 명만 챙겨달라고 해도 될 거 같았다.

그도 그렇게, 지금까지 본 끓어오르는 심연은 꽤 관대한 성격이다. 뭔가 엄청난 힘과 위엄을 가진 자의 여유랄까? 게다가 주변에 널린 게 영웅과 미녀의 영혼이었다.

"괜찮은데…."

그러면 누굴 달라고 할까?

역시 마법사가 좋겠지. 마법 전력이 취약한 게 내 약점이니까. 이번 기회에 마법사를 확보해서 리치로 만들어야지 싶다.

안 그래도 언데드 도시인 모르스 쏠라에 마법사의 탑을 공사 중이라고 하더라. 입주할 리치들을 확보하면 딱이겠는데?

쿠우우우우웅-!

그때 주변의 압박감이 달라지더니 끓어오르는 심연 본인이 모습을 드러냈다. 그 하나하나 크기를 헤아릴 수 없는 거대한 촉수의 뭉치가 나타난 것이다.

특유의 존재감만이 아니라 크기로도 일대를 가득 채워버린다. 바라보고 있자니 숨이 쉬어지지 않을 정도였다.

하지만 그간의 경험 덕에 나는 놀랍도록 침착한 태도를 유지했다. 그래서인지 지켜보던 영혼들이 놀라움을 금치 못한다.

"저자는 우리의 강한 주인을 보고도 꿈쩍도 하지 않소!"

"아마 그는 생각보다 훨씬 대단한 영웅인 것이 틀림없소!"

"아! 제발 소녀를 데려가주세요! 당신이 원하는 건 뭐든 할게요! 제 전부를 드릴 거예요!"

시끄럽게 떠들던 영혼들은 끓어오르는 심연이 촉수 쿵! 내리치자 비명을 지르며 사방팔방으로 달아나버렸다.

"천한 것들이 주둥이를 놀리기는. 발러슈테드…. 또 이 몸을 불러냈군."

"시시한 용무로 불러내지 않았습니다. 찾으시는 정보를 얻었습니다."

"호오… 역시 재밌는 인간이로다. 그래, 발러슈테드 폰 비텐바이어여. 그대가 날 실망시킬 리가 없지. 무슨 정보인 것이냐?"

나는 일단 정보를 대가로 교섭하지는 않기로 했다. 그건 이 위대한 존재에게 지나치게 건방을 떠는 것이다. 먼저 말해주고 그에게 영혼을 좀 달라고 하는 게 맞다. 안 주면 어쩔 수 없는 거고.

"어둠의 왕관의 위치를 찾아냈습니다."

"뭐라!"

쿠아아아아앙!

끓어오르는 심연의 목소리가 마치 천둥처럼 쩌렁쩌렁 차원을 울린다. 늘어져 있던 그의 피 묻은 촉수들이 들썩이는 걸 봐서 어둠의 왕관은 이 신적인 존재조차 흥분하게 만드는 것인 듯했다.

대체 어둠의 왕관이 뭘까?

칠마성전의 위대한 지식 속에도 그건 적혀 있지 않았다. 그저 많은 어둠의 대군들이 그걸 원한다고만 했을 뿐이었다. 아퀼라에게 물어 봤지만 그도 정확히 알지 못했다. 그저 종말의 때가 올 때 이 어둠의 존재들이 왕관을 쓰고 싶어 한다는 것 정도.

"정말인가?"

"어찌 거짓이 있겠습니까?"

그러자 그는 자연스럽게 간파하는 힘을 썼다. 하지만 잠시 그의 촉수가 멈칫했다.

"음? 네놈은 안 본 사이에 달라졌군."

갑자기 간파가 안 먹히는 게 신기한 모양이었다.

"인연이 있었습니다."

"네놈의 후원자에게 뭔가 받은 모양이로군···. 이 힘을 피하다니 실로 건방지구나."

그 말에 나는 얼른 고개를 숙여보였다.

"용서하십시오. 제 목을 노리는 적이 날로 늘어나고 있기에 어쩔 수 없었습니다. 하지만 왕관의 위치에 대해서는 한 점의 거짓도 없습니다."

"그 정도는 간파하는 힘이 없어도 구분할 수 있다. 말해 보거라."

역시 무서운 존재다. 간파하는 힘이 없어도 하찮은 필멸자 하나 꿰뚫어 보는 건 일도 아닌 모양이다.

"어둠의 왕관은 형언할 수 없는 암흑 휘하에 있는, 마계의 마왕 크라우저 3세가 가지고 있습니다. 그는 대단한 음악가인데, 자신의 음율 속에 그 왕관을 감췄다고 합니다."

그 말에 끓어오르는 심연은 감탄을 터뜨렸다.

"생각지도 못했군! 음악에 왕관의 힘을 감추다니. 실로 기묘한 재주로다, 그래서 찾을 수 없었던 것인가!"

나는 좀 더 자세한 정보를 알려주었다. 끓어오르는 심연은 크게 기뻐하면서, 동시에 촉수를 내리치며 분노도 터뜨렸다.

콰아아아! 쾅! 콰아앙!

촉수가 두들기는 힘이 어찌나 강한지 이 조용하고 작은 차원 전체가 무너져 내릴 것만 같았다.

"고약한! 오래 전부터 그 형언할 수 없는 암흑이 범인이라 짐작했다. 다만… 심증뿐이라 어쩌질 못했지. 이제 진실을 들었으니 절대 용서하지 않겠다!"

인과율이 움직였다.

본디 그 왕관은 끓어오르는 심연의 것. 형언할 수 없는 암흑이 훔쳐서 원인을 제공했으니, 끓어오르는 심연은 그에 대한 결과를 집행할 수 있게 됐다.

쉽게 말하면 때려도 된다는 거다. 나는 이 흐름을 타고 형언할 수 없는 암흑의 일을 망칠 기회가 있음을 알렸다.

"제가 큰 곤경에 처해 있습니다. 죽음이란 놈의 주둥이에 팔꿈치까지 밀어 넣은 정도로 위태롭습니다."

나는 뭔헨에 화신이 강신한 사실을 알리고, 그걸 막아내면 형언할 수 없는 암흑의 음모를 분쇄할 수 있다고 주장했다.

"제국 한 가운데에 화신이 자리 잡으면, 앞으로의 판도가 요동칠 것입니다."

"확실히 그렇다. 분명 목구멍의 가시처럼 느껴지겠지!"

동의하면서도 끓어오르는 심연은 웃음을 터뜨렸다.

"네놈! 그 간사한 고자질로 어둠의 존재끼리 싸움을 붙일 생각이 만만이로구나."

"그걸 어찌 간계라 하겠습니까? 그저 원하신 정보를 제공했을 따름입니다."

"아무래도 상관없다! 왕관의 위치를 파악한 이상 형언할 수 없는 암흑을 그대로 내버려 둘 순 없지. 크흐흐흐흐!"

그의 거대한 촉수들이 기분 나쁘게 꿈틀거렸다. 그간의 언행을 종합해 보면 끓어오르는 심연은 형언할 수 없는 암흑에게 꽤나 원한이 있는 게 틀림없다.

실제로 크라이카이제 때도 시비를 걸어 형언할 수 없는 암흑과 한 판 하고 싶어 했다. 형언할 수 없는 암흑이 한 발 빠져 싸움을 피하자 아깝게 여겼었지.

그래서 그런지 뻔히 보이는 내 수작에도 기꺼이 넘어가줄 작정인 것 같았다. 어차피 이런 초월자가 보기에 나는 원숭이나 다름없는 존재라 간계로 속이려는 건 극히 어렵다.

하지만 그럼에도 방법은 있다.

거절할 수 없는 제안을 하면 된다. 아무리 상대가 원숭이이라도 거절할 수 없는 제안이라면 받을 수밖에 없으니까. 그게 이 초월자들을 상대하는 법이다.

"크흐흐흐! 지금부터 본인은 그 형언할 수 없는 암흑 놈과 전쟁을 벌이겠다. 그러니 미천한 네놈이 뮌헨의 화신을 정리하도록 하라."

"위대하신 분이시여. 그 명령이 정당함에도 저는 감당하기 어렵습니다. 아무리 화신에 불과하다고 하나 거대한 나무에 뻗은 수많은 가지 중 하나인데, 저 같은 개미가 어찌 갉아서 꺾겠습니까?"

"흐음… 정말 벌레처럼 약해서 귀찮구나. 하지만 지당한 말이로다. 음, 이제 보니 네놈, 영혼의 그릇이 커졌군?"

그때다 싶어 나는 후원해 달라고 청했다.

"그것도 괜찮군. 이 몸은 물질계에서 움직일 패가 충분하지 않았다. 네놈이라면 그런 자리를 줘도 괜찮겠지. 이렇게 재밌는 인간은 물질계에서도 네놈 하나뿐이니까."

나는 주먹을 꽉 쥐었다. 해냈다. 큰 문제없이 후원을 약속 받았다.

"흐음… 하지만 네놈은 아직 버러지 같이 약해서 후원을 받아도 화신을 이길 수 없겠지. 개미가 좀 더 큰 개미가 된 수준이니까."

끓어오르는 심연은 촉수를 뻗어 나를 이리저리 툭툭 건들면서 고민했다.

"제게 화신의 힘을 내려주시면 되지 않겠습니까?"

"그건 불가하다. 이 몸은 어둠의 대군 직을 갖고 있지 않다. 그 덕에 여러 가지 귀찮음에서 해방이지만 화신의 힘을 추종자에게 내릴 수도 없다."

"그렇습니까?"

"다만 방법이 없는 건 아니다. 화신의 힘을 내리지 않더라도 강해지기만 하면 되는 것!"

어째 좀 불길한데? 그래도 거절할 수도 없었다. 화신을 상대할 방법도 얻지 못한 채 물질계로 돌아가면, 바로 살해될 테니까. 막시밀리언이 기다렸다는 듯 쳐죽일 거다.

"어찌하시려는 겁니까?"

"크ㅎㅎㅎ. 보채지 마라. 네놈에게 일시적으로 이 자의 영혼을 빙의시켜주지."

끓어오르는 심연은 촉수를 뻗어 한 영혼을 낚아채 왔다. 그는 장대한 체격의 사내였다. 탐스러운 모발을 기르고 푸른 눈을 가졌는데, 오랜 고통으로 피폐해진 모습 속에서도 왕과 같은 기품이 느껴졌다. 아마 과거 대단한 영웅이었던 모양이다.

"이자는 생전에 드래곤을 죽였다."

"하오나, 위대한 분이시여. 드래곤을 죽인 영웅은 적지 않습니다."

"크하하하! 이자가 죽인 드래곤은 평범한 드래곤이 아니다. 겉만 드래곤의 모습으로 화했을 뿐, 한 어둠의 대군의 화신이었다."

그 말에 나는 깜짝 놀랐다.

"정말이십니까? 그는 그저 필멸자로 보이는데요?"

"그러니 특이한 자지. 내 수집품 중에서도 가장 값진 영혼이다."

인간이 어둠의 대군의 화신을 죽였다니, 정말 놀랍다. 그는 아마 내가 알지 못하는 방법으로 그런 경지에 다다른 모양이었다.

"본인의 후원에 이 자의 힘까지 빌리면 충분히 뮌헨의 화신을 격파할 수 있을 터."

"감사합니다."

"이 정도 베풀어줬는데 만약 실패한다면 네놈의 영혼을 가만두지 않겠다."

촉수 하나가 얼굴 앞으로 다가오더니 그 끝이 주둥이처럼 좌악 벌어졌다. 그 주둥이는 송곳 같은 이빨이 빼곡하며 끈적한 타액이 길게 늘어지고 있었다. 당장이라도 날 먹어치울 듯 이리저리 살핀다.

"반드시 해내겠습니다."

"좋다! 이제 가호를 내리지!"

푸욱!

말하기가 무섭게 촉수 하나가 내 몸을 관통했다.

"크아아아악!"

입에서 비명이 절로 터져 나오고 침이 질질 흘렀다. 다 좋은데, 이 힘을 내리는 방식 좀 바꾸면 안 되나.

"참아라, 초인적인 힘은 고통 없이 얻을 수 없으니! 크하하하! 정말 벌레처럼 발버둥 치는군!"

그 말에 악이 생겨 버텨내자 끓어오르는 심연은 기특하다는 듯 웃었다.

"제법이군. 하지만 아직 본격적으로 시작도 안 했다."

갑자기 고압전기 같은 힘이 촉수를 타고 내 몸을 헤집는다.

"크아아아아아!"

도저히 참을 수 있는 게 아니었다. 온몸을 전기가 들끓더니 결국 머리까지 올라가 뇌를 깡그리 태워버리는 기분이었다.

"아아아……."

눈앞이 하얗게 변한다. 절로 팔다리가 축 늘어지자 끓어오르는 심연이 가학적인 웃음을 터뜨리며 다시 힘을 밀어 넣는다.

"크아아아악!"

"아직 반도 못 왔다. 좀 더 발버둥 쳐 보거라. 크흐흐흐!"

심지어 다른 촉수 두 개가 더 몸을 관통해 들어왔다.

푸욱! 푹!

"아아아아아악!"

새삼 신적 존재 앞에 필멸자란 게 얼마나 무력한지 절감했다. 완전히 장난감 같지 않은가. 거대한 힘이 마음대로 날 유린하고 바꿔갔다. 그리고 얼마나 지났을까? 끝나지 않을 것 같던 일도 마침내 끝났다.

푹.

복부와 등을 찌르고 있던 촉수들이 빠지자, 허공에 들려 있던 나는 힘없이 바닥에 툭 떨어졌다.

"빌어먹을⋯."

고통에 정신이 아직도 오락가락하다. 몸에 아직도 통증이 남아 있는 것 같아서 허리를 말고 부들부들 떨었다.

"크으윽! 큭! 크으으⋯."

하지만 이 격통의 순간 속에서도 새로 뜬 메시지가 뚜렷하게 보였다.

<최상위직, '왕관을 찾아 헤매는 자'를 얻었습니다!>

"하아⋯ 하아⋯."

땀에 흠뻑 젖어서 헐떡였다. 하지만 드디어 해냈다. 세 번째 후원을 받아낸 것이다. 얼마나 강해질지, 무슨 SS등급 스킬을 쓸 수 있을지 기대됐다.

"꽤나 힘들어 보이는군, 젊은 귀족이여."

그때 내 앞에 화신을 죽였다는 그 사내가 와서 손을 내밀었다. 나는 도움을 받아 일어나며 물었다.

"존함이 어떻게 되십니까?"

끓어오르는 심연의 영향을 벗어나자, 그의 몸에 가득하던 상처와 음울함이 빠르게 사라지고 있었다. 마치 겨울이 가고 봄이 오는 것처럼 생기가 돌아오니, 가뜩이나 훌륭했던 몸이 더욱 대단해져갔다.

보기만 해도 실로 장엄한 위엄을 가진 남자였다.

"오랜만에 날뛸 수 있다니 재밌겠군! 크하하하!"

그는 자기 몸 여기저기를 때려보며 만족해하더니 이름을 밝혔다.

"과인은 예이츠의 왕, 베오울프(Beowulf)다."

베오울프라고?

베오울프라면 거인 그렌델을 찢어 죽인 전설 속의 영웅이 아닌가!

"젊은 귀족이여. 그대의 이름이 무엇인가?"

"그저 편하게 발러슈테드라 불러주십시오."

일단 베오울프와 통성명을 한 뒤, 끓어오르는 심연에게 추가적인 요구를 했다.

"위대한 분이시여. 베푸는 김에 조금 더 주실 수 있으시겠습니까?"

"참으로 욕심이 많은 놈이로군."

나는 마법사의 영혼이 여럿 필요하다고 했다. 이것들은 페자무트에게 보내 리치로 만들게 할 작정이었다. 언데드화라면 나보단 오래 마왕의 위에 있던 그가 몇 수 위니까.

최근 모르스 쏠라에 마법사의 탑이 여러 개 올라고 있으니 거기에 입주하게 할 생각이었다. 리치들은 분명 든든한 마법전력이 되어주겠지.

"앞으로 전쟁이 거세질 것입니다. 어둠의 대군들의 명을 받은 마왕들이 더욱 저를 압박할 것이고요. 제게 마법사가 부족하니 은혜를 내려주십시오."

"흐음… 하긴 본인의 적들도 네놈을 주시하겠지."

그는 내 주장이 일리 있다고 여겼는지 요구를 수락했다. 그는 촉수를 이리저리 뻗어서 근처에 있던 마법사의 영혼들을 낚아챘다.

"크아악!"

"으아아악!"

영혼이 촉수에 꿰뚫린 자들이 비명을 질러댄다. 격통에 바둥바둥거리면서도 그들은 구원받았다는 표정이었다. 심지어 다른 마법사들도 촉수에게 선택받기 위해서 우글우글 몰려들었다.

"에잇! 귀찮다!"

끓어오르는 심연이 소리치며 촉수로 쓸어버리자 일대의 마법사들이 와르르 날아갔다. 그렇게 선별된 마법사가 총 12명이었다.

"모두 생전에 뛰어난 위업을 달성했던 대마법사들이다. 노예로 내릴 테니 잘 굴려보도록."

대박이었다. 강력한 리치 마법사를 열둘이나 만들 수 있게 됐다. 바닥을 기던 내 마법 전력이 갑자기 제국 최고로 수직 상승했다. 역시, 힘 있는 자에게 후원 받고 볼 일이군.

"자! 이제 모든 용건은 끝났다!"

끓어오르는 심연이 크게 외치며 물러나기 시작했다.

"힘을 다하라, 발러슈테드! 이제 성좌가 흔들릴 전쟁이 시작될 테니까!"

소금사막 일대를 가득 채웠던 어둠과 촉수, 원혼들은 신기루처럼 사라졌다. 워낙 환상 같은 광경이라 잠시 멍해질 수밖에 없었다.

고개를 흔들고 정신을 차린 나는 일단 상태창부터 열었다.

발러슈테드 발러

나 이 22세

레 벨 1 (왕관을 찾아 헤매는 자)
5 (인류용사)
7 (피도 눈물도 없는자)
32 (괴물사냥꾼)

생명력 6990/6990

마 력 5590/5590

어 둠 3040/3040

아이템 가중치

저주받은 태생	생명력+654 어둠+122 힘+32
마물 카르카의 뼈마법봉	마력+50 어둠+70 카리스마+13
류블라냐	생명력+310 건강+120 힘+120 카리스마+110
맨드레이크	생명력+40
베네볼렌스 제니트릭스의 보석 팔찌	마력+1500 지능+96 카리스마 +400 수서생물한정
정령의 눈물	마력+250

[끓어오르는 심연의 가호]   마법저항력 +23.2%(팔찌 +12%)
생명력 +1000   산성면역
물리저항력 28%

일단 그 특징은 물리 저항력이 오르고, 산성에 면역을 얻은 게 가장 눈에 띄었다.

새로 얻은 스킬은 SS등급인 〈휘감는 촉수〉였다. 아니, 촉수라니…. 끓어오르는 심연이 촉수로 이뤄진 존재라지만 나까지 촉수인가.

[당신의 양팔이 강력한 어둠의 촉수로 변합니다. 적을 휘감아 질식시키고 뇌를 뽑아낼 수 있습니다. 뇌를 뽑아낼 때마다 일정확률로 상대의 지식을 흡수도 가능합니다. 숙련도가 오를수록 더 많고 강력한 촉수가 만들어집니다. 또한 촉수 끝으로 염동력이나 파괴광선을 쏘는 것도 가능해집니다.]

기괴하기 짝이 없는 능력이었다. 염동력에 촉수…. 게다가 촉수로 뇌를 뽑아 그 지식을 먹어치운다니.

아무래도 왕관을 찾아 헤매는 자가 된 이상, 이 몸은 어둠의 종족에 반쯤 몸을 담근거나 마찬가지란 생각이 들었다.

"전하, 이제 물질계로 향하겠습니다."

"좋네. 과인은 물질계까지 따라간 뒤에 자네의 육체에 빙의하지."

나는 마법사와 미희의 영혼들에게는 불멸의 홍옥 반지를 내밀었다. 영혼 상태지만 여전히 내 손에 끼워져있는 이 강력한 마법물품은 좋은 창고기도 했다.

"이곳에 들어가 있도록."

"알겠습니다. 주인이시여."

노예의 처지를 아는 듯 공손한 영혼들을 불멸의 홍옥 안에 집어넣은 뒤 나는 물질계로 향했다.

똑. 똑.

무언가 떨어져 내리고 있었다. 살펴보니 단검의 끝에 묻어있는 내 피였다. 그것은 한 방울씩 떨어져서 바닥에 흥건한 피 위로 이슬방울처럼 낙하하고 있었다.

아, 돌아왔구나.

"발러!"

마리의 안타까운 외침이 들려왔다. 동시에 눈앞에 메시지가 떠올랐다.

<SS등급 인류용사 스킬 '깨달음'이 발동합니다!>

<생명력 +1,500, 마력 +500, 어둠 +500을 얻습니다!>

<힘 +350, 지능 +50, 민첩성 +300, 건강 +200, 카리스마 +300을 얻습니다!>

<마법저항력이 70%에 이릅니다!>

엄청난 발전이었다. 하지만 이걸로 끝이 아니다. 여기에 더해 베오울프의 영혼이 빙의해왔다.

"크아아압!"

내 입과 눈과 귀에서 파란 마력의 빛이 터져 나왔다. 왕의 영혼은 실로 대단해, 마치 거대한 드래곤이 내 안에 자리 잡는 기분이었다.

－이것 참 훌륭한 육체로군! 발러슈테드! 그대의 기량에 탄복했다. 이 정도라면 과인이 생전에 발휘했던 힘의 8할은 가능할 터!

오랜만의 싸움이라 그런지 베오울프는 피가 끓어오르는 듯했다. 지켜보던 막시밀리언이 재밌다는 듯 양팔의 촉수로 땅을 두들겨 댔다.

"발러슈테드! 과연 예상대로 네놈이 빌헬름의 허름한 힘을 계승했군. 하지만 과인 앞에 그딴 잔재주는 아무 소용 없다."

한데 그는 의외로 백기를 들 것을 권해왔다.

"지금이라도 항복한다면 관대한 처분을 할 생각이 있다. 조카딸을 포기하는 조건으로 네놈과 발푸르가의 수녀를 보내주겠다.."

마리는 대번에 반대했다.

"어림없는 소리! 발푸르가의 수녀는 자매를 버리지 않는다!"

그녀의 입장에선 발푸르기스는 딸이나 다름없다. 아스비엘라가 낳아준 어머니라면 마리는 키워준 어머니다.

"막시밀리언! 정신 차리세요! 형님을 보기에 부끄럽지도 않으시나요!"

아스비엘라 역시 막시밀리언을 비난했다.

"형수님! 어찌 다시 영혼으로 나타난 건지 모르겠으나, 물러서시지요. 한 번은 양보했으나 두 번 그럴 수는 없습니다!"

막시밀리언이 말하는 걸 보니 형수라고 더는 봐줄 거 같지 않았다.

"발러슈테드! 네놈은 머리가 잘 돌아가지 않나. 아주 야비하고 현명하게 돌아가지. 냉정하게만 결정하라."

마리와 아스비엘라가 내 쪽을 쳐다봤다. 둘 다 복잡한 표정이었다. 함께 싸우길 바라겠지만, 워낙 가망이 없으니 나 혼자 빠진다고 해도 원망하기도 어렵겠지.

"발러, 차라리 너라도…."

마리가 내게 뭐라고 말하려는 그 순간 말을 끊었다.

"마리!"

"응? 응! 왜?"

"저한테 큰 빚이 있지 않습니까?"

나는 그녀 대신 저주 받았다. 개인적으로 피도 눈물도 없는 자란 직업을 얻어 만족했지만.

"물론이다. 그 은혜를 잊지 않았다."

"그런데 오늘 그 빚 좀 더 늘려야겠습니다."

이 말에 마리가 어리둥절해 했다.

"응?"

"지금부터 저 괴물을 박살낼 겁니다. 마리는 제게 또 한 번 큰 빚을 지는 셈이지요."

"뭐? 저걸?"

듣고 있던 막시밀리언은 비웃음을 터뜨렸다.

"발러슈테드, 네놈이 죽음에서 살아나 큰 힘을 얻을 걸 안다. 하하하핫! 하지만 빌헬름의 꼴을 보지 못했나? 그깟 힘으로 뭘 하겠다고 큰 소리인가! 차라리 기회를 줄 때 도망가면 좋을 것을!"

하지만 나는 그를 무시하고 마리에게 말했다.

"약속하겠습니다. 저 괴물을 박살내고 발푸르기스도 마리도 구하겠습니다."

"정말이더냐?"

"물론입니다. 그러니 어쩌겠습니까?"

그 말에 마리는 입술을 잘근잘근 깨물다가 소리친다.

"뭘 어쩌긴 어째! 그럴 수 있으면 당장 저 괴물딱지를 해치워 버리라고! 그렇게만 해주면 내가 뭐든 들어줄 테니까!"

"약속하신 겁니다. 뭐든 들어주신다고요."

"그래, 원하는 건 다 주겠다! 감춰놓은 게 있으면 어서 꺼내놓으란 말이다! 이 화상아!"

마리의 상태는 좋지 않았다. 무한의 신성력으로 버티고 있었지만 인간이 감당하기 힘든 화신과 정면대결을 했던 까닭이다.

"마리, 제가 불길한 힘을 쓰고 있는 건 이후에 다 설명하겠습니다."

"지금 그게 중요한 게 아니다. 네가 어둠의 힘을 쓴다고 해서 갑자기 안면을 바꿔 비난할 생각은 없으니까!"

역시 성인이야, 마리는. 그간 마리에게 무덤에서 웅크리고 있는 자의 힘을 쓰는 걸 들키는 게 두려워 감춰왔었다. 그녀가 어떻게 반응할지 걱정이었기 때문이다.

하지만 마리는 내가 설령 그 힘을 쓴다고 해도 다짜고짜 미워하지는 않을 거라고 확언했다. 그래, 그건 이 문제가 끝난 후 마리와 발푸르기스 셋이서 진지하게 얘기하자.

세계의 비밀에 대해, 그리고 내가 무얼 위해 싸우는지 고백하고 함께해 달라고 해야지. 그렇게 한다면 발푸르기스, 마리와 지금보다 훨씬 가까워질 것 같았다.

"꽤 보기 좋고 훈훈하다만 거기까지 했으면 좋겠군."

막시밀리언의 말투에 노기가 느껴졌다.

"도망치지 않겠다면 압도적인 힘으로 상대해 주겠다. 장난은 여기까지다."

쿠우우웅!

갑자기 그가 몸이 더욱 커지기 시작하더니 결국 15미터나 되는 장대한 크기가 됐다. 그 힘 역시 한층 더 강렬해졌다. 눈앞에서 산이 솟은 것 같은 박력에 절로 탄식이 터졌다.

"아직도 여력이 남아있었던 건가!"

아주 우리를 가지고 놀았구나. 마리 역시 질렸다는 표정이었다.

꿀꺽.

긴장감에 나도 모르게 침을 삼켰다. 압도적인 위압감에 전신에 솜털이 곤두서는 기분이다. 거대한 존재의 압박감에 당장이라도 토할 것처럼 속이 울렁였다.

"발러슈테드. 네놈의 건방과 오만에 교훈을 주려 남은 힘을 모두 개방했다. 아직도 싸우겠다는 말을 할 건가?"

대답 대신 베오울프를 불렀다.

-전하.

-크흐흐흐. 과인에게 맡기게.

화르르륵.

인류용사의 힘이 증폭되며 내 전신이 어둠으로 일렁이기 시작했다. 전신이 인간의 마음이 뿜어낸 어둠으로 뒤덮여갔다. 하지만 막시밀리언은 전혀 감흥이 없는 얼굴이었다. 그에겐 이미 박살낸 힘에 불과할 테니까.

"오라! 발러슈테드! 쥐새끼처럼 생각하고 쥐새끼처럼 야비…."

그 순간, 내 주먹이 막시밀리언의 가슴팍에 작렬했다. 베오울프가 땅을 박차고 뛰어올라 일격을 갈긴 것이다.

콰아아앙!

대폭발이 일어났다. 거대한 원뿔형의 먼지 구름이 앞으로 길게 터지며 모든 걸 쓸어버렸다. 그리고 투둑, 철퍼덕 하는 소리가 났다. 살펴보니 하늘에서 시커먼 피와 살점 떨어져 내리고 있었다.

-간만에 괜찮은 주먹이었군.

베오울프는 주먹을 쥐었다 폈다하며 즐거워했다.

-이건 대체.

너무 말도 안 되는 위력에 나는 아연실색해지고 말았다. 하지만 여유도 잠시. 곧장 반격이 들어왔다. 먼지구름을 뚫고 무언가 극속으로 찔러들어온 것이다. 그건 끝이 창처럼 단단해진 거대한 촉수였다.

콰아아아앙!

촉수에는 어둠이 소용돌이 쳤고, 닿지도 않는 땅바닥에 깊은 골을 만들며 찔러 들어오고 있었다. 무시무시한 힘이 응축되어 있어 단지 찌르는 것만으로도 일대의 지형을 변화시켰다.

원래 내 실력이라면 제대로 보이지도 않을 속도였는데, 베오울프의 안력 때문인지 느리게 여겨졌다. 그저 감으로 막을 공격도 보고 피할 수 있을 정도였다.

이거라면 할 수 있⋯. 아니, 왜 안 막는 거지?

−전하!

깜짝 놀라 불러봤지만 베오울프는 묵묵부답. 급기야 내가 끼어들어 육체를 통제해 피하려고 했으나 이미 촉수가 작렬한 뒤였다.

"큭!"

비명도 제대로 지르지 못하고 뒤로 튕겨나갔다.

콰아앙! 콰아앙! 콰아앙!

연달아 석재 건축물을 부수며 일직선으로 나아간 나는 급기야 거대한 건물 하나를 통째로 무너뜨리며 아래 깔렸다.

우르르르!

콰아아아앙!

−전하, 대체 왜 피하지 않으신 겁니까?

−자네는 너무 겁이 많군.

−네?

대답 대신 베오울프는 힘을 터뜨렸다.

콰아앙! 콰아아앙!

무형의 힘이 터지자 날 짓누르고 있던 수백 톤의 석재들이 모두 하늘로 날아갔다. 현재 내 육체를 점유하고 있는 베오울프는 어깨를 돌리며 스트레칭 같은 걸 하고 있었다.

―원래 본격적인 싸움 전에 몸을 풀 필요가 있는 거네.

먼지로 잘 안 보이는 앞에선 거대한 기운이 다가오는 게 느껴졌다. 그럼에도 베어울프는 여유만만이었다.

―발러슈테드.

―네, 전하.

―과인과 싸웠던 화신이 죽은 이후에 어떻게 됐는지 아는가?

―그거야 물질계를 떠나 자기 본체에게 돌아갔겠지요.

화신이란 신적 존재가 가진 힘의 일부다. 죽으면 돌아갈 뿐이다. 물론 다시 만들어내는데 애를 먹겠지만 그게 전부였다.

그래서 화신을 상대할 때 봉인해 버리는 게 효율적인 방법이다. 돌아가지 못하게 막으면 그 신적 존재는 화신이 해방될 때까지 일부를 잃은 채 지내야 하니까.

―정론을 말하는군.

―그게 당연한 거니까요.

―크하핫! 하지만 틀렸네.

촤아아악!

그때 다시 한 번 거대한 촉수가 쏘아져왔다. 앞서 창이라 표현했지만 그건 엄청 틀린 비유였다. 막시밀리언이 거대화한 탓에 무슨 성문을 부수는 충각 같았다.

하지만 이번에도 베오울프는 피하지 않았다.

―전하!

콰앙!

그저 한손을 들어 산도 날려버릴 듯한 그 공격을 막을 뿐이었다. 그것도 아주 여유롭게. 생전에 영웅 중의 영웅이었던 이 왕은 한 걸음도 뒤로 밀리지 않았다.

쿠아아앙!

찌르는 힘과 막는 힘. 두 개의 강한 힘이 충돌하자 거대한 충격파가 일어났다. 그러자 일대가 커다란 폭탄이라도 떨어진 것처럼 평탄화 됐다. 남아있던 건물들도 와르르 무너져버렸다. 마치 빠르게 쓰러지는 도미노 같았다.

－그때 나와 싸웠던 화신 말일세.

－네.

－결국 소멸하고 말았지.

뭐라? 화신이 소멸했다고? 너무 황당해서 말문이 막혀 있을 때 베오울프가 당장이라도 튀어 오르려는 듯 자세를 낮추며 말했다.

－지금부터 보여주지. 신적 존재의 일부를 아예 지워버리는 방법을!

베오울프가 땅을 내딛고 튀어 오른 순간 지면이 폭발했다.

콰아아아앙!

포탄처럼 쏘아진 그는 먼지구름을 뚫고 나가 어깨로 막시밀리언의 얼굴을 들이받았다.

빠각!

뭔가 부러지는 소리와 함께 괴물이 된 막시밀리언의 주둥이에서 거대한 이빨이 우르르 튀어나왔다. 베오울프는 단검만한 이빨 하나를 공중에서 낚아채더니 그대로 막시밀리언의 눈에다 박아버렸다.

"크아아아악!"

막시밀리언은 피를 쏟아내며 뒤로 쓰러졌다. 촉수로 변한 팔을 큰 대 자로 늘어뜨리며 주변의 건물이 와르르 박살냈다.

으르르릉! 콰아아앙!

일격에 막시밀리언을 쓰러뜨린 베오울프는 훌쩍 뛰어 근처 4층 건물 꼭대기에 올라 상황을 지켜봤다. 자욱한 먼지 탓에 막시밀리언의 거구가 반쯤 가려있었다.

-전하께서 막강하신 건 알겠습니다. 하지만 지금까지의 공격에 대해 막시밀리언은 모두 회복해 버리고 있으니 어찌 화신을 소멸시킬 수 있는지 궁금합니다.

마치 외부에서 강대한 에너지가 계속 오는 것처럼 무한정 복구되는 것 같다는 감상을 말하자 그는 바로 그거라고 했다.

-네?

-생각해 보게. 화신의 힘은 어디에서 오나?

-본체인 어둠의 대군에게서 옵니다.

-그렇다면 그들은 한도 끝도 없는 지원을 받을 수 있단 소리 아니겠나.

화신을 죽이려면 외부에서 오는 에너지 이상의 것을 퍼부어 끝내 버려야 한다. 하지만 그것만으로는 소멸시킬 수 없다. 화신은 죽으면 본체에게 돌아가니까.

-그럼 여기서 중요한 게 무엇이겠나?

나는 신중하게 답했다.

-…연결입니까?

-정답일세. 화신과 본체는 서로 연결을 가지고 있어. 신적 존재의 고차원적인 술법이라, 어둠과 마력에 정통한 이라도 거의 알아볼 수 없지만.

이어진 베오울프의 설명을 쉽게 비유해 보자면 이렇다. 화신과 본체는 원격조종과 비슷하다는 거다. 어딘가 무선송수신기 같은 부분이 존재한다는 것.

-그걸 망가뜨리는 겁니까?

-맞네. 화신과 본체의 연결을 끊고 화신을 살해하면 돌아가지 못하고 그대로 소멸해 버리지. 자, 보게.

쓰러져있던 막시밀리언이 몸을 일으켰다.

쿠우우웅!

그의 전신에 잔뜩 내려앉은 먼지가 와르르 쏟아지며 사방에 흩어졌다. 현재 그의 악마적인 얼굴은 흉하게 망가져 있었다. 또한 박살 난 이빨들 때문에 턱으로 피가 줄줄 흘러내려 먼지와 뭉쳐 엉망이었다.

"감히! 발러슈테드! 네놈이 과인에게 이딴 짓을 한 것이냐!"

베오울프의 정체를 모르는 그는 현재 상황을 믿기 어려운 것 같았다.

-보게. 그는 지금 회복을 못하고 있네. 과인이 특별히 손을 썼기 때문이지.

-정말 그렇군요.

막시밀리언이 얼굴에 입은 타격은 그대로였다.

슈우웅! 콰아아앙!

다시 거대한 촉수가 채찍처럼 공격해 왔고 베오울프는 뛰어올라 격렬한 공방을 벌이기 시작했다.

콰앙! 쾅! 쾅!

이런 급박한 와중에도 그는 어떻게 화신과 본체의 연결을 파악할 수 있는지 설명했다.

-신적인 존재의 힘은 그들의 어둠을 받은 이만이 간신히 볼 수 있지.

-저도 자격이 있겠군요.

베어울프는 막 내리쳐진 거대 촉수를 두 팔로 막은 뒤 발차기로 날려버렸다. 막시밀리언은 팔을 대신하고 있던 촉수가 자신의 어깨 뒤쪽으로 넘어가자, 균형을 잃고 기우뚱하더니 요란한 소리와 함께 쓰러졌다.

우르르르릉! 콰앙!

-하면 전하께서도 역시 끓어오르는 심연에게 힘을 받으신 겁니까?

나는 베오울프의 믿기 힘든 능력이 끓어오르는 심연에게서 비롯된 거라고 여겼다. 하지만 대답은 달랐다.

-아니야. 이건 과인이 갈고 닦은 힘이지.

그럼 어째서 끓어오르는 심연의 권좌에 잡혀있었던 걸까? 정신이 연결된 탓인지 내 이런 의문을 느낀 듯 그가 대답해줬다.

-과인이 죽였던 드래곤은 어둠의 대군의 화신이었지. 그래서 온갖 방법으로 박살내고 으깨도 소용이 없었네. 과인은 왕국을 위해 무언가라도 해야 했어.

나도 전설을 알고 있다. 그는 예이츠의 국왕이었는데, 죄를 짓고 추방된 농노 하나가 드래곤의 둥지에서 황금 술잔을 훔친 일이 발생한다.

보물을 빼앗겨 분노한 드래곤은 예이츠를 멸망시키려고 나섰고, 베오울프는 그에 맞서 싸우다 드래곤과 같이 죽는다.

그런데 그 드래곤이 평범한 드래곤이 아니라, 어둠의 대군의 화신이었다고 한다. 그걸 생각해 보면, 전설도 상당 부분 각색된 게 아닐까 싶다.

죄지은 농노도 정체가 의심스럽고, 황금술잔은 대단한 마법물품이었을 확률이 높다. 어둠의 대군의 심기를 거스를 정도로 말이다. 하지만 자세히 물어볼 시간이 없었다.

─결국 과인이 택할 수 있는 방법은 그 드래곤을 영구히 소멸시켜 버리는 것뿐이었지.

─그래서 끓어오르는 심연에게 힘을 빌린 것입니까?

─…본체와 화신의 연결을 보려면 신적 존재에게 도움을 받았어야 했으니까.

─하지만 그 대가가 너무 가혹하군요.

베오울프는 잠시 침묵하더니 대답했다.

─그럴지도 모르지. 왕국을 구했지만 남은 건 끝나지 않는 고통뿐이었으니까. 하지만 과인은 후회하지 않는다네. 그게 왕의 길이고, 의무인 것이니까.

왕이란 그런 건가. 그는 나 같은 소인배와는 차원이 다른 남자였다. 아마 나는 죽었다 깨어나도 베오울프처럼은 살지 못할 것 같았다.

"대체 무슨 짓을 한 것이냐! 발러슈테드!"

그때 막시밀리언이 입에서 피를 토하며 분통을 터뜨렸다. 원래라면 단번에 재생됐어야 할 상처가 그대로란 사실에 당황한 것 같았다.

─최대한 느끼게. 과인은 이 한 번의 싸움 이후 떠나야 하니 차분히 가르쳐줄 수는 없어.

─명심하겠습니다. 전하.

상황이 점점 좋지 않아졌다. 막시밀리언이 타격력에 저항하는 방법을 찾아낸 것이다. 베오울프가 강한 주먹을 휘둘러도 그는 충격을 흡수해 버렸다.

"발러슈테드! 네놈은 조카딸의 약혼자라 보내주려 했으나 이제 어쩔 수가 없구나! 모두 네놈이 선택이 만든 결과이다!"

"당신이 발푸르기스를 마왕으로 만드려 하니 물러날 생각이 없다! 무슨 일이 있어도 그녀만은 지킬 것이다."

"어리석은! 그게 과연 지킨다고 할 수 있나!"

그의 말은 의미심장했다.

"언젠가 종말의 때가 온다! 차라리 마왕이라면 그때 살아남겠지! 게다가 그 아이의 반절은 마족이 아닌가. 그럴 바에는! 어차피 패해 사라질 여신격을 섬기느니 어둠의 대군의 후원을 받게 하는 게 낫지!"

조카를 사랑하면서도 마왕으로 만드는데 거리낌이 없더니 그런 이유였나.

"그리고 그 아이의 저주! 시한부 선고나 마찬가지다! 점점 잠식해 들어오는, 피할 수 없는 올가미 같은 것이다. 하지만 결국 과인이 예전의 약속을 받아들임으로써 바이에른 선제후 가문의 저주는 사라졌다!"

그게 무슨 소린지 알 수 없어 나는 미간을 찡그렸다.

"이런데도 네놈 따위가 과인의 조카딸을 지킨다고 할 수 있겠느냐? 네놈이 종말의 때에 그 아이의 영혼까지 돌볼 수 있겠느냐 말이다!"

막시밀리언도 뭔가 고뇌한 끝에 저지른 것 같았다. 하지만 전후사정을 알 수 없는 가운데도 명확한 부분이 있었다.

"막시밀리언! 그 전에 이 뮌헨을 보라!"

주변은 엉망진창이었다. 시간이 부족했기에 미처 대피하지 못하고 싸움의 여파에 말려 죽은 시민들도 부지기수였다.

"이런 걸 그녀가 원했을 거 같나! 그리고 마왕의 위라니! 어릴 때부터 수녀로 자라온 그녀에게 과거를 부정하게 할 건가!"

발푸르가의 수녀들은 발푸르기스에게 가족이나 마찬가지다. 마왕이 되고 자매들과 다투는 사이가 된다면 그녀의 정신이 남아날 리가 없겠지.

"종말이니 뭐니 아직 오지도 않을 걸 가지고, 그녀의 뜻을 무시한 채 벌이는 이 모든 일이 용서될 거 같은가! 적어도 약혼자인 나는 절대 방관할 수 없다!"

결국 저 자는 어둠의 대군인 형언할 수 없는 암흑에게 숙인 뒤에 안위를 얻겠다는 것 아닌가.

─발러슈테드, 더 말할 필요는 없네. 과인의 경험상 저런 자는 때려눕힌 뒤에 대화하는 게 현명해.

─전적으로 동의합니다. 전하.

이번에는 이쪽에서 공격해 들어갔다.

"크아아압!"

베오울프가 크게 외치며 막시밀리언의 촉수를 잡아 뜯으려 했다. 주먹이 안 먹히자 방법을 바꾼 건데 촉수가 미끌미끌해 여의치 않았다.

"큿!"

오히려 촉수를 놓친 채 뒤로 뒹굴기까지 했다. 그걸 노리고 막시밀리언의 촉수가 단번에 횡으로 주변을 쓸어버린다.

콰아아아앙!

건물이고 뭐고 일제히 다 쓸어버리는 강맹한 일격이었다. 나는 부서진 벽돌, 나무 기둥과 함께 허공에 떠올랐다. 그 순간, 막시밀리언의 촉수 끝이 총알처럼 쏘아져 정확히 내 가슴에 명중했다.

"큭!"

쌔애앵-!

요란한 소리를 내며 날아간 나는 한 교회의 첨탑에 매달려있던 커다란 종과 충돌했다.

카앙!

요란한 소리와 함께 종이 깨지며 첨탑이 우르르 무너져 내렸다. 그 와중에도 베오울프는 무너지는 거대한 석재를 공중에서 밟고 도약하더니, 근처에 있던 다른 지붕에 내려앉았다.

그리고 지붕을 부수며 뛰어올라 근처에 건물에 아슬아슬 올려져 있는 석재를 발로 차 돌격해 오는 막시밀리언에게 날려 보냈다.

콰앙!

마치 중포탄이라도 되는 것 같았다. 달려오던 막시밀리언이 정통으로 얻어맞더니 근처의 건물을 무너뜨리며 쓰러졌다.

쿠아아앙! 콰앙!

-촉수가 달린의 어둠의 존재들은 참으로 역겹군. 검이라도 있으면 베어버릴 텐데.

-제 허리에 있잖습니까? 전하.

그 말에 베오울프는 쓰게 웃으며 아무 소용없다고 했다.

-흐룬팅이나 거인의 검이 아니면 소용없어. 물론 그것들도 얼마 버티지 못하겠지만.

아, 생각났다. 베오울프는 뭐랄까, 진정한 의미의 무기 파괴자였다. 이 초인적인 영웅은 손의 악력이 너무 강해서 쓰는 칼이 족족 다 부러지고 망가지고 난리가 나는 것.

명검이란 명검은 모조리 부러뜨리고 다녀서 드워프 대장장이들이 학을 떼며 싫어했다고 한다. 그에게 검은 몇 번 휘두르면 박살나는 소모품이었다.

─많은 이들이 믿지 않지만 과인의 특기도 검술이고, 취미도 검술이네. 사람들은 날 철권을 휘두르는 육체파로 기억하지만 사실 세련된 검술의 기예가 취향일세.

베오울프의 변은 나도 선뜻 안 믿겼다. 이 인간은 역발산기개세의 전형이라, 검의 묘예를 펼치는 꼴이 도저히 연상되지 않았다.

─과인이 스스로의 검술을 평하기에 나비처럼 우아하다고 할 수 있겠네.

하지만 본인이 그리 우기고 있으니 한 번 기회를 줘야지.

─제 허리춤의 검을 뽑으십시오.

─흐음⋯. 자네의 검은⋯ 솔직히 말하면 과인의 평생 이렇게 볼품없는 것은 못 봤네. 과인의 시대에는 농부도 이것보다 열 배 좋은 칼을 차고 다녔어. 자네는 귀한 혈통이 틀림없는데 요즘은 이런 먼지털이개 같은 칼 밖에 없는 건가?

베오울프에게 혹평 받는 칼은 팔츠의 보검인 류블라냐. 류블라냐의 특징 중 가장 강렬한 건 '결코 부러지지 않는다'이다.

─주문을 알려드리겠습니다. 그대로 외우시지요.

베오울프는 일단 시키는 대로 하더니, 곧 찬란한 검신을 드러낸 류블라냐의 모습에 깜짝 놀라워했다.

─세상에! 이런 빛나는 검이 있다니. 마검 흐룬팅(Hrunting) 못지 않구나!

─단단하기로는 흐룬팅도 비교가 되지 않을 겁니다. 자, 그가 왔습니다.

─정말 힘껏 휘둘러도 되나.

-이런 말씀 죄송합니다만, 전하의 힘으로도 이 검을 꺾긴 어림없습니다.

-뭐라?

그 말에 베오울프가 자존심 상하는 기색이 느껴졌다. 자기 힘 하나는 자신하고 있었을 테니까. 아니, 생각해 보니 이 양반, 말은 투덜거리면서 검 꺾기에 은근 자부심 폭발하는 거 아니었나?

-좋네. 보여주지! 나비와도 같이 아름답고 우아한 내 검술을!

꿈틀.

갑자기 팔근육이 터질 듯 부풀기 시작했다. 그리고 어째서인지 류블라냐의 검신에서 연기가 피어올랐다.

-대체 검으로 무엇을….

내가 말을 마치기도 전에 베오울프가 검을 휘둘렀다.

콰아아아아아아앙!

대폭발이 일어났다. 일순간 앞이 안 보일 정도였다. 한참 뒤에야 시야가 돌아왔는데, 이미 뮌헨의 1/3이 사라져있었다. 횡으로 검날이 가르고 지나간 윗부분으로 아무 것도 남아있지 않았던 것이다.

치이익.

검격의 여파인지, 류블라냐는 용광로에 들어갔다 온 것처럼 주황색으로 달아올라서는 연기를 피어났다. 나는 기가 막힌 심경을 감추지 못하고 물었다.

-전하, 여기 나비와 같은 게 어디 있습니까?

-……크흠. 왕을 곤란하게 하는 것은 무례다. 늘 예절을 기억하게, 젊은 귀족이여.

-이럴 때만 왕입니까.

베오울프는 혼자 내 검술이 이렇게 무식할 리가 없는데, 좀 더 세련되고 아름다운 거였는데,라 투덜거렸다.

—하지만 보았는가?

그가 뭘 묻는지 알 수 있었다.

—네, 전하.

확실히 보았다. 베오울프의 검이 막시밀리언의 몸에 있던 어둠의 대군과의 연결을 자르는 걸. 아직은 제대로 할 수 없겠지만 분명히 길을 찾을 수 있을 것 같단 생각이 들었다.

베오울프는 엄청난 가르침을 준 셈이다. 앞으로 이걸 발전시킨 다면, 나 역시 분명히 어둠의 대군의 화신을 소멸시키는 게 가능해질 것이다.

만약 화신이 소멸될 수 있다는 위험을 어둠의 대군들이 인지하면 그들이 꾸밀 수 있는 흉계의 폭도 상당히 좁아질 터. 베오울프의 기술 하나가 대단한 전략적 가치를 지닌 것이다.

쿠웅!

그때 막시밀리언이 자신의 가슴팍을 부여잡고 앞으로 꼬꾸라졌다. 용케 양단되지 않고 버틴 모양이군. 하지만 그에게선 힘이 느껴지지 않았다.

—죽은 걸까요?

—아직 숨이 붙어있군. 가보세. 자네는 그와 대화할 필요가 있지 않은가?

베오울프의 말이 맞았다. 막시밀리언에게서 들어야 할 것도, 알아 내야 할 것도 많았다. 막 발걸음을 떼려고 하는데 뒤에서 갑자기 엄청난 기운이 느껴졌다.

"뭐!"

화들짝 놀라서 돌아봤는데, 거기있는 인물의 모습에 나도 모르게 한 걸음 물러나고 말았다.

"발푸르기스…?"

아니, 그건 발푸르기스이자, 발푸르기스가 아닌 존재였다. 그녀의 머리칼은 찬란히 빛났고, 등 뒤로 시각적으로 구현될 정도로 장대한 신성력이 날개처럼 드리워져있었다.

-맙소사! 이 아름다움은 프레이야 여신격인가?

베오울프조차 놀라서 탄성을 질렀다. 그의 말에 나는 고개를 저었다. 싸움이 끝난 탓인지 몸의 통제권은 돌아와 있었다.

"아닙니다. 그녀는 발푸르가 여신격입니다."

발푸르가 여신격이 발푸르기스의 몸에 강신했다는 건, 화신의 패배로 뮌헨을 묶고 있던 인과율이 사라졌다는 거다.

하나 그렇다고 해도, 어찌 발푸르가 여신격이 나타난 걸까?

"오늘은 이해할 수 없는 일투성이로군."

그러자 황송하게도 여신격이 내 말을 받아줬다.

"오늘만 그러면 다행일 겁니다. 발러슈테드."

엄청난 위압감이군. 역시 신격은 신격이라 그건가. 모처럼 고고한 여신격께서 말을 받아줬음에도 대꾸할 수가 없었다.

어둠의 대군을 상대로도 심령이 눌리는 건 같았지만, 특유의 적개심과 악의로 이겨낼 수 있었다. 하지만 눈앞의 여신격은 마땅히 존경받아야 할 존재였다.

그녀를 상대로 센 척할 수도 없으니 입이 좀처럼 떨어지지 않았다.

"원망스럽습니까? 발러슈테드."

발푸르가 여신격은 대뜸 물어온다. 아마 정작 난리가 났을 때는 돕지 않고, 사태가 끝나고 나타난 것에 대한 얘기겠지.

"아닙니다. 그럴 리가요. 만약 여신격께서 오셨다면 더 큰 재앙이 일어났을 겁니다. 인과율이란 그런 거니까요."

"이해해주니 다행이군요."

"당연한 부분입니다."

그 말에 발푸르가 여신격은 고개를 젓는다.

"세상에는 그 당연한 부분을 이해해 주지 않는 자들이 태반입니다. 신격이면서 왜 우리를 구해주지 않느냐, 왜 우리를 돌봐주지 않느냐, 원망만 가득하죠."

나는 그녀의 말에서 설명하기 어려운 피로를 느꼈다. 아마 징글징글하겠지. 하나 그럼에도 발푸르가는 성실히 인간은 보호해 왔다. 비록 필멸자들은 그녀의 희생과 노고를 거의 알아주지 않지만.

"유감입니다. 여신격이시여. 한데 어찌 제 약혼녀의 몸에 강신하신 건지 여쭤도 되겠습니까?"

옆을 보니 마리가 강신한 발푸르가 여신격에게 놀라서 무릎을 꿇고 있었다. 발푸르가 여신격은 눈빛으로 내게 양해를 구하더니 마리에게 다가가 그녀를 껴안았다.

"마리, 고생했어요."

"아아⋯."

그 대단한 마리가 발푸르가 여신격 앞에 있으니 그냥 아이처럼만 보였다. 신격의 위엄이란 대단하네.

"저는 그와는 별개의 건으로 강신했습니다."

발푸르가 여신격은 저 멀리 쓰러져 꿈틀대고 있는 막시밀리언을 가리켰다.

"별개라 해도 여신격 님께 문제가 될 수 있습니다."

"알고 있답니다. 발러슈테드."

드문 일이긴 하지만 신적 존재가 신도의 몸에 강신하는 건 있을 수 있다. 대부분의 경우 짧게 강신 후 떠나는지라 별 문제는 없다. 그런데 강신 후에 뭔가 적극적으로 일을 벌이면 인과율이 개입할 여지가 생긴다.

가령 물질계에서 신적인 힘을 발휘한다고 하면 다른 이들이 개입할 원인을 제공하는 셈이다. 그런 사실에 대해 발푸르가 여신격은 누구보다 잘 알 텐데 무슨 생각인 걸까?

"일단 이번 사태를 일으킨 자를 보러 가죠."

발푸르가 여신격이 앞장서자 마리와 내가 따랐다. 여신격이 걷는 길은 향기와 빛으로 가득했다. 그녀의 일정반경이 물질계가 아니라 신격이 머무는 낙원과도 같이 느껴졌다.

마치 오후의 나른한 햇빛 같은 편안함이라 전투의 고통과 흥분이 급격히 누그러들었다. 그래서인지 베오울프는 맘에 들어 하지 않았다.

─발할라로 가야할 전사에겐 쥐약과도 같군.

─감상이 신랄하시군요.

─칼을 갈고 전쟁에 나가려는 전사도 그녀의 곁에서라면 언제까지고 낮잠에 빠지고 말 거야.

막시밀리언에게 가보니 어느새 인간의 모습으로 돌아와 있었다. 무너진 석재에 몸을 기대고 있는 그는 허리가 대부분 잘려나가, 간신히 몸의 위아래가 붙어있는 형국이었다.

하지만 막시밀리언의 눈을 한없이 깊고 어두웠다. 그리고 그의 주위로 갑자기 끓어오르는 것 같은 검은 기운이 솟아올랐다.

화르르륵!

"물러나세요!"

발푸르가 여신은 짧게 외치며 신성한 방어막을 만들었다. 그러자 우리를 덮친 검은 불꽃은 주위에 넘실거리기만 할 뿐 아무 소용 없었다.

"발푸르가!"

막시밀리언의 입에서 지옥에서 올라온 것 같은 음침한 목소리가 튀어나왔다. 나는 그가 인간인 막시밀리언이 아님을 알았다. 샛노란 눈은 사이하기 짝이 없어, 시선을 마주치기도 어려웠다. 계속 보고 있으면 내 혼을 빨아들여 버릴 것만 같았다.

"당신은 패했습니다. 어둠의 대군의 화신이여."

발푸르가 여신격의 말에 그가 형언할 수 없는 암흑의 화신임을 깨달았다. 막시밀리언에게 힘을 주고 물러나 있던 화신은 뮌헨에서의 일이 실패하자 떠나기 전에 대화를 하러 나선 것 같았다.

"네년이 무슨 짓을 하러 강신한 건지 알고 있다. 경고하지. 그대로 아무 짓도 하지 말고 사라져라. 주제넘게 뭔가 하려고 한다면 나는 그 빌미를 놓치지 않을 것이다."

"애초에 그런 걸 신경 쓸 거였으면 강신하지도 않았습니다."

나는 둘의 말에 쫑긋 귀를 기울였다.

"진정 이렇게 나오겠다는 건가?"

"웃기는군요. 빌미라고요? 당신에게 그럴 여유나 있는지 모르겠습니다. 가서 당신의 본체를 도와야 하지 않겠습니까?"

"네년 따위가 걱정할 일이 아니다!"

처음으로 형언할 수 없는 암흑의 화신은 격한 반응을 보였다. 꽤나 심기가 날카로웠다. 그러다 그는 나를 쏘아봤다.

"윽."

순간 커다란 송곳이 가슴팍에 박힌 듯한 충격을 느꼈다.

"발러슈테드 폰 비텐바이어. 네놈을 기억하지."

식은땀이 비처럼 흐를 정도의 압박감이었지만, 난 이런데 강하다. 반골기질 같은 묘한 반발심이랄까.

"그것 참 영광스럽군요. 당신 같은 존재가 필멸자의 이름을 기억 한다니."

"네놈의 행보는 제법이더구나. 하지만 언제까지 그리 맘대로는 되지 않는다. 운명의 격랑은 더욱 거칠어질 테니까."

"괜찮습니다. 파도가 높으면 더 큰 배를 타지요."

나는 노골적으로 비웃음을 터뜨렸다.

"당신 같은 존재가 열심히 궁리해 물질계에 혼란을 일으킨 탓에, 요즘 전쟁이 이곳저곳에서 활발합니다. 덕분에 저 같은 협잡꾼은 매일매일 살이 찌고 있습죠. 하하하, 미천한 제 이름을 기억해 주시고, 보잘 것 없는 제 사업을 후원해 주시니 이 얼마나 감사한지!"

나는 신적 존재를 상대로도 멋지게 연기하고 있었다. 내 마음의 뒤틀림은 결코 상대가 어둠의 대군이라고 해도 굴복하는 걸 허용하지 않았다.

"네놈, 인간이라 믿을 수 없을 정도로 오만방자하구나."

"하하하. 그 오만방자한 인간이 한 말씀 좀 올리겠습니다."

비록 인간의 몸에 보잘 것 없는 힘만 가지고 깃들었다고는 하나 상대는 어둠의 대군의 화신이었다. 그런데도 내가 한 마디 하겠다고 하자 주위의 모두가 쳐다봤다.

"형언할 수 없는 암흑의 화신이여. 제 이름을 기억한 걸 후회하게 해드리겠습니다. 그리고 제 이름, 잊으려고 해도 잊을 수 없어 몸서리치게 해드리지요."

"뭐라?"

일순간 이 아득히 높은 존재는 내 상식을 초월한 무례에 어안이 벙벙해진 듯했다. 그의 존귀한 위치를 생각하면 감히 이런 무례를 겪어보기나 했겠는가.

"물질계에서 형언할 수 없는 암흑이 이룬 모든 걸 불태워버리겠습니다. 그리고 그를 섬기는 마왕은 단 하나도 남김없이 죽여 버릴 겁니다. 아니, 그의 이름을 입에 담는 이가 있으면 아들에 손자까지 모조리 도륙하겠습니다. 그리고 마침내 모든 마족과 인간들이 발러슈테드가 두려워, 형언할 수 없는 암흑이란 이름을 입에 담지 못하게 하겠습니다."

"이런 건방진!"

화아아아악!

갑자기 막시밀리언 주위로 검은 불길이 거세게 치솟았다. 순간 발푸르가 여신격이 뒤로 주춤하고 밀릴 정도였다. 하지만 나는 개의치 않고, 아예 그녀의 방어막 너머로 나아갔다.

"발러!"

마리가 깜짝 놀라서 외쳤다. 하지만 멈추지 않았다. 검은 불길이 얼굴과 팔과 어깨를 온통 태워왔다.

<마력방패가 발동합니다! 마력 −500이 됩니다!>
<마력방패가 발동합니다! 마력 −500이 됩니다!>
<마력방패가 발동합니다! 마력 −500이 됩니다!>

실시간으로 엄청난 피해가 들어온다. 하지만 나는 마력방패가 깨지고 팔다리가 불타기 시작할 때도 멈추지 않고 기어코 막시밀리언의 앞에 도달했다. 그리고 형언할 수 없는 암흑의 화신이 깃든 그와 이마가 닿을 정도로 마주보며 속삭였다.

"끓어오르는 심연이 왜 네놈 본체의 차원을 공격하려 할까? 궁금하지 않나? 누가 그 존재에게 왕관의 위치를 말해줬는지 말이야."

"네놈이었나! 이 하찮은 필멸자가 감히 싸움을 붙여!"

막시밀리언의 팔이 내 목을 틀어잡았다. 하지만 그 우악스러운 손길에도 나는 상관하지 않았다.

"지상에서 네놈 본체의 위명 이상의 공포를 이 발러슈테드가 뿌릴 것이다. 그렇게 해, 아무도 그를 섬기지 못하게 하겠다. 형언할 수 없는 암흑의 이름을 입에 담는 자는 사막의 이슬만큼의 자비도 얻지 못할 테니까!"

형언할 수 없는 암흑의 화신은 이를 갈아댔다.

"감히 필멸자가 그분을 협박한 건 진실로 처음이구나. 좋다, 멋대로 발버둥 쳐 보거라. 어차피 종말의 때는 피할 수 없을 테니. 그때가 오면 직접 네놈의 영혼을 차지해 영겁의 고통 속에서 타오르게 해주지."

"맘대로 지껄이도록. 네놈은 아무도 기억하지 못하게 될 테니까."

"그게 생각대로 될 것 같나!"

"안 될 게 무엇인가? 그건 기껏해야 사기가 아닌가. 그런 것이라면 내가 세상에서 제일 잘났지. 그의 후원받는 이를 모두 죽이겠다. 형언할 수 없는 암흑의 이름이 적힌 마도서를 모두 태우겠다. 그리고 새로운 이론을 발표해 주지."

내 깊은 악의 때문일까? 어둠이 불길이 점점 잦아들고 있었다.

"사실 형언할 수 없는 암흑이란 존재는 무덤에서 웅크리고 있는 자를 착각해 생긴 오류라고. 가장 유명한 현자에게 거짓을 발표하게 하고 가장 권위있는 학자에게 거짓된 책을 출간하게 하겠다. 그렇게 마침내, 그는 아무 것도 아니게 될 터."

사회적으로 말살할 수 있는 건 인간만이 아니다. 신적 존재도 말살할 수 있다. 수많은 신도를 뒀던 종교가 사멸하는 건 인간의 짧은 역사에도 얼마든지 있었다.

그러니, 어둠의 대군이라고 이름이 영원하지 않을 터.

"어차피 그는 인과율 때문에 물질계로 튀어나오지 못하지. 왕처럼 군림하는 자신의 차원에서 내 모든 행동이 거짓이라 외쳐봐라. 그게 인간의 귀에 들리기나 할까!"

"허황된 소리다!"

그의 부정에 내 입가의 미소가 더욱 뒤틀렸다.

"형언할 수 없는 암흑의 화신이여, 네놈은 권력의 본질을 잘 이해하지 못하는구나. 독야청청한 신적 존재기에 그렇겠지. 네놈의 대리인들이 아무리 외쳐봐라. 그때쯤 본인은 그걸 모두 개소리로 만들 정도의 위치에 올라가 있을 테니."

충분한 권력을 손에 쥐면 마왕이 하는 말도 다 헛소리로 만들어버릴 수 있다. 나는 그의 본체를 지워버릴 작정이었다.

"권력은 가장 훌륭한 마법도 할 수 없는 것을 가능하게 하는 힘을 가졌지. 크흐흐흐!"

구우우우웅!

나는 왼손에선 끓어오르는 심연에게 받은 힘을, 오른손에선 무덤에서 웅크리고 있는 자에게 받은 힘을 끌어올렸다. 그리고 그 힘을 사용해 형언할 수 없는 암흑의 화신을 강제로 추방했다.

"크으윽! 네놈! 발러슈테드! 절대로 그 오만을 용서하지…!"

끝까지 이를 갈던 그는 결국 사라졌다. 주변에 일렁이던 검은 화염도 온대간대 없었다. 눈앞에는 그저 막시밀리언이 거친 숨을 몰아쉬며 마지막 숨결을 붙잡고 있을 뿐이었다.

"그대는 정말 못 말릴 인간이군요. 발러슈테드."

뒤에서 나직한 한숨이 들리더니 발푸르가 여신격이 다가와 날 회복시켜줬다. 전신이 어둠의 불길에 당한 화상으로 엉망이었는데 순식간에 치유됐다.

"신격으로 오랜 시간을 보내왔습니다만, 당신 같은 필멸자는 처음이군요. 마치 이 세계의 운명에서 자유로운 것처럼…."

아퀼라는 다른 우주의 주민인 나는 종말의 운명에 묶여 있지 않다고 했다. 발푸르가 여신격은 나에 대해 정확히는 모르지만 그런 점은 느낀 것 같았다.

"여신격이시여. 무엇을 하려 합니까?"

형언할 수 없는 암흑의 화신은 분명히 발푸르가 여신격에게 아무것도 하지 말고 사라지라고 경고했다. 그녀가 뜻을 짐작했단 얘기다.

"이 도시를 수복하려고 합니다. 그리고 억울하게 휘말린 모든 시민의 목숨을 살려놓겠습니다."

"뭐라고요!"

나는 깜짝 놀라서 눈을 동그랗게 떴다. 이 거대한 뮌헨은 초월적 존재들이 난동을 부린 탓에 풍비박산이 났다. 게다가 죽은 인간의 수도 얼마나 될지 짐작도 안 될 정도다.

한데 발푸르가 여신격은 그걸 모두 없었던 일로 만들겠다는 거다. 과연 신격의 힘이라고 할 수 있었다. 인간이라면 아무리 고명한 사제라도 도시를 다시 만들고 수천수만의 목숨을 한꺼번에 살릴 수는 없다.

신격만이 가능한 것으로, 그 경지는 이미 마법이니 능력이니 하는 걸 넘어 기적 그 자체였다.

"여신격이시여. 그리하셨다가는 당신이 위험합니다!"

물질계에서 그런 신적인 힘을 발동하면 당연히 인과율이 움직인다. 물론 공격이 아니라 수복하는 것이니 적에게 충분한 원인을 제공하는 건 아니지만, 그래도 분명 빌미가 된다.

나는 형언할 수 없는 암흑이 흉계를 꾸미지 않을까 발푸르가 여신격이 걱정스러웠다. 비정한 생각이긴 하지만 뮌헨이 파괴된 것보다 여신격이 위협받는 게 훨씬 큰 문제였다.

"걱정해줘서 고맙습니다. 발러슈테드. 하지만 해야만 하는 일입니다."

발푸르가 여신격은 날 향해 가볍게 미소지어 보였다.

"저도 무작정 강신한 건 아닙니다. 당신 덕에 가능하게 된 부분이 크답니다."

"저 때문예요?"

뜻밖에 말이었다. 발푸르가 여신격이 움직인 게 나 때문이라고?

"네. 발러슈테드, 당신이 어둠을 이간질해 전쟁을 일으킨 걸 알고 있습니다. 혹시 성좌를 읽으실 줄 아시나요?"

"네, 아직 어설프긴 합니다만."

"자, 그러면 보세요."

한낮인데 별자리를 어떻게 보내고 하려는 순간, 발푸가 여신격이 손을 휘저었다. 그러자 놀라운 일이 일어났다. 갑자기 내 시야가 3인칭이 되더니 무서운 속도로 허공으로 치솟았다. 그리고 성층권을 뚫고 나가 이 행성이 한눈에 보이는 우주공간에 도착했다.

"이럴 수가!"

사방에 어둠과 별빛으로 가득한 진공 공간. 그 속에서 나는 우주를 수놓고 있는 성좌의 운행을 관찰했다.

"아!"

분명, 끓어오르는 심연이 형언할 수 없는 암흑을 공격하고 있었다. 심지어 이 기회를 노리고 무덤에서 웅크리고 있는 자까지 움직이려는 기색이 보였다.

그뿐 아니었다. 모든 어둠의 대군들이 전쟁에 동요하며 혼란스러운 별빛을 뿜어내고 있었다.

"세계가 요동치고 있다."

일순간 아찔한 현기증을 느꼈다. 갈피를 잡을 수 없어 비틀거리니, 다음 순간 나는 지상으로 돌아와 있었다.

"어떤가요? 발러슈테드. 당신은 이 우주에 엄청난 파장을 일으켰답니다. 당신 하나로 모든 게 변해버린 것이죠."

파르르.

손끝이 떨렸다. 이건 그저 어둠의 존재 둘이 전쟁을 벌인다는 건 단순한 일이 아니었다. 직접 성좌의 운행을 보고나니 얼마나 큰일인지 절감했다.

"이미 묵시록에 나오는 전쟁은 시작됐답니다. 본래 그것은 아직 몇 세대나 남아있던 일이지만, 당신이 그렇게 만들었습니다. 발러슈테드."

그렇다.

내 흉계가 종말을 끌어온 것이다.

"종말이라고요?"

"네, 그렇습니다."

"세상에… 나 때문에 그런 일이…."

갑자기 가슴이 저릿저릿했다. 그러다 무언가 심장을 찌르는 것처럼 고통스러워졌다.

"내가 망친 건가…?"

대신격 아퀼라를 만나고 온 게 얼마 전이다. 희망이 있다고 여겼다. 하나하나 해보자고 다짐했다. 그런데 종말이라고?

쿵. 쿵. 쿵.

가슴이 두방망이질하기 시작했다. 그러다 까맣게 타 들어갔고, 다음에는 억장이 무너지는 것 같았다.

언젠가 궁지에 몰린 적의 표정이 실시간으로 변하는 걸 재밌어한 적이 있다. 한데 지금은 내가 그 꼴이 됐다.

"발러슈테드. 당신은 아무 것도 망치지 않았습니다. 스스로를 그리 자책하지 마세요."

"하지만 방금, 저 때문이라고…."

발푸르가 여신격은 고개를 가로 저었다.

"빠르나 늦으나 종말은 예정되어 있던 운명입니다. 오히려 당신의 계책으로 상황이 유리해졌습니다. 저는 이게 정해진 시간에 예정된 파멸을 기다리는 것보다 낫다고 생각합니다."

그녀는 머리를 들어 하늘을 올려다본다. 대낮이지만 신격의 눈으로는 성좌를 읽을 수 있는 건가.

"어둠의 대군들이 세력대결을 하며 이합집산(離合集散)합니다. 우리에게 중요한 틈이 되겠지요. 발러슈테드, 상심하지 말고 당신의 과업을 행하세요. 신격에겐 신격의 일이, 그리고 인간에겐 인간의 일이 있잖습니까."

"하지만 종말이 온다고 하지 않았습니까?"

이 질문에 그녀는 내가 종말이란 것에 대해 다소 오해하고 있다고 했다.

"종말의 때가 온다고 갑자기 하늘이 무너지고 땅이 꺼지는 게 아닙니다."

"그렇습니까?"

"종말의 시간이 몇 십 년간 지속될지 몇 백 년간 지속될지 아무도 모릅니다."

발푸르가 여신격은 예를 들어 설명해줬다.

"몰락한 국가가 하나 있습니다. 과거에는 찬란한 문명을 가졌지만 모종의 이유로 위태로워졌습니다. 그리고 그 국가를 뜯어먹기 위해 열강들이 침을 삼키고 있는 상황입니다."

쉬운 비유였다. 여기서 열강은 어둠의 대군을 말한다.

"하지만 열강들은 한둘이 아닙니다. 서로 견제하고 눈치를 보고 있습니다. 몰락한 국가는 그런 열강들 사이에서 위험한 줄타기를 하겠죠. 그 나라에 희망이 없는 건 사실이겠지만, 쉽게 합병되지는 않습니다."

늪에 빠지는 것처럼 천천히 집어삼켜지겠지.

"하나하나, 불리한 조약이 이어지겠죠. 통상에 관해 불리한 조약, 군대의 주둔, 외교권의 제한 등이 이어지면서 손발이 잘려나갑니다."

"그러다 완전히 식민지로 전락하는 순간이 온다 그거군요?"

"맞습니다. 그게 종말의 때입니다."

요컨대, 우리 세계에는 아직 버틸 여력이 있다는 거다. 비록 패배하긴 했으나 신격들이 남아있다. 또한 어둠의 대군들이 서로를 믿지 못하고 견제 중이다.

"다행이군요."

안도의 한숨이 절로 나왔다. 당장 세상이 사라지지 않는다면 기회는 남아있는 셈이다.

"발러슈테드. 열강에 둘러싸인 국가는 보통 식민지로 전락합니다. 하지만 드물게 독립을 지켜낸 곳도 있습니다. 우리는 그런 어려운 성공을 거둬야 합니다."

"아니, 그것보다 훨씬 힘들겠죠."

"맞습니다. 하지만 당신의 출현으로 달라졌습니다. 그저 평범한 필멸자가 신격들조차 만들지 못한 변수를 짧은 시간에 계속 일으키고 있답니다."

발푸르가 여신격은 기이하다는 듯 날 바라본다.

"당신은 혼돈입니다. 발러. 마치 다른 세계에서 온 것 같은 혼돈의 바람입니다."

그녀는 내 정체를 모르지만 신적인 통찰력으로 본질을 일부 보는 것 같았다.

"대신격 아퀼라께서 사라지고 난 뒤에 라켄티아투스의 만신전은 무력감에 빠져있었습니다. 하지만, 신격들도 이제는 최후의 기회를 놓치지 않기 위해서 일어설 겁니다."

성큼성큼 다가온 발푸르가 여신격이 내 손을 잡아왔다.

"멸망할 수밖에 없는 운명에 둬서 미안합니다. 하지만 모든 걸 걸고 당신들을 지켜 보이겠습니다. 비록 이 이름도 사라져 한줌의 먼지조차 남기지 못한다고 해도."

그녀의 결연한 각오에 입술을 깨물 수밖에 없었다. 분위기가 무거워지자 발푸르가 여신격은 처음으로 싱긋 웃었다.

"자, 종말의 이야기는 나중에도 할 수 있으니 그만할까요?

그 순간만큼은 신격임에도 미소에 수줍음이 묻어났다. 발푸르기스랑 꼭 닮은 미소였다. 하지만 우리에게 즐거운 주제는 없었기에 그녀의 표정은 금세 연민으로 가득 찼다.

"제가 강신한 건 발푸르… 아니, 샤르티에의 간절한 소원 때문이기 하답니다."

"그녀가 소원을 빌었나요?"

"그렇습니다. 샤르티에는 숙부의 잘못을 바로 잡고 싶어 했습니다."

우리의 근처에 있던 막시밀리언이 의식을 되찾고는 거칠게 숨을 몰아쉬고 있었다. 발푸르가 여신격을 올려다보는 그의 표정에는 고통이 가득했다.

"샤르티에는 화신의 힘에 눌러서 깨어나지 못했지만, 무슨 일이 일어나는지 모두 알고 있었습니다."

아마 영혼이나 정신의 상태로 다 지켜봤던 것 같다.

"그 아이는 간절히 숙부를 막고 싶어 했습니다. 세상에서 제일 사랑하는 가족의 죄악을 말입니다."

순간 막시밀리언의 얼굴이 와락 구겨진다. 말할 수 없는 심적인 고통이 그를 후벼 파고 있었다.

"샤르티에는 그래서 이 모든 파괴를 복구하길 원했습니다."

그런 건가. 나는 초토화된 주변을 둘러봤다.

"하지만 분명히 대가가 있었을 것 같군요. 여신격이시여. 아무리 당신이라도 이 정도의 일은 무상으로 해주실 것 같지는 않군요."

"맞습니다."

발푸르가 여신격은 순순히 인정했다. 이번 일은 대단한 힘을 써야 함과 별개로 적에게 빌미를 줄 일이다. 단순히 동정심만으로 결정할 수 있는 게 아니다. 특히 그녀 같은 위치에 있는 존재에게는 더더욱.

"샤르티에는 이번 일의 대가로 제게 한 가지를 약속했습니다."

"무엇인가요?"

"죄송하지만 말해줄 수 없답니다. 정 알고 싶으면 샤르티에에게 물어보세요."

내가 모르는 사이에 둘 사이에 뭔가 거래가 있었군. 어쩐지 쉽게 말해줄 거 같지 않단 생각이 들었다. 대체 여신격에게 뭘 약속한 겁니까, 발푸르기스.

"자, 대화는 이 정도면 됐습니다. 이제 이 도시를 복구하겠어요."

발푸르가 여신격이 나서 한손을 머리 위로 들어올린다. 그러자 그녀의 등 뒤에 날개처럼 드리워져 있던 신성이 더욱 빛나기 시작한다.

구우우우웅-!

하늘의 구름이 걷히고 빛이 내려와 도시를 감싼다. 동시에 눈앞에서 보고도 믿기 어려운 일들이 일어났다.

구우웅. 구웅.

무너진 건물들이 마치 도미노를 역으로 돌린 것처럼 일어나기 시작한 것이다.

척, 척, 척, 척.

그것뿐 아니라 벽돌이 복제되어 무수히 늘어나며 건물의 빈틈을 빼곡히 채워간다. 보이지 않는 힘이 가장 솜씨 좋은 미장이보다 정교하게 일을 처리하고 있었다.

파직. 파지직.

이번에는 얼음이 어는 것과 비슷한 소리가 들리더니 유리창이 생성되어 창문이 만들어졌다. 또한 부서진 기둥이 솟아오르는 게 마치 잭과 콩나무에서 콩나무가 자라는 것 같았다.

차르르륵, 차륵.

바닥의 타일은 물결을 일으키는 것처럼 사방으로 퍼져나가더니, 정교한 퍼즐처럼 서로 맞아 들어갔다.

쾅! 쾅! 쾅!

요란한 소리에 놀라서 주변을 보니 무너진 도로변의 가게들이 완전히 복구되어 솟아오르고 있었다. 마치 두더지 잡기 게임의 두더지처럼 튀어나온다.

지금 이런 작업이 도시 전체에서 실시간으로 이뤄지고 있었다. 마치 뮌헨은 하나의 살아있는 유기체처럼 보였다. 세포 하나, 하나가 재생되는 것과 같이 부서진 도시가 원상복귀하고 있는 것이다.

"기적이다!"

탄성이 절로 나왔다. 하지만 이건 아직 시작도 안 한 거였다.

"발푸르가의 이름으로 명한다! 흩어진 영혼들이여, 그대들의 운명이 정한 길로 되돌아오라!"

수많은 시체들이 생명을 얻고 되살아나는 광경에는 온갖 기인이
사를 본 나조차 아연실색해지고 말았다. 죽음을 다루는 사령술사다
보니 이게 얼마나 말도 안 되는 경지인지 누구보다 잘 알았다.

"살아났어! 내가 살아났다고!"

"이럴 수가! 여신격이시여!"

생의 환희가 사방에서 터져 나왔다. 수많은 시민들이 몰려와 발푸
르가 여신격 앞에 무릎을 꿇고 조아렸다.

"발푸르가시여!"

"자애의 여신격이시여!"

시민들은 신성 앞에 머리를 박고 경배했다. 한데 그때 뜻밖에도
발푸르가 여신격은 공을 발푸르기스에게 넘겼다.

"바이에른의 선제후가 될 그녀가 저를 애타게 불렀습니다. 그래서
오늘 이 일을 행한 것입니다. 시민들이여, 그녀에게 마땅한 경의와
존경을 보내주길 바랍니다."

심지어 '바이에른 선제후가 될 그녀'라며 차기 선제후가 발푸르기
스라고 못을 박아버렸다. 여신격께서 직접 말이다. 사실 이번 흉사
때문에 비텔스바흐 가문은 인심을 크게 잃어버리게 될 터였다.

그런데 발푸르가 여신격은 모든 잘못을 막시밀리언에게 한정한
뒤, 발푸르기스를 새로 추대해 모셔야만 할 존재로 만든 것이다.

역시 신격은 신격인가. 무심해 보이면서도 챙길 건 확실히 챙기
는군. 이제 발푸르기스는 차기 선제후이자, 뮌헨을 구한 영웅이 되
겠지.

"새로운 군주를 뮌헨은 환영할 것입니다."

"니더바이에른 백작 만세!"

뮌헨의 시민들은 기꺼이 발푸르기스를 새로운 군주로 섬기겠다고 약속해왔다. 발푸르가 여신격은 고개를 끄덕이며 흡족해 했다. 그런데 여신격이 챙긴 것은 발푸르기스만이 아니었다.

"시민들이여. 여기 그대들을 구한 또 한 명의 영웅이 있습니다. 바로, 비텐바이어 변경백 발러슈테드입니다. 그가 광기에 빠졌던 바이에른 선제후를 쓰러뜨렸습니다."

시민들의 시선이 한꺼번에 내게 쏟아졌다.

"그는 니더바이에른 백작의 반려가 될 자로써, 뮌헨의 보호자의 역할을 충실히 해냈습니다. 시민들이여, 자기 의무를 위해 목숨을 건 이 고귀한 변경백에게도 경의와 존경을 부탁드리겠습니다."

그 말에 시민들의 환호와 박수가 쏟아졌다. 원래 나는 이 도시에서 인기가 좋았다. 차기 선제후의 약혼자인 데다가 병력을 이끌고 와 마왕 파르자를 물먹여줬기 때문이다. 그런데 도시를 구하기까지 했다니 더 말할 필요도 없었다. 급기야 시민들이 몰려오더니 내게 찬사를 쏟아냈다.

"각하! 각하의 용기와 정의에 감사합니다."

한 기사가 해준 말에 나는 미소 지으며 답했다.

"정의라, 그리 말해줘서 고맙군. 내가 제일 소중히 생각하는 게 정의라네."

그 기준이 남들이랑 조금 달라서 그렇지.

"도시를 구해주셔서 감사합니다."

"각하께서 니더바이에른 백작님의 약혼자란 사실이 기쁩니다."

"앞으로도 저희를 지켜주세요! 각하!"

사람들에게 둘러싸여 있던 때 메시지가 떴다.

<군중에게 강한 지지를 얻어냈습니다.>
<위대한 영도자의 위엄이 숙련 4단계에 오릅니다!>

들뜬 시민들은 나를 태우고 거리를 행진할 기세여서 서둘러 말려야 했다.

"함께 축하하고 싶지만, 아직 우리에겐 정리할 일이 남아있습니다."

모두 내 말뜻을 알아차렸다. 시민들은 한쪽 구석에 볼품없이 쓰러져 있는 바이에른 선제후를 쳐다보았다. 한때 자신들의 위대한 군주였던 그가 술 취한 주정뱅이보다도 볼품없는 꼴로 쓰러져 있었다.

퍽!

누군가 바이에른 선제후의 얼굴에 돌을 던졌다.

"이 괴물! 악당!"

"죽어!"

사람들의 분노의 증오가 터져 나오는 그때, 발푸르가 여신격이 끼어들었다.

"시민들이여, 그 분노를 이해합니다. 하지만 지금은 모두 돌아가 기다려 주세요. 그는 반드시 처벌 받을 겁니다. 자기 목숨을 이번 일의 대가로 내놓아야겠죠. 하지만 그전에, 어째서 이런 일이 일어났는지 알아내야 합니다."

발푸르가 여신격의 말은 차분한 설득 이상의 힘을 가지고 있었다. 당장 폭동이라도 일어날 것 같았던 불온한 공기가 순식간에 사라진다.

"맞습니다."

"저희는 선량한 시민답게 행동하겠습니다."

시민들은 각자 자신의 집으로 떠나자 발푸르가 여신격이 입을 열었다.

"발러슈테드, 막시밀리언의 처리를 맡기겠습니다. 지켜보고 싶지만 이제 한계입니다. 사실 신격이 물질계에 오래 영향력을 끼쳐봐야 좋을 게 없습니다."

"뮌헨을 구해주셔서 감사합니다."

이건 진심이었다. 오늘 기적이 일어나지 않았다면 발푸르기스는 자기 숙부의 죄 때문에 오랜 세월 고통스러워했을 테니까.

"또 만날 수 있을 겁니다. 발러슈테드. 제가 떠나면 좀 시간이 지난 뒤에 샤르티에가 깨어날 겁니다. 몸에 이상은 없을 테니 바로 눈을 뜨지 못한다고 걱정마시길."

원래 신적 존재를 강신한 뒤에는 혼절하는 게 보통이다.

"발러슈테드, 종말에 대비하세요."

"지혜로 저를 이끌어 주십시오. 발푸르가시여."

내 말에 발푸르가 여신격은 보일 듯, 말 듯 입꼬리를 올렸다.

"여기선 보통 여신격답게 우아한 자세로 언제나 그대를 지켜볼게요, 라고 하는 거겠죠?"

"…음, 옛날 얘기에는 대개 그런 식이긴 합니다."

"하지만 저는 그런 인사치레는 좋아하지 않습니다. 실질적이고 도움이 되는 게 좋습니다."

그녀는 날 한번 훑어보더니 아쉬워했다.

"그런데 이미 당신을 후원하는 이가 많아 힘을 내리긴 어렵겠군요."

"혹시 영혼의 그릇을 더 키우면 가능합니까?"

끓어오르는 심연의 후원을 받아내기 위해서 그런 식으로 했었다. 그러자 발푸르가 여신격은 고개를 가로 저었다.

"지금 상태에서 당신의 영혼의 그릇이 더 커지면 인간을 벗어나 반신격이 될겁니다. 그때가 되면 후원이 아니라 자기만의 힘을 가져야 합니다."

"아, 생각해 보니 반신격이 되면 어둠의 대군들의 후원도 모두 끊기겠군요?"

"당연하죠. 반신격도 엄연히 신격입니다. 자신만의 영역을 확보해 고유한 힘을 키워가게 됩니다."

그렇다면 반신격도 무턱대고 할 건 아니란 생각이 들었다. 지금 같이 후원 받는 생활이 꽤나 괜찮았기 때문이었다.

"어쩔 수 없군요."

"그래도 실망하지 마세요. 그게 아니라도 당신에게 힘을 줄 수 있답니다."

"설마 마법 물품입니까?"

"분명히 만족할 겁니다."

기대가 된다. 신격이나 되는 이가 저리 자신만만하게 말한다면 분명 SS등급 마법 물품이겠지. SS등급 마법 물품은 정말 진귀해, 잘 나가는 나조차 단 한 개도 없을 정도다.

마왕 오드가쉬가 남긴 SS등급 폴액스인 샤프리히터가 있지만 힘이 부족해 여태 쓰질 못했다. 그런데 그걸 하나 주겠다니 어찌 기대가 안 되겠는가.

"종류가 무엇입니까?"

내 말에 발푸르가 여신격이 의미심장한 웃음을 짓는다.

"당신 같은 사기꾼에게 어울리는 물건이랍니다."

"윽!"

순간 상처받았다. 특히 발푸르기스의 얼굴을 하고 그리 말했기에 상처가 배가 됐다. 하지만 나도 일말의 양심이란 게 있어 따지기가 어려웠다.

펙트란 게 이렇게 아프구나.

"자, 보여드리죠."

발푸르가 여신격이 손을 들어 올리자 허공에서 아름다운 빛이 내려온다. 그러자 지켜보던 시민들이 모두 놀라 감탄을 터트렸다.

여신격의 말에 다들 물러나긴 했지만 사람 호기심이란 게 어디 쉽게 사라지겠는가. 좀 거리를 두고 여전히 쳐다보거나 근처의 창문에서 얼굴을 내민 이들이 많았다.

발푸르가 여신격은 기왕 이런 거 연출이라도 좀 해보려는 것 같았다. 일부러 보기만 해도 상서로운 빛을 일으킨 데서 그녀의 의도가 보였다.

확실히 효과가 있겠지. 지금의 난 누가 봐도 여신격에게 축복을 받는 걸로 보이니까. 이건 당연히 내 정치적 입지의 상승으로 이어진다. 기왕 하는 거 협력해야겠군.

"자애의 여신격이시여."

일부러 한쪽 무릎을 꿇고 기사처럼 행동했다. 그럴 듯한 그림이 나오고 있었다.

"오! 마치 전설의 한 장면이다!"

"변경백 각하께서 여신격의 사랑을 받으시는구나!"

여기저기서 지켜보던 이들이 감탄을 터뜨렸다.

우우웅.

그때 내 앞에 빛무리가 뭉치더니 무언가 만들어지기 시작했다. 그러다 빛이 점멸했다.

번쩍.

시야가 회복됐을 때 눈앞에 인세의 것이 아닌 것처럼 아름다운 갑옷이 있었다. 음? 이게 사기에 도움이 되는 물건인가? 언뜻 이해하기 어려웠지만, 재빨리 상태창을 열어 살폈다.

[SS+등급, 누미디아의 사기꾼. 스펙 확인 불가.]

헉, SS+등급이라니? 깜짝 놀랐다. SS등급 마법 물품만 해도, 마왕 오드가쉬나 썼을 정도로 귀하다.

그런데 SS+라니.

감탄을 금치 못하던 나는 영 이상하단 생각이 들었다. 생긴 건 마치 성물처럼 보이는데 그 이름은 어찌 누미디아의 사기꾼인 걸까. 겉만 보면 완전히 대천사나 입을 것처럼 생겼다.

발푸르가 여신격이 내 힘의 근원을 모르지 않을 텐데. 이런 신성 계열 장비들은 나에게 있어서는 빛 좋은 개살구에 불과하니까.

"여신격이시여."

내 입에서 많은 게 담긴 미묘한 말투가 튀어나왔다. 대체 왜 이런 걸 줬냐는 거다.

"뭔가 있는 겁니까?"

대답대신 여신격은 누미디아의 사기꾼에 대해 아냐고 물어왔다.

"모릅니다."

"이 갑옷은 누미디아의 사기꾼이라 불렸던 그가 쓴 물건입니다. 그는 대단한 사기꾼으로 저조차 속였습니다. 아니, 고대 세계 전부를 속였죠."

처음 듣는 얘기였다. 그 정도로 대단한 사기꾼이 있었다니?

"대사기꾼이라고 불리기도 했던 자죠. 그는 대신격 아퀼라의 파트너였습니다. 아퀼라 님과 함께 세계를 구하기 위해, 역사상 가장 거창한 사기를 친 인물입니다."

"정말입니까?"

"따지고 보면 당신 선배 같은 인물이라고 할 수 있겠죠. 그 역시 필멸자이자 인간이었으니까."

아퀼라에게 인간 파트너가 있었다는 소리는 처음 들어봤다. 그걸 고려해 보면, 아퀼라가 날 택한 건 단순히 세계랭킹 1위이기 때문만은 아닐지도 모르겠군.

혹시 그 대사기꾼은 나처럼 지구에서 왔던 게 아닐까?

"그는 어둠의 대군들을 상대로 종말의 유예를 얻어냈답니다. 이 세계가 아직 유지되고 있는 건, 대신격 아퀼라의 희생과 누미디아의 사기꾼 덕분이랍니다."

그 선배를 뵐 낯이 없군. 개고생해서 유예를 얻었을 텐데 내가 종말을 당겨버렸다. 앞에 있으면 멱살이라도 잡지 않을까.

"자세한 얘기를 들을 수 있겠습니까?"

"안타깝지만 시간이 없습니다. 후일 들려드리겠습니다."

"알겠습니다. 주신 갑옷, 감사히 사용하겠습니다."

"발러슈테드, 지금 당신이 입던 갑옷은 사악한 기운을 풍기고 있기에 모두 꺼려할만 합니다. 하지만 이것을 착용하면 훨씬 쉽게

다가갈 수 있을 겁니다."

자세한 능력은 아직 미지수지만, 사기꾼이란 이름을 보아 상대에게 호의나 신뢰를 얻어내는 능력과 관련있을 듯했다.

확실히 이 아름다운 갑옷은, 누구라도 입기만 하면 선의 히어로처럼 보일 테니까.

"당신 같은 사기꾼에게 딱입니다. 발러슈테드, 아직 당신은 누미디아의 사기꾼에 비하면 기량이 부족합니다. 갈고 닦으세요."

"…지금 자애의 여신격께서 사기를 권장하신 겁니까?"

그 말에 발푸르가 여신격은 부끄러운 듯 살짝 볼을 붉혔다.

"현실적인 얘기를 하는 것뿐입니다. 참! 그 갑옷은 깨워야 합니다. 자아가 있거든요."

그런데 발푸르가 여신격은 잠든 갑옷을 깨우는 방법까진 모른다고 했다.

"사실 그걸 몰라서 여태 못 쓰신 거 아닌가요?"

"……."

여신격은 묵비권을 행사했다. 내 표정이 썩어 들어가자 그녀는 결국 한 마디 했다. 그린 듯한 미소를 지은 채로 말이다.

"당신이 해낼 거라 믿어요."

즉각 야유했다.

"이제야 이야기 속의 여신처럼 말하시는군요. 순 가식적인 미소와 함께."

여신격은 여전히 웃고 있었지만 이마에 송골송골 맺히는 땀방울까지는 다 가리지 못했다.

"종말에 대비하세요. 발러슈테드."

그 말과 함께 발푸르가 여신격은 어쩐지 황급히 떠나버렸다. 발푸르기스가 풀썩 쓰러지자 근처에 있던 마리에게 맡겼다. 그리고 막시밀리언에게 향했다.

"고귀하신 전하. 묻고 싶은 게 많군요."

"크크흐… 아직도 죄인을 그리 부를 건가?"

화가 나서 막말하기도 했지만 죽어가는 그에게 그러고 싶진 않았다.

"조금만 더 버티시지요. 그녀는 곧 깨어날 겁니다."

막시밀리언은 마리의 보살핌을 받고 있는 발푸르기스를 보더니 한숨을 내쉰다.

"저 아이와 작별인사는 하지 못하겠군…. 생각해 보니… 그게 더 낫겠지. 무슨 면목으로… 보겠나."

"대체 어떻게 형언할 수 없는 암흑의 화신이 강신한 겁니까? 전하께선 그걸 말씀해주셔야 합니다."

그는 고민하는 표정을 짓더니 결국 살짝 고개를 끄덕였다.

"긴 사연을 얘기하기에는 너무 짧은…… 시간 밖에 없다만…. 최대한 사실만 전달하도록 하지…. 모든 일은 과거… 저 아이의 친부인… 요하네스 형님과의 다툼에서 시작하네."

두 형제는 어릴 때부터 사이가 좋지 않았다고 한다. 그러다 선제후직의 계승 문제로 돌이킬 수 없는 사이가 됐다고.

"둘 중 가문을 계승하지 못한 자는 죽을 수밖에 없다고 할 정도였어… 형님이나 나나 서로에게 자비를 베풀 생각은 없었지….."

하지만 막시밀리언은 모든 면에서 요하네스에게 밀렸다고 한다. 결국 그는 궁지에 몰렸고, 극단적인 선택을 했다.

"그래서는 안 됐습니다."

"알고 있네⋯. 하지만 당시에는 가장 현명한 방법 같았어⋯. 막강한 힘을 얻을 수 있으니까⋯."

밀리던 막시밀리언은 결국 형언할 수 없는 암흑에게 후원을 받아 선제후 계승 전쟁에서 승리했다.

"하지만 모든 힘에는 대가가 따르는 법이지⋯⋯."

"감당하기 힘든 요구를 받으셨군요?"

"맞네⋯. 그래서 찾아냈지."

"무엇을 말입니까?"

"어둠의 대군과 했던 약속을 지키지 않을 방법!"

속으로 감탄이 절로 터졌다. 막시밀리언, 이 인간도 정말 어지간하다. 어둠의 대군의 힘을 빌려 쓰고는 대가마저 치르려고 하지 않다니.

"어떻게 그게 가능했던 것입니까?"

"간단하네. 신적인 존재의 힘은⋯ 신적인 존재로 막아내면 되지. 과인은 자연과 생명의 여신격 오르비아나에게 부탁했네⋯."

"여신격 오르비아나의 힘으로 대가를 지불하는 걸 거절한 겁니까?"

"그래, 오르비아나는 과인에게 빚이 있었어. 여신격의 입장에선 무리수를 두는 거겠지만 거절할 수 없었지. 게다가 이후 바이에른에서 그녀의 교단을 전폭적으로 지원해주기로 약속했다네."

실제로 바이에른은 오르비아나를 섬기는 교단이 갑자기 흥성했는데 그런 이유가 있었다니.

"하지만 그랬다가는 인과율의 문제가 생기지 않습니까?"

"물론⋯."

그는 허탈하다는 듯 웃었다.

"여기서 과인은 가문에 씻을 수 없는 죄를… 짓고 말았지. 바이에른의 비텔스바흐 가문이 형언할 수 없는 암흑의 저주를 받은 건 모두 그 인과율… 때문이네."

"그래서 그런 지독한 저주가."

그는 오르비아나 여신격에게 부탁해 대가를 회피해 버렸다. 꼼수를 써서 감당할 수 없는 요구를 피하는 건 성공했지만 그 반동으로 저주가 내린 것이다.

"지독한 저주였지… 어둠의 대군을 기만하고 내린 저주니… 오죽하겠는가."

"정말 전하께선 죄가 깊군요."

"이제 와서 부인할 생각도 없네… 형수님이 희생하시지 않았다면… 진작 가문은 끝났을 거야. 하지만 결국 그것도 저주를 미루는 것에… 불과했네…."

그는 공허한 눈으로 하늘을 바라보고 있었다.

"과인이야 이미 틀린 몸. 저주로 죽어도 어쩔 수 없다지만… 유일한 후계자 역시 시한부란 사실은… 견딜 수 없는 것이었지."

"그래서 마왕의 위를 받은 겁니까?"

"그렇네……. 저주를 풀 방법은 그것뿐이었거든. 과거… 형언할 수 없는 암흑의 후원을 받은 대가로 지불해야 할 게… 마왕의 위였어……. 남부 인간들의 기둥인 바이에른의 선제후가 할 수 있는 일이… 아니었지."

오래 전 거부했던 대가를 치르자 자연히 저주가 사라졌다. 혼절한 발푸르기스의 투구를 벗겼을 때 저주가 없었던 건 그런 이유에서 이다.

"문제는… 과인이 마왕이 됐다고… 끝나는 게 아닌 것이야. 과인은 오랜 시간 대가를 치르는 걸 미루고 있었지. 형언할 수 없는 암흑의…… 입장에선 사기를 당한 꼴일세. 당연히 인과율이 쌓여가지 않았겠나……."

"그 결과 화신이 뮌헨에 강신한 것이고요? 어쩌면 그리 어리석었던 겁니까."

막시밀리언과 오르비아나 여신격이 이번 일의 원인을 제공한 셈이다.

"변명할 생각은 없다만… 그래도 이번 일은 과인에게도 큰 결심이 필요했네."

"그게 무엇입니까?"

"저주가 지독하다고는 하나… 죽으면 그만일세…. 과인의 영혼까지 영향을 미치지 못하지. 하지만 저주를 풀기 위해 과거의 약속을 이행한 탓에… 과인의 영혼은 형언할 수 없는 암흑에게 속하게 되었네……. 이제 죽음이 찾아오면… 그의 권좌로 향해 영원한 고통을 받아야겠지… 솔직히 두렵구나. 아… 너무나도 두려워….".

"당신이 한 짓을 생각하면 그런 말이 나옵니까."

나는 그를 책하면서도 한편으로는 이해가 됐다. 사후 어둠의 대군에게 끌려간 인간들이 겪는 처지를 여러 차례 봐왔기 때문이었다.

"피할 수 있는데 감당하다니. 전하답지 않군요."

"크크… 과인 역시 그렇다고 생각하네. 그러나… 변경백이여. 그대도 살다보면 알게 될 걸세. 아무리 잔인한 사내라도 마음 한 구석에는 감정이 있다는 걸 말이야."

점점 막시밀리언의 말투가 느려져갔다. 그의 눈은 오래 전의 과거를 보고 있었다.

"가족을 잃은 그 아이는… 아무 것도 몰랐지…. 누가 자기 원수
인지도. 그저 작은 손으로 과인을 단단히 붙잡더군…. 세상에 이제 의
지할 건 이제 과인 밖에 없다는 듯…. 그때 과인이 그 아이의 눈에서
무엇을 보았는지는… 잘 모르겠네…. 하지만 한 가지는 알 수 있었
지…."

그는 무언가를 잡으려는 듯 허공에 손을 뻗었다.

"권력을 위해 형을 죽인 이 냉혈한에게도…… 감정이 있다는 걸
처음 알았어…. 아아…. 사랑스럽고, 사랑스러웠다. 내 품에서
자라나는 작은 아이가…."

생의 마지막이 오자 그는 결국 눈물을 흘렸다. 이런 자도 마지막
에는 후회하고 슬퍼하는구나.

"언젠가… 이런 결말이 올 걸 알면서도… 그 아이를 딸처럼
받아들일 수밖에… 없었지."

"……."

"변경백, 부탁이 있네."

"말씀하십시오."

이제 어둠의 대군에게 끌려가 영원한 형벌을 받을 걸 알기에 나는
그에게 더 모질게 대할 수가 없었다.

"부디 이 얘기를 샤르티에게 전하지 말게…. 원래, 마음에
묻고… 이대로 눈감으려 했으나… 마지막이라 생각하니 이 마음이
사무치고 말았네……."

"전하."

"과인의 죄를 생각하면 이런 말은 입에 내서도… 안 될 것이었

네. 그저… 친부를 죽이고… 바이에른을 불태운… 악당으로만 기억되면 되네… 그게 맞는 이야기니까."

그걸 끝으로 막시밀리언의 목소리는 너무 작아져 뭐라고 하는지 거의 잘 들리지 않았다. 숨을 거두기 전, 말라버린 입술로 주변에 만발해 있는 꽃을 보며 중얼거렸는데 일부만 들렸을 뿐이다.

"…겨울이 가고 …제국에 봄이 왔구나. 종말 속에서도… 희망은 피어나겠지. 저 한 송이 아젤리아… 꽃향기를 위해…."

1615년 봄, 바이에른 선제후 막시밀리언이 사망했다.

이번 사건의 후일담.

"꼭 떠나셔야 겠습니까? 발푸르기스에겐 당신이 필요합니다. 빌헬름."

화신과 싸우다 사망했던 전 인류용사 빌헬름은 발푸르가 여신격의 가호로 되살아났다. 나는 그에게 발푸르기스를 위해 뮌헨에 남아 달라고 부탁했다.

"자네가 내 힘을 계승하지 않았나. 샤르티에를 부탁하지."

"하지만."

"만약 여기 남는다면 바이에른의 구신들이 나를 중심으로 결집할 거야. 그들은 샤르티에의 집권을 원하지 않으니까. 마침 딱 적당하다 싶겠지."

위버슈바벤 공작을 중심으로 하는 파벌은 여전히 건재하긴 하다. 갈 길은 먼데 적은 사방에 많았다.

"여신격의 말대로라면 이미 종말의 때는 시작됐네. 저 창 밖을 보면 평화롭기 짝이 없는 봄이라 전혀 실감이 안 나네만."

"그렇긴 합니다."

막시밀리언이 죽는 날에도 만발했던 아젤리아 꽃이 한창이었다. 종말이란 남의 얘기만 같았다.

"비텐바이어 변경백. 아젤리아의 꽃말이 무엇인 줄 아는가?"

"잘 모르겠습니다."

빌헬름은 아젤리아 꽃을 쓰다듬으며 말했다.

"희망이라네."

"저는 그런 걸 믿지 않습니다."

"하하하, 하지만 모든 게 무너져 내리기 시작할 때 우리가 의지할 건 그것 밖에 없을 걸세. 난 그때를 대비하고자 하네."

"…돌아오실 겁니까?"

"그래, 사랑하는 조카가 날 필요할 때가 되면."

그렇게 작별을 하려는데 갑자기 이변이 일어났다.

콰아아아앙!

마른하늘에 날벼락이 친 것이다. 어찌나 그 기세가 서슬퍼런지 빌헬름이나 나 같은 강자조차 놀라서 움찔했을 정도다.

"웬 날벼락이…."

"불길하군."

동감이었다. 뭔가 예사롭지 않단 생각을 하던 그때 갑자기 지진이 일어났다. 도시 전체가 출렁일 정도였다. 사방에서 비명이 들려왔다.

우르릉!

공기가 진동하며 저 멀리서 기괴한 웃음이 들렸다. 웃음이라고 하기엔 너무나 이상한 소리였지만, 본능적으로 그게 웃고 있는 거란 걸 알 수 있었다.

파르르르.

몸의 곳곳이 절로 떨려왔다. 곧 나는 전에도 이런 일을 한 번 겪어봤다는 걸 깨달았다. 천지를 울리는 저 기성에는 광기와 조롱, 비웃음이 가득했다.

"크! 갑자기 두통이 이는군! 저건 대체!"

빌헬름은 고통스러워하면 주변의 나무에 손을 짚는다. 하지만 나는 숨소리조차 낼 수 없었다. 눈앞에 뜬 메시지가 온통 정신을 빼앗아갔기 때문이었다.

<수호자, 적룡기병과 그의 드래곤 약혼녀인 테르시아가 살해됐습니다!>
<숨겨진 시나리오 '수호자 살해'가 다음 단계에 진입합니다!>
<이제 남은 수호자는 네 명입니다!>

3. 이것이 나의 명예다

시스템 메시지의 정체는, 대신격 아퀼라가 인과율에 어긋나지 않는 한도에서 보내주는 정보다. 그는 아마 그 이상을 파악하고 있겠지만 업적치로 우회하지 않는 한 알려줄 방법이 없었다.

"수호자가 살해됐습니다. 빌헬름."

"그건가…. 전에도 이런 일이 있었지."

빌헬름은 본인이 한때 수호자인 인류용사였던 탓에 상황을 대강 아는 것 같았다.

"자네 표정을 보니 누가 죽은 지 짐작하는 모양이로군?"

나는 고개를 끄덕였다. 대신격 아퀼라에게 업적점수로 많은 정보를 샀다. 거기에는 내가 그토록 알고 싶어했던 발버둥치는 죽음의 봉인을 풀려는 암중세력의 정보도 있었다.

암중세력의 이름은 '죽음이 임한 자들'.

발버둥치는 죽음을 섬기는 인간과 마족 마법사들의 결사로, 제국 북부에서 강력한 세력을 구축하고 있었다. 나는 이 이야기를 빌헬름에게 해줘도 될지 고민했다.

짧게 고민한 나는 말해주는 걸로 결론을 내렸다. 그가 가지고 있는 조카와 바이에른에 대한 사랑만큼은 진짜였기때문이었다. 게다가 한때 인류용사였던 영웅이다. 앞으로의 싸움에 분명히 도움이 되겠지.

"죽음이 임한 자들이란 조직이 있습니다. 자신들이 섬기는 어둠의 대군의 봉인을 푸는 걸 최우선으로 삼고 있습니다."

나는 차분히 필요한 한도에서 정보를 제공했다. 한때 수호자였던 그인지라 봉인에 대해 알고 있어 설명하기 쉬웠다.

"…그런가. 즉, 자네는 그들이 봉인을 풀기 위해 수호자 하나를 살해했다는 거군."

"맞습니다."

남은 수호자는 넷으로 나와 구마축사의 대주교, 그리고 알 수 없는 두 명이다.

"구마축사의 대주교는 마인츠 선제후입니다. 선제후의 힘과 권력으로 보호받고 있으니 제아무리 암중세력이라도 쉽게 도모할 수 없을 겁니다."

마인츠 선제후는 트리어 선제후처럼 세속성직제후였다.

"하면 나머지 미지의 수호자 둘이 문제로군."

그 둘은 아퀼라의 정보로도 알 수 없었다.

"그들을 찾아 이 일에 대해 경고하거나 보호해야 합니다. 안 그러면 발버둥치는 죽음의 봉인이 풀릴 거고, 세계는 끝장입니다."

"그렇게 둘 순 없지. 바이에른이 사라지는 건 용납하지 못한다."

빌헬름은 가문이나 가족에 대한 사랑이 대단한 인물이었다.

"그 수호자들을 찾아보지. 내 방랑이 도움이 될 걸세."

"도와주신다면 정말 감사하겠습니다."

"당연한 걸세. 어둠의 대군의 봉인이 풀리는 일은 누구라도 막고 싶어할 테니까."

그 후 빌헬름은 필요한 정보를 얻으면 연락하겠다고 하며 떠났다.

─믿을만한 사내로 보이는군.

조용히 있던 베오울프가 입을 열었다. 현재 그는 내가 일부러 시간을 끌고 보내주지 않는 중이다. 다른 이유는 없고 그저 그가 조금 더 쉴 수 있게 해주기 위해서였다. 하지만 끓어오르는 심연과 형언할 수 없는 암흑의 전쟁이 심화되고 있으니, 오래 있지는 못할 것이다.

─제 생각도 그렇습니다. 전하.

─그나저나 앞으로 힘들겠네, 자네.

─모두 감당해야지요.

발푸르가 여신격이 말한 것처럼 신격에겐 신격의 일, 인간에겐 인간의 일이 있다.

─제국을 평정하고 암중 세력을 일소하는 게 제 과업입니다. 아무리 어려움이 있다고 해도 반드시 해낼 것입니다.

해피엔딩을 위해서라면 설령 상대가 신적인 존재라 해도 검을 뽑지 못할 이유는 없었다.

현재 암흑창공의 마왕 파르자의 처지는 매우 난처해져 있었다. 속되게 말하면 좆됐다고 봐도 좋았다.

"아, 씨발! 빌어먹을! 그때 정전협정을 받아들였어야 했는데!"

쨍그랑!

마왕 파르자가 던진 술잔이 박살나며 벽에 혈흔처럼 보이는 와인 얼룩을 만들었다.

현재 그가 다스리는 뷔르츠부르크는 엉망진창이었다. 비텐바이어 변경백의 군기를 이용한 기만책에 당한 그는 계속 마왕성 안에서만 머물고 있었다.

하지만 얼마 안 가 그게 속임수임을 간파하고 출진했다. 영지를 헤집던 황금연합과 격렬한 전투 후 승리했지만 상처뿐인 영광이었다. 현재 뷔르츠부르크는 재기불능인 상태였으니까.

황제의 경제봉쇄령 역시 그대로라 상업 활동에 지장이 막대했다. 비록 약탈자 무리는 패배했으나 이전과 다르게 소규모로 움직이며 그의 영지를 노략질했다. 마왕과 마주치지만 않으면 된다는 듯이.

"전하, 비텐바이어 변경백이 저희 측에서 요구한 정전협정을 거절 했습니다."

"그 거지 같은 새끼가!"

새로 들려온 소식에 마왕 파르자는 격분했다. 겨울에 논의됐던 것 보다 훨씬 불리한 조건으로 이쪽에서 먼저 제안했지만 일언지하에 거절당했다.

"설마 형언할 수 없는 암흑의 화신이 패할 줄이야…."

뮌헨에서의 일은 정말 상식 밖이었다. 화신이 내려온 걸 안 그는 마왕성 안에서 기다리면 모든 게 유리해질 거라고 기대했었다. 그런데 비텐바이어 변경백이 화신을 물리칠 줄이야.

"생각지도 못한 기발한 짓을 한 게 틀림없다. 아니면, 이건 다른 음모겠지. 화신은 분명 모종의 거래를 하고 물러난 거다."

마왕 파르자는 상식의 범위 안에서 사고했다. 비텐바이어 변경백이 아무리 대단하다고 해도 화신과 치고받아서 이겼을 거라고 여기지 않았다.

"대체 작금의 사태를 어찌해야 한단 말이냐…."

현재 뷔르츠부르크는 풍전등화의 위기였다. 비텐바이어 변경백이 다시 황금연합을 규합해 쳐들어온다는 소문이 돌고 있었기 때문이었다.

"황금연합에서 쌍수를 들고 환영하고 있다고 합니다."

"뭐 더 먹을 게 있다고 기뻐해! 이 해충 같은 놈들이!"

마왕 파르자는 빽 소리를 질렀지만 인간들이 뭘 탐내는지 알고 있었다. 영지는 거진 다 불태우고 약탈했으니, 이제 마왕성의 재산에 눈독을 드리고 있는 것이리라.

"전하, 전하의 위용에 황금연합은 일단 물러났습니다만, 비텐바이어 변경백이 돌아오면 다시 탐욕을 드러낼 것입니다. 뭔가 대책이 필요합니다."

"구원을 청할 곳은 진정 없느냐!"

"…그게 작센 계승 전쟁 이후 모든 게 엉망진창이 됐습니다. 작센, 니더작센이 연일 불바다입니다. 게다가 작센과 이해관계가 엮인 마왕과 인간 제후들도 점점 말려들고 있으니, 이 뷔르츠부르크에 신경 쓰는 이가 없습니다."

작센은 뷔르츠부르크의 동쪽에, 니더작센은 뷔르츠부르크의 북쪽에 있다. 모두 뷔르츠부르크보다 크고 중요한 장소였다. 하여 제국의 관심은 작센 계승전쟁에 쏠려있었다.

이미 거의 망한 뷔르츠부르크에 구원의 손길을 내밀어줄 세력은 없었다.

"듣자니 비텐바이어 변경백이 이번 사태에 공연히 끼어드는 자가 있으면 화를 면치 못할 것이라 곳곳에 압력을 행사하는 중이라고 합니다."

"그, 그런! 불한당 같은 놈이!"

"비텐바이어 변경백 발러슈테드가 얼마나 무섭게 협박을 하고 다니는지, 제국 중부의 마왕과 인간 제후들이 덜덜 떨고 있다고 합니다. 다들 앞 다투어 뷔르츠부르크와는 관계없다고 사절을 보내는 중이라 하니 구원은 기대하기 어렵겠습니다."

"하아…."

마왕 파르자는 한숨이 절로 나왔다. 어쩌다 이렇게 된 걸까. 자신은 분명 서열 7위의 대단한 마왕일 텐데.

하지만 마음 한편에서는 이제 서열 같은 건 의미가 없어지고 있단 생각이 들었다. 중요한 건 누가 더 잘 살고, 누가 더 권력을 가졌냐는 것이었다.

"저희는 결백합니다! 변경백 각하!"

"그런가?"

"뷔르츠부르크로는 밀알 하나 같은 작은 지원도 하지 않았습니다!"

두더슈타드에서 온 특사가 아까부터 애타는 태도로 자신들은 뷔르츠부르크와 무관하다고 주장하고 있었다. 그러거나 말거나 나는 심드렁하게 차를 마실 뿐이다.

"이쪽도 아무 상관없습니다. 저희 전하께선 같은 마왕이라 의심받고 있어 난처해하고 계십니다."

옆에선 마왕이 다스리는 파더보른에서 온 마족 특사가 비지땀을 흘리며 사실관계를 설명한다. 그뿐 아니었다. 그 외에도 서 있는 특사들이 다섯이나 됐다.

나는 접견실의 이들을 한꺼번에 맞이해서 있는 대로 허세를 부리고 있었다.

"그대들은 아무 상관없다고 하나, 소문이란 게 괜히 난다고 생각하지 않네."

"아닙니다. 오해십니다. 각하!"

총 일곱이나 되는 특사들은 연신 허리를 굽혔다 폈다 바빴다. 다들 구부정한 자세로 애걸복걸하고 있었다. 내가 군을 이끌고 들이칠까 두려움이 가득해 보였다.

"예전에 아르갈이란 나라가 있었음을 모두 알 것이야."

내 말에 다들 긴장된 표정을 감추지 못했다. 아르갈은 이 세계의 옛 국가 중 하나인데 외교에서 거짓을 일삼다 결국 멸망한 걸로 유명하다. 그래서 지금도 거짓말쟁이를 아르갈 사신 같다고 말할 정도다.

"그걸 보면 외교에서 진솔한 자세가 얼마나 중요한지 알 걸세."

"물론입니다. 각하."

"옛말에 거울을 곁에 두고 보면 옷매무새를 단정히 할 수 있고, 역사를 거울 삼으면 흥망성쇠의 원인을 알 수 있다고 했지. 하니, 자네들은 부디 이 두 가지의 거울을 모두 구비하길 바라겠네."

노골적인 경고에 다들 긴장해서 말문이 막혀버렸다. 그러거나 말

거나 나는 신경 쓰지 않는다는 듯 탁자에 있는 물건 하나를 쥐었다.

한창 깎고 있는 나무인형이었다. 아직 작업할 부분이 남았지만 대부분 형태가 드러나 누가 봐도 이게 인간이란 걸 알 수 있었다. 나는 허리춤에서 나이프를 꺼내 특사들을 세워놓고 나무인형을 마저 다듬기 시작했다.

슥슥.

조용한 접견실에 나무 다듬는 소리만 났다.

"이보게들. 욕심이란 그런 거야. 배가 고파서 당장 자기 허벅지를 베어 먹어치우는 것 같지. 그러면 물론 배는 부를 걸세. 하지만 곧 죽게 된다는 건 설명할 필요도….."

뚝.

목 언저리를 다듬다 너무 힘을 줬더니 나이프가 나무인형의 목을 잘라버렸다.

데구르르.

깨끗한 탁자 위로 참수된 것처럼 잘린 나무인형의 머리가 굴러다녔다.

"이런, 아깝게 됐구먼."

나는 무척 아쉽다는 듯 나이프를 던져버리고 자리에서 일어났다. 그리고 엉거주춤하게 서 있던 특사들을 지나치며 말했다.

"한 번 잘린 건 도무지 다시 붙일 수가 없단 말이지."

꿀꺽.

누군가 마른침을 삼키는 소리가 들리는 것 같았다. 나는 접견실을 나서려다 뒤를 돌아보며 한 마디 더 했다.

"참, 오늘 밤에 방문해준 그대들을 위해 연회를 열겠네. 부디 모두 참석해 주면 좋겠군. 사람 사는 게 그렇잖나. 선택을 잘하지 못하면 내일이 없기도 하고 그렇지. 즐길 수 있을 때 즐겨주길 바라네."

접견실 밖으로 나오니 깔끔하게 차려입은 달타냥이 서 있다 날 따른다.

"보기 좋네."

"···감사합니다."

그녀는 다소 어색한 말투로 내 칭찬을 받아들였다. 달타냥은 최근 무슨 바람이 분 건지 여성스럽게 꾸미고 다녔다. 덕분에 미모가 아주 만개한 상태. 다들 요즘 궁전에 머무는 이 미녀가 누군지 궁금해 한다.

여전히 복장은 남자 옷이었지만, 어쩐지 달타냥에겐 그게 더 잘 어울리는 것 같기도 하고. 특히 가죽바지가 딱 달라붙어서 그녀의 유려한 각선미가 돋보여서 좋았다. 물론 제일 대단한 건 엉덩이였지만.

"그런데 네 얼굴 말이야. 첩보원으로는 완전 꽝 아닌가? 뛰어난 첩보원은 평범함이 제일이라고 하던데."

"걱정 마십시오. 일할 때는 변장하고 있습니다."

"역시 그랬군. 그나저나 무슨 일이야? 기다린 거 같은데."

"저쪽 상황을 보고 드리려고 합니다."

저쪽이라면 뷔르츠부르크의 마왕 파르자를 말한다.

"그런가?"

"아주 몸이 달아오른 상태입니다. 어떻게든 정전협정을 하려고 안달입니다. 저희 관료들에게 뇌물도 엄청 들어오고 있고요."

"뇌물 받은 새끼들 목록은 나중에 보고하도록."

"알겠습니다."

나는 달타냥과 한적한 정원을 걸었다. 바이에른 선제후의 궁전은 반파됐지만 다행이 이곳은 멀쩡했다.

"슬슬 만나자고 해야겠는데. 마왕 파르자랑."

"저도 괜찮다고 생각합니다. 하지만 주군께서 원하는 대로 마왕 본인을 성 밖으로 끌어내긴 쉽지 않을 겁니다. 협정을 하는데 관료들만 오가면 충분하다고 생각하고 있습니다."

"아니, 무려 서열 7위나 되는 양반이 왜 그리 쫄보처럼 굴어?"

내가 불만을 표시하자, 달타냥 요즘 모두 날 그렇게 본다고 했다.

"서열 7위가 아니라 그 위라도 각하는 이제 부담스러운 존재입니다. 마왕들은 각하가 순수한 힘으로 뮌헨에 강신했던 화신을 물리쳤다고 믿지 않음에도 여러 가지 두려움을 갖고 있습니다."

현재 내 무력은 마왕 파르자와 비슷할 거 같다. 이번에 큰 힘을 얻어 과거 동수를 이루던 페자무트는 확실히 뛰어넘었다.

"그러니 마왕 파르자도 성을 나와 각하와 만남을 부담스러워하고 있습니다."

"이거 참, 쥐새끼를 끌어내기 쉽지 않네. 그렇지만 방법이 없는 건 아니지. 녀석에게 전해. 나와 회담을 해준다면 황제에게 진언해 경제 봉쇄령을 풀어주겠다고."

달타냥은 잠시 생각하더니 고개를 끄덕였다.

"확실히. 이 정도면 그 겁 많은 마왕을 끌어내기 충분하겠군요."

"쥐새끼는 말이야. 쥐구멍 밖에 치즈가 충분히 쌓여있어야 나오는 법이라고."

"그나저나, 회담을 성사시켜서 무엇을 하려 하십니까? 마왕쪽 말대로 정전협정을 하는 데는 관료들만으로도 충분한데…."

"글쎄, 친애하는 달타냥에겐 말해주고 싶은데 그건 아직 비밀이네.

물론 한 번만 만지게 해주면 못 알려줄 것도….”

나는 슬쩍 달타냥의 탱탱한 엉덩이로 손을 뻗었다.

“각하.”

“어라? 지금 내 손목에 닿아있는 거 단검 아닌가?”

“한 번 잘리면 다시 붙일 수 없는 건 목 뿐만이 아닙니다.”

이런, 난 귀가 밝은 여자는 별로더라.

오랜만에 비텐바이어에 있는 리슐리외에게서 연락이 왔다.

−무슨 일인가?

−상의드릴 게 있습니다. 주군.

리슐리외처럼 실력있는 자가 자기 선에서 처리하지 못하고 연락이 오다니. 가벼운 일은 아닌 모양이네.

−최근 라인 강 상류 서쪽에 있던 마왕 아문데의 잔당이 모두 토벌된 걸 아실 겁니다. 현재 트리어 선제후와 불의 마왕 쟈케르가 일대를 반으로 나눠 대치중입니다.

−서로 분위기가 험악하겠군?

그간 마왕 아문데의 잔당 토벌이라는 목표가 있어 앙숙인 둘은 자중하고 있었다. 이제 공동의 적이 사라졌으니 앞으로의 관계야 뻔하다.

원래부터 물과 불의 관계다.

사돈을 맺기야 했지만 그 관계는 바스토뉴 정도로 한정이다.

−그래도 자식들을 결혼시킨 탓에 대놓고 나서진 못하고 있습니다.

-시간 문제네.

-맞습니다. 서로 상대를 공격할 명분만 찾고 있다고 합니다.

현재 냉전과도 같은 상태인데, 개전하기 전에 최대한 유리한 위치를 확보하려고 노력 중이란다.

-그 때문에 두 세력 다 주군이 할양받은 슐레트슈타트를 노리고 있습니다. 그 도시가 전략적 요충지라서 말입니다.

그럴 줄 알았다.

"흐흐. 결국 걸려들었군."

나는 애써 웃음을 참았다. 과거 그 둘에게 부탁해 슐레트슈타트를 받아냈다. 그 이상 땅을 얻을 수 있었지만 도시 하나만 받고 빠진 것이다. 당연히 트리어 선제후와 불의 마왕 쟈케르는 반색했었다.

그들은 꿈에도 몰랐겠지만 그게 다 오늘을 위한 포석이었다.

-슐레트슈타트를 받았을 때 난 그게 폭탄이 될 거라고 했네. 이제야 터지겠군.

-정말 놀랍습니다. 주군. 처음부터 알고 계셨군요?

-당연하다. 원수가 한 배를 탄 꼴이니 다툼이 다시 일어날 수밖에 없었다. 서로 그 지역을 양분한다고 가정했을 때 슐레트슈타르의 중요성이 대두될 수밖에.

리슐리외는 혀를 내둘렀다.

-주군의 심계가 놀랍군요.

-이대로 두면 양쪽 다 온갖 핑계를 대고 슐레트슈타르를 차지하려고 할 거야. 그러니 아예 이쪽에서 먼저 움직이는 게 좋아.

물론 요즘 내 위명 때문에 경거망동하진 않겠지만 결국 발톱을 드러내겠지.

-이번 건은 내게 맡기게.

나는 바로 트리어 선제후에게 연락을 넣었다.

-고귀하신 전하.

-오랜만이군. 비텐바이어 변경백. 정말 뮌헨에서 화신을 쓰러뜨린 건가?

-설마 그럴 리가 있겠습니까? 소문이 상당히 과장됐습니다.

한동안 안부를 물은 뒤 용건을 꺼냈다.

-전하, 신이 최근 연달아 전쟁에 참가하고 있어 금화가 부족합니다. 휘하의 병사들에게 급료가 벌써 3개월이나 밀렸습니다.

당연히 거짓말이다. 창고에는 돈이 넘쳐나고 있었다. 하도 여기저기 약탈을 해 쌓아놓은 재산이 드래곤도 놀랄 정도다.

-호오! 그런가?

트리어 선제후는 반색한다. 슐레트슈타트를 탐내는 그의 입장에선 금화를 지원해 주고 도시를 점유할 건수가 생긴 거니까.

-변경백, 해결책이 없지는 않네. 과인의 군대가 주둔지가 필요한데….

군대 주둔을 대가로 돈을 빌려주겠다는, 제법 괜찮은 제안이었다.

-전하!

-음?

하지만 사기꾼은 늘 한 수 더 뜨기 마련이다.

-전하께 슐레트슈타트를 판매하고 싶습니다.

-뭐라!

설마 도시를 팔겠고 할 줄은 생각 못했는지 트리어 선제후는 놀란다. 그래서인지 의심도 따랐다.

-정말 팔 건가?

　-저는 새로운 싸움을 준비하고 있습니다. 단순히 밀린 급료를 지불하는 것만으로는 부족합니다. 또한 슐레트슈타트는 제 영지와는 떨어져 섬처럼 고립되어 있습니다. 지키기 쉽지 않으니 전하께서 품어주신다면 더 바랄 게 없습니다.

　-허허! 당연히 도와줘야지.

　15만 플로린을 가격으로 제시했다. 상당히 저렴했기에 트리어 선제후는 기뻐했다.

　-자네가 어지간히 돈이 급하긴 급했나 보군. 과인이 자네를 생각하는 마음을 보태 20만 플로린을 주지.

　-은혜에 감사드립니다. 전하. 실무적 절차는 신하들을 보내 해결하면 될 듯합니다.

　-고맙네.

　트리어 선제후는 꽤 고무된 듯한 목소리로 제안을 받아들였다. 아마 조만간 터질 전쟁에서 불의 마왕을 상대로 유리한 싸움을 할 수 있겠단 생각 때문이겠지.

　하지만 나는 그와 협의를 끝내자마자 불의 마왕 쟈케르에게 연락을 넣었다.

　-마왕 쟈케르 전하.

　-오, 이게 누군가? 드디어 내 부인들을 데려가기로 결심한 건가? 모두 탐스러운 가슴과 잘록한 허리를 가진 정렬적인 마족 여인들이야. 밤마다 극상의 쾌락을 약속하지!

　-으윽….

　이 양반은 대체 왜 자꾸 아내들을 나한테 준다고 하는 거야. 자식이 귀한 마왕이라 그런지 동맹을 위해 매번 자기 여자들을 넘기려고 한다.

─그게 아니라 제가 상당히 곤란한 일을 겪고 있어, 전하께 상담하고자 연락드렸습니다.

─무언가? 복잡한 얘기가 아니라면 좋겠군. 본왕은 인내심이 별로거든.

─다름이 아니라 슐레트슈타트에 관해서입니다.

─뭐야?

불의 마왕 쟈케르는 비상한 관심을 보였다.

─구체적으로 말해보게. 본왕이 현명한 의견을 내줄 테니.

─감사합니다. 전하. 사실 제가 트리어 선제후에게 슐레트슈타트의 매각을 강요당하고 있습니다.

─자세히 설명해봐!

나는 트리어 선제후가 15만 플로린에 도시를 거저먹으려고 한다고 반쯤 울면서 읍소했다.

─전하, 그 정도의 도시를 어떻게 15만 플로린만 주고 먹으려고 할 수 있겠습니까? 억울하고 분해서 잠도 안 옵니다.

─음, 자네가 요즘 그 무위가 대단하다고 소문이 자자하던데 트리어 선제후 그 자는 겁도 없나 보군?

─허명일 뿐입니다. 제가 요즘 보잘 것 없는 명성을 얻었다고 해도 트리어 선제후에겐 한참 못 미칩니다.

─역시 그랬나. 어쩐지 너무 거창한 소문이다 했어. 아니, 자네를 무시하려는 게 아닐세.

말은 그렇게 하면서도 불의 마왕 쟈케르는 들뜬 기색이 느껴졌다.

-전하, 만약 트리어 선제후를 물리쳐주시면 제가 도시를 전하께 10년간 무상으로 임대해 드리겠습니다. 어떠십니까?

-그거 참 괜찮군. 충분한 조건이야!

불의 마왕 쟈케르는 안 그래도 트리어 선제후를 때리고 싶어 몸이 근질근질하던 차였다. 사돈이라 쉽게 명분을 찾지 못하고 있었는데, 내가 등을 떠밀어주자 신이 났다.

-본왕이 해결해 줄 테니 걱정 말게.

-전하만 믿겠습니다.

그렇게 양측이랑 연락이 끝나자 나는 수정구 두 개를 바닥에 집어 던졌다. 각기 트리어 선제후와 불의 마왕 쟈케르와 연결이 된 물건 이다.

쨍그랑!

수정구는 요란한 소리를 내며 깨졌다.

"이제 볼일 없는 양반들이고."

세 번째로 브장송에 주둔해 있는 칼리오네에게 연락했다.

-변경백 칼리오네.

칼리오네는 최근 황제에게 브장송 변경백의 위를 받았다. 마족이 인간 황제 밑에서 작위를 받았던 터라 굉장히 화제가 됐다.

-오! 주군입니까?

칼리오네는 날 무척 반가워했다. 요즘 이 공주님께선 혈색이 좋고 당당해져서 과거 얼음공주 같은 느낌은 더 남아있지 않았다.

-정복전쟁입니까! 적을 매달 교수대가 충분합니다. 제가 최근에 많이 만들어뒀거든요.

곧이어 질 좋은 참나무로 만들었다고 자랑하는데 뭐라 대꾸해야

할지 알 수 없었다. 이 녀석 분명히 제국제일미라 불리는 리얼 공주님일 텐데….

－…어째서 너는 연락하면 전쟁 생각만 하고있냐?

－당연한 일 아닙니까! 영웅전을 보면 모든 영웅은 항상 싸우고 있었습니다!

그거야 서사시는 일상 파트를 안 좋아하니까 그러는 거고.

－영웅전기의 폐단이 지대한 건 하나도 안 변했구먼.

－폐단이 아니라 지침입니다.

순간 눈물이 나올 뻔했다. 울컥! 하고 가슴에서 뭔가 치고 올라오는 탓에 손가락을 깨물며 참아냈다.

－흐윽! 눈의 나라 공주님처럼 예쁜 아이였는데….

－자꾸 제가 글러먹은 것처럼 말씀하지 마십시오!

말할수록 두통이 왔기에 용건만 간단히 하기로 했다.

－네가 좋아할 적당한 전장이 있다.

나는 조만간 라인강 상류 서쪽에서 두 거물이 부딪칠 테니 형세를 봐서 그쪽으로 진출하라고 했다.

－요컨대, 둘이 지쳤을 때 한 번에 쓸어버리라 그거군요?

－맞다. 그곳은 원래 내 땅이다. 마왕 아뮨데의 잔당을 치우기 위해 잠시 트리어 선제후와 불의 마왕이 날뛰게 내버려둔 거지. 이제 돌아온 때가 되었다.

내 말에 칼리오네는 크게 감탄하며 좋아했다.

－또 한 수 주군께 배웠습니다. 정말 주군께서는 간교하기 이를 데 없군요. 저도 어서 주군 같이 그 이름만 들어도 몸서리 칠 대악당이 되고 싶습니다.

－대악당이라니……. 이 몸은 세상에 영웅이라 불리는 자다.

내 변명에 칼리오네는 박수를 치며 웃었다.

－꺄하하핫! 주군도 참! 제가 인간의 말을 익힌 지 얼마 되지 않았으나 이제 제법 깨우쳤습니다. 놀리시려고 해도 악당이나 영웅이 뭘 뜻하는 단어인지 모르지 않습니다. 주군 정도면 인세에 다시없을 대악당이지요!

－…….

이 녀석은 뭐랄까, 해맑게 웃으면서 사람에게 상처를 주는구나.

제국 서남부의 일을 그렇게 처리한 뒤, 마왕 파르자를 마왕성에서 끌어내기 위해 작업을 시작했다.

"경제 봉쇄령을 해제해 주겠다고 하니 상당히 혹하던 눈치랍니다."

달타냥의 보고에 나는 고개를 끄덕였다.

"성을 나와 회담을 해야 황제에게 진언하겠다고 선을 그어. 그게 먼저니까. 그쪽에서 전향적인 태도로 나오지 않는 한 협조는 없는 거지."

"알겠습니다."

"그래도 저쪽이 믿음을 가질 수 있게 친서라도 써서 보내야겠군."

펜을 들어 잉크를 몇 번 찍은 뒤 슥슥 써내려갔다.

파르자 전하.

전하께서도 저를 의심의 눈초리로 보고 있음을 모르지 않습니다. 하지만, 비록 올봄에 전하와 제 관계가 사나웠다고 하나 언제까지 그럴 필요는 없는 일입니다.

이웃과 화해하는데 어찌 성벽 안에서 부하들만 보내 일을 도모하려 하십니까?

전하께서 저와 앞으로의 관계에 대해 논한다면 뷔르츠부르크와 바이에른이 100년을 함께할 친구가 될 것을 의심치 않습니다.

믿음과 신뢰로 전하의 존안을 뵙고 싶습니다.

황제 폐하께서 전하께 갖고 있는 오해를 이해로 바꿔드리겠습니다.

여기까지 슥슥 써내려가자 옆에서 지켜보던 달타냥이 평했다.

"실로 감언이설이군요."

"어허, 남의 진심을 그리 호도하지 말게. 자, 마왕에게 가져다주도록."

다행히 편지가 효과가 있었는지 마왕 파르자는 마왕성 앞에서 회담을 하는 걸 수락해왔다. 그에게 달리 선택의 여지가 없기도 했고.

"이제야 나온다고 하는군."

"솔직히 백주대낮에 마왕성 앞에서 만나는데 별 일이야 있냐 싶은 거겠죠."

약속한 날짜가 되자 군을 이끌고 마왕성으로 향했다. 회담장은 우리 군과 마왕성 중간에 세워진 막사였다. 시간이 되자 성문이 열렸는데 화려하게 차려입은 마왕과 그의 신하들이 몰려나왔다.

"혹시라도 싸움이 벌어지면 당장 달려들 수 있게 많이도 나오는

군요."

달타냥의 말에 나는 혀를 찼다.

"마왕 서열도 이제는 믿을 게 못되는군. 겁이 많을수록 높은 거 아냐? 용감한 마왕들은 예전에 다 죽어버린 거지."

"하지만 마왕 파르자의 실력은 진짜입니다."

그건 인정한다. 마왕 파르자와 일 대 일로 싸운다면 승리를 장담할 수 없다. 물론 포텐셜 자체는 내가 훨씬 크지만.

"그러면 가지."

"네, 각하."

회담장은 부관 하나씩만 대동하기로 했다. 필리를 타고 느긋하게 나아가니 이쪽을 물끄러미 지켜보던 마왕도 움직였다. 허공을 부유해서 미끄러지듯 이동하는 게 인상적이었다.

"파르자 전하."

나는 막사에 도착하자마자 예의바르게 인사했다.

"신뢰를 갖고 나와 주셔서 감사드립니다."

"그대가 비텐바이어 변경백이로군. 본왕을 불렀으니 오늘 회담에 성과가 있길 기대하네."

마왕 파르자는 한껏 허세를 부리고 있었다. 지난 전쟁에서 성벽 뒤에 꽁꽁 숨어있던 주제에 오늘은 안전하다고 생각했는지 거물인 척하며 거드름을 피웠다.

"물론입니다. 전하."

나는 웃으며 연기 스킬을 발동했다. 더욱 공손해 보이도록 말이다.

<메피스토펠레스의 연기를 발동합니다!>

"평소 전하의 위명을 흠모해 왔습니다. 오늘 어렵게 자리해주셨으니 실망시키지 않겠습니다."

연기 스킬에 내 가식이 더해지자 순간 마왕 파르자는 이놈 봐라? 란 표정이 됐다.

<메피스토펠레스의 연기가 성공합니다!>
<상대가 당신을 얕잡아 보기 시작합니다!>

연기가 제대로 들어갔다. 숙련 6단계에 이른 SS등급 스킬의 힘이었다.

마왕 파르자는 내가 소문만큼의 인물은 아니라 판단한 것 같았다. 그리고 새삼 자신의 높은 지위를 떠올린 듯 자연스레 거만한 태도가 나오기 시작했다.

"자, 이리로 오게."

심지어 나를 불러 어깨를 두들겨주기까지 한다. 명백한 상급자처럼 말이다. 자기 군주의 그런 태도에 긴장하고 있던 마왕의 부관 역시 표정이 풀어졌다.

지금 상황은 누가 봐도 마왕 파르자가 분위기를 주도하고 있었다. 뒤를 슬쩍 돌아보자 달타냥은 의아한 표정이다. 그래서 입모양으로 살짝 "지켜봐."라 말해줬다.

"정말 경제 봉쇄령을 풀 수 있겠나? 변경백."

"물론입니다. 전하. 경제 봉쇄령을 푸는 데 두 가지 조건이 있습니다. 둘 중 하나라도 충족하면 되지요."

"무엇인가?"

"첫째는 당연히 황제가 명을 철회하는 것입니다."

"그렇겠지. 하면 둘째는 무엇인가? 아무래도 그게 중요할 것 같군."

의미심장한 표정을 짓는 마왕에게 나는 명확히 알려줬다.

"간단합니다. 봉쇄한 영지를 다스리는 군주가 사망하는 것입니다."

"뭐?"

순간 어리둥절한 표정을 짓는 마왕 파르자. 그 순간, 내 주먹이 보이지도 않는 속도로 그의 복부에 꽂혔다.

콰아아아앙!

단지 주먹질일 뿐인데 일순간 귀가 먹을 정도의 폭음이 일어났다.

"크억!"

허리를 꺾은 채 간신히 서 있는 마왕 파르자의 뒤로 모든 게 날아갔다. 서있던 부관은 살덩이가 되어 터져나갔고 심지어 저 멀리 있던 성벽이 무너져 내렸다.

와르르르!

쿠아아아앙!

주먹 한 번이었다. 그걸로 200미터 뒤에 있던 성벽까지 박살난 것이다. 그리고 지면에는 무언가 거대한 게 지나간 것처럼, 깊게 반원으로 파인 흔적이 남았다.

─전하, 정말 다시 봐도 말도 안 되는 힘이군요.

─좀 과했는가?

이 힘의 주인공은 바로 베오울프였다. 아직 날 떠나지 않은 그를 기습적으로 이용해 먹은 것이었다. 아마 이게 그의 마지막 도움이겠지.

"쿨럭! 쿠아악!"

마왕 파르자의 옷은 토해낸 피로 엉망진창이었다. 단 일격에 이미 죽음의 문턱으로 가 있었다. 혼돈으로 가득 찬 그의 표정에는 경악, 공포, 분노, 황당함이 마구 뒤섞여 있었다.

"변경백! 크으으···! 아니, 네놈!"

파르르 떨리는 손가락이 간신히 날 가리킨다. 마왕의 다른 손은 피가 터져 나오는 배를 막느라 안간힘을 쓰고 있었다.

"말씀하십시오, 전하."

"···분명 친구가 되겠다며 ···믿음과 신뢰를 논하지 않았느냐? 네놈은 명예도··· 모르는 자이더냐?"

이미 양진영에서 난리가 났다. 설마 제국의 귀족이 마왕을 공공연하게 암살해 버릴 거라고 아무도 예상하지 못했겠지. 그야말로 사상 초유의 사태였다.

하지만 종말이 다가온 상황에서 그딴 평판 따위는 신경 쓸 생각 없었다.

"명예 말입니까?"

"그, 그래··· 네놈이 명예를 안다면 절대 이럴 수는···."

그의 말에 나는 피식 웃고 말았다.

"이게 내 명예다. 카아악! 퉤!"

놈의 얼굴에 침을 뱉어버렸다. 마왕 파르자는 그 참을 수 없는 모욕에 얼굴이 와락 구겨졌다.

"이! 이! 이···!"

하지만 그게 전부였다. 그는 더 뭔가 내뱉지 못하고 쓰러졌다.

쿵!

마왕의 멋진 날개가 힘없이 처진다. 죽음 앞에서 비참한 건 고블린이나 마왕이나 다를 바가 없었다.

"각하! 이 무슨!"

달타냥이 놀라서 달려왔다.

"이러려고 회담을 제의한 겁니까? 아무리 상대가 마왕이라고 해도 있을 수 없는 일입니다!"

있을 수 없기는 왜 없어. 달타냥, 이 녀석은 아직 대전쟁을 겪어보지 못해서 모른다. 지금이야 상식과 관례가 살아있지만 대전쟁 중후반 정도에 인세는 그야말로 지옥이다. 이런 암살은 정말 아무 것도 아니었다.

"이걸 봐."

나는 발로 마왕 파르자의 멋진 날개를 툭툭 건드렸다.

"이 자식은 잽싸게 날아다니는 잠자리 같은 놈이라고. 이렇게 속여서 잡지 않는 이상 방법이 없어요. 불리하다 싶으면 날아서 도망가는데, 누가 하늘 위에서 이 마왕을 잡겠나?"

"하지만 각하! 오늘 일을 제후들이 두고두고 얘기할 것입니다."

그 말에 나는 귓구멍을 후비며 대답했다.

"상관없어. 안 그래도 황제가 날 견제하려고 안달인데 평판이 나빠지는 것도 괜찮겠지."

"하지만 그런 이유 때문에….."

달타냥이 뭔가 또 말하려기에 나는 검지로 그녀의 입술을 막았다.

"읍."

"달타냥. 실망스럽군. 너는 권력의 본질에 대해 아직도 잘 모르고 있어. 세상 사람들이 누구 말을 믿겠나? 여기 죽어나자빠진 마왕과 잘 나가는 비텐바이어 변경백, 이 둘 중에 말이야."

권력을 가지고 있으면 개소리를 해도 사람들은 박수를 쳐준다.

"평판이 정 신경 쓰이면 먼저 기습당했다고 하면 되지. 마왕 파르자의 암습에 어쩔 수 없이 그를 쓰러뜨렸다. 기사답지 못한 행동이었으나 불가항력이었음을 양해해 달라, 뭐 이런 식으로."

"세상에…."

"알다시피 내겐 권력과 돈을 갖고 있다. 이 힘을 쓰면 사실을 호도하는 건 일도 아니야. 마왕 파르자는 황제 폐하의 신하를 공격한 극악무도한 마왕이 되는 거지. 선전은 내 주특기가 아닌가?"

그간 날 봐온 달타냥은 공연한 소리가 아니란 걸 아는지 입을 다문다.

"각하께선 진심이시군요. 하지만 지혜로운 자들은 속지 않을 겁니다."

"상관없다. 그런 자들에겐 거절할 수 없는 제안을 하면 되니까. 본인은 그쪽 분야에도 재능이 있지. 멀쩡한 자를 나락으로 떨어뜨리고 손을 내미는 거야. 사람이라면 그걸 잡을 수밖에 없다고."

"각하께서는 정말…."

찰싹!

대답대신 달타냥의 엉덩이를 때려줬다.

"꺄앗!"

달타냥의 입에서 소녀처럼 귀여운 소리가 튀어나왔다.

"이봐, 마드모아젤 달타냥. 자꾸 그런 아마추어 같은 소리를 하면 앞으로 내 침실을 데우는 일이나 하게 될 거야. 네가 그걸로 만족한다면 상관없겠지만."

"윽!"

"너는 재능이 있어. 나도 잘 알고 있지. 부탁해. 그 멋진 능력들을 보여 달라고."

"각하……."

"그렇게 못한다면 네게 남은 건 예쁜 얼굴과 멋진 몸매뿐이야."

달타냥은 수치로 입술을 깨문다.

"각하께선 저를 언제나 이렇게 몰아세우시는군요."

"그 정도로 기대가 크니까. 포기하고 싶다면 포기해. 오늘 밤이라도 당장 품어주지."

"……거절합니다. 각하께 그런 식으로 인정받고 싶지 않습니다."

"그러면 가서 오늘 내가 싼 똥을 좀 수습해 줄래? 선전 활동에 얼마나 재능이 있나 기대하지. 예산은 맘대로 쓰게 해주겠다."

나는 그녀에게 한 가지 임무를 더 줬다.

"정보활동을 위해 적합한 인재가 하나 있는데, 가서 영입 좀 해와."

"그것도 제 능력을 시험해 보기 위한 것입니까?"

"그래, 너는 제법 잘해주고 있지만 아직 부족해."

"누굽니까? 그 자가."

나는 그가 최고의 첩보원이라고 소개했다. 그러자 달타냥은 자존심 상한 얼굴이 된다.

"그 자의 이름은 데옹 드 보몽이야."

"데옹 드 보몽이요?"

"그래. 자네랑 묘한 대비를 이루는 자지."

데옹 드 보몽은 달타냥과 같은 글로리에 루미에르 출신이다. 특이한 점은 달타냥이 남장여자라면, 데옹 드 보몽은 여장남자다.

"미모의 귀족 영애로 변장하고 다닌다. 하지만 실상은 남자에다 빼어난 경지에 이른 검객이야. 자네와 비슷하면서도 다르지."

"여장남자라니, 저를 그런 샌님과 비교하지 마십시오."

데옹 드 보몽은 칼만증후군이라 불리는 병을 갖고 있어, 2차 성징을 겪지 않은 남자다. 그래서 여장을 하면 완벽했다.

"샌님이라니? 자기 적성을 잘 살려 성공적인 첩보활동을 하고 있는데. 지금 눈앞에서 성만 내는 누구보단 실적 면에서 낫다고."

더 있어봐야 본전도 못 찾겠다 싶은지 달타냥은 몸을 돌린다.

"흐…. 이만 가보겠습니다. 각하께서 사고를 거하게 치셨으니 무마하려면 바쁠 듯합니다."

"그래, 가서 일 보라고."

웃으며 손을 흔들어주는데 갑자기 달타냥이 우뚝 멈춰 섰다. 그리고 돌아서더니 날 향해 성큼성큼 다가왔다.

"왜? 빼먹은 거라도… 읍!"

무슨 일이냐고 물어보려던 나는 말문이 막혀버렸다. 달타냥이 옷깃을 잡아당기더니 덮치듯 키스 해왔기 때문이었다.

순간 쾌감 때문에 목 줄기를 타고 전기가 흐른 것 같았다. 뒤에는 그녀만의 향기가 날 사로잡았다. 달타냥의 입술은 사탕을 녹여 바른 듯 달달했다.

"흐응…."

나직이 귓가를 파고드는 달타냥의 신음에 가슴이 뛰었다. 이 여자도 이럴 때는 이렇게 요염한 소리를 내는구나. 그녀에게 취해 끌어안으려는 순간, 입술이 떨어지더니 달타냥이 손으로 내 턱을 밀어냈다.

"오늘 실망시켜드린 대가입니다."

"…앞으로 네가 실수하길 기대하게 될 거 같아."

"이게 제가 주군께 드릴 수 있는 마지막 여자입니다. 더는 없을 테니 꿈 깨시길."

그 말만 남긴 달타냥은 훌쩍 떠나버렸다. 나는 그녀를 보며 칼리오네를 대할 때와 같은 느낌을 받았다.

뭐랄까, 세상에서 가장 아름답고 날카로운 검을 남몰래 만들고 있는 기분이다.

칼리오네와 달타냥 모두 대단한 잠재력을 가진 영웅들이다. 그리고 내 영향을 듬뿍 받으며 원래 역사와 다르게 성장하고 있다.

언젠가 모두가 부러워할 명검을 남몰래 단련한다는 건, 나를 실로 기묘한 심경에 빠지게 하곤 했다.

누군가 붙잡고 내 품에 이런 멋진 검이 있다고 자랑하고 싶으면서도, 동시에 그 검의 아름다움과 가치를 끝까지 혼자만 알았으면하는 생각도 들었다.

묘한 소유욕과 독점욕이었다.

"각하."

그때 틸리 장군과 황금연합의 영주들이 몰려왔다. 그들은 내 명령을 기다리고 있었다. 모두의 눈이 무너진 성벽으로 향해 떨어질 줄 모른다.

"어떻게 할까요?"

틸리 장군의 물음에 나는 베오울프의 힘으로 박살난 성벽을 가리켰다.

"마침 구멍이 뚫렸군요. 다 쓸어버리시죠."

몰려온 황금연합의 영주들이 환호성을 터뜨렸다. 다들 마왕성의 보고를 뒤져 한 몫 잡을 생각에 들떠 있었다.

부우우웅!

뿔나팔이 울자 병사들이 전진한다. 틸리 장군이 이끄는 내 군대와 황금연합의 군대로, 마왕성 앞은 바글바글했다. 마족들이 급히 무너진 성벽을 보수하고 있었지만, 이미 이쪽은 진입하기 전에 중포를 사정없이 쏟아 붓는 중이다.

콰앙! 쾅!

어떻게든 성벽을 보수하려던 마족들이 들고 온 자재와 함께 터져 나갔다. 포탄이 꽂히면 여지없이 비명과 함께 피안개가 일어났다.

"각하!"

달타냥이 떠나자 막스 녀석이 임시로 다시 부관을 맡게 됐다.

"보고할 게 있나? 막스."

"네! 각하! 몰려든 기사가문에서 합류를 청하고 있습니다!"

이 자리에는 내 군대와 황금 연합만 온 게 아니다. 황제의 사략 나포 면허장을 받은 기사들이 가신들을 이끌고 잔뜩 몰려왔다.

그들은 숨어서 사태를 관망하다가 마왕성이 무너질 것 같자 끼어들겠다고 나선 것이다. 얍삽하다면 얍삽한데 뭐, 나쁘지 않았다.

마왕이 죽고 성벽에 구멍이 뚫렸다고는 하나 마왕성은 여전히 충분한 병력을 갖고 버티고 있었다. 공략 중에도 꽤 병사들이 죽을 걸로 예상되는지라 한 손 거들겠다는 제안이 나쁘지 않았다.

"약탈품에 군침이 도나보군."

"그런 것 같습니다. 쫓아버릴까요?"

"됐다. 잔치에서 손님을 쫓는 것 아니다. 오라고 그래. 사람 사는 게 그렇잖아? 좋은 일 있으면 서로 나누고, 돕고 지내야지."

"…각하께서 말하는 좋은 일의 기준이 좀 이상합니다만."

대신 나는 합류를 위한 명확한 조건을 걸었다.

"이번 일에 대해 마왕 파르자가 날 먼저 공격했다고 소문내는 게 조건이다. 나는 잘못한 게 없는 거지. 어디까지나 마왕 파르자가 삽질한 거다."

"각하께선 관대한 조건을 합의사항으로 제안했는데 말이죠?"

"얼씨구? 서당개 3년이면 풍월을 읊는다더니 척하면 딱이네."

"그게 뭔 소린지는 모르겠지만 소인이 각하의 의중을 맞췄다는 것만은 알겠습니다."

사실 진실이 뭔지는 중요하지 않다. 그저 사람들이 뭐라고 말하고 다니냐고 중요한 거지.

콰아앙!

타다다당!

포격과 마법, 머스킷 총이 요란한 소음을 일으킨다. 구멍 난 성벽 주위로 화약 연기가 안개처럼 뿌옇고 장창이 길쭉하게 연기 속에서 튀어나와 있었다.

과연 화약 안개와 장창 숲이로군. 나는 감탄하며 고개를 끄덕였다.

"돈 좀 나오겠다."

마왕 파르자의 마왕성은 완전히 박살났다.

모든 마족은 노예로 잡혔고 재산은 동전 하나 남기지 않고 약탈됐다. 그리고 남은 성은 불타고 무너져 내렸다. 시커멓게 타서 반쯤 무너진 폐허만이 남았을 뿐이다. 아주 흉물스러웠다.

"거 봐, 파면 나오잖아. 금이 꼭 금광에만 있는 건 아니지."

나는 내 몫으로 받은 80만 플로린의 거액 위를 뒹굴며 희희낙락해
했다.

"가서 제국에 소문을 뿌려. 비텐바이어 변경백은 드래곤처럼 금화
위를 뒹굴며 지낸다고. 크하하하!"

듣던 막스는 이제는 해탈한 듯 그러려니 한다. 예전이면 썩은 표
정이라도 지어줄 텐데 재미없는 사내가 됐군.

"식사도 이쪽으로 가져와. 금화 위에서 밥을 먹으면 소화도 잘 될
거 같다."

"체통을 지키시지요."

말은 그렇게 말하면서도 결국 막스는 빵과 포도주를 가지러 갔다.
그사이 나는 혼자 엄청나게 쌓인 금화 위에서 놀려 상태창을 열었다.

"음, 2레벨이나 올랐네."

발러슈테드 발러

나 이 22세

레 벨 3 (왕관을 찾아 헤매는 자)
　　 5 (인류용사)
　　 7 (피도 눈물도 없는 자)
　　 32 (괴물사냥꾼)

생명력 　8890/8890

마 력 　6600/6600

어 둠 　4320/4320

[끌어오르는 심연의 가호]
생명력 + 1000
물리저항력 35%

마법저항력 + 70%(필찌 +12%)
신성권역

[깨달음]
생명력 + 1500 마력 + 500 어둠 + 600 힘 + 350 지능 + 50 민첩성 + 300
건강 + 200 카리스마 300

아이템 가중치

아이템	가중치		
저주받은 태생	생명력 +654	어둠 +122	힘 +32
마물 카르카의 뼈마법봉	마력 +50	어둠 +70	카리스마 +13
류블라냐	생명력 +310 건강 +120 힘 +120		카리스마 +110
맨드레이크	생명력 +40		
베네볼렌스 제니트릭스의 보석 팔찌	마력 +1500	지능 +96	카리스마 +400 (수식생물한정)
정령의 눈물	마력 +250		

레이더 차트 항목: 힘 1150, 건강 860, 민첩성 724, 지능 610, 카리스마 1050

지난번에 화신을 죽이고, 이번에 마왕 파르자까지 해치웠다. 확인 안 한 사이에 레벨이 2나 올라 있었다.

왕관을 찾아 헤매는 자가 2레벨이 올랐는데, 이 직업의 특징으로는 힘이 많이 오르고 물리 저항력이 올라서 좋았다.

S등급 스킬 역시 2가지 생겼다.

[염동력], [형태 변형]이다.

염동력은 흔히 초능력이라 말하는 힘으로 손도 대지 않고 물리력을 행사할 수 있다. 이는 전투에서 대단한 강점을 발휘한다. 앞으로 숙련 여부에 따라 다양한 활용이 가능해진다.

스킬 설명을 읽어보니 이랬다.

[숙련10단계에 이르면 성당 크기의 건물을 여러 개를 들어 올릴 수 있습니다.]

"엄청난데…."

[형태 변형] 역시 아주 요긴한 능력이었다. 이것은 도플갱어의 힘이기도 해서 원하는 대상으로 모습을 바꿀 수 있었다.

음모와 간계를 꾸미기 좋아하는 내겐 적합한 능력이었다. 숙련도가 오를수록 마법이나 여타 능력으로 간파하기 어려워진다.

"좋아."

역시 끓어오르는 심연 쪽의 힘은 기괴한 게 많군. 다 맘에 들었다. 앞으로 이 기술들을 어떻게 활용할까 고민하는데 막스가 서둘러 다시 돌아왔다.

"각하!"

"왜? 무슨 일이냐?"

"황제의 특사가 도착 예정이라고 합니다! 반나절 후면 도착할 것 같습니다!"

"뭐라!"

순간 드디어 올 게 왔단 생각이 들었다.

"무슨 일이라고 하나?"

"아직 정확하진 않습니다만, 각하를 공작으로 승작시키겠다는 내용이라 합니다. 작위를 수도인 빈에서 내릴 테니, 와달라는 것 같습니다."

"하하하."

가면 죽는다.

노골적일 정도로 뻔히 보이는 수였다. 하지만 제일 효과적인 방법이기도 했다. 알면서도 거절할 수 없는 제안이었으니까.

돌아올 수 있을지 장담 못한다. 그렇다고 거절하면 실로 불충 그자체. 황제는 그걸 꼬투리 삼아 다음 단계로 진입하겠지. 하나씩 숨통을 조여 오다 최종적으로 제국파면이 날아올 거다.

하지만 그것보다 문제는 내가 황제를 두려워해 빈에 가지 못했단 소문이 도는 거다. 나는 공포의 힘을 유용하게 쓰고 있었다. 적을 압박하고 같은 편이 다른 맘먹지 못하게 해왔다.

그런데 그런 내가 겁에 질린 모습을 보여준다면, 지금까지 발휘해온 다양한 장악력에 문제가 생긴다. 사기꾼이란 소문보다 겁쟁이란 소문이 훨씬 치명적이었다.

황제는 이 모든 걸 알고 정공으로 나온 것이다. 어차피 정면 승부하면 자신이 이길 걸 알고 있는 거겠지.

"나 정도는 손바닥에 있다 그건가."

드래곤답단 생각도 들었다. 구질구질한 모략 대신 대놓고 죽이겠다고 하는 게 말이야.

하지만 교활한 토끼는 굴을 세 개 파놓는다는 말도 있잖은가. 내가 이대로 말라죽을 거라고 생각하면 큰 오산이지.

"가서 특사를 맞을 준비하라고 전하도록."

"네, 각하."

막스가 떠나자마자 방문을 잠그고 수정구 하나를 꺼냈다.

드디어 오래 감춰왔던 히든카드를 꺼낼 때였다.

그 히든카드의 정체는, 한때 강철 선제후라 불렸던 필립이다. 현 팔츠 선제후 프리드리히에게 배신당한 그는 내 손에 비참한 최후를 맞이했다.

후에 언데드로 되살아나 내 신하가 됐다. 워낙 자아가 강하고, 수호자의 힘을 가졌던 영웅이라 절대복종과는 거리가 멀었지만 어쩔 수 없이 내게 묶인 신세였다.

─필립.

현재 그는 비텐바이어에 있는 안전가옥에서 지내고 있다.

─부르셨습니까?

그가 재기를 꿈꾸고 있다는 건 극비로, 장미의 마왕 로엘린과 몇몇만이 안다.

과거 나는 로엘린의 신임을 얻기 위해 필립을 언데드화 한 뒤 수정구로 통신을 할 수 있게 해줬다. 직접 만나면 언데드인 걸 들킬 확률이 높기 때문이다. 수정구로도 낌새를 알아챌지 몰라 다대한 노력을 들인 건 말할 필요도 없다.

그렇게 로엘린에게 내가 필립의 대리인이라는 걸 인정받았었는데, 요즘은 주객이 전도됐다. 내가 워낙 정치적으로 큰 탓이다.

로엘린은 이제 필립 같은 건 신경도 쓰지 않았다. 그녀의 관심은 오로지 나였으며, 필립은 그저 내 보호 하에 있는 자로만 여겼다.

앞일을 논의할 때도 이제 그녀의 입에서 필립이란 말은 더 나오지 않았다. 현재 필립은 그런 존재였다.

-별 일 없었나? 안 본 사이에 안색이 좋아졌군.

-뱀파이어가 된 탓에 피부가 창백해진 것뿐입니다.

그의 내게 이것저것 불만을 제기했다.

-기껏 언데드로 만들었으면 뭐라도 시키시죠. 쓸모가 있어서 데이워커로 만든 거 아닙니까? 언제까지 이 건물에 숨어있어야 하는 겁니까?

-너무 보채지 마라. 드디어 때가 와서 연락한 거니.

-드디어 팔츠를 되찾을 때가 된 겁니까?

-그래.

-그 빌어먹을 프리드리히를 죽일 수 있겠군!

금인칙서와 필립이 수중에 있다. 팔츠를 칠 명분은 충분할 터. 하지만 내 계획은 그것만이 아니다.

-이번 목표는 팔츠 선제후 프리드리히만이 아니다. 황제인 프란츠 4세도 같이 제거한다.

-정말입니까?

내 자신만만한 선언에 들뜬 표정이던 필립이 멈칫한다. 수정구로 보이는 그의 얼굴에 금세 근심이 어렸다.

-황제를 너무 무시하지 않는 게 좋을 겁니다. 그는 무능하긴 하지만 바보는 아닙니다.

필립은 아무리 제국이 사분오열되고 힘이 없어도 황제란 권위에서 오는 힘은 무시할 수 없다고 했다.

－걱정할 것 없다. 필립. 황제의 본질에 대해선 나도 잘 알고 있으니까. 사실 그가 정체를 숨긴 드래곤이란 점까지.

－아니?!

눈이 휘둥그레졌던 필립은 곧 내가 농담을 했다고 여겼는지 박수를 치며 웃어댔다.

－크하하하! 역시 용병 출신이라 그런지 변경백이 되고도 그 허풍이 어디 안 가시는군요! 드래곤은 무슨!

어이없어 하는 그는 이어진 내 차분한 설명에 안색이 변해갔다. 나는 황제의 목표와 본질에 대해 이야기했다.

－…그러니까, 황제의 모든 삽질들이 제국의 균형을 유지하기 위한 일이었다는 겁니까?

－그래, 생각해 봐. 지난 황제의 치세를.

그제야 필립의 표정이 딱딱하게 굳었다. 전율마저 느끼는 듯했다. 그러다 허탈하게 웃었다.

－하하하하. 정말 나는 아무 것도 아는 게 없었구나… 이런 비참한 처지가 된 것도 할 말이 없다.

고개를 절레절레 젓던 필립은 진지한 태도로 물어왔다.

－그냥 황제를 쓰러뜨리는 것도 어렵다고 봅니다. 하물며 드래곤이라니? 심지어 당신은 팔츠 선제후까지 함께 쓰러뜨리겠다고 했습니다. 무모합니다.

－이해한다.

하지만 나는 이 일을 이미 오래 전부터 준비하고 있었다.

-필립, 내 계획은 과거 금인칙서를 얻었을 때부터 구체화되고 있었다. 중간에 황제가 드래곤이란 사실을 알고 많이 변경되긴 했지만 기본적인 골자는 바뀌지 않았다.

-정말 할 생각이시군요.

-그래, 네 전폭적인 협력이 필요하다.

필립에게 내가 가진 계획을 차분히 설명해 나갔다. 그러자 그는 연신 감탄을 금치 못했다.

-이런 계획을 예전부터 준비했다니, 믿을 수가 없군요. 이러니 제가 패사한 것도 이해가 갑니다. 당시에는 억울하고 분했는데 이제 생각하니 당연한 걸지도….

필립은 씁쓸한 표정을 짓다가 하나 생각났다는 듯 물어온다.

-설마… 자신의 동맹자들에 대해 모두 이런 계획을 갖고 있는 겁니까? 동맹이 틀어졌을 때 제거할 수 있는?

나는 담담히 고개를 끄덕였다. 당연하다. 누군가와 손을 잡을 때는 뒤통수 칠 준비와 뒤통수 맞았을 때의 대비를 같이 해야 한다.

-적과 아군은 늘 상대적인 개념이지.

-질려버리겠군요. 어쩌면 황제에겐 당신이 적인 게 불행일지도 모르겠습니다.

-그래서 할 거야? 말 거야?

-어차피 선택의 여지도 없잖습니까? 게다가 팔츠 선제후에 복권될 수 있는 기회인데 거절할 이유는 없지요.

이번 일이 끝나면 필립은 다시 팔츠 선제후가 되어, 다가올 제국 제후 회의에서 내가 선제후로 선출되는데 한 표를 행사하게 될 거다.

-좋아, 필립. 생전처럼 쓸모없지 않기를 기대하지.

황제는 생각이상으로 노련했다. 자신의 힘과 권위를 근거로 정공법만 고집할 줄 알았는데 다양한 수작질을 해왔다.

　"각하."

　틸리 장군이 굳은 안색으로 찾아왔을 때 뭔가 터졌구나 싶었다. 속으로 철렁했다.

　"황제의 명령서가 도착했습니다."

　"뭐라고 합니까?"

　"황금 연합의 해체를 지시했습니다. 또한 뷔르츠부르크에 대한 금광 개발권을 회수하며, 뷔르츠부르크령에 대한 권리를 헤센-카젤 방백인 모리츠 공에게 넘기겠다고 합니다."

　"이런 빌어먹을 새끼가!"

　쾅!

　두꺼운 원목 책상에 내 주먹 자국이 났다. 예상하고 있었지만 상대가 뼈아프게 치고 들어왔다. 현재 내 수족이 된 황금 연합을 해체시키고, 허울뿐인 금광 개발권을 회수해 뷔르츠부르크에 대한 영향력 행사도 금지했다.

　"헤센-카젤 방백 모리츠인가……."

　또한 제국의 걸출한 영웅 중 하나인 모리츠에게 초토화된 마왕령의 통치를 할양한다. 그야말로 엿 먹으라는 조치였다.

　"역시 황제는 황제군요. 마음을 먹고 나서니 실로 무서운 적입니다. 각하."

　"크…. 뒤에서 도와줄 때랑 이렇게 다르다니."

그간 황제의 도움을 많이 받았는데 척을 지자마자 이리 곤란해지다니.

하지만 어쩔 수 없다.

발푸르가 여신격이 말한, 신격은 신격의 일을 인간은 인간의 일을 행하기 위해선 제국을 평정하는 수밖에.

"황제가 뷔르츠부르크의 통치자로 임명한 게 헤센-카젤 방백이 군요. 그는 영웅입니다."

틸리의 평가에 나 역시 고개를 끄덕일 수밖에 없었다. 실제로 한 번 본 적이 있다. 그로스글로크너에서 마왕 오드가쉬와 슈바르체토이펠의 동맹을 축하하기 위한 연회에서 말이다.

잠깐이었지만 대단한 실력을 지닌 군주란 감을 받았다. 신하와 백성들에게 절대적인 지지를 받고 있으며, 일신의 무력 역시 검술 대가에 이를 정도로 뛰어나다.

또한 제국의 12강자인 제국12궁의 일원 중 둘에게 지원을 받고 있다. 여러 가지로 어려운 상대였다. 황제가 작정하고 내게 대적할 자를 찾아냈다는 느낌이다.

"주군, 좋지 않은 소식이 더 있습니다. 황제가 빈에서 군사를 소집하고 있다고 합니다."

"무슨 명목입니까?"

"일단은 제국 동쪽 변경 너머에 있는 서열 2위 마왕을 굴복시키려고 한답니다. 하지만 액면 그대로 믿기는 어렵습니다."

황제가 마왕을 건드리려고 군사를 일으키는 건 반복되는 일이다. 하지만 이번에는 타이밍이 미묘하다.

"틸리 장군. 적당한 핑계거리만 찾으면 그 군대는 동쪽으로 가지 않고 반전해 서쪽으로 올 겁니다."

빈의 서쪽에는 내 영지인 라이테르 기사령이 있다.

"저도 그렇게 생각합니다. 그리고 헤센-카젤 방백 모리츠도 뷔르츠부르크를 안정화하겠다고 출병해서는 우리 쪽으로 올 확률이 높다고 봅니다."

"거기에 더해 꼬투리를 잡고 경고에, 파면에, 온갖 정치적 압박이 들어오겠군요."

하지만 압박은 그걸로 끝이 아니었다. 며칠 뒤에 나는 빈에서 제국백작단이 소집돼, 제국의회가 열린다는 소식을 듣게 됐다.

"또 이런 소식을 가져와서 죄송합니다. 각하."

틸리 장군은 면목 없어 했다. 나는 고개를 저었다. 그가 무슨 잘못이 있겠는가.

"황제의 술수가 참으로 기가 막히는군요. 이렇게 빨리 다방면에서 찔러올 줄이야. 혼이 쏙 빠집니다."

"저도 당혹했습니다."

놀랍게도 황제는 내게 제국백작(Reichsgraf)의 위를 내리고는 제국의회에 참석하란 명을 내렸다. 평소 그와 잘 지내던 시절이라면 제국의회에 영향력을 끼칠 수 있는 선물이었을 거다.

하지만 지금은 함정이었다. 제국백작이 된 탓에 이번 소집령에 제국의회에 참석할 의무가 생겼다. 당연히 내려준 작위를 걷어찰 수도 없는 일.

"올가미가 공작 위 수여와 제국의회라는 두 개가 됐습니다. 더욱 더 황제의 소환령을 거부하기 어려워진 거죠. 각하, 이대로 버티다가는 세 번째가 올 겁니다."

"세 번째까지 걱정하실 필요 없습니다. 이번 건만 응하지 못해도 제국경고가 날아올 테니까요."

입맛이 썼다. 황제의 힘을 실감하자 손바닥에 진득하게 땀이 났다. 연달아 펀치를 허용한 뒤 휘청이는 기분이었다.

"각하, 아주 방법이 없지 않습니다."

뜻밖에 틸리가 먼저 의견을 제안하고 나왔다.

"장군의 조언이 기대되는군요."

틸리는 군사에 관해선 천재지만 정치 쪽엔 말을 아끼는 스타일이다. 그래서인지 흥미가 생겼다.

"신이 생각하기에 각하께는 남들은 따라하지 못하는 강점이 하나 있습니다."

"그게 뭡니까?"

틸리가 무슨 얘기를 할지 궁금했다. 내심 존경하고 있는 그가 평소에 나를 어찌 평가하고 있는지 알고 싶었다.

정치력? 무력? 선동과 선전? 틸리는 어떤 점을 강점으로 뽑을까? 두근거림마저 느꼈는데 그의 입에서 나온 말을 예상 밖이었다.

"그건 각하께서 강력한 여성 여럿과 알고 있다는 겁니다. 아니, 알고 있는 정도가 아니라 상당히 끈끈한 사이를 구축하고 계시지요."

"네?"

거울이 근처에 없어서 다행이야. 지금 멍청한 얼굴로 되묻고 있을 테니까.

"바이에른 선제후가 될 니더바이에른 백작, 장미의 마왕 로엘린, 보덴 호의 인자한 어머니, 브장송 변경백 칼리오네. 이 넷만 합쳐도 엄청난 세력입니다. 황제조차 아찔해질 정도죠."

이런, 틸리가 평가한 내 강점이 여자에게 인기있다였다니. 속이 아파왔다. 하지만 엄연한 사실이라 할 말이 없었다.

"발푸르기스는 제 약혼녀, 안 그래도 결혼을 핑계로 수도에 가는 일을 미룰 작정이었습니다. 인자한 어머니 역시 결혼을 약속했고, 음… 장미의 마왕은…."

"신이 늙은이긴 하나 눈치가 있습니다. 장미의 마왕은 어떻게든 각하와 결합하려 할 겁니다."

"로엘린과 전 그런 사이가…."

로엘린과 열렬히 뜨겁긴 하다. 정치적이라서 그렇지.

"신도 알고 있습니다. 하지만, 각하께서도 때가 되면 거절하실 수 없을 겁니다. 장미의 마왕이 제국 최고의 신부 가운데 하나니까요."

그녀의 로제란트는 제국에서 가장 평화롭고 부유한 땅이다. 본인 역시 서열 6위의 마왕으로, 마왕 중에서도 함부로 건드리는 자가 없을 정도의 실력자다. 게다가 미혼이다.

"……."

틸리의 지적에 나는 입을 닫았다. 알면서도 인식하지 않으려고 했던 부분을 지적당하니 변명이 궁색해진다.

"브장송 변경백 칼리오네 역시 마찬가지입니다. 주군께서 후일 마족과 화합하고자 하신다면, 과거 서열 1위 마왕의 딸인 그녀와의 결합은 필수입니다. 브장송 변경백이라면 여러 마족이 모두 인정할 지체 높은 공주님이 아닙니까."

"……."

틸리는 정치적인 감각도 민감하구나. 그냥 말을 안 하는 거였을 뿐이야. 과거 발렌슈타인에게 패한 게 정치 때문이라 여겼는데 내가 모르는 복합적인 이유가 있었던 모양이다.

"틸리 장군, 본인은 발푸르기스 외에는 혼인하고 싶지는….."

"그런 것치고는 달타냥 경에겐 꽤나 관심을 보이더군요."

"큭!"

통렬한 일침에 할 말을 잃어버렸다. 솔직히 달타냥이 내 마음을 흔들고 있는 건 사실이니까.

"각하, 제국법상 배우자를 여럿 둬도 문제될 게 없습니다."

맞다. 하지만 지구에서 넘어온 나는 그 부분에 여태 저항이 있었다. 쉽게 결정을 못 내렸다.

"옛 금언에 이런 말이 있습니다. 제국을 얻고 싶은 자, 결혼하라. 각하, 수만의 군사로 100년간 이루지 못한 일을 혼인증서에 사인한 번 해서 해결할 수 있습니다. 제가 비록 군을 부리는 장군이지만, 싸우지 않고 이길 수 있다면 그 이상이 없다고 생각합니다."

구구절절 맞는 말이라, 평소 늘 활기찬 내 주둥이가 도무지 열릴 줄 몰랐다.

티, 틸리 장군… 설마 이렇게 달변가였을 줄이야. 늘 과묵하고 자기 할 일만 하던 장군이 언변으로 날 조져놓자 속으로 엄청 배신감을 느꼈다.

"속된 말이긴 합니다만, 10만 군사를 쓰러뜨려야 할 일도 여왕이나 공주 하나 침실에 쓰러뜨리면 끝이 납니다. 정복자가 꽂을 수 있는 건 깃발만이 아닙니다. 하물며 지금 황제가 각하를 제국에서 내치려 하고 있는 상황입니다."

"그건….."

"각하를 믿고 따르는 자들이 얼마나 많습니까? 모두 각하와 영욕을 함께 할 자들입니다. 그런데도 각하께선 본인의 순애만을 강조하실 겁니까?"

"……윽."

"심지어 제가 언급한 여인들은 모두 각하께 마음이 있지 않습니까? 억지로 취하라는 것도 아닙니다. 각하께 연모를 품은 여자에게 관심을 보이라는 것입니다."

"장군께서 그것도 아십니까?"

발푸르기스의 마음이야 잘 안다. 우리는 쉽게 서로에게 반해버렸으니까. 인자한 어머니가 수백 년만에 자신을 구해준 내게 마음을 준 것도 이해한다.

인자한 어머니는 드래곤의 모략에 당해 코가 꿰었지만 그래도 기왕 이렇게 된 거 정을 주고 진실하게 대할 예정이었다.

하지만 로엘린과 칼리오네는 아닌 거 같은데. 이런 점을 말하자, 틸리 장군이 혀를 찬다.

"이거 원⋯. 주군이니 등신이라 욕할 수도 없고."

"네? 자, 장군?"

갑옷 입은 수도승이라고 불리는 틸리의 입에서 생각지도 못한 말이 나와 눈이 휘둥그레졌다.

"혼잣말입니다. 신경 쓰지 마시지요."

역시 잘못 들은 거겠지. 장군은 성자와 같은 인품을 지녔으니 등신이 어쩌고 할 리가 없어.

"혹시 각하께선 남성에 이상이 있으십니까?"

"아닙니다! 절대 아닙니다."

"그렇다면 이제 각하의 흩어져 있는 힘을 결집할 때입니다. 각하께선 숫사자와 같습니다. 무리를 이룰 필요가 있는 겁니다. 다른 군주는 갖고 싶어도 결코 가질 수 없는 아름답고 강한 암사자가 각하의 주위에는 여럿이지 않습니까?"

틸리는 내가 무리를 이루면 황제라도 쉽게 넘볼 수 없을 거라 장담했다. 맞는 말이었다. 그렇게 힘의 균형을 이루고 슈바르체토이펠에게 중재를 부탁하면 이 위기를 넘길 수 있을 터.

"틸리 장군, 장군께선 정치에도 일가견이 있으시군요."

"아닙니다. 그저 한낱 무부의 의견일 뿐입니다."

나는 고개를 저었다. 그는 나를 위해 평소 자신의 모습을 버리고 현명한 의견을 진언해줬다. 역시 아낄 수밖에 없는 자다. 하지만 나는 틸리 장군의 의견을 받아들이지 않기로 했다.

"장군, 훌륭한 의견이었으나 제가 진정 원하는 건 황제의 파멸입니다."

설마 내가 황제를 폐하겠단 말을 할 줄 몰랐던지 틸리는 화들짝 놀란다. 그는 황제를 좋아하진 않았지만 제국에 충성심을 가진 자다. 신하인 내가 황제를 끌어내겠다고 하니 저런 반응일 수밖에.

"거기까지 하시렵니까?"

"물론입니다. 그리고 그걸 위해서는 장군께서 말씀하신 정도로는 안 됩니다."

"…혹시 의중을 들을 수 있겠습니까?"

"아직 기밀입니다. 양해해 주시지요."

그렇게 면담을 끝내고 틸리를 돌려보낸 뒤 수정구 하나를 꺼냈다. 언데드 도시 모르스 쏠라에 있는 페자무트에게 연락하기 위해서 말이다.

－페자무트여.

－오? 그간 잘 지냈는가? 비텐바이어 변경백.

간만에 듣는 마왕의 목소리는 예전보다 많이 좋아져 있었다.

－긴히 부탁할 일이 있네.

－말해보게.

원하는 건 간단했다.

－그간 양성한 언데드 군세를 이끌고 제국의 수도 빈을 공격해주게. 물론 피와 죽음의 마왕 페자무트의 이름으로 말일세.

그래, 나는 잘못한 게 없다.

4. 이 남자는 어디로 가는가

−제국의 수도를 말인가?

페자무트는 모르스 쏠라에 박혀 언데드 군세를 만들었던 탓에 제국의 사정은 전혀 모르고 있었다. 그래서 현재 상황을 설명해줬다.

−이렇게 된 거지.

−크하하핫! 대단하군! 드래곤 황제와 전면전을 벌일 생각을 다 하고. 정말 자네다워! 좋아, 기꺼이 출병해 주겠네.

그는 슈바르체토이펠의 도움을 받아 언데드 확보에 상당한 성과를 이뤄냈다고 한다.

−세상 모든 건 힘의 원천을 필요로 하지. 언데드 역시 동력원이 있어야 하는 건 마찬가지고.

보통 해골이나 좀비는 사령술사의 마력에 의지해 살아간다. 용병에게 금화를 지불하는 것처럼 언데드에겐 마력을 지불해야 한다.

피를 먹는 뱀파이어처럼 예외도 있지만 보통은 마력을 정기적으로 공급해줘야 하니 데리고 다닐 수 있는 수에는 한계가 존재한다.

현재 나는 1,500마리 가량의 언데드를 부릴 수 있다. 페자무트의 경우는 나보다 사령술이 뛰어나 3~4,000마리 정도로 예측된다. 그런데 말을 들어보니 그 이상인 것 같다.

─늙은 마룡의 도움으로 언데드에게 들어가는 마력 문제를 획기적으로 해결했네.

─그래서 얼마나 되는 군세를 동원할 수 있는 건가?

─1만이네.

─헉! 1만이라니!

나는 진정 놀랐다. 사령술이 쇠퇴하고 사령술사가 몰락한 이래 그런 대규모의 언데드 군대가 출현한 적은 없다. 과거에는 뛰어난 사령술사들이 연합해 만 단위의 군세를 만들기도 했으나 다 정말 옛이야기다.

그런 페자무트는 혼자 1만 언데드를 부릴 수 있다고 것. 가공할 경지였다.

─1만을 유지하는데 필요한 마력을 어찌 확보한 건가?

─흐흐흐, 그건 나중에 만나게 되면 알려주겠네. 생각 이상으로 복잡하니까.

저리 말하는 걸 보니까 아직 내 경지로는 어림도 없는 모양이군. 그나저나 1만이라니. 언데드 1만이면 인간 1만과는 차원이 다르다.

마력만 지불하면 되니까 먹고 마실 일이 없다. 전염병도 없고, 탈영병도 없다. 무한 신성력의 마리 같은 존재만 피한다면 제국 어느 군대보다도 우월한 집단이었다.

─언제 출병할 수 있나? 빠르면 빠를수록 좋다.

─언데드 군세는 언제나 준비되어 있다. 나약한 인간처럼 이것

저것 챙길 필요 없지. 크흐흐흐.

페자무트가 적이었을 때 저런 말을 했다면 엄청 재수 없었겠지만 아군이니 참 듬직했다.

-부탁하지.

-본왕도 기대가 되네. 그간 사령술을 주특기로 하는 마왕이면서도 언데드 군세를 이끌지 못했다. 드디어 본격적으로 망자의 행진을 할 생각을 하니 가슴이 뛰는군.

사령술은 죽음을 다루는 기술이라, 인간과 마족을 가리지 않고 터부시된다. 사령술로 난동을 부리면 자칫했다가는 제국의 공적이 될 수도 있었기에 페자무트는 자신의 특기를 발휘하지 못했었다.

실제로 그는 오크 군단에 더욱 의지하는 모습을 보여 왔다. 사령술은 다른 군주를 자극하지 않는 수준에서 사용해 왔다고 할까.

하지만 이제는 사정이 달라졌다. 절대적인 방어력을 자랑하는 모르스 쏠라가 있으니 꺼릴 게 없어진 것이다. 위기다 싶으면 이 험준한 산맥에 자리 잡은 언데드 도시로 숨으면 그만이었다.

현실적으로 모르스 쏠라를 함락시킬 세력은 존재하지 않았다. 이곳 주민들은 산 속에 갇혀있어도 식량이나 식수가 필요하지 않았으니까.

-데스나이트 장군, 뱀파이어 장교, 리치 참모들. 그야말로 가공할 병력이라네. 크흐흐흐. 성과를 기대해도 좋아.

페자무트가 큰소리 빵빵 치기에 마음이 놓였다. 은근 삽질을 잘하긴 해도 서열 9위인 고위 마왕이다. 분명히 한 가닥 해주겠지.

-다만 빈까지 가는데 꽤 시간이 걸릴 것 같군. 비텐바이어 변경백.

그 말에 나는 고개를 끄덕였다. 그로스글로크너에서 빈까지는 300

킬로미터다. 거기다 그 사이는 산악지대다.

평지로 우회해 도나우 강을 따라 빈까지 갈 수 있으나 그랬다가는 언데드 군대의 행군을 제국에 광고하는 꼴. 죽으나 사나 산을 타고 몰래 가야 한다.

-흠음…. 그래도 언데드 군대는 밤낮없이 이동할 수 있으니 열흘 정도 걸릴 것 같군. 길이 없는 곳을 뚫고 가야하니 이게 최선일 걸세.

그마저도 정확히 장담할 수 없다고 했다. 험준한 산악지대를 이동해야 하니 변수가 많다는 것. 게다가 산지에도 중간, 중간 마을이 있다. 완벽한 기습을 위해 그것도 피해야 하니 쉬운 일은 아닐 거다.

-최대 보름까지 걸릴 수 있겠군.

-무조건 그 안에 빈을 공격하겠네.

페자무트는 나름대로 최선을 다하겠지. 그는 이미 사회적으로 한 번 죽었다. 이번 싸움이 마왕으로서 명성을 회복하는 재기전이니 각오가 남다를 터.

-반드시 빈의 시민들에게 이 페자무트의 이름을 뼛속 깊이 새겨 놓고 오겠네. 우는 아이도 그칠 정도로.

-고맙군. 참, 한 가지 얘기할 게 있네.

나는 끓어오르는 심연에게 받은 영혼에 대해 얘기했다. 그러자 페자무트는 흥미를 보였다.

-잘 됐군. 안 그래도 리치가 부족해서 아쉽던 차네. 이번 싸움이 끝나면 작업을 할 테니 보내게.

-그래, 그럼 무운을 빌지.

페자무트는 비텐바이어 변경백의 요청은 받은 다음날 출진했다. 언데드 군세란 무기만 들면 바로 출발이 가능했다.

"피와 죽음의 때가 왔도다! 크하하하!"

페자무트는 모처럼 호탕하게 웃었다.

'그래, 원래 본왕이 하고 싶었던 건 이런 일이었지.'

장엄한 언데드 군세를 이끌고 제국을 종주하길 꿈꿨다. 하지만 늘 현실적인 문제가 많았다. 지위가 오를수록 눈치 볼 곳도 늘어만 갔고.

꿈은 짧고 생활은 길었다. 꿈이란 늘 퍽퍽한 현실에게 밀릴 뿐이었다. 결국 그는 삶에 치여 살다 죽었다.

"하하…."

언데드 군마를 타고 가는 그의 입에서 씁쓸한 웃음이 흘러나왔다. 어째서 살아서 해보고 싶은 것도 못하고 죽어야했는가 싶어서. 그는 생전에 귀하게 여겼던 걸 모두 잃고 나서야 자신이 자유와 꿈을 찾았음을 깨달았다.

"이보게."

페자무트의 부름에 옆에서 수행 중이던 리치 마법사가 공손히 고개를 숙인다.

"부르셨나이까, 전하."

"지금 본왕은 평생 찾아 헤매던 전장으로 가고 있다. 이 어찌 호탕한 일이 아니겠느냐."

언데드 군대를 이끌고 제국의 심장을 타격한다. 페자무트는 소년처럼 가슴이 뛰었다. 이제 제국은 그의 이름을 두려워하게 될 것이리라.

페자무트는 자신을 따르는 1만의 언데드 보며 더없이 만족했다. 언데드들은 흐릿한 달밤에도 발걸음이 무뎌지지 않고 나아갔다.

"전하, 전하께선 그 명성을 사해에 떨치실 겁니다."

"크하하하. 듣기 좋구나."

페자무트는 기분이 좋아지자 금세 거만해지기 시작했다. 죽음에서 돌아왔지만 근본이란 게 어디 가는 게 아니다.

자신감이 너무 넘친 그는 직접 군의 선두에서 모범적으로 모두를 이끄리라 다짐했다. 가만있는 게 도와주는 것임에도 말이다.

'옛 영웅들은 항시 솔선수범했다! 이 새로운 기회에 나도 달라지리라!'

그건 뭐랄까, 공연한 다짐이었다. 페자무트는 그냥 뒤에서 폼만 잡고 있을 때 제일 잘 나갔으니까. 하지만 샘솟는 의욕이 그런 경험을 무시하게 만들었다.

"본왕을 따르라! 하하하!"

페자무트는 자신이 지도를 보고 지형지물을 찾아가는데도 탁월한 능력이 있다 믿었다. 그래서 거침없이 언데드 군세를 이끌고 갔다. 그리고 행군 닷새가 지나자 그의 장군들이 우려를 표했다.

"전하, 이런 말씀 드리기 조심스럽습니다만, 우리 군의 진로가 다소 틀어진 듯합니다."

험한 산중에서 방향을 제대로 잡는 건 쉬운 일이 아니었다. 특히 페자무트처럼 비전문가가 이끄는 상황에서는 더욱 그랬다. 하지만 페자무트의 의욕은 그 정도로 꺾이지 않았다.

"걱정할 것 없노라. 우리는 적시에 목적지에 도달할 것이다!"

언데드 장군과 참모진은 불안해지기 시작했다. 하지만 이미 어쩔 수 없는 지경에 이르렀음을 짐작하고는 입을 다물었다. 그렇게 군대는 처음 목적지와 점점 멀어져갔다.

그리고 열흘이 지났을 때 페자무트는 산지 아래의 거대한 도시를 보며 자신이 마침내 제국의 수도인 빈에 도착했음을 확신했다.

"좋아! 늦지 않게 빈에 도달했도다! 본왕의 군사들이여! 그대들이 참으로 잘해줬어!"

페자무트는 이 모든 게 자신이 영웅적으로 인도했기에 가능한 업적이라 여기며 우쭐해졌다. 하지만 고대의 이름 높은 영웅들이 그랬던 것처럼, 그답지 않게 부하들에게 공을 돌렸다. 그러자 리치와 데스나이트들이 재빨리 호응했다.

"전하의 능력에 비하면 세상의 장군들은 지도를 읽지 못한다 할 수 있겠습니다!"

"전하! 전하의 영도 아래 고래(古來)로부터 어떤 군대도 해내지 못한 일을 달성했습니다!"

이에 페자무트는 콧대는 점점 높아졌다. 그는 이제 자신이 생전과 완전히 달라졌다고 확신했다.

이제는 부하들과 함께하는 군주이며, 산지를 관통하는 이 가공할 임무조차 완벽하게 해내지 않았던가?

"후후후, 고마운 말이로다. 하지만 본왕 같이 절제되고 엄숙한 군주는 겸손을 늘 허리에 찬 검처럼 곁에 둬야 하지. 비록 이 위업이 훗날 시인들의 서사시로 노래될만큼 대단한 건 사실이나 본왕은 그런

찬양들을 거절하겠다."

데스나이트와 리치들은 페자무트가 이제 옛 서사시의 영웅처럼 말하기 시작하자 뭐라 할 수 없는 난처함을 느꼈다. 하지만 페자무트는 그러거나 말거나, 자신의 능력과 겸손에 엄청난 기쁨과 만족감을 느꼈다.

"자, 보아라. 저곳은 제국의 수도인 빈이다. 저들이 아무리 굳세고 거세게 반항해도 우리에게 굴복할 수밖에 없을 터! 하늘도 오늘 우리의 공격을 감탄할 것이다!"

페자무트는 산지 아래 있는 대도시가 빈이라 믿어 의심치 않았다. 하지만 그것은 그라츠라 부르는 도시였다. 빈에서 남서쪽으로 140킬로미터 떨어진 장소였다.

군대는 완전히 잘못 도착해 있었다. 결국 보다 못한 리치 하나가 나섰다.

"전하, 저것은 황제의 직할령에서 두 번째로 큰 도시, 그라츠이옵니다. 크고 번영한 도시기에 빈으로 착각하시는 것을 이해하오나, 제국의 수도는 저것보다도 더 큰⋯."

순간 페자무트의 얼굴이 딱딱하게 굳어갔다. 그러자 근처에 있던 자들이 리치를 늘씬하게 때려눕혔다.

퍽! 퍽퍽!

"이 눈치 없는 뼈다귀 마법사 새끼가!"

"그, 그대도 뼈다귀잖소!"

"이제 보니 이 새끼 주둥이가 문제네!"

"아악! 같은 뼈다귀끼리 손속에 사정을 두시오!"

곧 입을 놀렸던 리치가 뻗어버리자 그들은 황급히 변명했다.

"전하, 때때로 영웅적 과업에는 시기와 질투가 따릅니다. 이 자는 공연히 헛소리를 하여 저희가 전하를 대신해 응징했습니다. 부디 전하께서는 군주의 자비심으로 넘어가 주십시오."

화를 내려고 하던 페자무트는 군주의 자비심이란 말이 맘에 들어 버렸다. 원래라면 불호령을 내렸겠지만 지금 자신은 완전히 새롭고 멋진 인물이 됐잖은가?

그는 당연히 이전과 다른 면을 보여줄 필요를 느꼈다. 좀 더 멋지고 관대한 모습이 구미에 당겼다.

'옳다. 군주의 자비심으로 어리숙한 신하를 용서한다면 이보다 보기 좋은 일도 없을 것이다. 후세인들이 틀림없이 이날의 덕을 노래하리라.'

페자무트는 헛기침을 한 뒤, 자신에게 허락된 역할을 멋지게 수행했다.

"용감한 신하여, 그대의 제안은 즉각적이고 만족스럽게 뜻을 이룰 것이다."

페자무트가 노기를 거두자 주변의 언데드들이 일제히 부복했다.

"전하, 전하께선 죽어서도 움직이는 자들 중 가장 훌륭한 분이십니다!"

"신들이 알고 있는 어떤 말과 단어로도 전하의 위엄을 표현하지 못하겠나이다!"

사태가 일단락되자 페자무트는 그라츠에 대한 공격 명령을 내렸다.

"이 페자무트의 이름으로 도시를 파괴하라!"

수많은 망자들이 산지를 내려가 공격하자 이 가여운 도시는 단번에 박살났다.

성벽 위를 날아오는 스펙터나 레이스, 성문에 폭발 마법을 내리꽂는 리치, 검술 대가조차 애먹이는 데스나이트까지, 언데드 군대에 전혀 대비되지 않은 그라츠로써는 도리가 없었다.

일부 성직자들이 위력을 발했지만 숫자가 적어 금방 밀리고 말았다. 결국 아침이 왔을 때는 도시는 이미 평정되어 있었다.

하지만 화재로 인간 시커먼 연기 때문에 아침 햇살이 좀처럼 도시에 닿지 못했다. 페자무트는 시청과 여러 관사를 불태우며 호탕하게 웃어댔다.

"크하하하핫!"

화염 속에서 광기 어린 웃음을 터뜨리는 그는 진정한 마왕처럼 보였다. 그러던 중 그때, 시청 입구에 붙어 있던 청동 현판이 떨어지며 지휘부의 주목을 끌었다.

"……."

"……."

애써 외면하는 사실에 마주치자 지휘부는 깊은 침묵에 빠졌다. 그저 페자무트의 웃음소리만이 남았을 뿐이다. 하지만 그것도 점점 잦아 들어갔다.

"하하하! 하하… 하……."

근처에서 수행하던 리치와 데스나이트들은 어쩔 바를 몰라 허둥댔다.

"미리 가서 치우라고 했잖아! 이 개뼈다귀야!"

"뭐? 내가 개뼈다귀면 넌 말뼈다귀다!"

마왕은 명백히 난처해하고 있었다. 뭐라 변명을 못 찾아서 손을 파르르 떠는 게 생생히 보였다.

"호, 혹시 저쪽 보고 우는 거 아냐?"

"야, 고개 숙여."

어색한 분위기가 지속되자 다들 고통스러워졌다. 그러던 그때 한 데스나이트가 나섰다.

"전하! 아무래도 여기가 아니라 옆 동네가 틀림없사옵니다!"

그 말에 페자무트가 반응을 보였다.

"옆 동네라?"

앞으로 나선 데스나이트는 현명하고 눈치가 좋은 자였다.

"그러하옵니다. 본디 오늘의 전투는 수도 점령을 위한 몸 풀기나 전초전 같은 것. 신들도 전하의 뜻을 모르지 않사옵니다. 굳이 이곳이 수도라 말씀하신 건 연습도 실전처럼 행하라는 뜻이 아니셨습니까?"

그 말에 페자무트는 구원 받았다. 위엄을 지키며 빠져나갈 길을 찾은 것이다. 옆에서 지켜보던 리치들이 잘했다며 뼈만 남은 엄지를 몰래 치켜 올렸다.

"나이스."

"굿 잡."

페자무트는 자신의 검은 망토를 그림처럼 멋지게 펼쳐 보이며 외쳤다.

"그렇다!"

펄럭!

"이것으로 수도 정복을 위한 연습을 충분히 되었을 터! 망자들이여, 본왕의 충성스러운 군대여! 이제 군대는 실전을 치르러 갈 차례가 됐다!"

"오오오오!"

배려심 넘치는 언데드 신하들은 전혀 몰랐다는 듯 감탄하며 소리쳤다. 페자무트는 이들의 뜨거운 열정에 감복했다.

"좋다! 죽음의 노래를 부르며 진군한다!"

언데드 군대는 보무도 당당하게 나아갔다.

하지만 안타깝게도, 옆 동네에 도착하자 그곳이 빈이 아니라는 점을 어렵지 않게 알 수 있었다. 그곳은 그라츠보다도 더 작은 도시였다. 이후 같은 상황이 반복됐음은 말할 필요도 없다.

"이번에는 진짜 우는 거 맞지?"

"들으면 더 울라, 조용히 해."

결국 앞서 나섰던 데스나이트가 다시 외쳤다.

"전하! 미비한 저희에게 또 한 번의 연습을 허락해 주셔서 감사합니다!"

펄럭!

망토가 다시 나부꼈다.

"그, 그렇다!"

페자무트는 또다시 군대를 자신의 빼어난 독도법으로 이끌었고, 결국 그는 자기 위치조차 알 수 없게 됐다. 하지만 마왕의 체면이 걸린 문제였기에 군대는 계속 움직였다. 그리고 걸리는 도시는 무조건 파괴했다.

"여, 연습은 이제 충분하군! 커흠! 이제 진짜 빈에 가야겠다!"

"신들은 전하만 믿사옵니다!"

그렇게 페자무트는, 본의 아니게 황제가 절대 안전하리라고 여겼던 직할령의 알짜배기 도시들을 연달아 박살내고 있었다. 그것도 상식을 초월한 무서운 속도로 말이다.

군대가 길을 잃었다는 점만 빼면 너무나 완벽한 초토화 작전이었다. 아무리 지혜로운 황제라고 해도 어찌 손 쓸 수 없을 지경이었다.

그러거나 말거나 본인은 속이 까맣게 타들어갔다.

"아, 씨발. 빈이 대체 어디야?"

그렇게 한 마왕이, 자기도 모르는 사이에 전설적인 명성을 써내려가고 있었다.

제국의 황제 프란츠 4세.

그는 제국의 균형을 원한다. 하나 그렇다고 그가 좋은 군주인 건 또 아니다. 균형이 만족스럽지 않으면 수많은 사람이 죽을 사건도 서슴없이 일으켜 왔으니까.

실제로 역사에 남을 비극 중 황제의 입김이 닿은 사건이 여럿이다. 황제는 비정한 군주였다. 그저, 자신이 원하는 상태만을 유지하려 했다.

"비텐바이어 변경백. 그는 선을 넘었지."

황제의 중얼거림에 시종장이 고개를 숙이며 동조했다.

"지당하신 말씀이시옵니다. 폐하."

"짐이 그를 굴복시킬 수 있으리라 보는가? 시종장."

"물론입니다. 날뛰는 황소라고 해도 밧줄이 여러 개 묶인다면 꼼

짝할 수 없는 법입니다."

황제는 노골적이지만 잘 먹히는 방법을 준비했다. 알면서도 당할 수밖에 없는 수였다.

"하지만 놈은 간교해."

"염려 마십시오, 폐하. 어차피 그래봐야 인간에 불과하지 않습니까? 지금의 압박은 그저 시작에 불과합니다."

이미 황제는 앞을 내다보고 있었다. 비텐바이어 변경백이 다음 수로 바이에른 선제후와 결혼할 거란 점을 예상하고 있었다.

"변경백은 자신의 약혼녀를 믿겠지만 어림없는 일. 짐은 니더바이에른 백작이 결혼하려 한다면, 그녀의 선제후 계승을 막을 테니까."

황제는 결혼이 추진된다면 니더바이에른 백작을 협박할 생각이었다.

"죽은 바이에른 선제후의 죄를 핑계로 비텔스바흐 가문이 바이에른 선제후직을 계승하는 게 정당한지 황제의 이름으로 의문을 제기하겠네. 그리고 그녀의 계승을 두고 제국 제후 회의를 소집하면 다 짐의 뜻대로 되는 거지."

제국 제후 회의는 제국의 중대사를 결정하는 선제후와 황제의 합의체다. 현재 제국의 선제후는 다음과 같았다.

-트리어 선제후.

-마인츠 선제후.

-쾰른 선제후.

-브란데부르크 선제후.

-바이에른 선제후.

-팔츠 선제후.

-작센 선제후.

이 중에 바이에른과 작센 선제후 자리가 계승 문제로 현재 공석이다. 나머지 5인에 대해서 황제는 강한 영향력을 갖고 있으니, 니더바이에른 백작의 계승을 막는 건 일도 아니었다.

"크흐흐. 니더바이에른 백작도 자기 계승 문제가 투표로 가면 안 된다는 것 정도는 알겠지. 결국 약혼을 파기할 수밖에 없을 것이다."

물론 이건 황제가 발푸르기스의 성정을 몰라서 한 예측이다. 그녀라면 약혼자를 보호하기 위해서라면 선제후직도 던져버릴 테니까. 일이 황제의 뜻대로 편하게 흘러가진 않을 것이다.

하지만 황제의 협박에 그녀가 궁지에 몰릴 거란 점은 명백한 사실. 바이에른 선제후 자리에서 비텔스바흐 가문이 밀려난다면, 친족과 가신이 가만있지 않을 테니까.

"폐하의 심모원려하심이 그저 놀라울 뿐입니다."

황제는 비텐바이어 변경백의 수를 미리 내다보며 일을 준비하고 있었다. 과연 드래곤답다고 할까. 하지만 그런 그도 염려되는 부분이 하나 있었다.

"만약 변경백이 황도에 오겠다는 핑계로 대군을 끌고 오면 곤란해진다. 자칫했다가는 짐이 몽진(蒙塵)에 오르는 망신을 당할 수도 있으니."

아무리 대단한 황제라도 허를 찔리면 도망갈 수밖에. 그리고 그게 제국지존의 위신에 큰 타격이 될 건 말할 필요도 없다.

"아무리 변경백이 풀이나 베던 천한 혈통이라고는 하나, 제국의 시선이 있는데 설마 그렇게까지 하겠습니까?"

시종장의 말에 황제는 고개를 저었다.

"모르는 말이야. 지금까지 그의 행적을 보면 충분히 조심해야 옳아."

황제는 비텐바이어 변경백이 파격적인 대담함으로 많은 승리를 거둬왔음을 알고 있었다.

"그라면 황도를 공격할지도 모른다. 이 도시에서 주특기인 선전과 선동을 병행하겠지."

"당치 않나이다. 이곳은 제국의 심장이옵니다. 폐하께서 버티고 있는데 어찌 그런 무지렁이가 날뛰겠습니까?"

"하하하, 그렇게 믿기에는 짐의 인기가 다소 부족하군."

그가 균형을 잡기 위해 펼쳐온 절묘한 계책들은 밖에서 보기에는 단순한 실정으로만 여겨졌다. 실제로 심계가 깊은 비텐바이어 변경백조차 황제의 본질을 알기 전까지는 무능한 자라 얕봤을 정도다.

그래서 빈에서 황제를 향한 지지는 그리 강하지 않았다.

"폐하께선 그마저도 대비하기 위해 모병을 하고 함정을 준비하지 않으셨나이까."

"그렇긴 하지."

황제는 비텐바이어 변경백이 전격적으로 군사를 끌고 올 상황을 제일 걱정했다. 그렇게 되면 비텐바이어 변경백은 역도가 되어 실각할지 모르나, 황제가 원하는 균형은 확실히 박살나니까.

"교활한 변경백은 그대로 말라가느니, 같이 죽는 길을 택할지도 모른다."

이번 타이밍만 넘기면 자신의 페이스라고 황제는 확신했다. 모든 정치, 외교력을 동원해 상대의 손발을 잘라갈 자신이 있었다.

"너무 걱정 마시옵소서. 사냥감을 잡을 계책이 꼼꼼하니 일에 실수가 없을 것입니다."

시종장의 말에 황제는 그제야 마음이 놓여 나직하게 웃음을 흘렸다.

"크흐흐흐. 어차피 날고 기어봐야 결국 짐의 손바닥 안인 것을."

황제는 승리를 확신했다. 언제나 그랬던 것처럼 거칠고 강한 적이 이번에도 자신의 발아래 무릎 꿇게 될 것이다.

"드래곤은 언제나 승리한다."

황제의 말에 시종장은 동의한다는 듯 고개를 깊이 숙여보였다.

"급보이옵니다!"

그때 헐떡이는 전령이 대전으로 뛰어 들어왔다. 지엄한 황제 면전임에도 의복이 흐트러지고 땀을 비 오듯 쏟아내는 게 보통 일이 아닌 듯했다.

"이런 자가! 어서 똑바로 의복을 정돈하지 못하겠느냐?"

평소 예법을 중시하는 시종장은 당장 인상을 찌푸렸다.

"됐다."

황제가 고개를 저은 뒤 무슨 일이냐고 물었다. 그런데 전령의 말은 가히 충격적이었다.

"폐하! 직할령의 후방이 초토화됐습니다!"

손등에 턱을 괴고 있던 황제는 놀라서 얼굴을 떼며 되물었다.

"지금 뭐라 했느냐?"

"그라츠, 라이프니츠, 글라이스도르프, 마리보르가 완전히 파괴됐습니다! 지금 도망쳐온 피난민들이 줄줄이 황도로 밀려오고 있습니다!"

"뭐라!"

급기야 황제가 권좌에서 벌떡 일어났다. 황제는 도무지 믿을 수가 없었다. 대체 누가 감히 자신의 직할령을 건드린 건가?

일단 직할령과 국경을 맞대고 있는 상대를 떠올렸다.

"고룩할감인가!"

고룩할감은 서열 2위 마왕으로, 황제의 직할령 남쪽에 땅을 갖고 있었다. 하지만 황제는 곧 자신의 추론에 대해 의문을 품었다.

고룩할감과는 원만한 관계를 유지하고 있었기 때문이다. 황제와 서열 2위 마왕은 서로에 대해 잘 알았다.

마왕은 황제가 드래곤이란 사실을, 황제는 서열 2위 마왕이 사실 외부에 알려진 것과 다르게 몸이 안 좋다는 점을 말이다.

'그래, 고룩할감은 구 서열 1위 마왕에게 성명제례술을 얻어맞아 아직까지 회복을 못했다. 최근 그의 아들인 조르카두가 대권을 이어 받았으니 가망이 없다고 봐야겠지. 조르카두는 아버지의 일을 아직 인수하는 중이라 대외적인 안정을 원한다. 땅을 맞대고 있는 날 때릴 이유는 없어.'

황제는 서열 2위 마왕의 집안을 용의선상에서 지웠다.

"정확한 건 알 수 없으나 적은 언데드였습니다."

"뭐? 언데드?"

보고로는 언데드가 수십, 수백도 아니고 만 단위의 군세라고 했다. 황제는 아연실색해졌다.

"아니, 그 정도의 죽은 자를 이끌 사령술사가 존재하는 건가?"

황제의 물음에 시종장이 고개를 저었다.

"폐하, 사령술사는 인간과 마족을 가리지 않고 숙청됐습니다. 현재 사령술의 계보는 보잘 것 없습니다. 유일한 예외만 빼고요."

"피와 죽음의 마왕 페자무트 말인가?"

유일하게 전성기의 사령술사, 아니, 그 이상의 사령술을 쓰는 존재가 마왕 페자무트였다. 하지만 그는 이미 사망했다.

"장미의 마왕 로엘린이 그를 죽였다고 하지 않나? 아니, 잠깐!"

순간 황제의 영민한 머리에서 퍼즐이 맞춰졌다.

장미의 마왕 로엘린이 비텐바이어 변경백과 긴밀한 동맹인 건 아는 사람은 안다. 그런데 그 로엘린이 페자무트를 죽였다.

"설마, 페자무트의 죽음이 조작된 건가!"

현재 자신을 공격할 자는 비텐바이어 변경백 밖에 없다. 하지만 그 역시 황제의 신하. 아무리 제국이 막장이라지만 역도란 낙인이 찍히면 공적이 된다. 그렇다면 다른 이를 시키는 게 가장 좋은 방법이다.

"차도살인인가."

황제는 막후에서 제국의 균형을 조율하며 무수히 그런 일을 해왔다. 하여 비텐바이어 변경백의 수법을 단번에 이해했다.

"…크윽. 기가 막히군!"

"폐하. 안색이 안 좋으십니다."

걱정스러워하는 대시종장의 목소리에 황제는 일단 전령을 내보내고 권좌에 등을 기댔다. 그러다 등줄기가 흠뻑 젖어있다는 사실에 깜짝 놀랐다. 자신이 이렇게 긴장했다는 사실에 그는 기분이 나빠졌다.

"완벽하게 압박하고 있다고 생각했다. 비텐바이어 변경백은 이대로 말라죽거나, 발끈해 치고 나와 결국 역도가 될 수밖에 없다고 생각했지. 한데 마왕을 감춰놓다니!"

"아직 확신은 없습니다. 신이 좀 더 조사해 보겠습니다."

"그때가 되면 늦는다."

드래곤의 지혜가 이미 사태를 간파하고 있었다. 황제는 지도를 보며 가리켰다.

"보아라. 뮌헨에서 군대가 짐의 후방 직할령까지 가려면 반드시 빈을 지나가야 한다."

"그러하옵니다."

뮌헨과 이번에 습격 받은 그라츠 사이에는 거대한 산맥이 막고 있었다. 그리고 그 산맥이 끝나는 동쪽에 제국의 수도인 빈이 있다.

뮌헨에서 그라츠까지 내려가려면 산맥을 우회해 빈을 거쳐서 갈 수밖에 없는 것이다. 한데 적들은 갑자기 나타났다. 황제는 산악지대를 가리켰다.

"언데드의 특성을 이용해 이 산맥을 넘어온 것이다. 보라, 여기 로엘린이 다스리는 로제란트가 출발지였겠지."

황제는 그로스글로크너에 있는 언데드 도시, 모르스 쏠라를 모르기에 출발지를 오판했으나, 나머지는 정확히 맞췄다.

"로제란트에서 산맥을 지나 그라츠까지 가는 길은 250킬로미터 정도다. 이 산악지대를 들키지 않고 통과하는 건 언데드나 가능한 일이다."

사실 산에도 골짜기를 따라 길이 있다. 마을 역시 듬성듬성 자리잡고 있어, 길을 따라 이동하면 들킬 수밖에 없었다. 하지만 적들은 갑자기 나타났다. 즉, 산 속에서 길을 만들며 왔다는 거다.

"적이지만 감탄이 나오는군. 직할령에서 걷는 세금은 짐이 가진 힘의 근원이다. 그걸 철저히 파괴하다니···."

펜을 든 황제는 지도 위에서 습격받은 도시를 엑스자로 그어나갔다. 다 긋고 나자 얼마나 큰 일이 벌어졌는지 그는 실감했다.

갑자기 식은땀이 나며 아득해지는 기분이 됐다. 드래곤으로 긴 세월을 살아오면서도 이런 위기는 처음이었다.

"놀랍군, 비텐바이어 변경백⋯."

설마 이렇게 무시무시하게 찔러들어올 줄이야.

"그에게 책임을 물어야 합니다! 폐하."

"웃기는 소리하지 마라. 그 간악한 놈에게 말하면 오히려 제국에 언데드가 횡행하다니요! 폐하 제가 원군을 보내겠습니다, 라고 할 놈이다!"

황제는 두 손으로 얼굴을 감쌌다.

"아직도 비텐바이어 변경백을 모르겠나? 그렇게 출병해서는 또 그럴 듯한 핑계를 대고 황도를 공격하겠지. 그리고 나서 짐이 드래곤이라는 사실을 떠들게 뻔하다."

"그런 악마 같이 지독한!"

시종장의 얼굴에 두려움이 어렸다. 상대가 너무나도 악랄했기 때문이었다.

"그래, 그 말이 맞다. 우리는 지옥에서 올라온 악마와 싸우고 있는 것이야."

−면목이 없네. 미안하군.

수정구에 비춘 페자무트는 땀을 뻘뻘 흘리며 연신 내게 사과해왔다. 그도 그럴 게, 화려하게 출병해서 아직도 목적지에 닿지 못하고 있었기 때문이다.

대신 그는 황제 직할령의 도시 7개와 마을 30개를 초토화시켰다.

노략질한 재산은 무려 200만 플로린으로 황실 1년 예산의 네 배나 됐다. 그야말로 직할령을 해일처럼 쓸어버리고 있었다.

–괜찮다. 결과적으로 더 잘 됐으니까.

솔직히 좀 기가 막혔다. 그간 나를 몇 번이고 궁지에 몰았던 페자무트의 병신력이 황제를 제대로 엿 먹이고 있었다. 이자는 진정 모사꾼의 킬러인가? 예측이 안 된다, 예측이.

예측이 안 되니까 이길 수가 없었다.

–하지만 슬슬 물러날 때가 됐네. 황도에 있는 첩자가 보낸 정보에 의하면 황제군이 그대를 토벌하기 위해 출발했다더군.

–그런가? 얼른 도망쳐야겠군.

페자무트는 목적지도 못 찾는 자신에게 실망해 급격히 자신감을 잃은 듯했다. 제국을 평정할 기세로 출발하더니, 이제는 황제군이 온다니 달아날 생각부터 하고 있었다.

–그전에 해줘야할 일이 있어. 시간적으로 충분하고.

나는 산맥으로 도망치지 말고 그대로 남하하라고 했다.

–엥? 그쪽은 서열 2위 마왕의 땅이야.

–그러니까 가라는 걸세.

잘 이해하지 못하겠다는 페자무트에게 나는 제국의 깃발을 열심히 들고 가라고 했다.

–깃발이라면 노획한 게 많긴 하네. 중요한 전리품이니 잘 챙겼지.

허영심이 많은 페자무트가 깃발 같은 전리품을 놓칠 리가 없다. 나는 그걸 들고 서열 2위 마왕의 영지로 쳐들어가라 했다.

–적당한 도시 하나 박살내 놓게. 그리고 나서 군대를 물려 산맥으로 도망치라고.

─그게 의미가 있나? 가서 툭 한 번 건드리라는 거 아닌가?

물론 의미가 있지.

─그럼, 대신 싸우기 전에 적이 들을 수 있게 이리 외쳐주게나.

─뭐라고 하면 되나?

─황제 폐하 만세!

페자무트는 웬 뜬금없는 소리냐고 반문한다.

─황제 폐하 만세라고?

─그래, 자네는 이제부터 황제에게 고용된 마왕이 되는 거지.

잘만 하면 황제는 직할령이 다 박살날 상황에서 서열 2위 마왕과 전면 전을 하게 된다. 나는 시간을 벌기 위해 양쪽이 다투게 만들 작정이었다.

─즉, 자네를 잡으러 오는 황제군과 자네 때문에 급히 출병한 서열 2위 고룩할감의 마왕군이 딱 만나게 되는 거지.

─본왕은 싸움을 붙인 뒤 산맥으로 튀는 거고?

─이제야 말귀를 알아듣는군. 하하하.

내가 웃으며 고개를 끄덕이자 페자무트가 질렸다는 듯 날 쳐다본다.

─이게 대체 사람이야, 뭐야….

페자무트는 의문을 제기했다.

─겨우 그 정도로 둘이 부딪치겠나? 너무 편의적으로 생각한 것 같네만.

역시 경험 많은 마왕이라 이럴 때는 또 괜찮은 판단력을 보여준다.

─자네 말이 맞아.

─그럼에도 본왕에게 그리 부탁한다는 건 이유가 있겠지?

─물론이야. 자네의 행동은 그저 젊은 후계자인 조르카두에게 명 분을 주기 위한 것이야.

-명분?

서열 2위 마왕 고록할감은 허울뿐인 존재다. 성명제례술에 얻어맞아 오늘 내일하고 있으니까. 실권은 그의 아들 조르카두에게 하나씩 넘어가는 중이다.

-조르카두는 권력을 계승받고 있지만 내부에서 반발이 많아. 마왕인 자네도 잘 알겠지만 마왕 자리를 물려받는 게 그리 온건하게만 되는 건 아니잖아?

-그렇지. 혈통이 모든 걸 보장하는 인간과 다르지.

혈통과 명분이 있어도 칼부림이 난다. 하물며 마왕의 계승은 말할 것도 없다.

-조르카두는 이미 한 차례 대대적인 숙청을 했지만 아직 입지가 부족하지. 그런 상태에서 초토화된 황제령을 보면 어떤 생각이 들겠나? 마침 자네 때문에 군을 이끌고 나왔는데, 요새는 무너지고 병사는 흩어진 걸 발견한 거야. 무방비 상태지.

-마치 눈앞에 벌거벗은 여인네가 있는 걸 보는 기분이겠군?

나는 수정구를 보며 고개를 끄덕였다.

-자네는 그의 동기와 명분이 되어줘야 해. 언데드 군대가 마왕령을 때리면 조르카두가 정적들의 눈치를 보지 않고 쉽게 군사를 일으킬 수 있으니까.

-거기까지 계산한 건가! 정말 놀랍군.

-그리고 자네가 황제의 군대를 참칭하는 건, 조르카두가 국경을 넘을 명분이 되지. 우리도 어쩔 수 없다. 평화를 지키고 싶었으나 황제의 횡포에 분연히 들고 일어나겠다. 어때? 그림이 제법 괜찮잖아?

페자무트는 자신의 턱수염을 쓰다듬으며 쓰게 웃었다.

—비텐바이어 변경백, 그대는 누구보다도 마왕을 잘 알고 있군. 마왕의 탐욕을 이해하고 있어.

—그래, 마왕은 모두 야심만만하지.

누구보다 그들에 대해 연구해왔으니 잘 안다.

—조르카두가 황제 직할령을 점령하면 계승을 위한 충분한 공적이 될 거야.

—욕심을 내겠군. 그 애송이가.

—구미가 당기나?

—그래, 크흐흐흐.

"…생살이 잘려나가는 게 이런 기분이로구나."

지도에서 언데드 군대에게 초토화된 직할령의 위치를 살피던 황제는 가슴팍을 부여잡았다. 실제로 원인 모를 흉통으로 고생이었다.

긴 세월만에 갑자기 나타난 언데드 군대에 인간은 무력했다. 과거 그들의 조상은 망자의 무리를 막아내는 법을 알았으나, 이미 그런 지식은 사라진 후다.

인간의 주력 무기는 머스킷 소총. 탄환은 해골이나 좀비에게 소용이 없었다. 해골은 갈비뼈 사이로 숭숭 지나가기 일쑤고 어쩌다 맞아도 뼈마디나 좀 부서질 뿐이다. 좀비야 배에 바람 구멍이 나도 아무 문제없었다.

그래서 황제는 대책을 준비했다.

"언데드를 상대할 수도승들이 곧 도착할 것입니다. 폐하."

"그나마 다행이군. 이번 토벌군에 딸려 보낼 수 있어서."

언데드 군대는 일견 무적으로 보이지만 신성력에는 취약하다. 훌륭한 성직자만 있다면 두려워할 필요 없었다.

"짐이 준비한 건 그들만이 아니다."

황제는 엄중히 잠긴 커다란 상자에서 무언가를 꺼냈다. 그건 금으로 된 수의를 입은 해골이었다.

"성녀 안젤라의 유골이다. 이것만 있으면 망자의 군대쯤은 아무것도 아니지."

성유물은 죽은 자에게 치명타를 날릴 수 있다. 황제는 이 상자를 군대가 짊어지고 나아가게 할 작정이었다.

"성녀의 유골이 지나가면 일정 범위의 언데드들은 녹아서 사라져 버린다."

"그 정도입니까!"

"그래, 실제로 500년 전에 언데드 군세를 패퇴시킬 때도 이 유골이 쓰였으니까."

황제는 드래곤이라 인간들과 다르게 옛 방법을 모두 기억하고 있었다. 특별히 엄선한 수도승 수백여 명과 이 강력한 성유물만 있으면 승리는 따 놓은 당상이었다.

"직할령이 초토화된 건 마음 아프지만 짐은 이것을 하나의 기회로 삼으려 한다."

"하오시면?"

"이 싸움으로 비텐바이어 변경백까지 몰락시키겠다."

황제는 이미 전투의 승리를 확신하고 있었다. 언데드는 두려운 적이지만 대책만 확실하면 이기지 못할 것도 없다.

"짐의 대리장군인 부쿼이 장군을 불러오게."

"알겠습니다! 폐하!"

시종장이 떠나고 얼마 뒤 대기하고 있던 황제의 대리장군 부쿼이가 나타났다. 그는 틸리나 발렌슈타인 같은 초일류는 아니었지만 나름대로 건실한 경력을 쌓은 장군이었다.

"부쿼이 장군."

"네! 폐하!"

"반드시 마왕 페자무트를 사로잡으라."

황제는 페자무트를 고문한 뒤에 비텐바이어 변경백과의 관계를 밝혀낼 작정이다. 그리고 이 문제는 반역으로 다뤄 비텐바이어 변경백에 치명타를 가할 생각이었다.

"반드시 임무를 완수하겠습니다! 수백여 명의 수도승과 성유물까지 준비해주셨으니 어찌 패배가 있겠습니까!"

"좋네! 하지만 짐의 안배는 그것만이 아니야."

황제는 이번에는 지독할 정도로 철저했다. 페자무트에게 허를 찔린 건 단순히 직할령이 불탄 것 이상으로, 그의 자존심을 완전히 박살냈다. 하여 가용한 수준에서 패를 모두 끌어냈다.

"들어오라! 클라인 경."

"아니! 그가 온 겁니까!"

부쿼이가 깜짝 놀란 것도 당연한 게 클라인은 제국 12궁 중 하나인 절대강자였기 때문이다. 또한 태양의 기사란 이명답게 빛의 힘을 다루는 게 주특기다. 페자무트에겐 극상성이라, 일 대 일로 붙으면 마왕에겐 절대 승산이 없었다.

"신 클라인! 폐하의 명을 받들겠습니다!"

"오오! 실로 듬직하다. 경에게 명하니 여기 짐의 대리장군 부쿼이를 도와 마왕 페자무트를 사로잡으라. 나머지 군세는 모조리 요절내도 좋다."

"완전한 승리를 바치겠습니다!"

황제는 각오를 하고 고위 마법을 전개했다. 바로 원거리의 상황을 실시간으로 파악하는 주문이었다. 이리 뛰고 저리 뛰는 언데드군을 찾기 위해 무리를 했다.

구우우우웅.

마법진이 발동하자 황제의 앞에 마법적인 디스플레이가 떠오른다.

"역시 인간의 몸으로는 꽤 무리군."

직할령이라고 해도 빈에서 그라츠까지의 거리만 해도 145킬로미터다. 그런 먼 곳을 손바닥처럼 들여다 보는 건 쉬운 일이 아니었다. 게다가 적에게 들키면 금세 차단당하기 십상이었다.

마음 같아서는 제국 전체를 살펴보고 싶은 황제였지만 그건 드래곤의 힘을 써도 불가능한 영역이었다. 애초에 그런 게 가능했으면 지금처럼 황제가 도전받는 일도 없었으리라.

"자, 어디에 있나."

황제는 직할령을 샅샅이 뒤졌다. 인간의 몸으로는 무리한 주문이라 금세 땀이 흥건히 흘러내렸다. 이걸 몇 시간이고 유지해야 한다니 아찔했지만 어쩔 수 없었다.

'개망신은 한 번으로 족하다.'

무리해서라도 자신의 군대를 언데드에게 유도할 작정이었다. 황제는 한참 뒤진 끝에 직할령 남쪽 국경 쪽에서 언데드 군대를 찾을 수 있었다.

'보기만 해도 악취가 날 것 같군.'

인상을 찌푸린 황제는 수정구를 통해 대리장군인 부퀴이에게 연락을 넣었다. 그리고 자신이 찾은 장소로 진군할 것을 명했다.

─명을 받들겠습니다! 폐하!

전투에서 제일 무서운 건 적의 위치를 찾지 못하는 거다. 그런데 이미 목표를 확인했다. 언데드에 대한 대응책도 확실하다. 황제는 승리만이 남았다고 여겼다.

'대가를 치르게 해주마. 페자무트.'

황제는 페자무트의 본질을 어느 정도 알고 있었다. 대외적으로 알려진 것과 다르게 어리석은 면이 많은 마왕이란 점을 말이다.

'하지만 이번에는 놀랄 정도로 활약했지. 그래도 마왕이라 그건가?'

황제는 마법으로 언데드 군대를 신중히 주시했다. 그런데 뭔가 이상한 점을 발견했다.

'이것들이 어디로 가는 거야?'

언데드 군대는 황제의 직할령에 머물지 않고 갑자기 빠르게 남하해 서열 2위 마왕 고룩할감의 땅으로 들어가고 있었다.

'설마 고룩할감과 동맹한 건가?'

그렇다면 일이 복잡해진다. 부퀴이의 군대는 며칠이나 떨어져 있었으니까. 황제는 그 의문에 대한 해답은 몇 시간 뒤에 얻을 수 있었다. 갑자기 페자무트의 군대가 마왕령의 도시 가운데 하나인 프투이를 공격하기 시작한 것이다.

"이 무슨!"

갑자기 마왕 페자무트가 마왕 고룩할감의 도시를 칠 줄은 그조차 예상하지 못했다. 그리고 이어진 상황에 지켜보던 황제는 게거품을 물고 말았다.

-프란츠 4세 만세!

-황제를 위하여!

언데드들이 갑자기 황제를 열렬히 외치며 프투이를 공격하기 시작한 것이다. 황제는 바로 상황을 파악했다.

"당했다! 이간계로구나!"

전신에 소름이 돋았다. 이 미친놈들이 자신과 마왕 고룩할감과의 사이가 벌어지게 하려 작정한 모양이었다. 마치 자신들이 황제에게 고용된 것처럼, 제국의 군기를 들고 마왕령을 들이치고 있었다.

게다가 뻔히 보이는 수작으로, 상당히 많은 주민이 도망갈 수 있게 쫓지 않았다. 겁을 주기 위해서인지 붙들린 자는 잔인하게 죽이면서도 달음박질치는 건 보고도 외면했다.

'소문을 내려는 거다! 이런 교활한!'

설마 마왕 페자무트의 기량이 이 정도일 줄 생각도 못했다. 황제는 당황해서 부쿼이에게 급속행군을 명했다.

-부쿼이 장군, 어차피 단기결전이다. 불필요한 짐은 버리고 신속히 이동하라!

-알겠습니다! 폐하!

어떻게든 저 간악한 언데드 무리를 조기에 진압해야 했다. 황제는 속이 타들어갔다. 황제는 외교라인을 가동해 이 일에 대해 해명했다. 그리고 어서 언데드를 처리해야 한다고 부쿼이를 재촉했다.

그 뒤 사흘이 지나자 황제군은 언데드군을 거의 따라잡았다. 그러자 그때까지 약탈품을 정리하며 뭉개고 있던 언데드들이 움직였다.

황제의 마법은 훌륭해 거의 200킬로미터 거리 밖에서 보고 있는데도 페자무트의 표정이나 목소리까지 생생히 확인할 수 있었다.

약탈품을 만족스럽게 챙기던 그는 손가락으로 귀를 후비며 중얼거렸다.

"피곤한데 이제 집에 가야겠다."

심드렁하게 그리 말한 그들은 서쪽으로 진군, 산맥의 초입에 다다르더니 산을 오르기 시작했다. 프투이에서 산까지는 겨우 17킬로미터에 불과해 그들은 순식간에 산에 도달했다.

"노렸구나! 일부러 산 아래 있는 도시를 골라 친 거야!"

적이 접근하자마자 기다렸다는 듯 산으로 도망치는 꼴에 황제는 입을 다물지 못했다. 그 사이 그의 간담을 서늘하게 하는 소식이 들려왔다.

"폐하! 결국 고룩할감의 아들 조르카두가 출병했나이다!"

황제는 어떻게든 그 출병을 늦추려고 했으나 무리였다.

"그놈들은 필히 짐의 직할령이 초토화된 걸 파악한 게 틀림없다. 언데드 군대를 토벌하는 것보다 다른 것에 관심이 있을 거야!"

페자무트가 이끄는 언데드 군대가 산으로 빠진 사이에, 황제군과 마왕군은 착실하게 서로를 향해 전진하고 있었다.

"이런, 야단났다! 얼른 막아야한다!"

서둘러 부쿼이 장군에게 연락해 마왕군과 교전하지 말고 후퇴할 것을 명하려는데, 어째서인지 수정구가 먹통이었다.

"뭐야! 이거 왜 이래!"

다급한 마음에 수정구를 손으로 두드려 봤지만 아무 반응도 없었다. 마법으로 고쳐보려 하던 그는 광범위한 방해주문이 발동했음을 깨달았다.

누군가 고의로 황제와 대리장군 부쿼이의 통신을 방해하고 있었다. 그리고 그와 함께 페자무트가 허공을 보며 황제에게 말을 걸었다. 마치 처음부터 거기서 마법으로 관찰하고 있었다는 걸 알던 것처럼.

-황제여, 본왕은 좋은 만남을 주선했으니 이만 가보려 하오.

-뭐, 뭐라?

눈앞에 마법으로 만든 디스플레이를 띄워놓고 보던 황제는 깜짝 놀랐다. 몰래 보고 있다고 생각했는데 태연하게 말을 거니 말이다.

-설마 본왕이 그깟 마법을 간파하지 못해 내버려뒀다고 생각했던 거요?

-네놈 일부러 보란 듯 행동했구나!

분을 감추지 못하는 황제를 보고 페자무트는 파안대소했다.

-크하하하핫! 보낸 군대에 급히 연락해 봐야 소용없을 거요. 본왕의 밑에는 유능한 리치들이 많으니.

-뭐라!

원래 혼자서 여럿 못 당한다. 황제는 드래곤이라 마법에 뛰어났지만 리치 역시 대마법사의 경지에 이른 존재들이다. 게다가 그 수도 만만치 않으니 황제의 통신 마법은 단번에 차단돼 버렸다.

"당장 황실 마법사들 데려와!"

황제는 급하게 시종장에게 외쳤지만, 이 방해마법을 파해하려면 상당한 시간이 들 것 같았다. 그리고 그때쯤, 이미 황제군과 마왕군

사이의 일이 마무리 돼있을 듯했다.

"빌어먹을."

드래곤의 직감으로도 그게 좋은 결말은 아닐 것 같았다.

－대체! 네놈이 어찌! 마왕 중 아둔하다 불리는 네놈이 어찌 짐을 이리 능멸한단 말인가!

황제는 내려다보는 자에게 이렇게 철저히 당했다는 사실에 발작하듯 외쳤다. 그는 도무지 정신을 차릴 수 없었다.

－고귀한 짐이! 고귀한 짐이!

도저히 인정할 수 없다는 듯 파르르 떠는 황제를 보며 페자무트는 준엄하게 꾸짖었다.

－실로 변변찮군!

－뭐라! 감히 짐에게….

－그 정도로 본왕을 이기기는 100년은 이르다!

페자무트는 자신감이 넘치고 있었다. 전신에서 승리자의 위엄이 터져 나오기에 황제는 순간 그 박력에 압도되고 말았다.

－대체 네깟 놈이 뭐라고! 짐이!

－아직도 자신이 진 이유를 모르겠나!

페자무트가 이제 황제조차 내려다보고 있었다.

－네놈이 이기고자 했던 건 그저 마왕이 아니라, 한 남자의 꿈과 의지였으니까!

그 순간, 황제의 두 다리가 후들거리며 떨려왔다. 그러다 결국 더는 버티지 못하고 무릎이 꺾였다.

털썩.

제국의 지존이 꿈을 가진 남자에게 무릎을 꿇고 말았다.

5. 왕관을 쓰려는 자

"짐이! 저딴 놈에게!"

황제는 자기도 모르게 무릎을 꿇고는, 주체할 수 없는 치욕감에 몸을 부들부들 떨었다.

아무리 상대가 마왕이라도 자신에 비해 애송이에 불과했다. 그런데 변변찮다는 소리를 들었다.

"감히! 감히! 네깟 놈보다 훨씬 대단한 자를 무수히 쓰러뜨렸던 게 짐인데!"

당장이라도 드래곤으로 변해서 언데드 군대를 쫓아가 불태워버리고 싶었다. 하지만 세상사란 맘 내키는 대로만 할 수도 없는 일.

페자무트는 이미 산맥으로 들어갔다. 조금만 더 나아가면 마룡 슈바르체토이펠의 영역. 아무리 황제라고 해도 무단으로 다른 드래곤의 영역을 침범할 수 없었다.

게다가 슈바르체토이펠과는 필요에 의해 협력을 하고 있으나 그리 사이가 좋은 편도 아니었다.

'마룡은 이상할 정도로 자기 영역에 집착한다. 경계를 침범했다가는 한쪽이 죽어야 할 거야.'

황제는 슈바르체토이펠이 비밀을 품고 있다는 건 짐작할 뿐 그게 뭔지는 정확히 몰랐다. 그저 그게 역린과도 같으니 건드려 봐야 좋을 게 없다는 건 확신했다.

꼭 그게 아니라도 드래곤의 심신을 드러내는 건 여러 가지로 리스크가 컸다.

'슈바르체토이펠 이 자식!'

황제는 절로 이가 갈렸다. 그가 섣불리 자신이 드래곤이란 사실을 비텐바이어 변경백에 누설하는 바람에 곤란한 게 한두 가지가 아니었다.

'슬슬 이 짓거리도 끝낼 때가 된 건가?'

아직은 소수지만 점점 자신이 드래곤이란 걸 아는 이가 늘어가고 있었다. 꼬리가 길면 결국 밟히는 법.

황제는 만약 제국을 포기해야 한다면 그냥 부숴버리는 게 낫지 않을까 생각했다. 그는 거창한 목표나 사명이 있어서 제국을 돌보는 게 아니었다.

제국은 그저 장난감에 불과했다.

균형을 이루고 인간과 마족이 언제까지나 아웅다웅하는 게 즐거웠을 뿐이다. 황제는 오랜 시간 두 진영의 사소한 분란을 일으키며 그 다툼을 구경해 왔다.

음모, 배신, 영웅의 출현과 몰락.

제국 안에서는 그를 흥분시키는 무수한 드라마가 펼쳐졌다.

하지만 아무리 위대한 것이라도 제국에 있는 건 모두 그의 손바닥안이었다. 마치 다람쥐가 쳇바퀴를 돌 듯 언제나 현 상황에서 벗어나지 못하는 게, 고등한 그에겐 무척이나 어리석고 재밌게 보였다.

물론 그래서 인간과 마족 둘 다 덕을 본 건 있었다. 한쪽이 망하면 곤란하다 여긴 황제가 커다란 싸움은 언제나 잘 막아왔기 때문이었다.

제국 동부에서 보이는 인간과 마족의 화합 역시 황제의 솜씨였다. 하지만 그건 선의가 아닌 황제의 필요에 의해 이뤄진 일일 뿐이었다. 그는 막후에서 인간과 마족을 이리저리 움직여 다투게도 하고 화해하게 하기도 했다.

결국 그건, 제국의 존속은 이 드래곤의 흥미에 기대서 유지돼 왔단 소리기도 했다.

"그래도 아직은 아니지. 짐이 이 나라를 어떻게 가꿔왔는데! 짐이 제국이란 말이다!"

사명이 없기에 황제에겐 집착만 남았다.

"그 빌어먹을 놈을 쓰러뜨리지 않고 물러날 순 없다."

하지만 상황은 그에게 더욱 불리하게 돌아갔다. 방해 마법을 처리하느라 이틀이 지났을 때 정중함을 가장한 요청이 들어왔다.

신은 바이에른 선제후 발푸르기스와 혼인하고자 하오니 폐하께서 윤허해 주셨으면 하옵니다. 다른 누구도 아닌, 존경하는 폐하의 축복 속에서 백년가약을 맺고 싶습니다.

발러슈테드 폰 비텐바이어

실로 귀신같은 타이밍이었다. 편지를 본 순간 황제의 안색이 딱딱하게 굳을 수밖에. 그러다 그는 결국 참지 못하고 편지를 갈기갈기 찢어버렸다.

"그아아아악! 이 건방진 놈이!"

와장창!

황제가 값비싼 파이앙스 도자기를 닥치는 대로 깨부쉈다.

"으아아아!"

광기에 찬 그의 눈동자는 실핏줄이 터질 것처럼 충혈돼 있었다.

원래 황제는 그 결혼을 방해할 작정이었다. 한데 상대는 그걸 알고 있었다는 듯 오히려 축복해 달라 하고 있었다. 이번에 황제 직할령이 초토화된 걸 기다렸다는 듯이 말이다.

"처음부터 그놈의 흉계였군!"

마치 네가 결혼을 방해할 건 다 알고 있었다는 듯이. 모략을 짠 황제를 향한 최고의 조롱이었다. 게다가 발푸르기스의 선제후 계승을 방해하려던 황제의 의도를 깡그리 무시하고, 편지에는 바이에른 선제후 발푸르기스라고 적혀 있었다.

"완전히 제 맘 대로군! 절대로 용서할 수 없어! 감히 하등한 인간 주제에!"

제국의 제후라고 해도 자신에겐 병정놀이에 쓰는 말에 불과했다. 한데 그 말 가운데 하나가 자신의 머리 꼭대기 위에 올라탄 것이다.

당장이라도 요절을 내고 싶었지만 현재 황제에겐 여유가 없었다. 직할령이 박살난 데다가 서열 2위 마왕의 세력과 부딪칠지 모르는 상황이 됐다.

황제는 이틀에 비텐바이어 변경백이 여러 가지로 선수를 칠 것을 생각하니 현기증이 일어났다.

대체 그 악마 같은 놈이 얼마나 자신을 뜯어먹으려 할 것인가.

페자무트가 뜬금포를 터뜨려주는 바람에 상황이 유리해졌다. 황제를 상대로 몇 걸음이나 앞서게 된 것이다. 그렇다고 안도할 수 없다.

상대는 제국의 지존이며, 이번에 쓰러뜨릴 게 그만이 아니기 때문이다. 팔츠의 선제후인 프리드리히까지 함께 처리해야 하니 부지런히 뛰어야 했다.

그런데 며칠 뒤에 좋은 소식이 한 번 더 왔다. 달타냥이 황제군의 대리장군인 부퀴이가 마왕군에게 대패했다는 소식을 가져온 것이다.

부퀴이는 상대가 마왕군인 걸 알고 싸움을 피했는데, 마왕군을 이끌던 고룩할감의 아들 조르가투가 그걸 노리고 기습을 가했다고.

"교활하네. 킥킥."

내가 포도주를 따르며 웃는 동안 달타냥의 설명이 이어졌다.

"마왕군의 조르카두가 먼저 함께 언데드를 격퇴하자고 제안했다더군요. 그래서 양측의 수뇌부가 회동을 가졌는데…."

"그때 공격한 거군? 비열한 마족 놈들의 주특기지."

"네."

그 자리에서 황제의 대리장군 부퀴이가 사망했단다. 일군의 수장이 허무하게 죽자 그 뒤에 벌어진 전투는 일방적이었다고.

"그나마 제국12궁이라 불리는 태양의 기사의 분투로 전멸만은 면했다고 합니다. 하지만 황제군은 무려 100킬로미터나 후퇴, 직할령의 쾨세그란 도시에 틀어박힌 상황입니다."

"마왕군은?"

"반으로 나뉘었습니다. 반은 무주공산이 된 황제의 직할령을 접수하고 있고, 나머지 반은 쾨세그 앞까지 쫓아가 황제군의 잔당을 견제 중입니다."

"우리 폐하께서 아주 속이 뒤집어지시겠군!"

이번 패배로 황제가 머무는 빈까지 위험할 수 있게 됐다. 페자무트는 정말 대단하군. 황제를 이렇게까지 궁지에 몰다니.

하지만 황제는 곧 죽어도 황제. 그에게 아직 여러 수단이 남았으니 방심해선 곤란하다.

"황제는 이번 일을 수습하기 위해 각하와 화해하려 할 것입니다. 받아들이실 겁니까?"

달타냥의 물음에 당연하다는 듯 고개를 끄덕였다.

"소를 잡을 때도 준비가 필요하다. 하물며 상대는 드래곤이다. 이 정도 위기로 몰락할 거라고 여기는 건 바보짓이지."

"하오면?"

"이번 기회에 원하는 것을 뜯어내겠다. 그리고 황제가 위기를 수습하는 동안 다음 수를 진행하는 거지."

원래는 결혼을 허가해 달라는 정도였지만 황제가 생각 이상으로 타격을 받았으니 더욱 더 요구할 수 있게 됐다.

"일단 황제가 내리기로 했던 공작 위부터 달라고 해야겠군."

공작 위는 내가 예뻐서 내리려던 게 아니다. 날 빈으로 부를 명분에 불과했지. 그런데 이리 된 거 정말 받을 수 있게 됐다.

"선제후 위도 같이 요구하심이 어떠십니까?"

달타냥의 말에 나는 고개를 저었다.

"그건 거절할 게 뻔해. 황제가 아무리 위기에 몰려도 선제후를 허락하지 않을 거다. 서두를 거 없어. 너무 그를 몰아붙이면 무슨 짓을 할지 모른다."

"알겠습니다."

요즘 들어 그녀의 태도가 좀 고분고분해졌다는 느낌이 들었다. 그 점을 묻자 달타냥이 쓰게 웃었다.

"각하께서 그 정도 능력을 보여주시니까요. 저는 아직 따라가려면 멀었습니다. 자연히 존경심이 생기니 태도가 변했던 모양입니다. 별로 인정하고 싶지는 않습니다만."

"기쁜 말을 해주는 걸."

"물론 저를 향한 탐욕의 시선을 느낄 때마다 그 존경심이 모래성처럼 무너지곤 합니다."

여전히 방어력이 강한 여자군. 그래서 더 탐나긴 한다만. 나는 그녀의 아름다운 몸을 스윽 보고는 포도주를 마셨다. 어쩐지 술이 더 달콤했다.

"공작 위만 추가로 요구하실 겁니까? 금을 잔뜩 뜯어낼 수 있다고 봅니다만."

"금화는 됐어. 페자무트가 100만 플로린을 보내기로 약속했으니까."

이번에 대단한 전과를 올린 페자무트는 200만 플로린 가량의 재화를 약탈해 왔다. 고맙게도 그중에 반절을 보내주겠다고 했다. 이 마왕은 대승리를 거두더니 아주 마음씨가 넉넉해져 있었다.

"하면 금화 말고 뭐를 요구하실 생각입니까?"

선제후 직까지는 무리지만 그에 준하는 걸 이번 기회에 뜯어내야 한다. 황제가 이 정도 몰리는 일도 흔치 않을 테니까.

"제국 원수직과 제국 북부 섭정직을 달라고 할 작정이다."

내 말에 달타냥은 깜짝 놀랐다.

"그건 작센 선제후가 갖는 직위가 아닙니까?"

"맞다. 아직 선제후가 되긴 부족하지만 미리 엉덩이 좀 들이밀어 놓겠다는 뜻이지."

선제후는 크게 두 부류로 나뉜다. 세속성직제후와 세속제후다. 작센, 바이에른, 팔츠, 브란덴부르크, 이렇게 넷이 세속제후인데, 그중 작센이 의전서열 1위다.

작센 선제후는 또한 제국원수란 명예로운 칭호를 갖고 있으며 황제 공위 시에 제국 북부에 대한 섭정직을 수행한다. 나는 노골적으로 선제후직을 달라 하지 않고 이 둘은 먼저 요구한 것이다.

이후 선제후에 오르기 위한 포석이었다.

"황제가 실각한 이후를 대비하려 하심이군요."

"그래. 황제만 몰락하면 나는 북부의 섭정직을 수행할 수 있다. 지금 혼란에 빠진 작센, 니더작센을 집어삼킬 수 있겠지. 그리고 베스트팔렌과 하노버 일대도 협박해 무릎 꿇린다."

제국 남부에서 내 영향력은 강하지만 북부에선 보잘 것 없었다. 그래서 북부 섭정직은 반드시 필요했다. 이런 내 야망에 달타냥은 혀를 내둘렀다.

"황제가 피를 토하겠군요."

"안 들어주고 배길 수 없을 걸."

내 말에 달타냥은 조심스럽게 물어온다.

"각하, 각하께서는 황제가 되려고 하시는 겁니까?"

"글쎄."

제국을 평정해야 함은 확실하다. 종말의 때는 이미 시작되었다. 신적인 존재들이 다툼에 휘말려 이 세계는 언제 붕괴할지 모른다.

이에 대처하려면 제국을 일통하고 발푸르가 여신격이 말한 인간의 일을 끝내야 한다.

"달타냥. 만약에 말이야."

"네, 각하."

"세계 종말이 온다면 어떻게 해야 하겠나?"

"네?"

너무 뜬금없는 질문이었던지 똑똑한 그녀조차 바로 대답을 찾지 못하고 당황했다. 저게 제국의 현주소였다. 현명하다는 이들조차 종말에 대해선 생각조차 없었다.

하긴 누가 갑자기 하늘이 무너질 거라고 여기겠나. 그저 기우(杞憂)라고 치부하겠지. 나는 의자에 몸을 깊게 묻은 채 말했다.

"제국의 모든 힘을 합쳐 위기에 대항해야하지 않겠나?"

"네? 물론 그렇습니다만⋯."

아무래도 내 말이 너무 이상주의적으로 들렸나 보다.

"세계가 멸망한다면 인간이니 마족이니 하는 건 무의미해. 살아남으려면 모두 힘을 합쳐야 한다. 그걸 위해선 제국을 일통해 강한 힘을 발휘할 존재가 필요하다."

"⋯⋯그게 각하입니까?"

"아직까진 잘 모르겠군."

하지만 때가 되면 내가 뭔가 할 거란 점은 확실하다. 그걸 위해 지금 여러 가지 일을 벌이는 것이기도 하고.

"종말 얘기는 너무 신경 쓰지 마."

달타냥은 내보낸 나는 리슐리외에게 연락했다.

—해줄 일이 하나 있네.

—말씀하십시오. 각하.

—팔츠랑 동맹을 맺어야겠어. 팔츠 선제후 프리드리히에게 사람을 보내게.

—그 교활한 자와 손을 잡으시렵니까? 믿을 수 없는 인물입니다. 자기 조카를 배신할 정도로.

그렇긴 하다. 나는 수정구를 보며 고개를 끄덕였다.

—맞네. 하지만 그의 권력욕은 믿을만하지. 리슐리외, 팔츠 선제후가 현재 가장 탐내고 있는 게 뭔지 아나?

—정확히는 모르겠습니다. 아마 선제후보다 높은 걸 원하겠지요.

—정답이야. 그는 보헤미아의 왕관을 원하고 있어.

과거 플레이에선 팔츠 선제후 프리드리히는 언제나 보헤미아 왕관을 얻기 위해 일어섰다. 그 게임 속은 대신격 아퀼라가 예지하고 가늠한 세계라, 현실과 거의 같다.

팔츠 선제후 프리드리히는 반드시 보헤미아 왕관을 얻기 위해 행동한다고 봐도 좋았다. 나는 그걸 유리하게 이용할 작정이다.

—보헤미아 왕관을 원한다는 건 결국 그가 황제가 되고 싶다는 얘기가 아닙니까?

리슐리외의 질문에 고개를 끄덕였다. 보헤미아의 왕관은 제국의 황제만이 쓸 수 있으니까. 먼저 보헤미아의 왕으로 인정받은 후에야 황제의 자리에 오를 수 있다.

-맞네. 그는 보헤미아 왕관을 원하네. 그리고 우리는 현재 보헤미아 왕관을 쓴 이를 끌어내리고 싶어 하지. 손을 잡기 더없이 좋은 상대가 아닌가?

-각하. 정말 그가 황제가 되도록 지원할 작정이십니까?

그 말에 나는 비릿하게 웃었다.

-아니, 그럴 리가 있겠나. 때가 되면 절벽 아래로 밀어버려야지.

-역시 각하시군요.

-하하하, 너무 교활하다 하지는 말게. 프리드리히가 그 전까지는 아름다운 꿈을 얼마든지 꾸게 해줄 테니까.

이렇게 내 계책에는 황제의 몰락과 팔츠 선제후 프리드리히의 몰락이 연결되어 있었다.

나는 리슐리외에게 몇 가지를 더 지시하고 수정구를 껐다. 그리고 앞에 설치된 커다란 거울 앞에 섰다. 거기에는 강하고 교활한 남자가 눈빛을 빛내고 있었다.

발러슈테드 폰 비텐바이어라 불리는 사내였다.

나는 손에 묵직한 뭔가가 든 시늉을 했다. 그리고 그걸 머리 위에 썼다.

"이런 말이 있지. 왕관을 쓰려는 자, 왕관의 무게를 견뎌야 한다고."

아마 셰익스피어의 작품일 거다. 나는 거울을 보며 왕관이 쓴 것처럼 행동해 봤다. 원래 이 왕관은 강철선제후라 불렸던 필립에게 주려고 했다.

하지만 정치적 상황은 늘 변하기 마련. 이젠 그에게 팔츠 선제후 이상을 허락할 뜻은 없었다.

"그렇다면 나는, 보헤미아 왕관의 무게를 견딜 수 있을까?"

밀고 당기기란 언제나 중요하다.

남녀 간에 일어나면 우린 그걸 연애라고 부르고, 정치적 단체 간에 일어나면 외교라고 부른다.

나는 원하는 걸 얻어내기 위해 제국의 지존인 황제와 밀고 당기기에 들어갔다.

"틸리 장군, 빈으로 출병하겠습니다."

과감하게 2만 5,000의 대군을 이끌고 제국의 심장인 빈으로 출병했다. 이 사실에 제국 전체가 요동쳤다.

일개 제후가 황제를 겁박하기 위해 군을 일으킨 것이다. 제국이 드디어 갈 데까지 갔다는 반응이었다.

그렇다고 나를 향한 비난이 쏟아진 건 아니다. 제국의 제후 중 황제에게 존경심을 가진 이는 거의 없었기 때문이다. 황제의 파벌만이 시끄럽게 떠들어댔다.

가장 먼저 헤센-카젤 방백 모리츠가 경고를 보내왔다. 그는 황명을 받고 군사를 일으켜 뷔르츠부르크를 접수 중이었다. 나와는 앙숙일 수밖에 없는 자다.

"부디 변경백께서는 제국의 오해를 사지 않게 행동하시라?"

나는 사절이 가져온 서신을 읽으며 비웃음을 머금었다.

"본인은 서열 2위 마왕인 고룩할감의 군대에게 고통받고 있는 폐하의 직할령을 구하기 위해 출병한 것이다. 방백이 내 의도를 오해하고 있군."

입에 침도 바르지 않고 사절에게 거짓말을 했다. 이리 뻔뻔히 나가자 그는 잠시 말문이 막힌 듯했다.

"크흠! 각하의 충심을 어찌 모르겠습니까? 하나 이는 오해를 부르는 행동입니다."

"오해라?"

"각하께선 경거망동하셔서는 안 될 것입니다."

제법 세게 나오네. 주인인 헤센-카젤 방백 모리츠가 영웅으로 이름이 자자해서 그런지 사절도 강단이 있군.

하지만 나는 그보다 더한 자도 얼마든지 상대해 봤다. 서신을 진흙 바닥에 내던졌다.

"아니! 외교 문서를 어찌!"

"퉤!"

심지어 침을 뱉고 군화로 짓밟자 사절이 분노로 부들부들 떨었다.

"가서 네 주인에게 전해라. 맘대로 해보라고."

"후회하실 겁니다! 각하!"

대답대신 권총을 뽑아 사절이 다리 쪽에 쐈다.

타앙!

발 근처에 탄환이 맞자 사절은 놀라서 펄쩍 뛴다.

"아직 그 목숨이 붙어있을 때 돌아가는 게 좋을 거다."

경악한 그는 몸을 돌려 도망갔는데, 가다 넘어져 진흙탕에 구르자 우리 병사들이 껄껄대며 웃어댔다.

나는 헤센-카젤 방백을 조금도 신경 쓰지 않았다. 그는 황제의 직할령을 구하러 가야해서 내게 무슨 소리를 하던 다 허세였다.

"제깟 놈이 감히."

가볍게 경고를 씹은 나는 도나우 강을 따라 계속 동쪽으로 나아갔다. 인근의 영주들은 우리 군대에 놀라, 알아서 설설 기었다.

"각하, 저희 벨스에서 각하께 드리는 성의이옵니다."

"각하, 암스테덴에서 각하의 행로에 도움을 드리고자…."

"각하, 슈타이어의 도시 의회에서 각하께 곡물을 지원하고자…."

그 사이 빈과 우리 사이에서는 바쁘게 외교사절이 왔다갔다했다. 막판 협상으로 외교관들은 쉴 새가 없었다.

우리가 결국 빈에서 불과 50킬로미터 밖에 떨어진 도시 멜크에 도착에 도착하자, 황제는 선택을 해야만 하는 상황에 놓였다.

아군은 멜크의 수도원 학교에 자리를 잡고 황제의 특사를 기다렸다.

"슬슬 오겠군."

수도원에서 제공한 퍽퍽한 저녁 식사를 포크로 쑤시고 있을 무렵, 내 예상처럼 황제가 보낸 특사가 도착했다.

"변경백 각하."

"좋은 소식을 가져왔나?"

"황제 폐하께선 최대한 관용을 베푸셨습니다."

관용이 아니라 눈물을 머금고 양보한 거겠지.

"말해보라."

"네, 황제 폐하께선 각하께 비텐바이어-바젤 공작 위를 내리셨습니다."

"또?"

또란 말에 상당히 압박을 느끼는 듯 특사는 비지땀을 흘렸다.

"제국원수의 칭호 역시 허락하셨습니다. 하지만 북부섭정직은 어렵다는 말씀을 하셨습니다. 북부의 제후들이 반대하고 있으니 만약 각하께서 이 문제를 해결하신다면 재고해 볼 수는 있다는 전언입니다."

"그런가."

속으로 혀를 찼다. 말하는 걸 보니까 이미 북부의 제후들이 발 빠르게 끼어들어 반대를 했나 보군. 그들의 개입에 자신감을 얻은 황제가 북부섭정 직은 내리지 않겠다고 한 거고.

애초에 북부섭정은 어려울 수도 있겠다고 생각했다. 공작 위와 제국원수 직을 얻은 걸로 만족하고 후일을 기약할 수밖에.

"황제와 다투고 있는 지금 북부와 척을 지면 감당할 수 없습니다."

틸리 장군의 조언에 나는 고개를 끄덕였다.

"알겠네. 황제 폐하의 은혜에 감사드린다고 해주게."

특사를 보낸 뒤, 혼자 생각에 잠겼다. 황제의 목적은 뭘까? 그는 왜 제국의 균형을 유지하려고 할까?

고민해 봐도 좀처럼 답을 알 수 없었다. 내 지난 경험에 의하면 황제는 마지막까지 제국을 포기하지 않았다. 집착이란 말이 좋을 정도로 제위를 지키려 했다.

뭐가 그를 그렇게 제국에 얽매이게 한 건지 알 수 없었기에 내 고민은 깊어져만 갔다.

"축하드립니다! 합하!"

"승작을 축하드립니다. 합하."

뮌헨으로 철군해 돌아오자 곳곳에서 축하 인사가 쏟아졌다. 제국원수 직을 얻은 탓에 나는 합하란 칭호를 쓸 수 있게 됐다. 실제로 힘은 없는 명예직일 뿐이지만, 후일 선제후로 갈 수 있는 발판이란 점이 중요했다.

-축하하네. 작위가 오른 걸.

-감사합니다. 전하.

황송하게도 베오울프에게도 축하 인사를 받았다.

-슬슬 이제 돌아갈 때가 되었네.

-그렇습니까?

가능한 그를 더 잡아 두고 싶었지만 무리였다.

-돌아오란 연락이 왔어. 저쪽도 싸움이 치열해지고 있는 모양이더군. 과인의 힘이 필요한 거겠지.

그의 용력은 화신을 쓰러뜨릴 정도니, 끓어오르는 심연의 입장에선 아쉽겠지. 어쩔 수 없었다. 나는 그가 떠나기 전에 궁금하던 걸 물어봤다.

-전하께서는 과거 드래곤의 모습을 한 화신과 함께 죽지 않으셨습니까? 한데 뮌헨에선 막시밀리언을 압도하시더군요.

-아, 그것 말인가? 하긴 의아할 수도 있겠지. 그건 인과율에 따라 화신의 힘이 달라지기 때문이야.

베오울프의 말로는 화신이 발생하게 된 원인의 수준에 따라 힘이 결정된다는 것.

-막시밀리언의 경우는 화신이 뮌헨이란 도시 하나에 영향을 미칠 수 있는 원인을 갖고 있었지. 반면 과거 과인이 쓰러뜨린 드래곤은 왕국 전체에 영향을 미칠 수 있는 원인을 가졌어. 힘의 수준이 달랐네.

처음 알게 된 지식이다. 화신의 힘도 인과에 따라 천차만별이구나. 거기서 나는 결정적인 힌트를 하나 얻었다.

-전하, 후일 화신을 상대하기 위해선 강신의 원인을 줄이는 게 주

요하겠군요?

그 말에 베오울프는 놀라워했다.

-자네는 매우 현명하군. 맞네. 화신을 직접 두들기기보다, 강신의 원인을 조절할 수 있다면 힘을 대폭 줄일 수 있겠지.

뜻하지 않게 화신을 상대할 단서를 발견했다. 직접 공격하는 것보다 훨씬 효율적일 것 같았다.

-하지만 인과율에 개입하는 건 신적 존재들조차 쉽게 할 수 없는 일임을 기억해야 하네, 공작.

-그렇겠지요.

-아, 인과율이라 하니 단서가 될 게 생각나는군. 어쩌면 그게 도움이 될지 모르겠어.

뭔가 실마리가 있는 듯해 나는 귀를 쫑긋했다.

-과인이 드래곤과 싸웠던 이유를 알고 있나?

-네, 드래곤이 자신의 황금술잔을 잃어버린 데 분통을 터뜨리고 왕국을 공격한 게 아닙니까?

-그렇지. 자, 여기서 생각해 보게. 어둠의 대군의 화신이 나설 정도네. 그게 보통 보물은 아니지 않겠나?

듣고 보니 그렇다. 나는 순간 소름이 돋았다.

-전하, 그저 보물 하나가 예이츠를 멸망시킬 원인을 제공했다는 점도 놀랍습니다. 막시밀리언이 어둠의 대군의 약속을 속임수로 미룬 것도 그것에 훨씬 못 미쳤는데 말입니다.

-그렇지. 상식적으로 이해가 안 되지. 하지만 그만큼 그 물건이 어둠의 대군에겐 위험하다는 거 아니겠나?

정말 놀라운 일이었다.

―그 물건의 정체를 어느 정도 아십니까?

―과인이 알기로 그건 한 어둠의 대군이 만들어낸 신적인 물건이
야. 정확한 용도는 모르네. 그저 어둠의 대군이 다른 어둠의 대군을
견제하기 위한 것이라 알고 있어. 그렇다면 혹시 인과율을 조절하는
데 관여할 수 있는 게 아닐까 하는 생각이 들었네.

상식적으로 술잔이 무슨 대단한 파괴 병기일 리 없다. 그럼에도
왕국이 멸망할 정도의 취급을 받는다면, 정말 인과율에 관여하는 신
물일지도 모른다.

―사실 이전에는 그런 가능성을 전혀 염두에 두지 못했네. 하지만
자네와 대화를 하다 보니 떠올랐구먼.

―전하, 그게 사실이라면 전하께선 인류에게 엄청난 선물을 주신
겁니다. 그 황금술잔은 현재 어디에 있습니까?

만약에 어둠의 대군 중 하나가 갖고 있다고 하면 말짱 꽝이다. 인
간의 힘으로 그들을 제압하고 빼앗을 수 없을 테니까.

―모른다네. 듣자니, 과인이 죽은 후 황금술잔을 포함한 드래곤의
보물은 신하들이 땅에 묻었다더군. 재앙이 두려워서 말이야. 금은
모래로, 보석은 돌로 변하길 바라며.

곤란하다. 모처럼 화신을 상대할 방법의 실마리를 발견했는데 말
이지. 그래도 베오울프의 말로는 예이츠의 폐허에서 찾을 수 있을
거라고 했다.

―알겠습니다. 감사합니다. 전하.

―자, 그러면 이별일세. 인연이 있다면 또 보세나.

인사와 함께 베오울프는 사라졌다. 이제 그는 어둠의 대군과 그들
의 권속이 싸우는 차원 어딘가로 갈 것이다. 신적 존재들의 전장으로.

내가 관여할 곳이 아니었다. 내 싸움터는 어디까지나 물질계니까.

그래도 어둠의 대군이나 화신을 상대할 중대한 단서를 두 개나 찾았다. 하나는 산호공주가 남겼다는 검술, 그리고 드래곤의 황금술잔이다.

전자는 어둠의 대군조차 벨 수 있는 절정의 검술이고 후자는 인과율에 관여할 수 있는 걸로 기대된다.

최악의 싸움이 터지기 전에 반드시 그 두 개를 얻을 필요가 있었다. 만약 뮌헨 사태와 같은 일이 한 번 더 벌어지면 그때는 정말 감당할 수 없을 테니.

공작에 오르자마자 나는 팔츠의 수도인 하이델베르크로 향했다. 팔츠 선제후 프리드리히와 회담을 위해서다. 이미 리슐리외를 통해 실무적인 조율은 다 끝난 상태였다.

제국원수이자 비텐바이어-바젤 공작인 나는 화려한 일행을 이끌고 당당하게 나아갔다. 행렬을 따르는 기병만 500명이었다.

이 방문은 제국 전체에 화제가 돼 온갖 얘기가 쏟아져 나왔다. 평소라면 견제라도 했을 법한 황제가 직할령 문제 때문인지 일언반구도 없었다.

"합하, 방문을 환영합니다."

하이델베르크의 성문 앞에서부터 관료들이 빼곡히 나와 날 맞아줬다. 화려하기 치장한 선제후의 근위병들까지 도열한 걸 보니 의전에 상당히 신경을 쓴 느낌이었다.

"환영에 감사하네."

"합하께선 명예롭고 고귀한 분이니 당연한 조치입니다."

속으로 웃음이 나왔다. 원래 슈판다우 농촌에서 풀이나 베는 놈이었는데. 마녀들에게 잡혀갔던 게 엊그제 같다.

"자, 궁으로 가시죠."

안내를 맡은 팔츠 선제후 가문의 공작 중 하나였다. 이래저래 저쪽에서 날 신경 쓴다는 생각이 들어 프리드리히와 협의가 잘 될 것 같았다.

"이곳에서 머무시지요."

안내된 장소를 보고 속으로 쓴웃음을 지을 수밖에 없었다. 이곳은 강철선제후 필립이 머물던 궁전이었기 때문이었다. 아무래도 찬탈자인 프리드리히는 다른 궁전을 거처로 삼은 모양이군.

"선제후 전하께서는 사냥을 나가셨기 때문에 내일에나 돌아오실 겁니다. 죄송합니다만, 여독을 풀고 하루만 기다려 주시지요. 저희가 필요한 건 모두 제공하겠습니다."

음, 사냥 얘기는 없었는데? 뭐, 오늘 바로 회담하기로 한 건 아니니 온화하게 웃으며 그러겠다고 했다.

"알겠네. 그것보다 차가운 음료 좀 가져다주겠나?"

"물론입니다. 하이델베르크가 자랑하는 딸기 주스를 가져오겠습니다."

하이델베르크하면 딸기전쟁이라는 유명한 사건이 터질 정도로 딸기가 특산물이다.

"음…."

사냥이라니, 좀 뜬금없는데. 상대가 무슨 의도인지 고민하고 있을 때 달타냥이 나타났다.

"합하, 승작을 축하드립니다."

"고맙군. 별 일 없었나?"

달타냥은 일주일 전에 미리 내 관료들과 함께 하이델베르크에 와 있었다. 회담을 앞두고 필요한 정보를 수집하기 위해서다.

"합하께서 만나보셔야 할 사람이 있습니다. 이번 회담에 대해 중요한 단서를 가지고 있는 자입니다. 만약 그의 도움을 받지 못한다면 회담은 실패할 겁니다."

달타냥이 저리 확언할 정도라면 보통 인물이 아닌 거 같은데. 확실히 갑자기 팔츠 선제후가 사냥 핑계를 대는 것도 그렇고 수상한 구석이 있었다.

"누군가?"

"아, 지금 왔군요."

달타냥이 무슨 소리를 하나 싶었는데, 그녀는 막 방에 들어온 시녀를 향해 손짓했다. 내가 부탁한 음료를 들고 온 시녀였다. 달콤한 딸기향이 코를 찌른다.

"음?"

시녀를 보며 눈짓하자 달타냥이 고개를 끄덕였다. 아무래도 평범한 이가 아니구나.

"합하."

시녀는 공손히 고개를 숙였다. 겉으로는 어디서나 볼 있는 없는 얼굴이었다. 하지만 곧 깜짝 놀랄 수밖에 없었다. 시녀가 자기 얼굴을 뜯어 본 모습을 보였던 것이다.

"오, 이것 참."

뭐랄까, 인피면구 같은 건가. 완전히 다른 얼굴이 나와서 적잖이 놀랐다. 이건 첩보원들의 기술이었다.

"소녀가 합하께 인사드리겠어요."

날아갈 듯한 자세로 우아한 인사를 해온다. 눈이 돌아갈 정도로 대단한 미소녀였다. 평범한 시녀는 온대간대 없고 누가 봐도 좋은 집안의 아가씨가 나타나니, 귀신에라도 홀린 기분이 들었다.

아직 앳된 얼굴이 굉장히 앙증맞고 사랑스러웠다. 하지만 나는 그 미모에 넘어가지 않았다. 그저 쓰게 웃을 뿐이었다.

"자네는 데옹 드 보몽이군."

상대가 남자였기 때문이다.

그는 단번에 정체를 파악 당하고도 여유로운 모습이었다. 과연 최고의 첩보원이라 그건가.

"소녀를 어찌 남자의 이름으로 부르시는지 모르겠군요?"

너무나 자연스러운 태도라 순간 내가 착각했나 싶을 정도다. 겉만 보면 고개를 갸웃거리며 어리둥절해 하는 순진무구한 소녀 그 자체였다.

"그런가? 하면 잠시 본인과 대화해 보지 않겠나? 그대가 보이는 그대로라 믿을 수 있도록."

넌지시 네 연기가 얼마나 뛰어난지 보여 봐란 얘기였다. 당연히 데옹 드 보몽은 응해왔다. 잠시 이런저런 얘기가 이어졌는데 그녀는 누가 봐도 흠잡을 수 없는 소녀와 같았다.

"리아 드 보몽이라 불러주세요. 그게 제 이름이랍니다."

리아 드 보몽은 데옹 드 보몽이 여장을 하고 다닐 때 쓰는 가명이다.

"아무리 여자 이름을 쓰고 여자처럼 꾸미고 있다지만 내 눈에는 그대의 본질이 보이는군."

"달타냥에게 미리 들으셨나요?"

데옹 드 보몽은 더는 자신의 정체를 부정하지 않았다. 하지만 내 안목이 미리 언질을 받아 간파한 게 아니냐고 따져왔다.

"아닐세."

"하면 어찌 소녀의 정체를 파악하셨다고 하는지요?"

"본인 역시 연기에 관심이 크기 때문이다."

연기란 사기를 치는데 있어 근본과도 같은 기술이니까.

"소녀의 연기에 어떤 흠이 있다고 보시나요?"

자신감 넘치는 말투였다. 어디 트집 잡아 보려면 잡아라, 그거다. 만약 여기서 상대가 납득할만한 답을 내지 못한다면 그는 내게 실망하겠지. 아마 등용하는 것도 실패할 거다.

"자네의 연기는 괜찮았네. 하지만 무대에서 배운 티가 나는군."

"무대…."

"그래, 제국의 정치판에서 먼저 연기를 배운 내 입장에선 미비해 보이는군."

데옹 드 보몽은 계속 해 보라는 듯 입을 다문다. 하지만 살짝 눈꼬리가 올라간 게 기분이 좋지 않아 보였다. 자신하는 연기를 내가 흠 잡고 나섰으니 그럴 수밖에.

"자네는 무대의 법칙대로 메소드에 힘쓰고 있군. 뛰어난 선배들에게 가르침을 물려받은 흔적이 느껴지네."

"하면 뭐가 문제인지요?"

"배운 대로 행할 뿐이니 기계적이라 그걸세."

호흡, 발음, 눈빛 등 모두 일상에 어울리는 절제를 동반하고 있었지만, 그 본질은 무대 위의 배우가 쓰는 것이었다. 내가 이런 점을 지적하자 그는 살짝 놀란 기색이 된다.

"아마 의식하지 못했겠지. 자네의 기계적 연기에 모두 속아 넘어 갔으니 별 문제도 없었겠고."

"……으."

살짝 입술을 깨무는 그를 보며 기분이 좋아졌다. 한 수 아래의 배우한테 가르침을 내리는 건 즐거운 일이니까. 거들먹거리며 허영심을 채우기 좋은 일이었다.

"무대의 관행을 너무 믿지 말게. 다듬어진 그 기예는 마치 잘 썰리는 나이프 같지만, 제국의 민감한 정치판에선 그걸 알아볼 늙은 괴물들이 넘쳐나. 현재 자네는 겨우 궁정 근처에 발을 담갔을 뿐이지. 그 정도로 자기 연기를 과신한 건가?"

"윽!"

사실 그의 연기는 이렇게 혹평 받을만한 게 아니었다. 어지간하면 다 속으리라. 하지만 내 안목에는 못 미쳤다.

"합하께서는 스스로의 연기력을 자신하시나요?"

억울한 듯 물어보는 말에 나는 고개를 쳐들었다. 일부러, 보란 듯, 도발하며.

"그렇다. 본인은 마왕을 상대로 목숨을 걸고 연기했지. 그리고 그들을 속였다네."

이런 내 수준에서 아직 완성되지 못한 젊은 첩보원의 수준을 간파하는 건 일도 아니었다.

데옹 드 보봉도 그런 격차를 느낀 듯했다. 분해하는 모습은 사라지고 한 수 배우려는 자세가 된다.

"그럼 소녀가 어찌해야 하나요? 제국원수 합하."

솔직히 배우려는 그의 자세가 마음에 들었다. 그렇다면 한 수 알려주지 못할 것도 없지.

"우선 자신이 누굴 상대로 연기할지 알아야하네(사기 칠 대상을 열심히 조사하라). 그리고 상대의 정서를 생동하게 할 수 있는 게 뭔지 파악해야지(뭐로 속여야 잘 속였다는 소리를 들을지 고민하라). 물론 그건 쉽지 않네(돈과 힘을 가진 놈들일 수록 쥐새끼 같다)."

내 말을 데옹 드 보몽은 신중하게 듣는다. 그는 한 마디라도 놓치지 않겠다는 듯 진지하다.

"일이 쉽지 않기에 상투적인 수법이 자네를 유혹할 거야(뻔한 계획은 반드시 실패한다). 하지만 그 길이 가시밭길이라도 단호하게 거절하고 자신의 연기를 관철해야 해(쥐어짜서 새로운 계획을 세우고 그걸 믿어라). 그래야만 창의력을 가질 수 있어(그래야만 쥐새끼들을 상대로 등쳐먹을 수 있다)."

이것은 경험에서 나온 것이었다. 나는 온갖 강자들에게 연속된 사기 행각을 해왔으니까. 그래, 창의력을 가져야 더 큰 존재를 속일 수 있다.

그 외에도 내 연기 노하우를 이것저것 알려줬다. 그러자 데옹 드 보몽은 감탄을 금치 못했다.

"과연 명불허전이십니다. 합하의 조언에 깊이 감탄했습니다!"

말투에서 진심이 느껴졌다. 그래서인지 더는 소녀라 칭하지 않고, 말투도 본연의 남자다운 것으로 바뀌어 있었다.

데옹 드 보몽은 워낙 예쁘게 생겨 그가 여성스러울 거라 여기는 자도 있으나 실상 전혀 그렇지 않다. 그는 기사답고, 사내다우며,

훌륭한 검술가였다.

"맘에 들었다니 다행이군."

"달타냥 경에게 듣고 대단한 분일 거라 기대했습니다. 하지만 그래서 더욱, 혹시 제 기대에 못 미치는 분이면 어떨까 걱정도 했습니다."

그의 말에 나는 인자한 미소를 지어보이며 달타냥을 손짓으로 불렀다. 그리고 와인을 따르라는 듯 잔을 내밀었다. 달타냥이 도끼눈을 뜬다.

하지만 데옹 드 보몽이 옆에 있다. 자기 군주의 체면이 있으니 거절하지 못하고 공손하게 술을 따라줬다. 미모의 여인이 날 위해 봉사하니 이거 기분이 또 괜찮구나.

"미녀가 술을 주니 한층 와인 향이 진한 거 같군."

"그렇군요. 합하."

으득!

이를 가는 소리가 들렸다.

"옆에 있어."

술만 따르고 달타냥이 떠나려 하자 허리를 손으로 감쌌다. 놀랍도록 잘록하고 탄탄한 허리가 손바닥의 감각을 타고 느껴졌다. 곁에 두니 와인보다 그녀의 향기가 훨씬 진하고 달콤했다.

데옹 드 보몽은 그런 우리 둘을 묘한 눈으로 본다. 일부러 보라고 이리 행동한 거다. 누가 봐도 달타냥은 대단한 여자란 걸 알 수 있다. 성격도 한가닥하고 자존심도 엄청나다.

한데 그런 미녀를 곁에 두고 시녀처럼 부리고 있다면, 지켜보는 입장에선 여러 가지를 생각하게 되겠지. 이것도 일종의 허세라면 허세다.

빼어난 미녀는, 명검이나 산더미 같은 금화 이상으로 남자가 내세우고 자랑할 수 있는 수단이니까.

"자, 슈발리에 데웅이여. 직접 본 이 몸은 어떤가?"

그는 고개를 숙여 존경을 표해왔다.

"직접 보니 기대 이상이라 생각합니다. 과연 일세영웅의 자질을 갖고 계십니다. 아마도 그 연기력은 수라장 같은 정치판에서 다져진 것, 그것만 봐도 합하께서 넘어온 역경을 능히 짐작할 수 있습니다."

"인정할 만 하다 그건가?"

"그렇습니다. 합하. 또한 미녀를 곁에 두고 허세를 부리는 속물적인 즉흥연기는 역시 실로 대단하셨습니다."

순간 표정이 풀릴 뻔했다. 속물적인 연기가 아니라 그냥 자랑하려고 한 건데…. 물론 이 틈에 달타냥에게 짓궂게 굴려고 한 것도 사실이지만.

"윽."

나도 모르게 나직한 신음을 내뱉자 옆에 있던 달타냥이 입꼬리를 올리며 날 내려다본다. 장난스러운 얼굴이 쌤통이라는 듯하다.

달타냥은 요염한 입술을 열어 내 귀에 속삭였다.

"속물이라는군요? 하면 더 속물이 되시기 전에, 제 허리를 감싼 각하의 보잘 것 없는 손을 치워주시지 않겠습니까?"

"……."

"슈발리에 데웅이 이 허세에 넘어갔다면 각하의 속물 연기에 동조하기 위해 기꺼이 엉덩이를 내어드릴 생각이었습니다만, 아쉽게도 꽝인 것 같네요. 오늘이라면 각하께서 절 맘껏 희롱하셔도 처녀의 수줍음으로 받아들이려고 했는데."

그리 말한 달타냥은 허리를 감싼 내 손을 떼어내더니 방을 나섰다. 내가 마시려고 둔 딸기주스를 들고는. 마치 나 같은 건 안중에도 없다는 태도였다.

"……."

겉으로는 조금도 동요하지 않았으나 속이 쓰렸다. 무협에서 흔히 말하는 내상을 입은 느낌이랄까.

"자네, 일부러 그런 거구면."

쓴웃음을 짓고 묻자 데옹 드 보몽이 쾌활하게 웃는다.

"합하께서 말씀하시지 않았습니까? 기계적으로 연기하지 말고 창의력을 가지라고. 배운 것을 써봤습니다."

"못 말리겠구면, 이 친구."

역시 이름 높은 데옹 드 보몽답다는 생각이 들었다. 그래, 내가 탐내는 자인데 이 정도는 보여줘야지.

"단도직입적으로 묻겠네. 그리고 본인은 자존심이 강하기에 한 번만 제안할 거야."

"네, 합하."

"신종하겠나? 최고의 대우를 해주지. 그리고 최악의 적을 상대로 연기할 기회를 주겠다."

농담이 아니다. 나는 신적인 존재조차 속이고 사기 치려 하고 있으니까.

"신중히 대답해주게."

"네, 합하."

데옹 드 보몽은 결정을 내린 듯 한쪽 무릎을 꿇고 검을 뽑아 내게 바쳤다.

"샤를 주느비에브 루이 오귀스트 앙드레 티모시 데옹 드 보몽[3]이 함께 임관하고자 하오니 받아주시겠습니까?"

이름이 길기도 하네. 나는 웃으며 그의 검을 받아 돌려주었다.

"좋네. 앞으로 슈발리에(기사) 데옹이라 부르지."

"감사합니다! 합하!"

<데옹 드 보몽을 등용했습니다!>
<그는 당신의 능력에 경외심을 품고 있습니다!>

나에게 좋은 인상을 받은 것 같았다. 앞으로 잘 해나갈 수 있을 거 같다. 달타냥에 이어 슈발리에 데옹까지 등용했다. 이로써 이 제국에 첩보원 영웅의 양대 산맥이 모두 내 품에 들어오게 된 것이다. 아주 기분이 좋았다.

"그나저나 저 여자가 날 애먹이는군."

달타냥이 사라진 곳을 보며 중얼거리자 슈발리에 데옹이 고개를 갸웃거린다.

"달타냥 경 말입니까?"

"그래, 보통 튕기는 게 아니네."

"네? 이상하군요. 제가 보기에는 달타냥 경은 이미 각하의 침실로 그녀의 탐스러운 허벅지를 반쯤 들이민 느낌입니다만?"

"음?"

그게 대체 무슨 소리야? 퇴짜를 몇 번이나 맞았는데. 내가 의아함을 표하자 슈발리에 데옹은 잔잔히 웃는다.

---

3 Charles–Geneviève–Louis–Auguste–André–Timothée d'Éon de Beaumont

"아이고, 합하."

"왜?"

"방을 나가던 그녀가 볼을 수줍게 붉히고 있던 걸 못 보셨던 겁니까? 오늘 이 방에 있던 진짜 소녀는 제가 아니라 그녀였습니다."

슈발리에 데옹에게 팔츠 선제후 프리드리히에 대한 정보를 입수했다. 그의 보고를 들으며 왜 프리드리히가 회담을 미루고 사냥을 나갔는지 알 수 있었다.

"아들이 알 수 없는 병을 얻어 쓰러졌다 그거지?"

"네, 합하. 게다가 프리드리히가 모종의 세력에게 협박을 받은 정황이 있습니다."

하루 밀린 회담은 또 다른 핑계를 대고 다시 밀린 상황이다. 이대로라면 기껏 팔츠에 오고도 제대로 된 성과를 내지 못할 듯했다.

나는 그 모종의 세력에 대한 정보와 선제후의 아들이 걸렸다는 병증을 바탕으로 상대를 추론할 수 있었다.

"죽음이 임한 자들이 틀림없어. 전형적인 놈들의 수법이야."

"그게 누구입니까?"

"어둠의 대군인 발버둥치는 죽음을 섬기는 암중 단체다. 제국북부에서 강한 세력을 이루고 있지."

원래라면 제대로 알지도 못하는 집단이었다. 하지만 아퀼라에게 업적치를 주고 얻은 정보 덕에 자세히 파악하게 됐다.

"그런 자들이 왜?"

"팔츠 선제후와 내가 손을 잡는 걸 어떻게든 저지하려는 속셈 같군. 하지만 그것만이 이유는 아니겠지."

분명 알 수 없는 뭔가가 더 있는 게 틀림없다. 놈들은 이 팔츠에서 무엇을 하려는 걸까?

고민만 깊어 가는데 그날 밤 뜻밖의 연락이 왔다.

"합하."

깊은 새벽에 한 성직자가 침실로 찾아온 것이다. 귀신같은 솜씨의 잠행이었지만 나는 미리 기다리고 있다 그를 맞이했다.

내가 아무렇지도 않다는 듯 침대에 앉아있자 그는 적잖이 놀란 모습이었다.

"역시 합하께선 보통 분이 아니시군요."

"그대는 누군가? 내 친구들은 그다지 인내심이 깊은 편이 아니니 순순히 말하는 게 좋을 걸세."

그 말과 함께 성직자의 뒤쪽에서 달타냥과 슈발리에 데옹이 검을 빼들고 나타났다. 이들 역시 은신하고 기습하는 데는 도가 튼 인물들이다.

"허허, 제 솜씨에 자신이 있었습니다만, 우물 안 개구리였군요."

허망하게 뒤를 잡힌 탓인지 성직자는 허탈하게 웃는다. 그는 곧 내게 고개를 숙였다.

"합하, 존귀하신 분께서 절 보내서 왔습니다."

"누군가?"

"마인츠 선제후 전하이십니다."

"뭐라?"

놀랄 수밖에 없었다. 마인츠 선제후는 수호자인 구마축사의 대주교 아닌가. 갑자기 수호자인 그가 연락을 해올 줄이야. 야밤에 이리도 은밀하게.

"고귀하신 전하께서 내게 무슨 용무신가?"

"전하께선 팔츠에 큰 재액이 닥치고 있음을 염려하고 계십니다."

"재액이라?"

"그렇습니다. 현재 팔츠 선제후 전하는 사악한 무리에게 협박당하고 있습니다. 그리고 이 일에 황제 폐하가 개입해 있음을 확인했습니다."

"뭐라!"

팔츠 선제후에게 무슨 일이 생긴 건 짐작했다. 그런데 황제가 끼어 있었다니, 정말 발 빠르게 움직였잖아. 직할령 건으로 정신이 없을 텐데 역시 그 드래곤은 대단하군.

"설마 죽음이 임한 자들과 황제가 손을 잡은 건가?"

"그들을 아시는군요!"

성직자는 설마 그들을 알 줄 몰랐다는 듯 꽤 놀란 표정이었다. 나는 복잡한 표정으로 고개를 끄덕였다. 그놈들을 뿌리 뽑기 전까지 편히 자긴 글렀으니까.

"역시 합하께선 알려진 것 이상으로 대단한 분이셨군요."

"그 사악한 무리와 다툰 지 오래됐네."

"그렇다면 마인츠 선제후 전하와 얘기가 빠르겠습니다."

나는 그가 뭘 원하냐고 물었다.

"전하께서는 합하께서 이번 팔츠를 둘러싼 음모를 분쇄하는데 협력해 주시길 바라십니다."

"만약 그렇게 한다면 내게 무엇을 주신다고 하는가?"

"그대로 말씀드리겠습니다. 만약 과인을 도와준다면, 훗날 제국 제후 회의에서 그대의 야심을 이루기 위한 한 표가 약속될 것이오,

라고 하셨습니다."

놀랍군. 그는 내가 선제후가 되는 걸 지지해 주겠다는 것이다.

마인츠 선제후가 지지해 준다면 그 영광된 위치에 한걸음 더 다가설 수 있을 터. 나는 그 제안이 마음에 들었지만 좀 더 확실함을 요구했다.

"전하의 진심을 무시하는 건 아니네만, 담보가 필요하겠군."

"담보 말입니까?"

성직자는 불쾌해하지 않고 오히려 그럴 줄 알았다는 듯한 태도였다.

"이거면 충분할 거라 마인츠 선제후 전하께서 말씀하셨습니다."

"이건!"

생각지도 못한 물건이 나왔다. 그가 내민 건 마인츠의 금인칙서였다. 마인츠 선제후가 황제의 투표권을 행사할 수 있다는 권리를 명시한, 황제의 황금인장이 찍힌 신성한 문서. 그 가치는 값으로 따질 수도 없었다.

"합하께 드리겠습니다. 훗날 제국 제후 회의에서 마인츠 선제후 전하께서 약속을 지키신다면, 그때 돌려주십시오."

6. 죽음이 임한 자들

"금인칙서라니."

성직자가 내민 문서를 받아서 살펴보았다. 황금인장이 선명하다. 나도 모르게 꿀꺽 침을 삼켰다.

"…진본이로군."

담보는 충분했기에 자세한 얘기를 들어보자고 했다.

"알겠습니다. 합하."

현재 팔츠 선제후 프리드리히의 장남은 어둠의 저주를 당해 쓰러진 상태다. 암중조직인 '죽음이 임한 자들'이 범인으로, 그들은 이를 가지고 프리드리히를 협박하고 있다.

"팔츠 선제후 전하께선 저희에게 몰래 도움을 청하셨습니다. 하지만 마인츠 선제후 전하께서도 저주를 완전히 풀 방법을 찾지 못하셨죠."

구마축사의 대주교인데 안 될 리가 있나 싶다가, 칠마성전을 못 봤으면 그럴 수도 있겠다 싶었다. 어둠의 대군과 직접 연관된 극악의 저주는 칠마성전의 지식이 필수니까.

"그러다 마인츠 선제후 전하께선, 합하께서 과거 발푸르가 수녀회 대수녀원장의 저주를 푼 사실을 주목하셨습니다."

"외부에 알리지 않은 이야기인데, 잘도 알아냈군."

내 말에 그는 그저 웃기만 했다. 나 역시 어떻게 알아냈는지 파고들 생각은 없다.

"그래서, 전하께선 본인이 그 저주를 풀길 원하시나?"

"맞습니다. 또한 이번 일을 수행하는 중 암중조직과 충돌할 수 있습니다. 어둠에 대한 지식뿐 아니라 무력까지 뛰어나시니 합하 이상의 적임자가 없습니다."

마인츠 선제후와 내 목적이 일치한다니 나쁘지 않은 얘기다.

"본인 역시 어둠의 세력이 제국의 고귀한 선제후에게 손을 뻗치는 걸 방관할 수 없네."

특히 팔츠 선제후 프리드리히는 황제에게 대항하기 위한 중요한 카드니까.

"그 뜻이 참으로 고결하십니다. 합하."

이해관계가 맞았으니 협조할 수 있는 상대였다. 나는 그와 공들여 이것저것 조건을 조율했다. 마인츠 선제후가 후일 내가 선제후 위에 오르는 걸 지원해주면 천군만마를 얻는 셈이다.

그들 역시 내 힘을 필요했고. 덕분에 협의는 원만하게 잘 풀렸다.

"합하, 함께하게 되었으니 정식으로 제 소개를 하겠습니다. 빛의 신격을 섬기는 주교 만토바라고 합니다. 이번 일을 해결하는데 교단의 형제들과 함께 전력으로 돕겠습니다."

"고맙네, 만토바 주교."

들어보니 20여 명의 성직자와 성당기사들이 이곳에 와 있다고 했다.

공들인 인선일 테니 도움이 되겠지.

"일단 팔츠 선제후 프리드리히를 만나보겠네. 그와 얘기를 한 뒤에 방침을 정하지."

"프리드리히 전하께서 합하와의 만남을 피하고 계신다고 들었습니다."

"걱정 말게. 찾아가서 만나면 되니까."

안 만나준다고 언제까지 기다리는 건 바보나 할 짓이다. 이미 수하들을 시켜, 프리드리히의 동선을 다 파악했다.

그는 사냥터를 나간다고 했으나 실상, 교외에 있는 별장을 왔다갔다 하고 있었다. 보안이 철저한 그곳에 군사를 배치하고 저주받은 아들을 감춰뒀다.

아들이 워낙 끔찍한 몰골이라 하이델베르크에 둘 수 없었다고 한다. 선제후라도 소문은 두려운 법이다. 그래서 그는 매일 아들을 보기 위해 도시 밖으로 나가고 있다고.

"그를 기다리고 있다 우연을 가장해 접촉하면 될 것입니다."

데옹의 보고에 나는 고개를 끄덕였다.

"자네와 달타냥은 날 따르게. 만토바 주교도 같이 가지."

"알겠습니다. 합하."

우리 넷은 선제후의 사유지인 숲으로 향했다. 이쪽은 출입이 금지된 곳이지만, 나 정도 인물이면 추궁 당할 일도 없다. 그저 오가다 길을 잃었다고 하면 뭐 어쩌겠는가. 나랑 전쟁을 할 것도 아니고.

"저기 오는군요."

한참 숨어서 기다리고 있는데 데옹이 앞을 가리켰다. 그곳을 보니 호위를 받으며 숲길을 지나는 팔츠 선제후 프리드리히가 보였다.

말이 아니라 가마를 타고 있었는데 소문대로 통풍이 심해져서 그런 것 같았다. 예전엔 정정했는데 아들 때문에 스트레스가 심했던 모양이다.

"나가자고."

먼저 말을 몰고 앞으로 나갔다. 숲 안에서 마주치자 프리드리히의 호위병들이 바로 반응했다.

"누구냐!"

다들 검이나 권총에 손을 가져간다. 나는 그런 그들을 보며 사람 좋게 웃었다.

"비텐바이어-바젤 공작이네. 선제후 전하의 손님으로 머물고 있으니 오해하지 말게. 전하! 우연히 만나게 되었군요! 반갑습니다!"

가마 위에 올라 있는 너구리 같은 사내가 낭패한 얼굴이 된다.

"좋은 아침이네. 공작. 그런데 웬일인가? 여긴 과인의 사유지일세."

"오해 마십시오. 그저 숲이 아름답기에 떠돌다 이르렀습니다. 일이 있어 하이델베르크를 방문했는데 일정이 전혀 진행되지 않고 있어서요."

뼈가 있는 말에 프리드리히는 입을 다문다. 계속 핑계를 대고 만나주질 않고 있으니 자기도 할 말이 없겠지.

"전하, 이렇게 만난 것도 우연인데 잠시 숲의 공기를 마시며 함께 걷지 않으시겠습니까?"

"아주 작정을 했군. 허, 만토바 주교까지?"

뒤쪽에 있던 만토바 주교가 인자하게 웃으며 고개를 숙인다.

"전하, 잠깐이면 됩니다."

내 제안에 프리드리히는 혼자 수염을 꼬며 생각에 잠겨있다 결국 가마에서 내려왔다.

"잠시 걷겠다. 물러나서 따라오라."

우리는 일행을 물리고 숲길을 나란히 걸었다.

"자네 얘기를 들어보지."

"감사합니다."

시간이 없으니 단도직입적으로 나가기로 했다.

"아드님께 문제가 있단 사실을 알고 있습니다."

"…벌써 거기까지 알아냈나. 역시 보통이 아니군."

프리드리히가 거물은 거물이군. 일순간 멈칫한 것 같았지만 담담한 태도를 유지하며 걷는다. 하지만 이어진 내 말에 결국 우뚝 멈춰서고 말았다.

"고칠 수 있습니다. 적의 협박에 굴복하실 것 없습니다."

"……뭐라?"

그에게 내게 특별함 힘과 지식이 있음을 설명했다. 과거 발푸르가 수녀회에서의 일도 꺼냈다.

"자네가 지금 과인과 농을 하는 건 아니겠지?"

"그럴 리가 있겠습니까? 마인츠의 선제후 전하께서도 제게 기대를 걸고 계십니다. 전하, 부디 적에게 굴복하지 마십시오. 마인츠와 제가 전력으로 도울 것입니다."

"크음….."

그는 고민스러운 기색이었다. 그래서 그를 자극할 만한 내용을 언급했다.

"사실 이번 일에 황제가 개입해 있습니다."

"정말인가!"

"네, 전하의 아드님에게 저주를 내린 건 죽음이 임한 자들이라는 암중 조직입니다. 황제는 그 조직과 손을 잡고 있지요."

"아니, 어찌 황제가!"

"그분은 자기 권력에 도전할만한 자를 내버려두지 않음을 아시잖습니까? 제가 최근 황제와 반목하는 걸 아실 겁니다."

프리드리히는 잠잠히 고개만 끄덕였다.

"제가 역심을 품어서 그렇겠습니까? 아닙니다. 그저 그분이 보기에 거슬렸을 뿐입니다."

"하면 이번 일은 자네 때문이 아닌가? 자네가 나와 손을 잡으려고 하니 황제가 이렇게 견제하는 거야."

"만약 진심으로 그렇게 생각하신 거라면 저는 전하께 실망입니다. 이대로 영지로 돌아가고 싶을 정도로요."

"……."

나는 입을 다문 그에게 현재 정치 상황을 설명했다.

"현재 황제의 권위는 흔들리고 있습니다."

"그 정도로 폐위는 어림도 없네."

"아직은 그렇겠죠. 하지만 전하, 제국 누구보다도 많은 돈을 필요로 하는 게 황제입니다. 그런데 직할령이 초토화됐습니다. 하면 이제 그가 어쩌겠습니까?"

"세금의 징수를 늘리겠지."

나는 고개를 끄덕였다.

"아마 보헤미아에서 세금 징수를 늘릴 겁니다."

황제는 보헤미아의 왕관을 가지고 있다. 제국의 황제 겸 보헤미아 왕인 것이다.

"당연히 보헤미아에선 반발할 겁니다. 게다가 황제는 보헤미아 지역에서 인간과 마족이 긴밀한 관계를 맺은 것에 반대하고 있지 않습니까?"

"그렇지. 원래 그런 화합은 황제가 유도한 걸로 알고 있네. 하지만 지나치게 가까워져서는 자신의 통제를 벗어나자 심기가 불편해진 거지."

프리드리히의 말대로였다. 보헤미아 지역에서의 인간과 마족의 화합은 황제의 작품이다. 하지만 보헤미아는 그로 말미암아 경제적으로 크게 성공하자, 자신들의 왕인 황제의 통제를 점점 벗어나고 있었다.

황제 입장에선 당연히 열받을 수밖에. 보헤미아의 부유한 군주 가운데 하나인 플젠의 마왕 쿠발트가 황제를 두려워하는 게 괜한 이유가 아니다. 언제 다툼이 생겨도 이상하지 않은 상황인 것이다.

"전하, 생각해 보십시오. 황제와 보헤미아의 관계는 원만하지 못합니다. 이때 중세까지 하게 되면 어떻게 되겠습니까?"

"보헤미아 왕관의 주인이 바뀌는 건가?"

"그렇습니다. 하면 그 왕관은 누가 쓰겠습니까?"

"그건 알 수 없네."

"아니요, 전하께서는 아실 겁니다. 보헤미아 지역에서 만약 새로운 군주를 초대한다면 누구를 선택할지."

어차피 선제후 중에 하나일 것이다. 그런데 그중 세속성직제후인 마인츠, 트리어, 쾰른은 자동으로 빠진다.

즉, 세속제후인 팔츠, 바이에른, 작센, 브란덴부르크 이 넷 중에 하나다.

"전하. 바이에른은 얼마 전 참극을 겪었습니다. 당연히 여기 낄 수 없겠죠."

"작센은 내전 중이니 외부로 눈을 돌리지 못하고."

"영민하십니다. 브란덴부르크는 애초에 후보에 오르지도 못합니다."

그쪽 선제후는 반마족 정서가 강하니, 인간과 마족이 화합된 보헤미아랑은 상극이다.

"남은 건 결국 팔츠 선제후, 프리드리히 전하입니다."

"황제가 그것까지 내다보고 과인을 견제하고 있다는 건가?"

"그러고도 남을 양반입니다. 전하. 이 상황에서 유력한 후보자인 전하께서 제 지지까지 얻는다면 일이 어떻게 풀리겠습니까? 황제의 입장에선 당연히 두렵겠지요."

프리드리히는 깊은 생각에 잠긴 얼굴이었다. 나는 그의 결단을 재촉했다.

"황제는 전하의 두 날개가 꺾일 때까지 멈추지 않을 겁니다."

"흐음…."

그는 한동안 말없이 걷다가 입을 열었다.

"만토바 주교를 불러주게. 그와 셋이서 얘기해야겠네."

"기꺼이 그러겠습니다."

우리는 교외에 있는 프리드리히의 별장에서 몇 시간이나 논의를 했다. 암중세력의 정보와 어떻게 저주를 해제할 수 있는지 알렸고, 결국 그는 결심이 섰다.

"결정했네. 함께하지."

"감사합니다. 전하."

프리드리히는 자신과 마인츠 선제후, 비텐바이어-바젤 공작인 나를 포함하는 삼각동맹을 제안해 왔다.

"전하, 그 제안에 감사드립니다. 이 비텐바이어-바젤 공작. 언제나 전하의 곁에 설 것입니다."

물론 밀어 떨어뜨리기 전까지는 말이지. 그때까지는 프리드리히 의 충실한 동맹이 될 예정이었다.

"일단 저주를 푸는 게 우선입니다. 아드님을 바로 보고 싶군요."

"각오를 단단히 하게. 이미 그 아이는 인간이라 할 수 없는 형상이야."

생각이상으로 상황이 심각한 모양이다. 프리드리히는 우리를 엄중한 철문으로 막혀있는 지하실로 인도했다.

만토바 주교, 달타냥, 데옹, 그리고 프리드리히의 측근 셋이 함께 안으로 들어갔다. 지하로 향하는 계단은 끝도 없이 길게 이어져 있었다.

"…음험한 공기군요."

따르던 만토바 주교는 성호를 긋는다. 내려갈수록 점점 어둠이 짙어지고 있었다. 그리고 목적지에 도달하자, 그곳에는 커다란 마법진 이 설치된 방이었다.

방 가운데는 이 세상 생물이라 할 수 없는 끔찍한 존재가 꿈틀거 리고 있었다. 마치 슬라임과 촉수를 아무렇게나 뭉쳐서 만든 듯한 형상이었다.

"후우."

프리드리히는 길게 한숨을 내쉬었다.

"믿기 어렵겠지만 저 살덩어리가 과인의 아들이라네. 마법진으로 잡아놓긴 했으나 어쩔 바를 모르고 있지."

그는 저 괴이한 존재의 무서움을 잘 모르는 듯했다. 나는 이미 안색이 변해있었다.

"전하, 물러나십시오."

"음? 너무 걱정할 것 없네. 대마도사들이 이 마법진을 만들었어. 아들을 치유하진 못했지만 안전하게 가둬놓고……."

나는 팔을 뻗어 프리드리히를 막았다. 이미 만토바 주교 역시 심각한 표정이었다. 그는 이를 악물며 경고했다.

"옵니다! 처음부터 우리를 기다리고 있었던 게 틀림없습니다!"

애초에 이 모든 걸 예상했던 걸까. 그렇다면 소름이 돋을 일인데.

구우우웅!

갑자기 지하실이 무너질 듯 흔들리기 시작했다.

"어둠을 몰아내는 이른 봄의 빛이여…."

만토바 주교는 서둘러 빛의 신격 마르가를 부르는 주문을 외우며 외쳤다.

"모두 제 곁으로 오십시오! 저 존재의 일면이라도 마주치는 즉시 미쳐 죽을 수밖에 없습니다! 빛의 인도 아래 여기서 탈출해야 합니다!"

그의 말은 옳았다. 지금 다가오는 건, 위대한 존재의 티끌 정도 되는 것이었지만 그것만으로 인간의 이성이 무너지게 하긴 충분했다.

"합하!"

만토바 주교는 내가 혼자 보호를 받아들이지 않고 떨어져 있자 기겁해서는 외친다. 이미 다들 계단 위로 달려갈 기세다.

"이리 오십시오!"

"어서! 서두르시오!"

다들 당황해서 소리를 질러댄다. 지금 상황을 제대로 이해하지 못하면서도 도망가야 한다는 것만은 확실히 아는 모양이었다. 하지만 나는 고개를 저으며 오히려 앞으로 나아갔다.

구우우웅.

갈수록 지하실의 진동이 거세졌다. 마법진 여기저기서 스파크가 튀고 연기가 오르는 게 망가지기 직전이었다.

꿈틀!

그 순간, 촉수에서 수많은 눈알들이 생겨나더니 일제히 날 노려보기 시작했다. 그리고 슬라임 같은 살덩어리에서 아귀 같은 끔찍한 주둥이가 여러 개 자라났다.

"크으⋯."

압박이 점점 심해져 호흡을 제대로 할 수가 없었다. 하지만 나는 침착하게 나아가 그 존재 앞에 섰다.

"오라, 발버둥치는 죽음이여."

생각지도 못한 대면이었지만, 드디어 발버둥치는 죽음의 일부분과 만나게 된 것이다.

구우우우웅!

지하 공간의 압력 자체가 달라지는 듯한 느낌이 들었다. 옆을 보니 프리드리히와 수행원들이 코피를 쏟아내고 있었다.

"만토바 주교! 데리고 나가게."

거대한 악이 다가오는 중이다. 검술 대가인 달타냥과 데옹조차 휘청이고 있었다. 프리드리히와 수행원들이 견뎌낼 리 없었다.

만토바 주교는 프리드리히 일행을 이끌고 서둘러 물러났다.

마치 귀신이라도 본 것처럼 허둥지둥 댔는데, 그게 어둠을 느낀 인간의 자연스러운 반응이었다.

"달타냥, 데옹. 그대들도 나가도록."

한데 의외로 달타냥이 완고하게 거절한다.

"이 정도는 버텨낼 수 있습니다."

검술 대가의 경지니 그렇긴 할 거다. 하지만 상당히 힘이 들 텐데. 데옹 역시 같은 뜻이었다.

"무리할 거 없어."

"위험하다고 섬기는 이를 버리고 빠지는 일은 있을 수 없습니다. 언제나 함께하겠습니다."

솔직히 달타냥의 태도에 감동받았다.

"고맙군. 언제나 함께하겠다니 오늘밤 내 침대는 어떤가?"

"……합하께서는 제 용기를 후회로 바꿔 버리는 재주가 있으시군요."

나는 달타냥과 함께 남아준 데옹에게도 눈빛으로 감사를 표했다.

"둘 다 마음 단단히 먹게. 검술로 이룬 경지가 있다지만 저 어둠의 존재를 보고 정신이 무너지면 뒷일은 장담 못해."

우리 앞에서 점점 기괴한 존재가 만들어지고 있었다.

철푸덕.

끈적끈적한 살덩이가 부딪치는 소리가 절로 눈살을 찌푸려졌다.

"발버둥치는 죽음이라 하셨죠? 그 어둠의 대군이 직접 오는 겁니까?"

데옹의 물음에 나는 고개를 저었다.

"그럴 리가. 발버둥치는 죽음은 현재 봉인되어 있네. 물질계로 나오면 이 세상은 끝이라고. 게다가 그 존재는 인간이 헤아릴 수도 없어."

발버둥치는 죽음은 인간의 이해를 벗어난 우주적인 어둠이다.

하찮은 필멸자는 소통 자체가 불가능했다. 그래서 그는 필멸자와 관계를 갖기 위해 화신을 여럿 부렸는데, 이 화신마다 이름도 다르고 성격도 달랐다.

칠마성전에 기록된 발버둥치는 죽음의 화신만 해도 20여 가지가 넘는다.

만약 필멸자가 발버둥치는 죽음의 화신을 만난다면, 그는 어둠의 대군의 본질이 아닌 어둠의 대군의 여러 촉수 중 개성있는 하나를 본 셈이다.

"지금 오는 건 발버둥치는 죽음의 화신 가운데 하나야. 뮌헨 사태처럼 강신한 건 아니고, 화신의 정신만 오는 거지. 진짜로 화신이 강신한다면 걸음아 날 살려라 도망가는 게 맞지. 아니, 도망갈 수 있을까도 모르겠다만."

"그럼 저건 뭡니까? 합하."

데옹은 우리 앞에서 꿈틀대고 있는 촉수와 살덩어리의 뭉치를 가리켰다.

"화신의 정신이 임시로 깃들 몸이지. 화신이 부리는 어둠의 종복 중 하나인 별의 자식들이네."

뮌헨 사태 때는 화신의 몸과 정신이 모두 튀어나왔다면, 이번에는 종복을 그릇 삼아 정신만 오는 거다.

"아마 이쪽과 만나고자 하는 것 같군. 만토바 주교의 말로는 처음부터 우리를 기다리고 있었다고 했으니까. 빌어먹을, 여기까지 온 게 결국 다 저 존재의 안배라는 거니, 제대로 놀아났군. 쳇!"

곧 살덩이에 붙은 수많은 입들에서 기괴한 목소리가 터져 나왔다. 그건 위대한 존재의 방문을 환영하는 별들의 노래였다.

나는 마침내 상대가 도착했음을 깨달았다. 아귀 같은 입들이 벌어지더니 쇠를 긁는 듯한 끔찍한 목소리가 흘러나왔다. 한꺼번에 여러 입들이 같은 목소리를 내 마치 합창이라도 하는 것 같았다.

"발러슈테드! 드디어 네놈과 만나게 되었군!"

목소리만으로 달타냥과 데옹이 휘청였다. 대단하군. 하지만 나는 전혀 동요하지 않았다. 상대는 그런 내 모습에 감탄했다.

"인간 주제에 꽤나 기개있구나. 역시 소문대로인가."

기괴하긴 했지만 화신이라 그런지 소통이 가능한 인격을 갖고 있었다. 화신도 천차만별이라 아마 저쪽도 일부러 대화가 가능한 존재를 택한 듯했다.

하지만 태도 자체는 매우 위협적이었다. 당장이라도 수많은 촉수들로 날 찢어버리려는 듯 움직이고 있었다.

"무슨 볼일이지?"

"네놈과 한 번 만나고 싶었지. 무덤에서 웅크리고 있는 자의 후원을 받는 인간. 칠마성전을 이용해서 어둠의 대군을 이간질하는 인간. 궁금증이 생기는 게 당연하지 않나?"

순간 저 꾸물거리는 살덩이 뒤로 거대한 눈알이 보인 듯했다. 내 구석구석까지 훑어보는 듯한 소름끼치는 느낌이었다.

"호? 이제 보니 이거 정말 대단한 인간이었군. 어찌 하위의 존재임에도 꿰뚫어 볼 수가 없는 거지?"

아, 그렇군. 대신격 아퀼라의 가호가 도와준 건가. 이제 한 번 남았군.

"이게 정말 인간인 건가?"

"인간이다. 평범한."

내 말에, 끔찍한 몸뚱이에 달린 수십 개의 아귀 같은 입이 일제히 쩍 벌어지더니 기괴한 소음을 만들어낸다.

"키에베에바푸- 어윕파무무- 구구라락페카!"

뭐라 하는지, 무슨 감정인지 도무지 알 수가 없었다. 웃는 게 아닐까 싶지만 확실하지 않다.

"볼수록 재밌군. 네놈은 이 몸을 방해하는 자이자, 동시에 이 몸을 돕는 자이지."

확실히 아주 미묘한 관계다. 나는 그의 조직과 사사건건 대립해왔지만, 본의 아니게 도움을 주기도 했다. 수호자를 죽일 때마다 발버둥치는 죽음의 봉인이 약해지기 때문이었다.

"그간 활개 치게 내버려둔 건, 네놈이 수호자를 노리고 있기 때문이다. 특이하다고 해도 어차피 네놈도 그저 인간. 초월자의 길을 발견했다면 결코 욕심을 버릴 수 없는 법."

수호자를 죽이면 내겐 초월자, 즉, 신격의 길이 열린다.

"하지만 어리석은 인간이여. 초월자가 되어도 우주의 공포에서 벗어날 수 없다."

"말하고 싶은 게 뭔가?"

"종말이 이미 시작됐다는 것이다. 너무나 거대한 사건이라 너희 어리석은 인류는 제대로 인지하지도 못하고 있지. 하나 이미 성좌의 지배자들의 전투가 점입가경이다."

"…그건 별을 봐서 알고 있다."

어제 성좌를 살피니 끓어오르는 심연이 형언할 수 없는 어둠에게 크게 패해 물러난 걸 발견했다. 내 후원자가 타격을 입은 건 결코 좋은 소식이 아니었다.

"알면 누구보다 절감하겠군! 크크크! 끝이 언제고 찾아올 수 있다는 걸! 너희 인류는 어제처럼 살아가다 내일 갑자기 세계가 무너지는 걸 보게 될 것이다. 아무도 그날을 알 수 없지. 그리고 결론이 나는 시점에선 인간의 힘으로는 아무 것도 하지 못할 것이다."

사실 그래서 나도 큰 두려움을 느끼고 있다. 우리의 운명이 감히 닿기도 힘든 초월적인 존재들의 다툼으로 결정 난다는 사실이.

요즘 갈수록 인간의 어둠에 기초한 인류용사의 힘이 얼마나 보잘 것 없는지만 절감한다. 어둠의 대군들은 우주의 어둠에서 그 힘을 기초한다. 인류의 어둠이란 그것에 비하면 작은 편린이나 반딧불의 반짝임 같은 것에 불과했다.

공포를 느끼지 않는다면 거짓말이겠지. 솔직히 이 싸움을 이길 수 있는지, 의심과 두려움을 늘 달고 살아가는 중이다. 때로는 이 짐을 짊어진 자가 나란 사실에 분노하면서.

"그래서?"

내 말에 그는 기다렸다는 듯 커다란 촉수를 땅 바닥에 내리친다.

콰아앙!

단단한 지하실 바닥이 온통 금이 가고 박살이 났다.

"간단하다. 이 몸에게 협조하라."

"뭐?"

"어차피 초월자가 되어도 종말의 운명에선 벗어날 수 없다. 끝이 오면 너희 비루한 인간과 신격 모두 영겁의 고통 속에 삼켜질 것이다. 네놈이 걷는 길이 탈출구가 되지 못한다는 것이다."

"협력해서 살길을 찾으라는 거군?"

"그렇다."

대신 발버둥치는 죽음의 화신은 내게 나머지 수호자들을 모두 찾아서 죽이라고 요구해 왔다.

"봉인을 푸는 일을 돕는다면 감히 기대할 수 없는 힘과 위치를 주겠다."

"인류를 저버리고 혼자 살아남으라, 그건가?"

"크흐흐흐! 어차피 네놈에게 어울리는 결말이 아닌가? 쓸쓸하면 후에 얻을 권능으로 인간과 똑같은 인형을 수없이 만들어서 놀면 될 거. 어차피 인간이나 인형이나 하찮기로는 차이가 없을 거 아닌가."

상대는 뭔가 오해를 하고 있었다. 그래서 정정해줬다.

"내가 초월자의 힘을 얻으려는 건, 종말로 부터 달아나 살 길을 찾기 위해서가 아니다. 네놈들을 쳐부수기 위해서지."

"키에베에- 화탈파무카르자- 무아파하후부페마!"

다시 기괴한 소음이 터져 나왔다. 이번에는 의미를 확실히 알겠다. 비웃음이었다.

"진심으로 하는 소린가? 그런 아이처럼 순진한 기대를 말하다니 놀랍군! 수호자를 처리하고 초월자의 힘을 얻어 봐야 기껏해야 반신격 정도. 우주의 깊이에 비하면 하잘 것 없는 그 능력으로 무엇을 하려는 건가?"

확실히 그럴 지도 모른다. 어둠의 대군들은 신격들조차 상대하기 버거워하니까. 대신격인 아퀼라조차 유예를 얻어내기 위해 모든 걸 걸었어야 했다.

"하찮은 인간에 불과하지만 이 몸은 너를 꽤 높게 평가하고 있다.

더는 실망스러운 소리를 하지 않았으면 좋겠군. 현명하게 선택하라. 그대는 어둠의 대군에게 종말을 피하고 영원한 권세를 얻을 제안을 받은 것이다."

"……."

"마지막에는 수호자 중 네놈만이 남겠지. 그때 목숨을 대가로 초월자의 지위를 내리겠다."

그럴 듯한 얘기였다. 아마 보통은 이런 제안에 굴복하겠지.

하지만 나는 상대의 존재감에도 불구하고 침착한 상태였다. 눈앞에 있는 그는 위험천만하긴 하지만 화신에 불과했기 때문이었다.

감히 대면하기도 어려운 장대한 우주적 존재인 본체가 아니라, 그 작은 일부다. 화신이 인격을 가지고 우리와 소통할 수 있게 만들어졌다는 건… 즉, 속일 수도 있단 소리였다.

"재밌는 이야기 잘 들었다."

길이 보이기 시작했다. 길이 보이니까 사기꾼 특유의 여유와 배포가 살아났다.

"하지만 그 제안, 거절하도록 하지."

"지금 자신이 무슨 말을 하고 있는 건지 아는가?"

"잘 알고 있다. 그리고 네놈들 사정도 짐작할만하군."

나는 웃음을 감추지 않고 한걸음 앞으로 다가갔다. 그러자 거대하고 흉측한 살덩이가 움찔하며 조금 뒤로 물러났다. 그는 곧 자기도 모르게 그랬다는 사실을 깨닫고는 분노를 터뜨렸다.

"감히! 하찮은 인간 놈이!"

"아까부터 정말 시끄럽군. 물질계에서 온갖 제약과 견제를 받느라 행동이 자유롭지 못한 주제에."

"뭐라?"

"제안은 그럴 듯했지만 잘 생각해 보면 이상하다는 걸 알 수 있지. 그렇게 대단하면 그깟 수호자를 죽이는 것 정도야 직접 할 수 있지 않나? 잘난 암중조직도 거느리고 있고."

애초에 내게 일을 부탁하는 상황이 됐다는 게 저들의 어려움을 말해준다. 나는 지난 경험과 아퀼라에게 받은 지식으로 그걸 꿰뚫어 볼 수 있었다.

"시간이 없겠지. 종말의 때는 시시각각 진행중이니까. 아까 끓어오르는 심연이 패퇴했다고 얘기했지? 어이쿠, 이걸 어쩐담! 위대한 존재들은 미래의 패권을 건 전투가 한참인데 본인은 이런 물질계 촌동네에서 봉인되어 있으니. 아마 속이 타겠지."

움찔.

상대가 촉수를 움츠리며 동요하는 기색을 보였다.

"수호자는 이제 넷이다. 알려진 둘인 나와 마인츠 선제후는 강한 세력을 일구고 있어 난처하겠지. 그리고 나머지 둘은 어디 갔는지 보이지도 않는다. 그게 현실인 거다. 이 징그러운 촉수 덩어리야. 네놈이 아무리 잘난 척해봐야 다른 어둠의 대군들의 경쟁에 끼지도 못하는 덜떨어진 존재일 뿐이지."

부르르르.

살덩이와 촉수로 된 거대한 몸이 위협적으로 떨리고 있었다. 충혈된 수백 개의 눈동자가 살기를 품고 죽일 듯 나를 노려본다.

"그 모든 건 네놈의 짐작일 뿐이다."

"그래?"

나는 산보를 하듯 편하게 그의 근처를 걸었다.

"그렇다면 보여주지."

마법지퍼를 열고 원하는 걸 꺼냈다.

털썩.

팔다리가 늘어진 시체가 튀어나왔다. 바로 마왕 파르자의 시체
였다.

"여기 네놈의 후원을 받던 가련한 시체가 있다. 한때 암흑창공의
마왕이란 영광스러운 칭호로 불렸지. 내겐 놓치기 쉬운 잠자리 같은
놈이었지만, 키키킥."

"……."

나는 그가 보는 앞에서 한쪽 팔을 촉수로 변형했다. 왕관을 찾아
헤매는 자의 SS등급 스킬인 '휘감는 촉수'다.

"헛!"

지켜보던 데옹과 달타냥이 숨을 삼키는 소리가 들렸다. 보통 인간
이 보기에는 그로테스크하겠지. 나는 그 촉수를 뻗어 곧장 마왕 파
르자의 머리에 꽂았다.

"이 능력은 끓어오르는 심연이 준 것이다. 상대의 뇌를 헤집어서
가지고 있는 기억과 지식의 일부를 흡수할 수 있지."

나는 촉수로 마왕의 뇌를 뽑아낸 뒤 화신의 앞에 들어보였다. 끈
적하고 주름 많은 뇌였다.

"한때 너희 조직의 간부였던 이 마왕의 기억은 내 짐작에 더욱 확
신을 주는군."

"이런 천한 것이…."

기억을 읽어보니 아주 재밌는 게 많았다.

"다른 어둠의 대군의 조직에게 공격받고 있었군?"

어둠의 대군은 그 수가 많다. 그리고 저마다의 방법으로 물질계에 영향력을 끼치고 있었다. 그들은 경쟁자가 될 발버둥치는 죽음의 봉인이 풀리는 걸 원치 않았다.

하여 여러 가지로 방해를 하고 있었던 모양이다.

"하하하하하!"

모든 게 재밌어서 웃고 말았다. 원래 발버둥치는 죽음은 자신의 봉인을 푸는 일을 차곡차곡 진행 중이었다. 그런데 내가 종말을 앞당기는 바람에 모든 게 엉망이 된 거다.

이미 어둠의 대군들은 새로운 시대를 위한 투쟁에 나섰다. 그런데 이 거물은 거기에 끼지 못한 채 속만 태우고 있었다.

배를 잡고 웃을 일이었다.

"크하하하! 거물인 척하면서 자기 일을 망친 자에게 애걸복걸해야 하는 신세였나! 응?"

대답대신 거대한 촉수가 나를 내리찍어 왔다. 화신의 인내심이 끊어진 듯했다. 하지만 나를 너무 얕보면 곤란하다.

콰아아앙!

거대한 촉수가 떨어지자, 폭음이 터지며 지하가 무너질 듯 진동했다. 뒤에 있던 달타냥과 데옹이 충격에 비명을 지르고 날아갔을 정도다.

하지만 나는 그 일격을 왼손을 들어 어렵지 않게 막아냈다.

"요즘 너무 여기저기서 털리고 다녀서 때때로 내 힘을 잊어버린단 말이지."

한손만으로 거대한 촉수를 받아내는데 무리가 없었다. 인류용사의 SS등급 깨달음 스킬 이후 내 힘 수치는 이미 1,000을 넘어서고 있었으니까.

"이 무슨! 별의 자식의 힘을 이렇게 간단하게!"

설마 이렇게 쉽게 공격을 막을 줄 몰랐던지 화신은 당혹하는 기색이 역력했다. 칠마성전에 의하면 별의 자식이 지닌 힘은 고위 마왕급이니까. 나는 상대의 당황에 큰 기쁨을 얻었다.

그래, 이게 내가 좋아하는 거였지.

"결국 우리 사이의 제안은 잘못됐다는 거다. 그러니 이쪽에서 다시 제안해주지."

나는 턱을 치켜 올리고 검지로 땅바닥을 가리키며 선언했다.

"공손하게 대가리부터 박아. 좆만한 새끼야. 네놈이 어둠의 대군이든 뭐든 관계없으니까."

내 폭언에 화신이 일순간 멈칫한다. 성난 불길처럼 일렁이던 수많은 촉수들이 일제히 멈췄을 정도다.

"뭐라? 지금 뭐라고 했느냐?"

존귀하고 존귀한 어둠의 존재. 비록 화신이긴 하나 그 위치는 극히 높다. 지상에서 가장 강력한 마왕조차 어둠의 대군의 화신에겐 머리를 조아린다.

그런 위치에 있는 화신이니 이런 막말은 한 번도 들어본 적 없겠지.

"왜? 귓구녕에 좆 박았냐? 어? 시발 놈아. 다시 말해줘?"

나는 화신에게 가운데 손가락을 세워보였다. 이게 무슨 뜻인지는 정확히 모르겠지만 의미는 통한 거 같다.

"크르릉!"

화신이 낮게 울더니 촉수들을 마구 내리쳐 왔기 때문이었다.

쾅! 쾅! 콰앙! 쾅!

쾅! 쾅! 콰앙! 쿠아앙!

그야말로 난타다. 무수히 많은 촉수들이 떨어지며 지하의 바닥을 박살낸다. 하지만 그 속에서도 나는 여유롭게 피하고 있었다.

바닥이 하도 박살나서 멀쩡하게 딛을 곳이 없었음에도 내겐 전혀 문제없었다.

<귀신의 발걸음이 숙련 3단계에 오릅니다!>

오히려 이 상황에서 보법이 늘고 있었다.

<숙련 3단계에 오른 효과로 잔상을 사용할 수 있습니다.>

음? 잔상이라고?

뭔지 잘 모르겠군.

의아해하던 나는 바로 다음 순간 답을 알 수 있었다. 사방에서 촉수가 한꺼번에 공격해 와 어쩔 수 없이 한손으로 땅을 짚으며 옆구르기를 했는데, 내 몸이 넷으로 분화된 것이다.

전후좌우 똑같이 생긴 내가 넷이 서 있었다.

"하는 짓도 쥐새끼 같이 교활하구나!"

화신이 당혹하는 그때, 이미 나는 류블라냐를 휘두르고 있었다. 동시에 네 곳에서 공격이 들어가자 화신은 명백한 허점을 보였다.

촉수가 많다는 건, 그만큼 적의 공격에 노출되는 곳도 많단 소리다. 화신은 빠르게 촉수들을 방어 마법으로 보호했지만, 내 민감한 감각에 가장 늦게 방어 마법이 씌워지고 있는 촉수가 보였다.

서걱!

월영검법의 묘예가 단번에 촉수를 일도양단한다.

"크아아아아!"

화신의 비명과 함께 두툼한 촉수가 허공으로 날아오르고, 절단면에서 피분수가 쏟아져 나왔다.

촤아아아!

머리 위에 피가 비처럼 내리기에 손바닥을 펴 보았다.

뚝. 뚝. 뚝.

시커먼 색의 더러운 피가 잉크 방울처럼 손바닥 위에 방울지며 퍼져나간다.

치이익.

극악한 독성을 가졌는지 살이 타며 연기가 피어났다. 하지만 나는 즐거움을 느꼈다. 이것보다 적의 고통이 훨씬 클 테니까.

그때 화신의 주둥이 중 가장 큰 게 쩍 벌어지더니 빛 무리가 뭉치기 시작한다. 힐끔 그걸 본 나는 피하는 대신 조금 흘러내린 건틀렛을 매만져 바로 했다.

번쩍.

곧장 광선이 쏘아졌는데, 달타냥이 끼어들었다. 그녀가 앞으로 나서 손을 내밀자 수많은 칼들이 생겨나더니 격자형으로 겹쳐 방어막을 이뤘다.

콰앙!

검이 겹쳐져 만든 방어막을 화신의 광선이 강타했다. 그러자 검들이 구부러지며 방어막이 움푹 파였다. 일부 검들은 부러지며 격자에서 튕겨나갔다.

캉!

힘을 잃고 떨어진 방어막은 가운데가 달아올라 검이 녹아내리고 있었다. 하지만 화신의 강력한 일격을 막아냈다는 게 중요하다.

"하아! 하아! 하아!"

단 한 번의 공격을 받는 것만으로도 달타냥은 숨을 헐떡이며 땀이 범벅이 됐다. 검술 대가의 경지로도 별의 자식은 감당하기 어려운 존재였다.

"고마워."

옷매무새를 단정하게 한 나는 고개를 끄덕이며 그녀의 어깨를 두드려줬다. 그리고 화신에게 나아갔다.

"이제 내 차례인 것 같은데."

"감히 건방을 떨어!"

가장 굵은 촉수가 내리찍어왔다. 하지만 나는 한 발자국도 움직이지 않았다.

콰아앙!

촉수가 바로 옆을 내리찍을 걸 알았기 때문이었다. 아니, 정확히 따지면 내가 그렇게 만들었다.

"이, 이건! 끓어오르는 심연의 힘! 염동력이군!"

"그래."

촉수가 내리찍는 그 순간 염동력을 썼다. 아직 숙련도가 낮아 단순하게 방향을 트는 정도 밖에 안 되지만 충분히 쓸만했다.

"볼수록 믿을 수 없군! 어떻게 이런 말도 안 되는 인간이 튀어나온 거지! 초월자들 몇이 엮여서는!"

"그게 정치라는 거다."

"인간 주제에 그런 힘을 얻었다고 우쭐해 하지 마라! 그래봐야 대세를 바꿀 수 없는 것을!"

"꼭 대세를 바꾸지 못해도 상관없지."

"뭐라?"

솔직히 내가 어디까지 할 수 있을지 모르겠다. 요즘도 매일 근심을 안고 살아가니까. 하지만 한 가지 확실한 게 있다. 나 정도의 힘이 있다면….

"너 같은 새끼들은 존나게 방해하고 괴롭힐 수 있다는 거지!"

앞으로 검을 들고 튀어나갔다. 화신이 바로 대응에 나섰지만 나 역시 단호했다. 이놈에게 모든 걸 쏟아 부어 맛을 보여줄 작정이다.

화신을 당황하게 만들고 있긴 하나, 별의 자식은 결코 만만치 않다. 승리를 위해서라면 피투성이가 될지도 모를 일이라 지금 모든 걸 투사해 끝장을 내겠다.

"인류의 원망을 보여줘라! 울어라! 번개여!"

콰가가강! 콰가강! 콰아앙!

검은 번개 세 줄기가 화신의 몸에 작렬한다. 생각지도 못한 타격을 받았는지 놈이 말미잘처럼 움츠러들었다.

"하찮은 인간! 그래! 인간은 하찮다! 이 푸르고 축축한 별의 표면에 기생해 살아가는 하찮은 생물이니까!"

손을 뻗어 피도 눈물도 없는 자의 신기술인 뼈의 벽을 'ㄷ'자 모양으로 사용해, 거대한 화신의 몸체를 가뒀다.

콰가가강! 콰강!

요란한 소리와 함께 뼈로 만들어진 벽이 솟아올랐다.

"성좌를 누비고 우주의 어둠을 유랑하는 네놈들에겐 한숨이 나올 정도로 보잘 것 없겠지! 하지만 보라!"

마법지퍼를 열어 마왕 아뮨데의 시체를 꺼냈다. 끓어오르는 심연에게 팔려고 했지만 반려된 탓에 갖고 있던 것이다. 나는 류블라냐로 마왕의 목을 친 뒤 머리를 쥐어들었다.

"네놈은 그 보잘 것 없는 놈들이 사는 세계에 갇힌 죄로, 온갖 수치와 굴욕을 겪을 것이다!"

어둠을 마왕 아뮨데의 머리에 불어넣었다. 그러자 아뮨데의 입과 코와 눈에서 일렁이는 검은 연기가 흘러 나오며 뱀 머리카락이 곤두섰다.

"그 위대한 자존심이 걸레처럼 너덜너덜하게 만들어주마!"

메두사인 아뮨데의 머리가 빛을 발하자 나를 덮쳐오던 화신의 촉수들이 딱딱하게 굳기 시작한다.

"이런 말도 안 되는! 그깟 메두사의 석화에!"

화신이니 본래라면 석화 정도에 당할 리가 없었다. 하지만 내가 품은 어둠은 무덤에서 웅크리고 있는 자와 끓어오르는 심연에게서 기인한다.

어둠의 대군이 후원해주는 강력한 힘인 것이다. 그걸 메두사의 머리에 부여하자, 상대의 방어 능력을 돌파해 버렸다.

"달타냥! 데옹!"

내 부름에 두 검객이 튀어나와 눈부신 찌르기로 석화된 화신의 촉수를 모조리 박살냈다.

콰강! 캉!

요란한 소리가 나며 돌이 깨지며 가루가 날렸다. 두 사람의 쾌검술에 화신은 순식간에 촉수가 대부분 잘려나갔다.

이제 화신은 촉수를 잃고 뼈의 벽 안에 갇혀서 거대한 몸체를 꿈틀거리고 있었다. 상대에게서 당혹감이 느껴졌다.

"감히 내게 이딴 짓을 하고도 무사할 줄 아나!"

"무사하지 못한 건 네놈이겠지. 화신의 지위를 갖고 이런 개망신을 당했으니 돌아가게 되면 본체가 가만둘까 모르겠군?"

"크흑!"

정곡을 찌른 모양이다. 지금 화신의 꼬락서니는 위대한 존재인 발버둥치는 죽음의 이름에 먹칠을 하는 짓이었으니까.

뚝. 우둑.

손을 풀면서 화신에게 다가갔다.

"나는 말보다 주먹이 앞서는 자를 경멸하지만, 때로는 이게 효과적이란 사실을 부정할 순 없더라."

"지금 뭐 하려는 것이야!"

뭐긴 뭐야. 베오울프에게 배운 대로 행동하려는 거지. 나는 류블라냐를 달타냥에게 맡기고 달려들었다. 그러자 화신의 거대한 주둥이가 날 물어뜯으려 했다. 하지만 가볍게 옆으로 피한 뒤, 허공을 꽉 깨문 주둥이를 내리찍었다.

콰앙!

촘촘하게 박혀있던 이빨들이 줄지어 부러지며 치아가 끈적한 피와 함께 튀어 오른다.

"크아아아!"

격통에 몸을 꿈틀거리는 화신을 보며 나는 주먹을 멈추지 않았다.

"너 같은 새끼는 그냥 패는 게 답이더라!"

무차별로 주먹질을 하며 화신을 두들겨 곤죽을 만들기 시작했다. 검은 피가 흥건하게 튀고 이빨이 연달아 부러진다.

화신의 몸에는 주둥이가 많았다. 출렁거리는 살 대신 단단한 이빨과 턱뼈만 골라서 때렸다.

퍽!

둔탁한 소리와 함께 턱뼈가 부러지며, 거대한 주둥이에서 아래턱이 무게를 이기지 못하고 땅바닥으로 늘어졌다. 작은 주둥이들이 날 막기 위해 주먹을 물고 늘어졌지만, 그대로 손을 더 집어넣은 뒤, 턱뼈를 통째로 뜯어버렸다.

"크아아아아! 아아악!"

화신은 촉수와 주둥이 등 물리력을 행사할 게 제한되자 이번에는 마법을 난사해온다.

하지만 내 마법저항력은 용사의 깨달음 이후 말도 안 되게 높아져 있었다. 이미 70%가 넘는 탓에, 수도 없이 날아오는 주문의 대부분이 효과를 보지 못했다.

화르르륵! 콰아앙!

번쩍!

불과 폭파, 번개 등 종류도 다양하게 쏟아졌으나 내 마력 방패조차 뚫지 못했다.

"마력을 써 방어막을 만드는 건가! 어차피 인간이 지닌 마력은 뻔하지! 그까짓 거 금방 뚫⋯."

"죽어!"

퍼어억!

주먹이 작렬하자 그나마 멀쩡하던 주둥이 하나가 더 박살난다.

"어디 이 마력 방패가 뚫리나 안 뚫리나 계속 해봐! 이 새끼야!"

내 마력은 무식하게 높다. 드래곤조차 놀라서 고개를 숙일 정도다. 거기에 마법 저항력까지 발동하고 있으니, 이렇게 마법을 난사해도 소용없었다.

번쩍! 번쩍! 번쩍!

쉴 새도 없이 파괴 마법이 작렬해 눈앞이 어지러웠다. 하지만 여전히 나는 굳건했다.

"끝을 내주지!"

나는 바닥에 던져놨던 마왕 아문데의 머리를 주워서 화신에게 다가갔다.

"크으으… 뭐, 뭐를 하려는 것이냐!"

"너 처먹으라고! 이 새끼야!"

억지로 화신의 주둥이를 벌려서는 그 안에 메두사의 머리를 쑤셔 넣었다. 그리고 대량의 어둠을 안으로 흘려 넣기 시작했다. 워낙 많은 어둠이라 메두사의 머리로 들어가지 않은 건 화신의 안으로 들어 갔는데, 그게 괴로운 듯 날뛰어댔다.

"멈춰! 멈추라고! 무슨! 인간이 이렇게 어둠을 끝도 없이 품고 있는가!"

어둠의 대군들은 서로 성질이 다르다. 지금 상황은 인간으로 치면 혈액형이 다른 피가 몸에 들어오는 것과 비슷했다. 화신은 한동안 발버둥 쳤으나 점점 반항이 줄어들어갔다.

"끄크에우마매-아바움여-!"

알 수 없는 기이한 소리를 지르는 화신은 점점 몸이 딱딱하게 굳어갔다. 안에서 계속 동력원처럼 빛나고 있는 메두사의 머리의 영향을 받고 있었다.

"주겨… 주겨버릴… 천한… 인간…."

말투가 점점 어눌해지더니 결국 돌덩어리가 됐다. 거대한 덩치의 화신이 고통에 발버둥치는 모습 그대로 굳어 있었다.

"이제야 좀 공손한 모습이 됐네."

나는 만족해서는 돌이 된 화신을 툭툭 걷어찼다.

"해치운 겁니까?"

뒤에서 달타냥이 다가오며 묻는다. 그녀는 상상을 뛰어넘는 존재를 본 탓인지 얼이 좀 빠져있었다. 나를 보는 눈빛도 어쩐지 좀 묘했다.

"거의 해치운 셈이지."

"거의?"

"이대로 상대가 포기한다면 끝이다. 화신이 깃든 몸인 별의 자식은 확실히 살해했어."

슬쩍 상태창을 보니 레벨이 하나 올라있었다.

"껍질이 죽었다는 말은 알아들었습니다. 하지만 안에 깃든 존재가 포기하지 않을 수도 있다 그겁니까?"

"그럴 수도 있지. 가능성은 희박하다고 생각하지만."

나는 그 가능성을 생각하면서 갑자기 불안한 기분이 됐다.

"그게 무엇인가요?"

"화신이 이 패배에 울분을 터뜨려, 인과율을 감수하고 진짜로 강신해 버리는 상황이지."

그랬다가는 뮌헨 사태와 같은 일이 또 터지는 거다. 지금 죽은 별의 자식 같은 육체가 아니라, 진짜 화신의 몸과 정신으로 내려오는 거다.

지상에선 거의 신의 강림이나 다름없는 여파를 끼친다. 나 역시 감당할 도리가 없다.

"···두려운 일이군요."

"걱정 마, 상대가 미치지 않고선 그럴 리가 없지."

원인도 없이 결과를 감수하고 화신이 튀어나온다면, 신격들도 가만있지 않을 테니까. 그런 생각을 하던 나는 갑자기 세계 멸망의 시나리오가 떠올랐다.

화신이 강신하면, 신격도 강신할 거다. 그걸 보고 또 다른 화신이나 어둠의 대군이 끼어든다. 신격 역시 추가로 강신하고··· 지상은 난장판이 된다.

화신이 하나 내려왔다고 대도시인 뮌헨이 완파됐었다. 신격이나 어둠의 대군이 여럿 나타나면 제국은 삽시간에 증발해 버릴 터.

절레절레.

있을 수 없는 일이라고 고개를 흔들다가 지금이 종말의 때란 사실을 떠올렸다. 즉, 평소에는 말도 안 되는 일이 일어날 수 있는 시절인 것이다.

"그래도 설마···."

촤아아아아ㅡ.

그때, 갑자기 어디선가 파도가 밀려오는 듯한 소리가 들렸다.

7. 파도치는 핏물

머리끝부터 발끝까지 소름끼치는 뭔가가 훑고 지나가는 것 같다. 맨살 위로 징그러운 송충이가 기어가는 기분이었다.

"흐윽!"

달타냥도 느낀 듯 한쪽 팔로 몸을 감싸며 주위를 두리번거린다. 그나저나 표정이 내가 엉덩이를 쓰다듬었을 때랑 같은데… 이거 묘하게 상처 받는 걸.

우르르르ー.

지하실이 가볍게 울리며 천장에서 먼지가 떨어지더니 이내 모든 게 잠잠해졌다. 아무 일도 일어나지 않는다는 듯.

"뭐지?"

착각이었나? 생각해 보니 파도 소리도 진짜 들었는지 알 수 없었다. 달타냥과 데옹을 쳐다보자 그들도 모르겠다는 듯 고개를 젓는다.

"합하."

"왜 그러나? 달타냥."

"저 공자… 살릴 수 있는 겁니까?"

팔츠 선제후의 아들은 가망이 없었다. 인간에서 죽은 별의 자식으로 변형됐는데 석화까지 걸렸다. 절로 혀를 찰 수밖에 없었다.

"저걸 되살리려면 반신격이라도 와야할 걸."

"팔츠 선제후가 실망하겠군요."

"어쩔 수 없지. 이제 그의 분노를 황제에게로 향하게 하는 수밖에."

"철저히 정치적이시군요. 이런 상황에서도."

달타냥은 비난하는 기색이 아니었다. 예전과 같은 신랄함이 아니라 오히려 감탄한 기색이랄까.

"하지만 거짓말은 아니지. 이번 일에 황제가 끼어있는 건 사실이니까. 우리의 적들이 서로 손을 잡았다. 앞으로 일이 어려워질 거야."

그녀가 굳은 표정을 풀지 못하기에 나는 어깨를 두드려 주며 웃었다.

"일단 이곳을 나가지. 더 있어봐야 소용 없…."

촤아아아아!

그때 다시 한 번 파도 소리가 들렸다. 이제는 착각이라 생각할 수 없었다.

"합하! 바닥이!"

어느새 지하에는 핏물이 흥건하게 차오르고 있었다.

"어디서 이 피가!"

데옹 역시 놀란 듯 주변을 두리번거렸다. 바닥만이 아니었다. 어느새 지하가 혈향으로 가득 찼다. 천장에선 피가 뚝뚝 떨어지고, 벽면의 크랙에선 피가 줄줄 흘러나온다.

"탈출한다!"

불길하다. 일행을 이끌고 재빨리 계단으로 달렸는데, 기다렸다는 듯 입구 부분이 폭발했다.

콰아아아앙!

갑자기 불꽃과 연기가 솟아났기에 우리는 황급히 뒤로 물러났다. 그리고 무슨 일인가 파악하기도 전에 괴인들이 들이닥쳤다.

마치 문어 인간처럼 생긴 모습이었다. 문어 같은 얼굴에 문어발이 수염처럼 주둥이에 늘어져 있었다.

체형은 호리호리한했는데, 잘 만들어진 로브를 걸치고 있었다. 또한 저마다 제국에선 본 적 없는 괴이한 무장을 갖췄다.

"발버둥치는 죽음의 권속들이군."

그간 날 괴롭게 한 암중조직의 일원들이 드디어 모습을 드러냈다. 어둠 속에서 태어난 저들 종족은 인간을 뛰어넘는 힘과 지혜를 갖고 있었다.

인류를 그저 가축으로 취급하는 종족이었다. 실제로 과거 인류는 독립하지 못하고 저런 종족들의 수발을 드는 노예였다.

"저들은 강합니까?"

데웅의 말에 고개를 끄덕였다. 총 일곱. 저들 하나하나가 검술 대가의 경지에 올라야 겨우 상대할 정도다.

"최소 자네와 동급이거나, 그 이상이다."

"……."

검을 상대에게 겨누고 있던 데웅은 긴장해서 침을 꿀꺽 삼킨다. 젊은 나이에 검의 대가라 불리는 인간 중에선 천재라 할 수 있다. 하지만 그 정도가 돼야 겨우 저 괴종족과 비슷하거나 처진다고 하니 긴장할 수밖에.

"애초에 저들은 인간을 노예로 부리던 놈들이다."

내 말에 나타난 괴종족 중 하나가 기분 나쁜 웃음을 흘린다.

"크크크큭…. 주제 파악을 잘 하는 가축이로군."

주변에 있던 괴종족도 재밌다는 듯 웃어댄다. 그 모습에 나는 앞으로 나가 땅을 세게 밟았다.

콰앙!

마치 형의권의 진각을 밟는 것처럼 발구름을 하자 피로 차오른 석재 바닥이 부서지며 우르르르! 울린다.

이건 단순히 물리력만 보여준 게 아니었다. 드래곤이나 마왕조차 압도하는 내 심후한 마력이 파동을 일으키며 그들을 건드렸다.

"크읏!"

"이런 황당한!"

자신만만하던 괴종족들은 놀란 기색이 역력했다.

"이 새끼들아, 니들이 잘났다고 해서 날 이길 수 있는 건 아니지."

한 걸음 더 나가자 놈들은 화들짝 놀라서 물러난다. 한 놈은 핏물 위에서 미끄러져 요란하게 넘어지기까지 했다.

"아주 개념을 쳐 말아먹고 여기까지 기어들어온 모양인데, 오냐, 잘 걸렸다. 지금부터 그 문어 같은 얼굴을 다 뽑아줄게."

상대는 내 협박에 두려움을 느끼는 기색이 역력했다.

"역시 노예 종족. 힘을 자랑하는 게 무식하기 이를 데… 크악!"

염동력으로 얼굴을 강타하자 입을 연 놈이 피를 쏟으며 쓰러진다. 그러자 주변의 괴종족들이 서둘러 방어 마법을 전개했다.

"왜? 더 지껄여 보지?"

그들은 말문이 막힌 듯 침묵한다.

"정말 대단해… 저런 무서운 종족을 압도하다니….'

뒤에서 달타냥이 살며시 중얼거리는 게 들려왔다. 저 괴종족이 잘났다고 해도 어지간한 고위 마왕조차 압도하는 내 앞에선 소용없었다.

보호 마법이 완성되자 그들 중 하나가 다시 입을 연다. 처음보다는 기세가 많이 죽어 있었다.

"잘난 척하는 것도 거기까지다. 네놈이 강하다는 건 인정하지. 하지만 너희는 여기서 죽게 될 것이다."

아닌 게 아니라, 사방에 흥건한 피와 점점 짙어지는 어둠의 기운. 뭔가 일이 심각하게 잘못된 게 틀림없었다.

"제길…."

아무래도 설마 하던 사태가 벌어진 거 같았다.

"합하, 불길한 기운에 숨이 막힐 지경입니다. 어서 저놈들을 돌파해 빠져나가야 합니다."

데웅의 말에 나는 고개를 저었다. 이미 틀렸다. 그렇게 도망갈 수 있었다면 시간 끌지 않고 진작 움직였겠지. 처음 파도 소리를 들었을 때부터 우리는 이미 거대한 존재에게 붙들렸다.

"돌았군. 인과율을 무시하다니."

내가 탄식하자 뒤에서 대답이 들려왔다.

"크흐흐흐흐흐. 당혹스럽나?"

몸을 돌려보니 석화된 별의 자식의 위에 거대한 눈알이 둥둥 떠 있었다. 그 눈알에서는 끈적한 혈액이 끊임없이 흘러나온다.

"설마 이 몸이 인과율을 무시하고 진짜 강신하기로 결정할 줄은 몰랐을 것이다! 그 뻔뻔한 얼굴에서 두려움을 감추지 못하고 있구나,

발러슈테드."

아닌 게 아니라 입가나 눈가가 제멋대로 파르르 떨리고 있었다.

압도적인 격의 차이.

배짱이나 용기로 뭘 해볼 게 아니었다. 지금 진짜 화신이 강신하려 하고 있었다.

"정식으로 소개하지. 이 몸은 발버둥치는 죽음의 화신 가운데 하나인 파도치는 핏물이다."

저 화신의 정체가 '파도치는 핏물'이었나. 칠마성전에서 본 적 있다. 300년 전에 마지막으로 나타났는데, 당시 왕국 하나를 멸망시켰다고.

무력으로는 이길 방법이 없다. 점점 육체가 구체화되고 있는 화신의 모습을 보며 이를 악물었다. 정신은 이미 물질계에 있기에 육체가 뒤따라 나오고 있는 상황이었다.

"울어라! 번개여!"

기습적으로 검은 번개를 떨어뜨려봤지만 소용이 없었다. 오히려 상대의 기세만 올려줬다.

"크하하하하! 그딴 저급한 기술로 이 몸에 상처를 내려는 건가! 별의 자식일 때는 몰라도, 진짜 육체가 나오고 있는 지금은 어림도 없는 일!"

"인과율을 무시하고 나오다니 배짱도 좋군. 원인이 없이 강신하고 있으니 신격들이 가만히 있지 않을 것이다."

"가만히 있지 않으면 뭘 하겠나! 그 연약한 자들이!"

크게 웃는 화신에게서 광기 어린 기대가 느껴졌다. 기괴한 눈동자가 피를 사방에 튀기며 파르르 진동한다.

"이 몸의 강신이 원인이 되어 분명 신격 쪽에서도 수를 쓰겠지!

하지만 나오라 하라! 상관없다! 오히려 잘 된 일이지! 이 기회에 신격을 맛봐야겠군! 크흐흐흐흐!"

지금 그의 말로 어둠의 대군과 신격의 관계를 짐작할 수 있었다.

인과율에 의하면 보통은 원인을 제공한 자가 불리하다. 예를 들어 화신이 지금 100이란 힘을 쓴다면, 이후 강신할 신격의 화신은 120~130의 힘을 쓸 수 있다.

상황에 따라서 150의 힘을 낼지도 모른다. 한데, 파도치는 핏물은 그것조차 상관없다고 했다.

어차피 어둠이 신격을 앞서고 있으니 120, 130의 힘을 갖고 내려와도 이길 자신이 있다는 거다.

"하지만 신격이 승리할 수도 있다. 힘이 강하다고 언제나 이기는 게 아니니까."

"가련한 희망이로다. 그래, 물론 그럴 수도 있지! 하지만 상관없다! 다시 인과율을 어기고 불법을 저지르면 되니까! 또 다른 화신이 물질계로 내려올 것이다!"

이놈들은 인과율에서 손해를 봐도 이제는 상관없다는 태도였다. 상대가 얼마든지 유리해져도 이길 수 있다는 것인가. 그 정도로 어둠의 대군은 신격을 상대로 승리를 자신하는 걸까.

"자, 현실을 알겠나? 비루하기 짝이 없는 벌레야. 네놈이 찾는 신격에게 실컷 빌어봐라. 그 하루살이 같은 삶이 구원받을 수 있는지!"

인과율이 더는 저 흉악한 맹수들을 막아주는 울타리가 되지 못한다. 갑자기 발밑이 무너지는 것 같은 기분이었다. 현기증에 나도 모르게 휘청였다.

"합하!"

서둘러 달타냥이 달려와 부축해줬다. 데옹은 이를 악물고 육체를 구성 중인 화신을 공격했지만 아무 소용없었다.

카앙! 캉! 캉!

그가 화려한 검격을 뿌릴 때마다 뒤에서 지켜보던 괴종족들이 비웃음을 터뜨렸다.

"크ㅎㅎㅎㅎ!"

"키헤헤헤헤헤!"

거기에 맞춰 강신 중이 화신도 이 세상의 것이 아닌 언어를 중얼거리며 웃어댔다. 이 지하에는 우리를 집어삼키려는 악의가 가득 울리고 있었다.

그야말로 독 안에 든 쥐 신세였다.

"우욱!"

갑자기 토악질이 올라왔다. 지금까지 이런 일은 없었다. 언제나 돌파구가 있었고, 역전이란 게 존재했다.

그런데 지금은, 믿어왔던 법칙들이 무너져 내리고 있었다.

우리 인류가, 그리고 이 리켄티아투스의 필멸자들이 기대고 있던 인과율이란 대전제조차 종말의 때엔 무의미했다.

"…이대로는 신격과 어둠의 대군의 싸움이 벌어진다. 그리고 이 행성은 순식간에 끝장이 날 거야."

다리가 후들후들 떨렸다. 무릎이 땅에 닿으려는 순간 달타냥이 이를 악물고 날 지지해 줬다.

"합하."

"……."

"죽을 때 죽더라도 당당해야 하지 않겠습니까."

달타냥은 작게 내 귓가에 속삭여 왔다.

"당신이 이런 모습을 보여주면 제 마음이 아픕니다."

"…달타냥."

"하지만 그래도 용기가 나지 않는다면 제가 당신을 지켜드리겠습니다."

그녀는 자신의 애검, 물리에르 인제누아를 뽑아들고 내 앞에 섰다. 화신은 이런 우리를 보며 비웃음을 그치지 않는다.

"한편의 촌극이로다. 어차피 시간이 있으니 더 해 보거라."

불현듯 예전 기억 하나가 떠올랐다. 바스토뉴의 일을 해결할 때 험악한 트리어 선제후와 불의 마왕 때문에 마리의 뒤에 숨었던 일이다.

또 이렇게 여자 엉덩이 뒤에 숨게 되다니….

나보다 약한 달타냥이 결연하게 지켜주겠다고 저 무서운 화신과 대치하고 나섰다.

갑자기 팍 자존심이 상했다. 그래, 화신이 대단하긴 대단해. 그리고 신격과 어둠의 대군이 싸우는 종말이 당장이라도 올 것 같다.

하지만 그렇다고 내 마지막이 추해야 한다는 법은 없지. 그렇다면 내가 잘하는 것을 하자.

"위대한 분이시여! 목숨만은 살려주십시오! 흐흐흑!"

내가 선택한 건 울부짖으며 앞으로 나아가 무릎을 꿇는 일이었다.

"합하!"

이 갑작스러운 태도에 결사항전을 다짐하고 있던 달타냥과 데옹이 당혹했다.

"어째서 당신 같은 사람이 이런 모습을!"

달타냥에게서 분노가 느껴졌다. 이럴 줄 몰랐다는 듯한 배신감이 그녀의 눈에 어렸다.

"당신을 위해 죽을 각오까지 했는데!"

그러거나 말거나 나는 눈물까지 쏟아내고 있었다. 그래, 달타냥. 비웃어라. 설령 이 싸움, 이길 수 없어도 너 하나는 살려보낼 테니까.

<메피스토펠레스의 연기를 발동합니다!>

"파도치는 핏물이시여! 어흐흐흑! 제가 감히 주제도 모르고 오만 방자했나이다! 부디, 자비를 내려주십시오!"

무릎을 꿇고 사방에 흥건한 핏물에 몇 번이고 이마를 박으며 자비를 간청했다. 얼굴이 피범벅이 된 추한 꼴에 거대한 눈동자가 나를 내려다보며 즐거워한다.

"이 무슨 한심한! 크하하하하! 결국 가축은 가축이구나! 초월자들의 그 많은 가호를 받은 이런 놈도 결국 개돼지일 뿐이야!"

지금 나는 실낱같은 가능성에 모든 걸 걸고 있었다.

SS등급인 메피스토펠레스의 연기는 숙련6단계. 대단한 수준이긴 하지만 진정한 화신을 상대로는 씨알도 안 먹힌다. 만약 먹힌다면 상대의 오만이나 방심, 그리고 강신이 완료되지 않은 불완전함을 증명하는 것이다.

스킬이 실패해도 상관없었다. 어차피 죽을 거 스킬을 쓰다 걸려 죽나, 그냥 죽나 마찬가지니까.

"비루하구나! 실로 비루해! 널 후원한 이들은 참으로 아둔한 자들이로다! 이런 벌레에게 힘을 주다니! 크크크크!"

나는 무덤에서 웅크리고 있는 자, 끓어오르는 심연, 대신격 아퀼라를 대변하는 자다. 그런 내 추한 행동에 화신은 극히 만족했다.

그래서일까?

아니면, 허영심이란 저런 초월자도 피해갈 수 없는 덫이기 때문일까. 엎드려 있던 내 눈앞에 메시지가 떴다.

<메피스토펠레스의 연기가 성공했습니다!>
<강대한 적을 속였습니다!>
<메피스트펠레스의 연기가 숙련7단계에 진입합니다!>

목숨을 걸고 던져본 건데 먹혔버렸다. 그리고 그 순간 존재하지 않는다고 여겼던 가능성이 갑자기 다가왔다.

단 한 번의 스킬 발동으로, 0%였던 확률이 움직여 변했다. 미미하지만 나는 옅디옅은 가능성을 발견할 수 있었다.

물론 연기 스킬이 먹혔다고 언변으로 저 거물을 속여 보겠다는 건아니다. 말로 조질 수 있었으면 강신하든 말든 애초에 신경도 안 썼을 거다.

그저 연기 스킬이 먹혔기 때문에 활로를 발견할 수 있었다.

파르르.

살결이 가늘게 떨린다. 엎드려 있는 자세 탓에 바닥의 핏물에 반사된 내 얼굴이 보였다. 강신 중인 화신 쪽에서 빛이 찬란했기에 핏빛 수면에 비춘 거다.

"크크큭⋯."

거기 보이는 얼굴은 더는 울고 있지 않았다. 오히려 광대처럼 입 꼬리가 길게 올라가 있었다. 마치 무언가 대단한 걸 파멸시킬 기회를 잡은 듯한 악마의 얼굴이었다.

"위대하신 분이시여, 제 모든 걸 바치고자 하니 더 가까이 가도 되겠습니까?"

그래, 나는 칼을 품고 초월자에게 나아간다.

굴욕적인 내 모습에 파도치는 핏물은 눈알을 떨며 즐거워했다.

"모든 걸?"

이제 화신의 육체적 강신은 반 이상 완료된 상태였다. 파도치는 핏물은 더욱 자신감이 넘치고 있었다.

"물론입니다! 필요하시면 여기 있는 제 부하들을 인신공양하겠습니다!"

달타냥과 데옹을 가리키며 말하자 그들은 믿을 수 없다는 듯 안색이 딱딱하게 굳는다. 내 이런 배신은 파도치는 핏물을 더욱 즐겁게 했다.

"역시 이래야 인간이지!"

그는 내가 인간답다고 크게 칭찬했다.

"인간은 천박하다. 천잡하고, 경박하며, 단천하다. 또한 천근하며, 천단하며, 천루하다. 너희 천열한 것들아. 저속하게 말하고 비속하게 행동하라. 쿠흐흐흐흐흐! 경망스럽게 굴고 동료를 배반해 팔아먹는 모습을 이 몸은 큰 갈채를 보낸다!"

속이 쓰렸지만 아군의 오해를 바로잡아줄 여유는 없었다. 모든 역량을 끌어내 상대를 가까스로 속이고 있기 때문이었다. 하지만 이런 기만도 금세 들통 날 게 뻔하다. 그 전에 승부를 봐야했다.

현재 상황을 보니 S등급 스킬 〈검은 번개〉는 안 먹혔고, SS등급 〈메피스토펠레스의 연기〉는 간신히 들어갔다.

S급 이하는 아무 소용없단 거다. SS등급 정도만이 효과가 있는데 그렇다고 이길 수 있는 것도 아니다.

그야말로 인력으로는 어쩌기 힘든 적이었다. 완전히 강신이 끝나면 그 힘을 헤아릴 수도 없는 상대겠지. 생각만 해도 두려움이 밀려왔다.

하지만, 그럼에도 불구하고, 지금은 찔러볼 틈이 있었다. 나는 공손히 거대한 눈알에게 나아갔다. 그의 괴상한 형체는 점점 구체화되고 있었다.

눈알의 주위로 어떻게 움직이는 건지 알 수 없는 기괴한 육체가 생겨나는 중이다. 기회는 단 한 번이다. 이미 화신의 힘은 나를 압도하고 있으니 두 번의 칠 기회는 없을 터.

한데 그때 파도치는 핏물의 목소리가 날 발을 붙잡는다.

"무엇을 보여줄 것인가?"

움찔.

듣기에 따라 미묘한 물음이었다. 원래라면 무엇을 바칠 거냐는 물음이겠지만, 어쩐지 말투에 섞여있는 비아냥거림이 신경을 곤두서게 했다.

갑자기 직감이 맹렬히 경고를 보낸다.

이미 연기 스킬이 간파돼, 상대는 내 행동을 기다리고 있단 생각이 들었다. 마치 부릴 수 있는 재롱이 있으면 해보란 느낌이랄까.

주륵.

식은땀이 뺨을 간질이며 흘러내린다. 얼굴에 소금기가 가득해서

꺼슬꺼슬한 느낌이 들었다.

"왜 그러나? 보여줄 게 없는 것이냐?"

지독한 침묵이 지하를 채웠다. 곧 파도치는 핏물은 들썩이며 웃기 시작했다.

"크크크! 크흐흐흐! 크크크크크! 크하하하하하!"

핏물이 진득하게 고인 바닥이 진동한다. 언젠가 다큐에서 물 아래 앰프를 놓고 진동하게 하는 걸 본 적이 있는데, 딱 그런 모습이었다.

고인 핏물이 진동하며 핏방울이 튀어 오른다. 마치 바닥에서 비가 내리는 것 같았다.

"빌어먹을⋯."

핏방울이 얼굴에 튀어서 다시 흘러내린다. 어느새 내 갑옷은 피로 뒤덮여가고 있었다.

새삼 상대와 내 격의 차이를 느꼈다.

첫 걸음을 내딛으며 그를 속이는데 성공해도⋯.

두 번째 걸음에서 의심을 사고.

세 번째 걸음에서 꿰뚫어 보고.

네 번째 걸음에서 비웃음을 듣고.

다섯 번째 걸음에서 죽임을 당한다.

"더 보여줄 게 없는 것이냐?"

상대는 여실히 날 조소하고 있었다. 그렇다면 이제 한 걸음만 더 내딛으면 죽는다는 생각이 들었다. 입술만 깨물고 있자 파도치는 핏물은 마치 내 마음을 읽기라도 한 것처럼 묻는다.

"한 걸음 더 딛을 것인가?"

그저 한 번 발을 움직이는 것이지만 엄청나게 많은 게 걸린 물음이었다. 비장의 한 수가 실패하면 이후에는 여지가 없다. 끝이다.

화신의 공격은 마력 방패의 무식한 마력으로도 막지 못할 터. 분명히 파도치는 핏물은 내 마력을 관통할 방법을 갖고 있을 거다.

두려움이 목까지 차올라 숨이 턱턱 막힌다. 여태껏 쌓아온 절정의 기예로도 어쩌지 못한다니.

마음 한 구석에 이미 들킨 거 같은데 무리하는 건 바보짓이란 생각이 들었다.

과하지욕(胯下之辱)이란 말도 있지 않은가. 불량배의 다리 사이를 기었던 한신처럼 모욕을 참고 재기를 노리는 거다. 분명히 다시 기회가 올 터.

그렇게 스스로 합리화하고 있을 때 아주 달콤한 제안이 들려왔다.

"한 걸음 뒤로 물러나라."

"…한 걸음 말입니까?"

"그렇다. 지금 네놈 앞의 한 걸음은 인간이 내딛어서는 안 되는 것. 그것은 필멸자와 초월자의 경계. 네놈도 그걸 모르지 않을 터."

그저 한 보 내딛을 뿐이지만, 그것은 필멸자가 초월자를 공격하는 한 걸음이다.

"어려워할 것 없다. 뒤로 한 걸음 물려라. 그러면 네 목숨을 살려주는 것만이 아니라 어둠의 은혜를 내리겠다."

"은혜입니까?"

"그래, 길고 긴 시간 동안 너희 인간을 봐왔다. 하지만 네놈처럼 특이하고 파악되지 않는 자는 처음이다. 진심으로 제안하지. 발버둥치는 죽음께 고개를 숙여라. 그러면 네놈의 이름을 성좌에 올리게 해주마. 칠마성전을 본 네놈이라면 이게 무슨 소린지 알 것이다."

잘 안다. 놀라서 순간 팔이 움찔했을 정도다. 성좌에 이름을 올려준다는 건 발버둥치는 죽음의 밑에서 사역하는 초월자로 만들어준다는 소리다.

신격으로 따지면 최소 반신격이다.

"놀랐느냐? 그 부러질 듯 가는 팔이 격동하는군? 크흐흐흐! 그렇다! 네놈은 이제 다가올 종말을 피할 수 있다! 성좌에 귀의하여 그분의 영광, 승리와 영원히 함께할 수 있다는 것이다! 그저 가축에 불과한 인간의 껍질을 벗어던지고 격상하라!"

꿀처럼 단 소리였다.

나는 자기도 모르게 무릎이 굽혀지는 걸 느꼈다. 분명 이 결정은 내가 처음 세웠던 뜻과는 다른 것이었다. 하지만 저항하거나 거부하는 게 불가능했다.

어째서인지 그게 가장 현명하고 명확한 결정이란 생각이 들었다. 마음 한구석에 결사반대를 외치는 목소리가 있었지만 금세 들리지 않게 됐다.

"파도치는 핏물이시여…."

그래, 성좌에 몸을 맡기고 불멸로 나아가자. 종말을 피하고 신의 경지에 올라간다.

합리적으로 생각하면 당연히 수락해야 한다. 거절하는 건 바보나 하는 짓이겠지.

결국 제안을 수락하려는 찰나 누군가 어깨를 붙잡았다.

"음?"

돌아보니 달타냥이 거기있었다. 그녀는 무언가 결심한 듯한 모습이었다.

"당신의 한 걸음을 위해 제 목숨을 바치겠습니다."

뭐라?

그녀의 표정을 본 순간, 방금 전 내가 어떤 강대한 힘에 홀렸다는 걸 깨달을 수 있었다. 상대를 속이려고 하다 오히려 굴복할 뻔했다는 사실에 소름이 돋았다.

"안 돼! 달타냥."

급하게 류블라냐를 뽑아들었다.

우우우우웅!

팔츠의 보검이 빛을 뿌리는 그 순간, 이미 달타냥은 절대 이길 수 없는 적을 향해 튀어나가고 있었다.

그녀의 검은 초월자에게 닿지 못한다. 그저 나를 끌어당겨 주기 위해 목숨을 건 것이다.

"이런 건방진!"

파도치는 핏물은 다 된 밥을 망친 데 분노한 듯 촉수를 뻗어왔다.

촤아아아!

포탄처럼 쏘아져오는 촉수를 달타냥이 유려한 몸짓으로 피해낸다. 하지만 완전히 피하지 못하고 스쳐, 그녀의 몸은 여기저기 상처가 생겨 금방 피에 젖어갔다.

그리고 어째서인지 달려가던 달타냥은 파도치는 핏물이 아니라 내 쪽을 한 번 돌아본다.

보일 듯 말 듯한 미소를 짓고 있었다. 마치 아까 했던 내 말은 본심이 아니라는 걸 안다는 듯한 표정이었다. 그게 마지막이었다.

퍼억!

둔탁한 소리와 함께 달타냥의 아름다운 얼굴이 터져나갔다.

한순간에 흔적도 없이 사라져, 달려가던 그녀의 몸에서 피가 분수처럼 쏟아져 나왔다.

그 순간 무언가 부서진 파편처럼 아픈 게 가슴에 박히는 것 같은 느낌이 들었다. 하지만 슬퍼하고 있을 틈도 없었다.

류블라냐를 든 나는 초월자를 향해 검을 들고 달렸다.

"역시 인간은 이래야 재밌지!"

무수한 촉수들이 쏟아져 내린다. 별의 자식의 육체를 쓸 때와 차원이 달랐다.

귀신의 발걸음으로 잔상을 일으키며 분화했지만 단번에 간파됐다. 진짜 나를 향해 촉수가 창처럼 찔러들어왔다.

"그깟 하등한 속임수가 통할 줄 아느냐!"

급히 마력 방패를 전개했으나 요란한 소리와 함께 단번에 뚫렸다.

카앙!

드래곤조차 압도하는 마력도 소용없었다.

"크아아악!"

단번에 배가 꿰뚫려 허공으로 솟아올랐다. 불로 달군 쇠꼬챙이가 영혼을 찔러온 느낌이었다. 하지만 바닥에 머리를 잃고 쓰러져 죽어 있는 달타냥의 시체를 보니 정신이 들었다.

포기할 순 없다.

다시 한 번 잔상을 남기고 귀신의 발걸음을 사용했다. 네 개로 분화한 내 몸이 촉수에서 벗어났다. 그리고 바닥에 떨어졌다.

"오라! 그 보잘 것 없는 수를 써보라!"

목전에 파도치는 핏물이 있었다. 그의 바로 앞에 떨어지는 바람에 한 걸음이었다.

"크하하하하하!"

하지만 광소를 터뜨리는 게 내가 절대 발을 떼지 못할 것이라 여긴 듯했다.

나 역시 지금 검술의 경지로는 한 걸음 더 나아가 베어도 원하는 공격이 불가능함을 깨달았다. 비장의 일격을 준비하고 있었으나 그것도 검이 닿는 거리 안에 와서 보니, 내 성취가 부족해 일을 달성할 수 없음을 알았다.

"왜 그러나? 지금이라도 늦지 않았다. 한 걸음 뒤로 물러나라."

바로 앞에 있는 거대한 눈알이 나를 쏘아본다. 출렁이는 촉수 수십 개가 당장이라도 내리찍을 듯, 검을 머리 위로 올리고 있는 날 겨냥한다.

"어리석은 가축이여. 아무 것도 선택할 수 없는 건가?"

"……크윽."

"좋다. 그렇다면 이 몸이 자비를 베풀지! 죽어라!"

수많은 촉수가 떨어져 내린다. 그 시간 속에서 주마등 같이 많은 게 머릿속을 스쳐지나갔다. 나는 살짝 눈을 감았다.

그중엔 달타냥과의 지난 일도 있었다.

나는 아직 검술 대가의 경지에 이르지 못해서 때때로 그녀에게 검술을 배우곤 했다. 달타냥은 검술은 매우 아름답고 훌륭한 경지였는데, 나는 그걸 따라하지 못해서 많이 투덜거렸다.

—대체 알 수가 없다고. 왜 대검호께선 '보통걸음' 같은 걸 보법의 으뜸이라 하신 거지?

어느 날이었는지, 내 불평에 그녀는 웃기만 했다.

—확실히 잘 이해하기 어려운 부분이긴 합니다.

—봐, '보통걸음'이란 건 단순해. 뒤에 있는 발을 떼 앞에 있는 발

을 지나 한 걸음 내딛는 거잖아.

세상에 온갖 기기묘묘한 보법이 많은데, 그저 한 번 딛는 보통걸음을 근본이라 하는지 알 수 없었다. 그래서 그날 달타냥에게 투덜거렸다.

그때 달타냥은 세심히 생각하더니 성실하게 답해줬었다.

-저도 정확히는 모릅니다. 하지만 검을 수련하며 보니, 딱 한 걸음이 어려울 때가 있었습니다.

-한 걸음이?

-네, 언제고 정말 그 한 걸음이 필요할 때가 옵니다. 한 걸음에 따라 검이 닿고, 안 닿고가 갈리죠. 필요한 때에 한 걸음 딛는 건 생각보다 쉽지 않습니다.

달타냥은 그건 무언가 막고 있는 걸 깨부수며 나아가야 할 때라고 했다.

-그 한 걸음을 막는 건 얼마든지 많습니다. 적의 위협, 기만, 유혹 등. 하지만 그걸 감수하며 한 걸음을 내딛어야 승리할 수 있죠.

-의외로 그 한 걸음이 무겁다는 건가?

-저도 아직 갈 길이 멀어서 명확하게 답하지 못하겠습니다. 하지만 대검호께선 우리가 보지 못한 걸 본 것 같습니다. 그러니 보통걸음을 보법의 근본이라 높이셨겠죠.

-그런가.

곧 우리 둘은 잘 모르겠다는 듯 서로 웃고 말았다. 생각해 보니 올 초여름의 얘기였다. 그날은 유난히 햇살이 좋았었지.

불현 듯 떠오른 따뜻한 기분에 나도 모르게 미소가 지어졌다. 하지만 꿈 속을 본 듯한 사고는 오래 가지 않았다.

피와 죽음, 고통이 가득한 현실이 눈앞에 펼쳐졌다. 그리고 다시 눈을 뜬 그 순간, 적을 향해 한 걸음이 달라졌다.

그래, 어쩌면 그녀는 이걸 말하고 싶었던 건지도 모르겠네.

방금 전까지 전혀 인지할 수 없었던, 딱 한 걸음을 내딛으며 수많은 촉수를 피해 적을 베는 길이 보였다.

아직 알지 못한 검의 길이었다. 마음을 고통이 헤집는다. 좀 더 일찍 이 걸음을 깨달았어야 했는데.

<검술 대가의 경지에 올랐습니다!>
<절세검객의 스킬을 사용할 수 있게 됐습니다!>

"크아아압!"

나는 초월자의 신성을 향해 한 걸음을 내딛었다.

<절세검객의 SS등급 스킬, 차원 자르기를 사용합니다!>

이 극의 경지에 이른 장검술에 베오울프가 전수해준, 어둠의 대군의 화신과 본체의 연결을 자르는 묘예를 사용했다. 파도치는 핏물은 이 힘을 전혀 모르는 듯 비웃음을 터뜨렸다.

"크흐흐하하! 그깟 베기…"

서거억!

단번에 류블라냐가 눈알을 반으로 가르고 지나갔다.

그야말로 전심전력의 일격. 막 개화한 경지를 사력을 다해 펼쳐냈다.

촤아아아!

거대한 눈알이 반으로 갈라지며 피가 분수처럼 쏟아졌다. 하지만 그의 반격이 곧장 이어졌다.

퍼억!

발끈하는 것처럼 휘둘러진 촉수에 맞고는 벽면까지 날아가 처박혔다.

콰앙!

벽면이 움푹 패이며 무수한 금이 갈 정도의 충돌이었다.

"크으으…."

바스락 거리며 파편이 흘러내리는 소리가 들릴 때 나 역시 아래로 떨어졌다.

첨벙!

피웅덩이에서 어떻게든 일어나려 했지만 숨이 제대로 쉬어지지 않았다. 사방이 핏빛이다. 평소보다 시야가 반절 이하로 줄어 있었다.

"웃! 으윽! 윽!"

숨이 막혀서 주먹으로 가슴을 두드렸다. 이대로는 죽는다.

"큿! 크윽!"

퍽퍽!

계속 가슴을 때린 나는, 의식이 끊어질 듯 말 듯 아슬아슬한 상황에서 피를 한 바가지 뿜어내며 호흡을 회복했다.

"쿠에에엑! 하아아! 하악!"

류블라냐를 놓치고 무릎을 꿇었다. 핏물에 잠긴 류블라냐가 부글부글 끓어오르더니 점점 희미해져갔다. 그러다 마치 전구가 꺼진 것처럼 빛을 잃어버렸다.

"감히! 감히! 필멸자가 이 몸에게 이런 고통을 감내하게 해!"

파도치는 핏물은 분노로 완전히 돌아버린 것 같았다.

치이이이익―!

부글부글!

류블라냐가 가른 절단면에서 거품이 끓어오르며 다시 붙고 있었다. 저럴 줄 알았다. 애초에 죽이려고 한 공격도 아니었고.

하지만 확실히 베었다. 어둠의 대군의 본체와 화신을 잇는 연결을. 아직 파도치는 핏물은 그 연결이 잘려나갔다는 점을 파악하지 못한 것 같군.

"크흐흐."

절로 웃음이 나온다. 베오울프가 알려준 기술, 차원 자르기와 상성이 기대 이상으로 좋잖아!

"웃어? 웃어! 감히 웃어!"

퍼억!

촉수 하나가 채찍처럼 날아와 다리를 쳤는데, 간단히 무릎 아래가 날아갔다.

한쪽 다리의 절반을 잃은 나는 휘청이며 쓰러질 듯했으나 그마저도 허락받지 못했다.

여러 촉수들이 날 붙잡아 마치 십자가형에 처하는 것처럼 벽에 고정해 버렸기 때문이었다.

쾅! 콰앙! 쾅!

뾰족한 촉수들이 내 몸을 관통해 벽면 깊숙이 박힌다.

"네놈 배를 갈라 내장을 꺼내겠다! 그리고 내장을 웃음을 흘린 그 주둥이에 쳐 박아주마!"

파도치는 핏물의 분노는 대단했다. 그러거나 말거나 나는 다시 실실 쪼갰다.

"흐흐흐! 히히힛!"

"어째서 계속 웃는 것이냐? 두려움에 실성한 건가?"

그럴 리가.

나는 멀쩡하다는 듯 고개를 저었다.

"모르겠나? 지금 네가 해야 할 일은 이런 분풀이가 아니라 도망치는 거다."

"이 몸에게 도망이라고?"

뜬금없어 하는 모습을 보니 아직도 눈치채지 못한 건가. 그렇다면 친절히 알려줘야지.

"네 연결은 끊어졌다. 이제 강신은 사실상 끝난 거지."

"뭐라? 크흐흐흐! 그 무슨… 아니!"

비웃음을 터뜨리려던 파도치는 핏물이 갑자기 멈칫한다. 그리고 자기 상태를 살펴보고는 격앙된 모습을 감추지 못했다.

"네놈! 처음부터 이럴 수작이었구나!"

"이제 알았나?"

바보도 아니고 죽이겠다고 덤빌 리가 없잖아. 되지도 않는 일이다, 그런 건.

"어떻게! 인간 주제에 감히 초월자의 연결을 잘라버려?"

파도치는 핏물은 허둥지둥 댔다. 마치 쥐를 보고 놀라 호들갑을 떠는 코끼리를 떠올렸다.

"인간이 이런 능력을 가질 수 있다는 건 말도 안 된다! 말이 되지 않아! 이건 신적 존재들의 능력!"

베오울프가 아니었다면 나 역시 꿈도 못 꿀 방법이었다. 저런 존재를 당혹하게 했으니 참으로 보람차군.

"지금 네놈은 100이란 힘을 썼다. 하지만 연결을 끊어버린 내 공격에 의해 반푼이로 강신했지."

요컨대, 동력과 재료를 100% 투입했지만, 공정에 실패가 있어 결과물이 기대에 못 미치는 상황이 된 거다.

"도망가라는 건 다른 게 아니다. 이제 네 대적인 신격의 화신은 120, 130의 힘으로 강신해 올 거다."

원래라면 그 정도 힘으로 와도 파도치는 핏물은 승리를 자신했었다. 하지만 현재 그의 힘은 기대치의 반절. 그야말로 최악의 상황이었다.

나는 벽에 매달려서는 그를 내려다보며 비릿하게 웃었다.

"감당할 수 있겠나? 크흐흐흐!"

"닥쳐라!"

"원한다면 이 입 정도는 닫아줄 수 있지! 하지만 느껴지지 않느냐는 말이다! 지금 이곳을 내려다보는 신격들의 눈이!"

신격들만이 아니었다. 어둠의 대군이나 그에 준하는 존재들, 온갖 초월자들의 시선이 이곳으로 향하고 있었다.

"파도치는 핏물! 즉, 이곳은 우주 제일의 무대 가운데 하나라는 거다."

강신 도중에는 스스로를 감출 수 있다. 실제로 파도치는 핏물도 그랬다. 한창 그와 싸울 때 다른 초월자들의 관심이 느껴지지 않았으니까.

하지만 강신이 끝난 뒤에는 감추고 싶어도 방법이 없다. 초월자라면 인과율이 출렁인 걸 놓치지 않는다.

"네놈은 어떤 선택을 할 것인가?"

"필멸자 주제에 감히 이 몸에게 선택을 강요해!"

그를 죽일 순 없었지만 일격으로 입장이 바뀌어버렸다. 얼굴의 근육이 제멋대로 움직이는 기분이었다. 아마 지금 최고로 즐겁게 웃고 있겠지.

"한 걸음이다."

"뭐라?"

"한 걸음이라지 않나. 한 걸음만 뒤로 물러나라. 그러면 내가 신격들에게 말해주지. 이 겁쟁이를 건들지 말고 보내달라고! 크하하하하하!"

광기 어린 웃음을 터뜨리는 내게 파도치는 핏물이 눈동자를 부르르 떨었다.

"됐다! 우선 네놈부터 이대로 찢어 죽여주마!"

파도치는 핏물의 분노에도 나는 콧방귀를 뀔 뿐이었다.

"나 같은 장난감은 그만 괴롭히라고. 아까 그 눈알을 긁어준 게 전력이니까. 아무래도 네놈을 상대할 적당한 자를 불러내주지."

"그렇게 둘 것 같나!"

푸욱!

찔러온 촉수가 단번에 북부를 관통했다. 이젠 전신이 너무 엉망이라 고통도 못 느꼈다. 하지만 그 와중에도 질긴 용사의 재생력이 생명이 끊어지는 걸 막아주고 있었다.

"…당신에게 기원을, 발푸르가 여신격이시여… 부디, 이곳에 정해진 인과율의 범위 안에서 강신…."

갑자기 지하실의 바닥에 핏물이 갈라지며 거대한 주둥이가 나타났다. 주둥이에는 피로 번들번들 거리는 거대한 이빨들이 빼곡했다.

그제야 알 수 있었는데, 이 지하실에 흥건했던 피가 사실은 그의 육체 일부였던 모양이다. 강신이 끝나자 제 모습을 드러낸 듯하다.

쩌어억!

"네놈의 영혼까지 씹어 먹어주마!"

지하실 바닥이 온통 그의 주둥이였다. 주둥이 속은 시커메 마치 세상 끝 심연까지 이어진 듯했다.

휙!

촉수들이 날 허공에 내던졌다.

"아아아악!"

팔다리를 허우적거리며 그 주둥이 속 심연으로 떨어졌다. 지옥으로 추락하는 기분이 이럴까. 있는 대로 팔다리를 휘저었지만 공중에서 잡히는 건 아무 것도 없었다.

그렇게 추락하는 그때, 갑자기 우우웅! 하는 소리와 함께 모든 게 멈췄다.

"어, 허?"

나는 떨어져 내리던 그대로 허공에 떠있었다. 주변을 보니 부서진 벽돌이나 파편들이 곁에 부유하고 있었다.

이게 대체?

무슨 상황인지 파악하기 전에 내 몸은 중력과 반대 방향으로 급격히 쏠렸다.

"으윽!"

그와 함께, 지하실의 천장이 솟구치며 완전히 사라졌다. 석재 벽과 토양, 위에 버티고 있던 건물들이 증발해버린 것이다.

"뭐야!"

위를 올려다보니 절로 입이 벌어질 수밖에 없었다. 분명히 깊은 지하실에 있었는데 위로 뻥 뚫려있었다.

햇살이 쏟아져지는데 눈이 부셔서 제대로 바라볼 수가 없었다. 오죽하면 빛이 따가워 눈물이 좔좔 쏟아질 정도였다.

"음?"

그러다 빛 한가운데서 익숙한 실루엣을 발견했다. 이제는 그림자만 봐도 알아볼 정도의 여자였다.

"발푸르기스!"

하지만 외형은 평소 그녀와 완전히 달랐다. 원래부터 밝은 그녀의 금발은 태양처럼 빛을 뿜어내고 있었다. 또한 신성을 뿜어내는 화려한 갑옷을 걸쳤고, 등 뒤로 황금빛 날개 세 쌍이 돋아있었다.

그 형상을 보자마자 바로 상황을 알 수 있었다. 마침내 그녀는 '발푸르가 여신격의 화신'이 된 것이다.

이전에 뮌헨 사태에서도 강신이 있긴 했으나 이런 적극적인 형태는 아니었다. 하지만 어둠과 맞서야 하는지라 발푸르가 여신격은 발푸르기스를 화신으로 선택한 것 같았다.

여신격의 화신 뒤로는 거대한 황금빛 마법진이 찬란하게 그 위용을 뽐내고 있었다.

"여기서부터는 제게 맡기세요. 발러슈테드."

그녀는 허공에 있던 날 움직여 근처의 지면에 내려놨다. 지하에 있던 파도치는 핏물은 발푸르가 여신격의 화신을 보더니 격분해 소리친다.

"나약하고 무능한 너희 인간의 발명품들아! 감히 발버둥치는 죽음을 섬기는 나와 맞서겠다는 것이냐!"

지하에서 핏물이 뿜어진 유전처럼 위로 솟구치더니 지상으로 기어 올라왔다. 태양 앞에 노출되자 파도치는 핏물의 끔찍한 육체가 적나라하게 드러났다.

"괴물! 이 상황에서도 오만함을 버리지 못하는구나!"

발푸르기스의 몸에 강신한 상태인 여신격은 자신만만해 했다. 그도 그럴 게, 지금 그녀 쪽이 압도적으로 우위였다.

파도치는 핏물은 강신하는데 실패한 걸 의식하는지 앞뒤 안 가리고 곧장 달려든다. 장기전으로 가면 불리할 테니 나름 승부수를 던진 거다.

촤아아아!

사방으로 피가 폭발하듯 터져나가며 파도치는 핏물의 육체가 갑자기 믿을 수 없을 정도로 거대해졌다. 지하에 있을 때보다 5배는 그 크기가 부풀더니, 더욱 장대해진 주둥이로 발푸르가 여신격의 화신을 덮쳤다.

"네년을 잡아먹으면 강신 과정에서 본 손해도 모조리 메울 수 있을 터!"

"어리석은! 이미 네 파멸은 정해졌다."

발푸르가 여신격의 화신은 빛나는 장검을 들고 있었다. 그녀는 그 검을 휘두르며 파도치는 핏물에게 먹이를 공격하는 매처럼 낙하했다.

번쩍!

일대를 새하얀 빛이 집어삼킨다. 그리고 다시 앞을 보고 되었을 땐 이미 모든 게 끝나 있었다.

"크으… 네년……."

파도치는 핏물은 온몸이 조각조각 난 채 원통함을 감추지 못했다. 사방이 불바다였다. 그 불길 한 가운데서 여신격의 화신이 한쪽 무릎을 꿇은 채 땅에 꽂은 검에 기대고 있었다.

어찌 이리 한 순간에 끝난 걸까?

의아해하던 중 이어진 파도치는 핏물의 말에서 이유를 알게 됐다.

"시간을 멈추다니… 이미 승패는 정해져 있던 건가….."

그렇구나. 시간 정지를 했었군. 전혀 인지하지 못했는데 얼마나 시간이 멈췄던 걸까? 새삼 신적 존재의 힘에 허탈한 기분마저 느꼈다.

시간 정지를 하면 파도치는 핏물이 당할 재간이 없겠지. 물론 그 역시 신적 존재라 마냥 얻어터지지는 않았을 거다. 정지된 시간에 저항하며 공방을 벌였을 테지만, 대부분은 그냥 공격을 허용했을 터.

그가 제대로 강신했다면 시간이 정지된 사이 발푸르가 여신격의 화신이 한 공격을 모두 인지하고 반격했겠지만, 지금은 그저 일부만 막아내는데 그친 모양이다.

온몸이 난자되어 쓰러진 모습을 보니, 여신격의 완승이었다.

"이제 네 영혼과 육체는 정화의 불길 아래 타오를 것이다!"

"닥쳐라! 아직… 끝나지 않았다…! 다른 화신들이… 이 싸움에 끼어 들 것이다. 종말의 때가 왔으니… 분명….."

또 다른 어둠의 대군의 화신이 올 것이라는 섬뜩한 얘기였지만 발푸르가 여신격의 화신은 신경도 안 쓰는 듯했다.

"오라! 어둠이여… 여기 이 신격의 화신을 잡아먹으러….."

파도치는 핏물이 어둠의 존재들을 불렀다,

"썩어가는 군주여… 불쾌한 방문이여… 전쟁의 잔향이여…. 오열하는 운명이여."

아마 그건 어둠의 대군에 속한 화신들의 이름인 것 같았다.

하지만 아무 응답도 없었다. 긴장한 채 그걸 보던 중, 일이 어떻게 된 건지 깨달았다.

"크하하하하핫!"

입에서 비웃음이 절로 터져 나왔다. 왜 다른 어둠의 대군의 화신이 그의 호응에 응해 강신하지 않는지 알게 됐기 때문이다.

짝! 짝! 짝!

나는 걸작을 본 관객처럼 박수를 치며 오체분시 되어 있는 파도치는 핏물에게 다가갔다. 재생 능력 덕에 어느새 다리가 다시 자라나 걷는데 문제는 없었다.

"인류의 희망이 근사하게 피어났구나!"

비아냥거리며 걸어간 나는, 반쯤 녹아버린 그의 거대한 눈알 앞에 섰다.

"파도치는 핏물이여. 이 수많은 시선이 느껴지나?"

리켄티아투스 만신전의 신격들과. 성좌를 누비는 어둠의 대군들이. 지금 이 모습을 지켜보고 있다.

"네놈! 대체 무엇을 하려고…."

파도치는 핏물이 말문을 연 순간 그의 거대한 눈알을 있는 힘껏 걷어찼다.

퍼억!

"크아아아악!"

안구의 수정체가 터지며 맑은 체액이 하늘로 튀어 오른다.

"이제 좀 속이 시원하네."

나는 발끝에 느껴지는 묵직한 감각에 만족하며 으르렁거렸다.

"눈 깔아, 씨발 새끼야! 지금 이 발러슈테드 님이 초월자들에게 한 마디 하려고 하니까."

"이해할 수 없다!"

이해는 무슨, 모처럼 한 마디 하려니까 이 눈알 새끼가 눈치 없이 자꾸 끼네.

"당연한 건데 뭘 이해 못해!"

퍼억!

다시 한 번 거대한 눈알을 걷어찼다.

"아둔한 네놈이 워낙 일방적으로 끝나서 가세할지 말지 고민하던 화신들이 줄줄이 포기한 거 아냐."

쉽게 말해 첫 단추부터 잘못 낀 판이니 다들 흥미를 잃어버린 거다. 아깝게 밀리는 상황이면 당연히 끼어들었겠지.

축구 경기도 마찬가지다. 팽팽해야 응원하지, 4:0, 5:0이면 지켜 보는 사람도 입을 다문다.

게다가 연결을 끊는 신비한 수법을 목도했으니 섣불리 나설 엄두가 안 날 거다. 나라도 적이 알 수 없는 짓을 하면 몸부터 사린다. 그런 부분에선 어둠의 대군의 화신들이라 해도 다르지 않았다.

심지어 인과율까지 이쪽이 유리하다. 도무지 뛰어들 생각이 안 드는 전장인 것이다.

"네놈은 필멸자에게 속아 이 꼴이 되기까지 했지. 다른 어둠의 대군들은 혐오감마저 느낄 거다. 아마 네놈의 본체조차 널 외면할 걸?"

〈파도치는 핏물〉의 본체인 〈발버둥치는 죽음〉은 봉인 상태라 여력이 없기도 하겠지만.

"즉, 네놈은 버려진 거다."

사형선고나 마찬가지인 내 말에 거대한 눈알이 파르르 떨렸다.

"안 돼! 이럴 순 없다! 종말의 때가 오지 않았느냐! 이 비겁자들!
지켜보지만 말고 강신하라!"

하지만 이번에도 세계는 조용했다. 파도치는 핏물의 처지는 설령
종말이라고 해도 버려질 정도로 형편없었다.

"발푸르가 여신격이시여."

"말하세요."

"이 자를 제가 끝장내도 되겠습니까?"

"상관없어요. 당신이 원한다면. 다만, 이자는 초월자랍니다. 이걸
쓰도록 하세요."

그녀의 장검이 번쩍하고 사라지더니 내 앞에 나타났다. 황금빛 광채
로 찬란한 신격의 무기였다.

"필멸의 몸으로 신의 무기를 드는 건 쉽지 않을 거예요. 격에 맞지
않아 심한 통증이 느껴질 겁니다."

"괜찮습니다. 죽지만 않는다면."

주저 없이 눈앞의 검을 향해 손을 뻗었다.

"윽!"

검과 손이 접촉하자 머리끝부터 발끝까지 전기가 가로지르는 것
같다. 신격의 물건은 쥐는 것만으로도 머릿속이 하얗게 타버리는 듯
하다.

마치 과부하로 뇌에 저장된 정보가 일순간 날아가는 것 같은 느
낌이다. 신적 존재의 물건은 건드리는 것만으로도 죽음을 맞이할 수

있다고 하더니 소문대로구나.

일단 자동으로 떠오른 상태창을 살폈다.

레스플렌덴티아(Resplendéntïa)
발푸르가 여신격의 검.
SSS**등급 무기.**

세상에? 트리플 S등급 무기라니? 살다, 살다 이런 무기는 처음 봤다. 게다가 자세한 스펙은 뜨지도 않았다. 과연 대단하군.

동시에 이런 물건을 만지고 멀쩡한 나도 참 많이 컸단 생각도 들었다. 물론 오래 들고 있다가는 쓰러질 것 같았지만, 남은 일을 수행하긴 충분했다.

나는 검을 들고는 파도치는 핏물을 내려다봤다. 그는 벼랑 끝에 선 처지였다.

"기뻐하도록. 전우주가 대전쟁의 질곡에 신음하고 있다. 하지만 네놈은 평화로운 안식을 맞이할 테니까."

"그게 무슨 개소리인가! 싫다! 소멸은 싫다! 죽음을 거부한다! 그건 가장 큰 패배니까! 크아아아!"

이 정도 거물이라도 존재의 끝을 맞이하는 게 두렵긴 마찬가지인 것 같았다. 이제 검에 찔리면 파도치는 핏물이란 정보는 우주에서 사라진다.

마치 존재하지 않았던 것처럼.

영혼조차 남기지 못한다.

"너무 고통스러워하지 말라고. 네 존재는 사라지겠지만 그 이름은 영원할 테니까."

나는 검의 면으로 눈알을 툭툭 때리며 알려줬다.

"필멸자에게 살해당한 가장 수치스러운 이름으로 영원히 남겠지."

"크아아아! 네놈!"

그는 남은 힘을 끌어내 발버둥 쳤지만 소용없었다. 오로지 염동력을 발휘하는 것만으로도 그런 저항을 쉽게 무력화 시킬 수 있었다.

나는 검을 세워 들고 외쳤다.

"신격들이여!"

"어둠의 대군들이여!"

"초월자들이여!"

이게 인류를 대표하는 인류용사의 뜻이다.

"지금 이 순간을 지켜보라! 필멸의 존재가 여기서 초월자를 참살할 것이니!"

"이는 우리의 운명을 스스로 결정하겠다는 뜻이다!"

나는 초월자가 없는 세계를 꿈꾼다. 인류의 운명이 더는 거대한 존재들에게 휘둘리지 않고, 그저 자신의 의지로 오롯이 살아갈 수 있는 세계를.

푸우욱!

말을 마치자마자 여신격의 검으로 상대를 꿰뚫었다.

"크아아아아! 이럴 순 없어!"

그는 질기게 소멸에 저항했다. 하지만 검에 힘을 주자 찔린 틈을 중심으로 화신의 육체에 균열이 일어났다. 그리고 그 균열에서 빛과 어둠의 영기가 걷잡을 수 없이 세어 나왔다.

쩌억, 쩌억.

화신의 육체가 갈라지고 있었다. 그리고 폭발이 일어났다.

"정신이 드시나요?"

"으윽⋯."

누군가 했더니 발푸르가 여신격이었다. 아무래도 폭발의 여파로 정신을 잃었던 모양이다.

"지켜주신 거군요?"

슬쩍 보니까 그녀의 커다란 날개를 펼쳐 날 감싸 안고 있었다.

"네, 화신은 완전히 소멸했습니다. 초월자들의 시선도 사라졌어요."

그녀는 고개를 들어 하늘을 바라본다. 잠시 말없이 그렇게 있다가 묻는다.

"당신이 진정 원하는 건 뭔가요? 발러슈테드."

"⋯⋯."

"인간의 운명을 스스로 결정하겠다고 하셨죠? 그 선언에 내포된 진정한 의미는 무엇입니까?"

발푸르가 여신격의 물음에 나는 고민에 빠졌다. 비밀을 말해도 좋을까? 어차피 발푸르기스가 아는 건 그녀도 알게 될 터. 게다가 그녀는 신격 중 유일하게 석판에 이름이 적혀있지 않기도 했고.

"몇 가지 약속해 주시면 말해 드릴 순 있습니다."

"그게 무엇인가요?"

"비밀을 지켜주실 것. 그리고 저를 방해하지 말 것입니다."

"으음……."

발푸르가 여신격은 곤란한 얼굴을 했다. 그도 그럴 게, 내 목적도 모르는데 무턱대고 약속할 순 없기 때문이었다. 하지만 그녀는 내 진심을 알고 싶어 했다.

고민하던 발푸르가 여신격은 결정을 내렸다.

"만약 샤르티에가 그 조건을 받아들여도 좋다고 하면 그리 하겠습니다. 잠시만 기다려 주세요."

그녀는 한동안 눈을 감았다가 떴다.

"샤르티에는 당신의 말을 믿어달라고 하는군요. 알겠습니다. 비밀을 지키겠습니다. 그리고 당신의 일을 듣게 된 후에도 방해하지 않겠습니다. 제 이름을 걸고 약속합니다."

설마 신격의 이름까지 걸고 약속할 줄이야.

"그 정도까지 해서 제 진심을 들을 가치가 있겠습니까?"

"물론이죠. 당신에게서 대신격 아퀼라의 흔적을 느꼈으니까요."

"허!"

깜짝 놀랐다. 설마 알아볼 줄이야.

"지난번에 봤을 때는 긴가민가했답니다. 하지만 이제는 확신합니다. 만약 그분의 뜻이라면 저는 무엇이든 따를 겁니다. 아퀼라님은 제게 아버지 같은 분이시지요."

신격들의 사정은 잘 모르겠는데 발푸르가는 아퀼라를 부모처럼 공경하고 따랐던 모양이군.

"당신에게서 그분의 가호가 느껴지는군요. 그 외에도 저와 설명하기 어려운 인연도 감지되는군요."

"인연이요?"

"그 부분은 아직 명확하지 않습니다."

여신격은 잘 모르겠다는 듯 고개를 흔들더니 묻는다.

"당신은 무엇을 원하고, 무엇을 하고자 하십니까?"

발푸르가 여신격은 지금의 대화는 아무도 듣지 못할 거라고 했다.

"발러슈테드 당신과 저, 그리고 함께 있는 샤르티에. 이렇게 셋뿐이에요."

"알겠습니다. 그렇다면 말씀드리지요."

드디어 이 얘기를 하게 되는 구나. 만감이 교차해 마음을 가다듬은 뒤에야 입을 열 수 있었다.

"이건 세계의 비밀에 관한 이야기입니다."

아퀼라가 보여준 세계의 비밀은 신격과 어둠의 대군의 이름이 모두 적혀있는, 〈종언의 석판〉에 관한 내용이다.

"종언의 석판!"

"잘 알고 계시겠지요."

"하지만 그 석판에 제 이름은 적혀있지 않답니다. 발러슈테드. 아퀼라 님은 당시 막 태어났던 제 정체를 어둠의 대군에게 감췄습니다. 그렇게 해 제 이름이 석판에 올라가는 걸 막으셨죠."

종언의 석판은 신격과 어둠의 대군이 동의한 정전 협정이다. 석판에 각자의 이름을 모두 적어 넣고 종말의 때까지 정전을 약속하는 내용이었다.

"아마 그건 대신격 아퀼라의 안배가 아닐까 싶습니다. 저도 여신격 님의 이름이 적혀있지 않은 정확한 이유는 모릅니다."

"그렇군요."

"아무튼, 그 종언의 석판에는 중요한 비밀이 있습니다. 시간과 공간의 대신격이었던 아퀼라 님이 아무도 모르게 그 석판에 무언가를 심었다고 합니다."

"하면 종언의 석판에 감춰진 힘이 있다는 건가요?"

발푸르가 여신격의 물음에 나는 고개를 끄덕였다. 쉽지 않지만 분명히 가능한 일이 있다.

"맞습니다. 석판을 사용하기에 따라, 이 리켄티아투스에서 모든 초월자를 추방할 수 있습니다. 거기 이름이 써진 모든 존재를."

"세상에!"

여신격은 정말 놀란 듯 토끼처럼 눈을 동그랗게 떴다.

"정말 그게 가능한 가요?"

"적어도 아퀼라 님께선 보증하셨습니다."

그녀는 당황하고 흥분해서 어깨를 파르르 떨었다.

"발러슈테드, 당신이 진정 원하는 건…."

"맞습니다. 필멸자들이 초월자들에게 운명을 농락당하지 않는 세계입니다. 그걸 위해서 저는 종언의 석판에 이름을 세긴 모든 초월자를 추방할 작정입니다."

그게 아퀼라가 안배한 세계의 비밀이며, 내 모험의 끝이다.

"하지만 신격들이 사리지면 세계는…."

무언가 말하려는 발푸르가 여신격에게 나는 고개를 저었다.

"지금은 깊은 대화를 하긴 때가 적당하지 않습니다. 후일 다시 얘기하죠. 샤르티에가 당신에게 선택된 이상, 언제든 얘기할 수 있을 테니."

"알겠어요. 당신의 말을 깊이 고민해 보겠어요. 그리고 약속은 반드시 지키겠습니다."

"믿겠습니다."

발푸르가 여신격은 가볍게 미소 지으며 고개를 끄덕인다.

"걱정 마세요. 이 아이가 당신을 너무 사랑하고 있답니다. 신격으로서 신도에게 실망을 주긴 싫거든요."

그 말과 함께 여신격의 볼이 홍조로 수줍게 달아올랐다. 지금 볼을 붉히는 게 여신격인지, 샤르티에인지 정확히 알 수는 없었지만 부끄러움이 많은 게 아마 내 약혼녀가 아닐까 싶었다.

"그런데 발러슈테드. 다른 강한 신격에게 기원했어도 됐을 텐데 어찌 저를 부르셨나요?"

사실 딱히 그녀와 친분이 있는 건 아니다. 내가 발푸르가 여신격을 섬기는 것도 아니고 지난번에 한 번 만났을 뿐이니까.

싸움이라면 정의의 신격 루우벤이 더 강하다. 하니 그 같은 이를 부르면 더 확실하지 않았겠냐는 얘기겠지.

뭐, 루우벤이야 그쪽 선제후에게 장난질한 게 있어 좀 켕기긴 했지만⋯ 그런 이유 때문에 안 부른 건 아니다.

"여신격이시여. 그저 당신의 고귀한과 고결함에 보답하고 싶었습니다."

나는 뮌헨 사태를 언급했다.

"그때 보여주신 일은 용기있는 행동이었습니다. 실로 자애의 여신격이라 할 수 있었죠. 하지만 그 때문에 인과율에 큰 손해를 보셨음을 압니다."

발푸르가 여신격이니 할 수 있는 일이었단 생각이 들었다. 실제로 그 일로 그녀는 큰 위협을 감수하게 됐다. 만약 어둠의 대군이 신격들을 본격적으로 때리면 가장 먼저 노려질 처지라 할 수 있었다.

"그래서 다른 누구도 아닌 당신을 불렀습니다."

이번에는 저쪽이 거하게 삽질을 해 큰 원인을 제공했다. 여신격의 화신이 내려와 파도치는 핏물을 참살하긴 했지만, 아직 원인만큼 결과를 낸 건 아니다.

"설마, 마지막에 직접 참살한 건 제게 인과율을 더 몰아주기 위해서였나요?"

발푸르가 여신격은 감탄한 표정이었다.

"맞습니다. 당신은 파도치는 핏물이 불법을 저지른 원인에 의해 강신했습니다. 하지만 직접 처단하진 않았으니 훨씬 더 많은 인과율을 확보할 수 있겠죠."

인간인 나는 인과율에 속하지 않으니까, 내가 마무리를 하면 인과율에 영향을 끼치지 않고 피해가게 된다.

"이번 일로 뮌헨에서 봤던 손해를 벌충하기 충분할 겁니다."

"충분한 정도가 아니에요! 훨씬 남는다고요. 이 정도면 나중에 뮌헨 사태 같은 일이 또 벌어져도 도시를 살릴 수 있을 거예요!"

흥분해 기뻐하는 발푸르가 여신격을 보며, 그녀의 성품을 좀 더 이해할 수 있었다.

보통이라면 아무리 신격이라고 해도 그렇게 확보한 인과율을 자기 이득을 위해 쓸 텐데. 하지만 이 여신격은 뮌헨 사태 같은 일이 한 번 더 터질 것에 대비할 작정인 것 같았다.

"고마워요, 발러슈테드!"

그녀는 많이 감동한 눈치였다. 이쪽을 바라보는 눈이 따뜻했다.

"당신은 정말 좋은 남자군요. 샤르티에가 푹 빠진 게 이해가 되네요."

"아닙니다. 변변찮은 사람입니다."

나도 모르게 딱딱해진 말투로 선을 그었다. 평소라면 발푸르가 여신격의 저런 호의가 기뻤을지도 모른다.

하지만 지금은 그런 감정을 느낄 여력이 없었다. 마음속에 있는 걸 억지로 계속 누르고 있었으니까.

발푸르가 여신격은 나를 물끄러미 보더니 어째서인지 손을 잡아왔다. 그녀의 손은 부드럽고 따뜻했다.

"발러슈테드. 이번 일로 인한 인과율의 이득을 저 혼자 보는 건 옳지 않아요. 물질계를 떠나기 전 당신의 소원을 하나 들어드리죠."

안 그래도 한 가지 소원을 빌려 했는데 발푸르가 여신격이 먼저 제안해 왔다. 아마 내 마음을 알아챈 거겠지.

"간절히 소망하는 걸 말씀해 보세요."

지금 내가 원하는 건 딱 하나뿐이다. 그걸 위해서 다른 신격이 아닌 자애의 여신격을 택한 것이기도 하고.

그녀의 솜씨를 믿기에, 그리고 신적 존재들의 눈길이 있어 간신히 참고 있었지만 이제 한계였다.

중요한 일이 먼저라 억지로 막아둔 마음이 결국 무너지며 넘쳐흘렀다.

"발러슈테드 님? 지금 울고 계신 건가요?"

"…아, 못 볼 꼴 보여드려서 죄송합니다. 아무래도 제 연기 스킬은 여기까지인 모양입니다."

8. 오직 죽음만이

서둘러 얼굴을 닦아냈다. 손바닥이 축축해서 나도 놀랐다. 설마 이렇게 동요할 줄이야.

"여신격이시여, 지하에 제 충실한 동료가 쓰러져있습니다. 부디 그녀를 살려주십시오."

발푸르가 여신격이라면 충분히 달타냥을 부활시킬 수 있을 터. 한데 어째서인지 그녀는 다른 걸 권해왔다.

"차라리 힘을 얻는 게 어떠신가요? 그녀가 당신의 훌륭한 동료라는 건 인정합니다만, 지금 제가 갖고 있는 인과율의 여분이라면 당신에게 더 큰 이득을 안겨드릴 수 있어요. 가령 화신의 강력한 방어를 돌파하는 능력을 얻으면 매우 유용할 겁니다."

솔깃한 제안이었다. 하지만 나는 고개를 저었다.

"달타냥을 살려주십시오."

"그녀 정도의 영웅을 살리는 건 쉬운 일이 아니에요."

발푸르가 여신격은 인간의 영혼이 지닌 가치는 모두 다르다고 했다.

"왕후장상의 씨앗이 따로 있냐고 하지만, 사실 사람의 가치는 상이합니다. 한 사람이 주변에 미치는 영향력이 제각각인 걸 고려해보면 당연한 얘기지요. 그녀는 영웅이라 불리는 인간입니다. 목숨의 무게가 다른 거지요. 만약 달타냥을 살린다면 제가 당신께 따로 힘을 내리긴 무리예요. 그래도 괜찮은가요?"

이번에 그녀가 들어주는 소원은 뮌헨 사태로 본 손해를 벌충하고 남은 인과율을 쓰는 거다. 이것저것 모두 해줄 여력이 없으니 선택을 해야만 했다.

하지만 결정을 바꿀 생각은 없었다.

"괜찮습니다. 모든 마음으로 그녀의 부활을 원합니다."

그제야 발푸르가 여신격은 가볍게 웃는다.

"역시 제가 틀리게 보지 않았군요. 발러슈테드, 당신이라면 그럴 줄 알았답니다."

"지금 저를 시험했던 건가요?"

이래서 신적 존재들이란! 속으로 혀를 차자 그녀는 변명한다.

"종언의 석판까지 들은 이상 저도 당신에게 걸어야 합니다. 하물며 우리 신격까지 모두 추방하겠다고 하고 있어요. 조금은 시험해봐도 괜찮지 않을까요?"

듣고 보니 또 그렇다. 하긴, 신적 존재에게는 필멸자의 불완전함이나 변덕은 근심거리일 테니까.

"자신을 위해 죽은 동료 하나 구하지 못한 놈이 어찌 세상을 구하겠다고 하겠습니까?"

"당신의 말이 맞습니다. 그 소원, 이 발푸르가가 접수하겠습니다."

발푸르가 여신격은 싱크홀처럼 구멍이 뚫려있는 지하로 내려갔다.

그제야 안도할 수 있었다. 자애의 여신격이 나서줬으니 더 걱정할 거 없었다.

물론 그녀가 내려줄 힘도 탐나긴 했으나, 다른 길이 없는 것도 아니었다. 나는 물끄러미 주변에 널린 화신의 사체를 돌아봤다.

격이 높은 존재의 육체.

나 같은 필멸자는 감히 저 사체를 수습할 수도 없다. 신적 존재의 사체를 수습하는 것도 인과율의 영역이었다.

그래서 뮌헨 사태 때는 큰 손해를 본 발푸르가 여신격에게 감히 부탁할 엄두도 못했다. 하지만 이번에는 다르다. 이 사체를 수습해 달라고 할 예정이었다.

번쩍.

구멍에서 찬란한 빛이 치솟는다. 마치 반짝이는 눈꽃송이들이 터져 나오는 것만 같다.

잠시 뒤 발푸르가 여신격이 다시 올라왔는데 그녀는 혼절한 달타냥을 끌어안고 있었다.

"아!"

보자마자 감탄이 흘렀다. 터져나갔던 그녀의 얼굴이 온전하다. 그저 잠든 듯한 얼굴로 고통 없이 고요했다.

"아아⋯."

지켜보고 있자니 목이 콱 막혀서 뭐라 말이 안 나왔다. 기적이구나. 이것이야 말로 신적인 존재의 힘.

"감사합니다⋯ 감사합니다⋯."

내 입은 그저 감사의 말만 반복했다.

"그런데 어째서 의식이 없는 건가요?"

"격이 높은 존재에게 혹독하게 당해서 그렇습니다. 후유증이 안 남게 조치했습니다만, 깨어나려면 시간이 필요해요. 일주일 정도 안정하면 멀쩡해질 테니 너무 걱정하지 마세요."

안도의 한숨을 내쉬자 발푸르가 여신격은 묘한 눈으로 날 바라본다.

"왜 그러십니까?"

"샤르티에가 묻는군요."

"네?"

"결혼식도 안 했는데 벌써 바람이냐고···."

"으윽!"

서둘러 그런 관계가 아니라고 변명했지만 의혹의 눈초리가 가시지 않는다.

"샤르티에가 말합니다."

"이번에는 뭡니까?"

"우리 그만 만나."

"크헉!"

깜짝 놀라서 발푸르가 여신격에게 매달리자 그제야 그녀는 농담이라는 듯 웃어댄다. 이런 당했구나.

"여신격께서 참 발랄하시군요."

뭔가 억울해서 뼈있는 말을 하자 그녀는 아무렇지도 않다는 듯 대답한다.

"강신한 이상 육체의 소유자의 영향을 받기 때문이에요. 샤르티에는 발랄한 성품의 여성입니다. 저는 원래 참 위엄있는 여신격입니다만, 어쩔 수 없답니다."

"여신격님, 어째서인지 저도 샤르티에 양의 목소리가 들리는군요. 여신이 거짓말 하면 큰일난다고요."

"호호호, 발러슈테드. 당신이야말로 거짓말 하면 못 씁니다."

어째서인지 유치하게 여신격과 티격태격하고 있는데 마음속에 목소리가 들렸다.

─둘 다 적당히 하세요.

묘하게 차가운 그 목소리는 내 약혼녀의 것이었다. 발푸르가 여신격도 들었는지 움찔한다.

─아주 남 핑계를 대고 둘이 신 나셨군요?

갑자기 본인이 등판하자 우리 둘은 할 말이 없어졌다.

─발푸르가 님.

"네, 샤르티에."

뭔가 설교조로 부르는 목소리에 발푸르가 여신격은 필요 이상으로 공손히 대답한다.

─다음부터는 강신할 때 힘만 내려주세요. 제가 직접 일 처리를 할 테니.

"그, 그런…!"

─아셨죠?

"……네."

뭔가 여신격의 목소리가 애처롭게 들리네. 이쪽 신격과 신도는 뭔가 갑을 관계가 내 예상과 다른 거 같은데.

그리고 보니 발푸르기스가 발푸르가와 모종의 약속을 했다고 했지. 아마 그 때문이 아닐까?

"여신격이시여. 부탁할게 하나 더 있습니다."

"흠흠! 뭔가요? 말씀해 보세요. 이 여신격에게."

발푸르가 여신격은 애써 다시 위엄을 세우려 했으나 부질없었다.

"저 죽은 화신의 사체를 수습하고 싶습니다."

지금까지 장난스럽게 굴던 발푸르가 여신격이 내 요구에 갑자기 정색했다.

"저것은 사악한 어둠의 육체입니다. 돌아가기 전에 소멸시키려 했는데요. 내버려두면 저 사체에서 새로운 마가 탄생할 겁니다."

신적인 존재의 사체라 썩어가면서도 그 속에서 사악한 존재들이 태어난다는 거다. 주변의 대지를 오염시키는 건 덤이다.

"저걸 가지고 거래할 생각입니다."

내 뜻에 발푸르가 여신격은 대번에 불쾌함을 감추지 않았다.

"발러슈테드, 당신에게 어둠의 힘이 깃든 걸 알고 있습니다. 하지만 그렇다고 그들과 적극적으로 거래하는 건……."

신격이니 반대할 건 이미 예상하던 일. 그래서 끈질기게 요구했다.

"부탁드리겠습니다. 거래 후 어떤 일이 있었는지도 말씀드리겠습니다. 제가 거래하려는 자는 끓어오르는 심연입니다."

나는 우리의 적이 서로 다투는 관계란 걸 이용해야 한다고 주장했다.

"이 발버둥치는 죽음의 화신의 사체를 그에게 가져다주는 건 분명히 이로운 결과를 만들어 낼 겁니다."

"지나치게 위험해요. 발러슈테드. 어둠에 속한 존재는 믿을 수 없어요. 당신은 발버둥치는 죽음보다 끓어오르는 심연이 낫다고 판단한 것 같은데, 그걸 뒷받침할 근거는 미약합니다."

나도 물론 여신격의 말을 십분 이해한다. 신적 존재 중에 믿을 만한 건 대신격 아퀼라와 눈앞의 그녀 밖에 없다.

무덤에서 웅크리고 있는 자, 끓어오르는 심연의 후원을 받고 있지만 이는 불안요소로 언제 터질지 모르는 폭탄이었다.

"물론입니다. 하지만 끓어오르는 심연이 형언할 수 없는 암흑의 대적자인 건 명백한 사실입니다. 그들은 어둠의 왕관을 두고 다투고 있습니다. 우리는 그걸 반드시 이용해야 합니다."

"……."

발푸르가 여신격은 고민에 빠진 듯했다. 그녀 역시 내 제안이 쓸만하다는 걸 아니 생각이 복잡할 거다.

"어차피 외줄타기 같은 신세. 우리가 앞으로 넘어야할 난관에 비하면 이 정도는 아무 것도 아닙니다. 부디 도와주십시오."

"…알겠어요."

결국 발푸르가 여신격은 남은 인과율 중 일부를 소모해 화신의 사체를 수습하는 걸 도와줬다. 그 덕에 원래라면 감히 손도 댈 수 없던 신적 존재의 죽은 육체가 내게 떨어졌다.

"자, 이제 다 끝났으니 저는 돌아가 보겠어요. 발러슈테드, 당신과 엮이는 일이면 정말 쉬운 게 없군요."

"고생하게 만들어서 죄송합니다. 가시기 전에 잠시 제 약혼녀와 얘기할 수 있겠습니까?"

"알겠어요. 아예 몸의 통제를 그 아이에게 넘기겠어요. 그럼, 무운을 빌지요."

발푸르가 여신격이 떠나자 내 눈앞에 익숙한 눈매의 따뜻하고 심지가 곧아 보이는 여성이 나타났다.

"발러, 이번에 정말 고생이 컸겠구나."

"발푸르기스, 당신에게 정말 미안한 게 많습니다."

"어째서 그리 말하느냐?"

"숙부를 잃고 당신이 힘들 때 곁에 있어주지 못했습니다. 밖으로 돌기만 했죠."

발푸르기스는 괜찮다는 듯 고개를 가로젓는다.

"그대가 본녀의 어머니를 구해주지 않았느냐?"

장모님이 깃든 목걸이는 발푸르기스에게로 돌아갔다. 뮌헨 사태 이후 발푸르기스는 멘탈이 터질 뻔했는데, 어릴 적 헤어졌던 어머니와의 재회로 큰 위로를 받았다. 또한 마리 역시 늘 그녀의 곁에 있었다.

낳아준 어머니와 길러준 어머니가 함께 있는 탓에 발푸르기스는 어려운 시절을 잘 이겨내고 있다.

"물론 그대에 대해 알 수 없는 얘기들이 많은 게 역시 걸리는 구나…. 오늘은 정말 놀란 것이다. 그대가 위대한 운명을 타고났음을 알았다. 하지만 초월자를 모두 추방하려 하고 있었다니…. 어쩐지 점점 모를 일이 많아서 섭섭한 점이…….."

"미안합니다."

나는 그녀를 상대로 너무 비밀이 많았다. 그 때문에 이 순진한 여자를 계속 마음고생 시킨 모양이었다.

"뮌헨에서 일이 터졌을 때 마리에게 약속한 게 있습니다. 허심탄회하게 저에 대해 말하겠다고요. 발푸르기스, 당신도 함께 해 달라 청할 생각이었습니다. 이번에 뮌헨에 돌아가면 마리와 셋이서 얘기를 하죠. 저에 대한 걸 모두 털어놓겠습니다."

이제는 마지막까지 함께해줄 동료들이 필요하다. 나는 믿을 수 있는 이들에게 내 사명과 비밀을 털어놓을 작정이었다. 일단 발푸르기스와 마리가 적당하겠지.

"고맙구나. 발러. 그거면 충분하다."

발푸르기스는 근심이 사라진 듯 맑은 웃음을 짓는다. 그 모습을 보니 왜 진작 솔직히 대하지 못했나 마음이 아렸다.

"먼저 뮌헨으로 돌아가 계세요. 저도 팔츠에서 일을 본 뒤에 따라가겠습니다. 팔츠 선제후와 남은 협의도 있고 며칠 걸릴 듯합니다."

"알겠다. 발러. 뮌헨은 걱정하지 말거라. 달타냥 경은 본녀가 잘 돌볼 테니 걱정하지 않아도 좋다."

"감사합니다."

그렇게 끝나나 싶었는데 발푸르기스가 갑자기 내 어깨를 덥석 잡는다.

"뮌헨에 와서 솔직히 털어놓을 때, 달타냥 경과의 관계도 털어놓길 바란다."

"으엇."

놀라서 그녀를 보니 입은 웃고 있는데 눈은 전혀 웃는 표정이 아니었다.

"발러, 모두 솔직히 말해줄 것이지?"

"…여, 여부가 있겠습니까. 고귀하신 전하."

"고귀하신 전하?"

"이제 선제후가 되실 텐데, 마땅히 고귀하신 전하가 아닙니까."

강자 앞에서 비굴해지고 약해지는 건 어쩔 수 없는 내 천성인 듯하다. 발푸르기스는 어이없다는 표정을 짓더니 달타냥을 안아들고 날개를 펼친다.

"본녀가 예전에 들으니 자수해서 광명 찾자는 말이 있던 모양이다."

"으윽."

"자, 그러면 기다리고 있으마."

서열 1위 마왕이 기다리고 있겠다고 해도 이것보단 압박이 덜할 거 같은데. 그녀는 날개를 펼쳐 솟아오르더니 이내 사라졌다. 그건 그렇고, 화신이 된 탓에 나보다 이제 훨씬 셀 거 같은 걸.

인과율이 있으니 힘을 다 못 내겠지만, 그것만으로도 내 허리를 반으로 접어버릴 것 같다. 부부싸움 같은 건 꿈꾸지 말자.

역시 상대는 선제후 전하잖아?

제국의 고귀한 전하에게 고개를 숙이는 건 결코 수치가 아니지. 그렇고말고. 혼자 그렇게 정신 승리를 한 후 전장을 둘러봤다. 완전 개판이었다.

"이봐, 일어나게. 언제까지 퍼져있을 건가? 검술 대가에 오른 사람이."

나는 흙바닥에 주정뱅이처럼 쓰러져있는 데옹을 발로 툭툭 찼다. 이런저런 폭발에 휘말려 기절한 상태였다.

"으음? 응?"

간신히 정신을 차린 데옹을 일으켜 주면서 머릿속은 분주했다.

끓어오르는 심연에게 화신의 육체를 팔고 무엇을 받을 수 있을까?

일단 끓어오르는 심연을 만나려면 다른 차원으로 가야한다. 최근 아퀼라를 본 이후에 만났을 때도 다른 차원이었고, 그 전에 마왕 크라이카이제를 참살했을 때도 다른 차원이었다.

슈바르체토이펠과 함께 처음 봤을 때도, 그 마룡이 준비한 마법에 의해 차원을 이동한 뒤 불러들였다. 애초에 끓어오르는 심연 같은 거악을 물질계로 소환한다는 발생 자체가 무리수니까.

"음……."

아무래도 역시 슈바르체토이펠에게 도움을 받아야겠군. 나는 바로 연락을 넣었다.

─오, 발러슈테드. 자넨가? 오랜만이로군. 후우, 후우.

─격조했소이다. 그런데 왜 그리 숨을 몰아쉬는 거요?

이 마룡은 대체로 느긋한 존재다. 의아하지 않을 수 없었다. 그는 내가 묻자마자 기다렸다는 듯 대답해왔다.

─아주 난리가 났어.

─무슨?

─그 멍청한 페자무트 놈이 이번에 전설의 드라코 리치 하나를 소환했다네. 그런데 지배하기는커녕 반대로 늘씬하게 얻어터진 거야. 지금도 산자락에서 싸워대는 통에 정신이 하나도 없어.

아이구야. 그 마왕 양반은 조용할 틈이 없구나.

─좀 도와주지 그러셨소?

─에잉, 지 잘못이지. 안 그래도 경고했는데 제멋대로 굴더니…. 쯧쯧! 언젠가 사고 한 번 터질 줄 알았네.

─아니, 왜 드라코 리치는 소환한 거요?

─그게 이번에야말로 기필코 황제가 사는 빈을 점령하겠다고 벼르고 있더라고. 내 지나가면서 전력 보강보다는 지도 읽는 법이나 배우라고 권했는데 어찌나 성질을 내고 꽥꽥거리는지 혼이 났어. 도무지 말을 들어 처먹질 않아.

뭔가 슈바르체토이펠에게서 그간 마음 고생한 게 느껴져서 짠했다.

-아무래도 자네가 좀 와주게.

-안 그래도 볼 일이 있는데 그러면 조만간 들리겠소. 페자무트에겐 내 도착할 때까지 출진을 금한다고 전해주시오.

-오, 알겠네.

콰아앙!

우르르르릉!

그때 통신 마법으로 뭔가 터지는 소리가 계속 들려왔다. 나는 쓴 웃음을 지으며 고개를 저을 수밖에 없었다. 그로스글로크너에 가면 할 일이 많겠군.

나는 이번에 마왕 오드가쉬가 사용했던 샤프리히터를 굴복시키는 일도 도전해 볼 작정이었다.

슈바르체토이펠에게 가는 일이 중요했지만 일단 팔츠 선제후와 협상을 마무리 지어야 했다.

"데옹, 지하로 내려가 괴종족들의 사체를 뒤져보게."

"알겠습니다."

죽음이 임한 자들에 소속된 그들은 가공할 싸움에 여파에 휘말려 모두 사망한 상태다. 품을 뒤져보면 쓸만한 게 나올지도 모른다.

"합하. 특이한 물건이 나왔습니다."

데옹은 기괴한 질감의 사슬목걸이 여러 개를 가지고 왔다. 보자마자 나는 그게 죽음이 임한 자들을 상징하는 것임을 알았다.

"이걸로 팔츠 선제후에게 암중조직의 개입을 설명할 수 있겠어."

데옹과 함께 팔츠의 수도인 하이델베르크로 와보니 난리가 나 있었다.

"무슨 일인가?"

장교 하나를 붙잡고 묻자 선제후가 비상사태를 선포했다고 한다. 놀라서 도망가더니 비상을 걸고 성에 숨은 건가. 확실히 겁이 많은 양반이야.

그의 궁전은 우아하게 꾸며져 있음에도, 중무장한 채 인상을 쓰는 병사가 하도 많아 흡사 감옥처럼 보였다.

"나쁘지 않지."

겁이 많다는 건 회유하기 쉽다는 소리기도 하니까. 나는 바로 팔츠 선제후 프리드리히를 찾아갔다. 비텐바이어─바젤 공작이 왔다는 소리에 그는 기다렸다는 듯 튀쳐나왔다.

"어떻게 됐는가! 공작!"

"고귀하신 전하! 다치신 곳은 없습니까!"

나는 정말 걱정했다는 듯한 태도로 다가갔다.

"자네만 두고 물러나서 정말 미안하네."

맘에도 없는 소리 하는 거 보면 아주 정신이 없지는 않은 모양이군.

"아닙니다. 실로 현명하셨습니다. 무슨 일이 있었는지 설명해 드리겠습니다."

물론 있는 그대로 얘기할 순 없다. 어둠의 대군과 신격의 화신이 내려왔다고 어떻게 말하겠나.

사악한 존재가 출현했으나 힘을 다해 겨우 무찌를 수 있었다고 적당히 꾸며 얘기했다. 현재 나와 대웅의 행색만 봐도 격렬한 전투가 있었음을 짐작할 수 있었다.

"적은 완전히 소탕한 건가?"

"물론입니다. 걱정하지 않으셔도 좋습니다."

"과인의 아들은?"

그 물음에 나는 매우 애석하다는 듯 입술을 깨물고 침묵했다.

"하아… 그런가."

프리드리히는 침통하게 눈을 감고는 의자에 몸을 묻는다.

"전하, 공자께서는 그 사악한 주술로 인간이 아니게 됐기에 어쩔 수 없었습니다. 편히 쉬게 해드렸습니다."

"으아아아아아!"

프리드리히는 탁자 위의 유리잔이나 술병을 손으로 쓸어버리고 머리를 쥐어뜯는다. 솔직히 그의 아들 일은 나도 안됐다고 생각한다.

그 공자는 사악한 조직의 마수에 휩쓸린 무고한 희생자에 불과했다. 하지만 내 입장에선 무리해서까지 구할 이유는 없었다.

그를 구하려면 발푸르가 여신격에게 부탁해야 하는데, 종말의 때에 하등 도움도 안 되는 귀족 도련님을 위해 무리할 수는 없었다. 프리드리히의 아들은 무능하기로 유명하니까.

게다가 그가 죽어야 프리드리히가 적극적으로 나설 거다. 나는 그를 유도해 함께 황제에게 반기를 들 작정이다.

즉, 모반이며 반역이다. 이 쥐새끼 같은 사내가 그런 일을 하게 하려면 큰 분노가 필요했다.

"대체 왜 일이 이렇게 된 건가! 신들은 어째서 내게 이런 시련을 내리시는 건가!"

운명이란 게 있다면 조카를 내치고 그 자리를 차지한 당신을 벌하는 거겠지.

"전하, 제가 현장에서 이런 걸 찾아냈습니다."

전투 중 괴종족이 나타났음을 설명하고 그들에게서 회수한 사슬 목걸이를 보여줬다.

"이게 뭔가?"

"죽음이 임한 자들이란 조직의 징표입니다."

나는 다시 한 번 황제가 그들과 강하게 손을 잡고 있음을 설명했다.

"이미 말씀드린 대로 황제는 수단과 방법을 가리지 않고 전하와 절 견제할 것입니다."

"단지 과인이 보헤미아 왕관을 쓸 수 있다는 이유만으로?"

"그거면 차고 넘치지 않습니까?"

프리드리히는 양손으로 얼굴을 가렸다.

"…그렇다면 과인이 어떻게 해야 하는가?"

"전하께서 살 길은 오직 하나뿐입니다. 보헤미아의 왕관을 쓰십시오."

"보헤미아 왕(황제)으로 부터 자신을 지키기 위해 보헤미아 왕관을 빼앗는 수밖에 없다는 건가."

프리드리히는 거절하지 못할 거다. 전부터 보헤미아 왕관에 탐욕을 느끼던 그에게 이건 아주 좋은 명분이었으니까.

"두려워하지 마십시오. 전하. 제가 전력으로 돕겠습니다."

"그래, 자네는 정말 진실 되고 선한 사내야. 발러슈테드."

팔츠 선제후 프리드리히와 협상을 잘 끝났다. 살기 위해 서로의 손을 잡을 수밖에 없다는 공감대를 갖고 있었으니까. 우리의 복잡한 협상은 간결한 목표로 설명될 수 있었는데 다음과 같다.

[나는 프리드리히가 보헤미아 왕관을 갖게 돕는다.]
[프리드리히는 내가 선제후가 되게 돕는다.]

서로의 권력을 위해 협조하기로 한 거다. 게다가 마인츠 선제후까지 끌어들이는 삼각동맹 역시 잘 얘기 됐다.

이제 선제후로의 길은 한층 더 가깝게 됐다. 일단 바이에른 선제후, 팔츠 선제후, 마인츠 선제후 이렇게 세 표를 확보했으니까.

"흐흐."

필리를 몰아 가도를 지나면서 콧노래가 절로 나왔다.

"선제후 전하 나가신다."

길을 따라 교수대가 줄지어 늘어서 있고, 썩은 시체가 잔뜩 매달려 있지만 조금도 내 기분을 상하게 하지 못했다.

사실 이쪽 세계에선 교수대는 거짓말 좀 보태면 전봇대만큼이나 흔한 거니까.

제국의 법은 공정하기보다는 폭력에 의존하고 있었다. 꼭 전쟁이 아니더라도 일상에서는 강도와 살인, 강간이 판을 쳤다. 거기에 대한 뾰족한 대응책은 없었는데 일이 터지고 나면 적당히 잡아들여 교수대에 매다는 게 다였다.

그래서 교수대는 어디를 가나 있었고, 시체 썩는 냄새야말로 이 세계로 와 가장 먼저 익숙해져야 할 부분이었다.

"합하, 오늘은 여기서 숙영하겠습니다. 다음 도시까지 가지 못할 것 같습니다."

데옹의 말에 고개를 끄덕였다. 따르는 기병들이 숙영지를 부산하게 만들었다. 저녁을 먹고 이것저것 하다 보니 금세 밤이 되었다.

어쩐지 잠이 오질 않아서 산책을 나섰는데 밤하늘에는 별이 쏟아질 듯 많았다. 하지만 별들을 보며 아름답다고 느끼지 못했다.

별을 읽는 법을 배운 후로 우주적인 공포에 사로잡힐 뿐이었다.

오늘도 성좌의 주인들이 전쟁을 벌이고 있었다. 일진일퇴가 거듭되고 있으니, 언제 리켄티아투스가 망할지 몰랐다. 10년 후일 수도 있고, 일주일 후일 수도 있고, 한 시간 후일 수도 있다.

우리의 운명은 이렇게 나약하며 외부의 힘에 무력했다. 한 시라도 빨리 신적 존재들을 리켄티아투스에서 추방하는 것만이 살 길이었다.

그렇게 절망감을 느끼며 밤하늘을 보던 중 특이한 별을 찾아냈다. 어제까지는 없던 별이었다.

"으음?"

밤하늘에 완전히 새로운 별이 출현해 자신의 빛을 뽐내고 있었다. 한참 보던 나는 그제야 놀라서 입이 떡 벌어졌다.

"저건 설마 내 별?"

이런 황당한, 밤하늘을 관찰하던 중 갑자기 내 별이 생겨난 걸 보게 되다니?

\<SS등급 스킬 성좌관형찰색이 숙련 2단계에 오릅니다!\>

그때 스킬을 얻은 후 매일 밤하늘을 관측했던 보람이 있는지 숙련도가 올랐다. 덕분에 저 별이 나를 상징한다는 걸 정확히 알 수 있었다.

어째서 이 발러슈테드의 별이 생긴 걸까?

칠마성전에 의하면 별은 신성(神性)에 다가가고 있는 존재에게 허락된 거다. 그렇다면 나는 신성을 갖기 시작한 건가?

어쩌면 나는 필멸자와 초월자의 흐린 경계를 지나고 있는지도 모른다.

홀린 듯 별을 관찰했다. 놀랍게도 어둠의 대군들을 상징하는 별이 내 곁에서 멀어진 게 보였다. 반면 가까워진 것도 있었다. 깨끗하고 맑은 별로 발푸르가 여신격의 것이었다.

"정말 놀랍군…."

갑자기 내 격이 달라졌다. 어둠의 대군을 수행하는 강대한 괴종족도 자기 별을 갖고 있지는 않았다. 그런데 나는 갑자기 그들보다 월등히 격이 높아졌다.

누가 나를 밤하늘에 올린 걸까?

밤새 고민해 봐도 답은 나오지 않았다.

멀리 그로스글로크너와 이어진 산맥이 보이자, 따르던 기병을 모두 물렸다.

"데옹, 기병을 통솔해 뮌헨으로 돌아가게."

산길은 혼자 올랐다. 필리는 힘차게 잘 나아갔다. 역시 수백 년 묵은 영약을 먹여서 그런지 기운이 장사였다.

산지에서 이틀을 나아가서야 그로스글로크너에 자리 잡은 언데드 도시, 모르스 쏠라에 도착했다.

"우와!"

도시의 입구인 협곡은 장대한 성벽이 막고 있었다. 그 성벽 위에는 훌륭한 갑옷을 입은 언데드나 정연하게 도열한 모습이다.

페자무트가 황제의 직할령에서 번 돈으로 부하들을 공들여 무장시켰다고 자랑하더니 과연 그대로구나.

모르스 쏠라는 장미의 마왕 로엘린의 로제란트와 긴밀한 무역 관계를 맺고 있다. 필요한 건 그 화려한 도시에서 구할 수 있으니 돈만 있으면 뭐든 할 수 있었다.

"이곳이 내 도시인가."

그로스글로크너로 방문한 건 정말 오랜만이다. 황무지에 기초 공사를 시작하던 때가 엊그제 같은데 이렇게 웅장한 모습으로 완성되다니.

"그대는 누구인가! 이곳은 망자의 땅! 살아 있는 자는 이 도시의 친구가 아니고선 들어올 수 없다!"

성벽 위에서 한 데스나이트가 외친다. 안광이 시퍼렇고 기세가 찌를 듯 강한 게 수문장을 하기 제격이었다.

"이 몸은 발러슈테드 발러. 모르스 쏠라의 주인이니 너희는 이 도시의 정당한 지배자를 마땅한 예를 갖춰 환대하라!"

내 말에 갑자기 성벽에서 웅성웅성 난리가 났다. 데스나이트도 놀라 고개를 빼고 날 내려다본다. 성벽 위에선 언데드 전령이 뛰는 게 보였다. 그리고 얼마나 지났을까?

끼이이익.

거대한 성문이 요란한 소리를 내며 열리기 시작했다. 그러자 많은 군기와 함께 질서정연하게 도열한 언데드 군사들이 오와 열을 맞춰 밀려나왔다.

"이 천한 자의 주인이시여!"

익숙한 목소리가 들렸다. 화려한 복장을 걸친 홉고블린 언데드였다.

"쿠르라크가 아닌가. 오랜만이구나."

"이리 찾아주시니 실로 영광입니다. 주군께서 없으시니 이 큰 도시가 황량했습니다."

"하하하, 쿠르라크. 안 본 사이에 아부가 늘었군."

홉고블린 쿠르라크는 이 도시의 행정을 총괄하는 위치에 있는 자다. 그런데 그런 그가 달려와서 내 앞에 고개를 숙이고 조아리자, 따르는 언데드들이 놀란 기색이었다.

사실 태반이 나랑은 안면이 없다. 이쪽이 VIP란 건 알아도 설마 쿠르라크가 고개를 땅에 박을 정도였던 건지는 몰랐겠지.

"주군! 어서 들어가시죠. 모르스 쏠라는 도시의 정당한 지배자를 전심(全心)으로 환영할 것입니다."

"좋네. 그간의 성과를 보고 싶군."

"네!"

쿠르라크가 도시의 수장 중 하나라곤 하나 내 앞에선 관광객 가이드나 다름없었다. 그를 만든 게 나기에, 이쪽에서 마법을 풀기만 해도 목숨이 사라질 테니까.

"나팔을 불고 북을 쳐라! 위대한 분께서 행차하신다!"

크게 외친 쿠르라크의 말에 성벽 위에 있던 병사들이 일제히 나팔을 불어댄다. 나는 말고삐를 쿠르라크에게 맡기고는 느긋하게 안으로 향했다. 거대한 성벽을 통과하자 그곳에는 별세계가 펼쳐졌다.

"오!"

보통 언데드 도시라 하면 무너진 폐허에 살아가는 음침한 곳을 떠올리기 쉬우나, 여긴 달랐다.

도시는 새로 만들어졌고 거주민들에 의해 잘 관리되고 있었다. 좀비들은 반쯤 썩은 자기 피부는 관리를 포기하고 있었으나 도로는 열심히 쓸고 정리했다.

언데드뿐만 아니라 로제란트에서 온 마족이나 인간들도 꽤 많이 보인다. 주민 대부분이 죽은 자인 것만 빼면 의외로 멀쩡히 돌아가는 도시였다.

우리는 좌우로 갈라진 군중들 사이로, 도시의 중앙도로를 나아갔다.

"모르스 쏠라의 주인이 행차하신다!"

"마땅한 예를 갖추라!"

날 수행하는 언데드들의 외침에 도시민들은 엎드려 절하기 시작했다. 생각 이상으로 주민이 많았다.

"거주민이 얼마나 되나?"

"3만입니다."

"엄청나군."

"마음에 드신다니 다행입니다."

"그런데 뭔가 좀 분위기가 어수선한데?"

아닌 게 아니라, 도시에 부서진 곳이 군데군데 눈에 띄었다. 급하게 보수공사를 하는 모습이었다.

"아, 그게…."

갑자기 쿠르라크가 난처해하는 기색이다.

"바른대로 말하는 게 좋을 거다. 쿠르라크."

내 경고에 그는 황급히 고개를 조아렸다. 행진이 잠시 멈췄다. 뭔가 도시에 내가 알지 못하는 일이 있는 것 같았다.

"당연히 그래야지요. 사실 그게…."

막 쿠르라크가 입을 열려는 찰나 귀를 잡아끄는 목소리가 들려왔다.

"한 푼 줍쇼. 한 푼만 줍쇼. 이 불쌍한 늙은이 좀 도와주십시오."

"음?"

어째서인지 익숙해서 신경 쓰였다. 나는 필리를 돌려 목소리가 들리는 쪽으로 향했다.

우르르르.

앞을 막은 군중들이 두려운 듯 홍해처럼 좌우로 갈라진다. 그들을 지나친 나는 골목 구석에서 목소리의 주인공을 발견했다.

흙먼지가 묻고 찢어지긴 했지만 좋은 옷을 입고 있었다. 익숙한 염소수염에 어딘가 허술해 보이는 인상.

분명히 기억에 있는데 누구였더라?

"한 푼만 줍쇼. 불쌍한 이에게 적선을…."

어쨌든 이것도 인연이다 싶어 동전을 하나 꺼내려던 나는 그의 정체를 알아채고는 경악했다.

"페, 페자무트?"

〈5권에서 계속〉

 +036

글 : 박제후 / 그림 : GAMBE

가격 : 10,000원

 +035

글 : 달필공자 / 그림 : KOSANMAKA
가격 : 10,000원

피도 눈물도 없는 용사 4

초판 1쇄 발행   2018년 4월 31일

저자 박제후
그림 GAMBE

편집 전준호
디자인 윤아빈
주간 홍성완
마케팅 김정훈
발행인 원종우
발행처 (주)이미지프레임

주소 (13814) 경기도 과천시 뒷골1로 6, 3층
영업부 02-3667-2653   **편집부** 02-3667-2654   **팩스** 02-3667-2655
메일 edit03@imageframe.kr   **웹** vnovel.co.kr

ISBN 979-11-6085-515-9 02810 (세트) 979-11-6085-228-8-02810